Kira Stern

Bungee-Sprung ins Glück

D1996714

FSC
www.fsc.org
MIX
Papier aus verantwortungsvollen Quellen
Paper from responsible sources
FSC® C105338

Impressum

Texte: © 2024 Copyright by Kira Stern 1. Auflage
Coverdesign und Umschlaggestaltung: Florin Sayer-Gabor – www.100covers4you.com
Lektorat: Textkabinettchen – Daniela Seiler, Schwalbach
Korrektorat: Katrina Flamann, Magdeburg
Buchsatz: Carmen Bernzen

Verantwortlich für den Inhalt:
Kira Stern
c/o Block Services
Stuttgarter Str. 106
70736 Fellbach
autorinkirastern@gmx.de

© Dieses Buch ist urheberrechtlich geschützt.
Haftungsausschluss: Die in diesem Roman dargestellten Charaktere und Ereignisse sind rein fiktiv. Jegliche Ähnlichkeiten mit lebenden oder verstorbenen Personen sind unbeabsichtigt und rein zufällig. Die Handlung und die Figuren sind das Produkt der Vorstellungskraft der Autorin und dienen ausschließlich der Unterhaltung.

Herstellung und Druck über tolino media GmbH & Co. KG, Albrechtstr. 14, 80636 München. Printed in Germany.
Fragen zu Produktsicherheit an: gpsr@tolino.media.

KIRA STERN

BUNGEE-SPRUNG INS GLÜCK

Über das Buch

Die charmante Buchhändlerin Nadine hat das Gefühl, dass die Liebe sie nie finden wird. Nach einer katastrophalen Champagner-Einladung, die ihr Leben auf den Kopf stellt, sieht sie sich plötzlich in einem Albtraum wieder: Ihr Ex-Freund droht, intime Fotos von ihr zu veröffentlichen. Verzweifelt und voller Schmerz steht sie an der Pont-Neuf-Brücke und denkt an das Unvorstellbare. Doch das Schicksal hat andere Pläne für sie.

Eine geheimnisvolle Wahrsagerin tritt in ihr Leben und verspricht Nadine ewiges Liebesglück, wenn sie drei herausfordernde Aufgaben erfüllt. Mit dem Foto eines faszinierenden Mannes, dessen samtbraune Augen ihr Herz höherschlagen lassen, begibt sich Nadine auf eine abenteuerliche Reise voller unerwarteter Wendungen und atemberaubender Orte.

Kann Nadine ihre tiefsten Ängste überwinden und sich selbst neu entdecken? Und wird sie am Ende nicht nur sich selbst, sondern auch die Liebe ihres Lebens finden? Die Antwort liegt in den Herausforderungen, die vor ihr liegen – und die Zeit läuft.

Über die Autorin

Die Autorin schreibt unter dem Pseudonym Kira Stern und lebt in Karlsruhe. Bereits als Zehnjährige versank sie in abenteuerlichen Buchwelten und träumte davon, selbst Bücher zu schreiben, die Herzen berühren und Seelen bewegen. Diesen Kindheitstraum hat sie nun verwirklicht und entführt ihre Leser*innen in fremde Welten und Geschichten, die von Erlebnissen ihrer vielen Reisen inspiriert sind.

Für meine wundervolle Familie –
Möge uns Kraft, Liebe und Zusammenhalt
für immer vereinen.

Kapitel 1

2. November, Mitternacht in Paris, Pont Neuf

Ziellos und mit hängenden Schultern irrt die sonst so lebenslustige Nadine durch die dunklen Straßen. Sie bemerkt weder das küssende Pärchen in der Nische zwischen den Häusern noch das hupende Taxi direkt hinter ihr. Den Regen, der auf sie einprasselt, registriert sie nicht. Vor sich sieht sie das wutverzerrte Gesicht ihres Ex-Freundes, als er damals seine letzten Sachen abgeholt hat. Wie man sich so verändern kann. Seit einem halben Jahr ist Schluss. Nadine fasst sich ans Herz, um den heftigen Schmerz abzumildern, den er ihr versetzt hat. Sie hat ihn in ihrem Schlafzimmer mit ihrer Nachbarin in flagranti erwischt und aus der gemeinsamen Wohnung geworfen. Seine Worte tanzen durch ihren Kopf, der heiß wird bei dem Gedanken daran, womit er sie heute erpresst.

Ohne ihre Umgebung wahrzunehmen, erreicht sie die altehrwürdige Brücke Pont Neuf, die über der Seine thront. Eine schrille Fahrradklingel katapultiert Nadine für einen Moment in die Gegenwart zurück und sie lässt den Radfahrer passieren. Sie eilt weiter und ein Erinnerungsfetzen blitzt auf, bringt ihr Herz zum Rasen. Auf dieser Brücke hatte sie ihr erstes Rendezvous mit dem begehrtesten Jungen aus ihrer Schulklasse. Engum schlungen haben sie sich geküsst und sie fühlte sich wie eine Elfe, federleicht und glücklich. Heute zieht sich ihr Magen zusammen, wenn sie an ihre verpasste Chance und ihre negativen Erfahrungen der letzten Zeit denkt. Aber wer weiß, ob es mit ihrem ehemaligen Schwarm geklappt hätte. Vielleicht redet sie sich das nur schön?

Sie geht zügig an der Île de la Cité vorbei und bleibt wenige Meter weiter vor der Brüstung der schummrig beleuchteten Steinbrücke stehen. Eine eiskalte Windböe lässt sie erzittern. Die Buchhändlerin Nadine Escoiffier hat heute keinen Blick für diese spröde Schönheit, auf der tagsüber zahlreiche Touristen Selfies für ihre Internetauftritte knipsen. Ihre Stimmung ist getrübt. Die Suche nach einem Mann an ihrer Seite hat ihr einen weiteren Tiefschlag verpasst und ihre Gefühle verletzt. In ihrem Herzen spürt sie eine tiefe Wunde, die lange brauchen wird, um Narben zu bilden, die sie für immer begleiten werden.

Erst jetzt bemerkt sie den Nieselregen, der ihren dünnen Mantel durchweicht. Sie verschränkt die Arme vor der Brust. Die Nässe kriecht durch den Stoff ihrer Kleidung und bedeckt ihren Körper mit Gänsehaut.

Wie in Trance klettert sie auf die Brüstung, richtet sich mit wackeligen Beinen auf und nähert sich mit einem Minischritt der Kante, beugt ihren Oberkörper nach vorn, lugt zaghaft in die Tiefe und erschauert. Ihre Beine und Hände zittern. Eine schwarze Krähe fliegt dicht an ihr vorbei. Sie zuckt zusammen, strauchelt und fängt sich wieder. Die düsteren Gedanken, die sie hierherführten, drängen sich in den Vordergrund. Ihre Seele ist verletzt. Warum spukt dieser Wunsch nach einer harmonischen Beziehung so in ihrem Kopf herum? Wie konnte sie in eine dermaßen aussichtslose Situation geraten?

Wieso will ihr Ex ihr Leben zerstören? Sie hat ihm vertraut. Er hat ihr damit gedroht, ihre erotischen Fotos, die sie ihm vertraulich in ihrer ersten Verliebtheit gesendet hatte, in den sozialen Netzwerken zu posten, wenn sie ihm ihre Wohnung nicht überlässt.

Ihre Tränen vermischen sich mit den Regentropfen. Sie schüttelt sich. Niemand darf sie nackt im Internet sehen. Sie würde ihre Arbeit verlieren, die sie so liebt, denn ihre Chefin ist sehr konservativ. Die Leute würden hinter ihrem Rücken über sie tuscheln, und ihren Ex bei der Polizei anzuzeigen, kommt für sie nicht infrage. Allein der Gedanke, sich einem Polizisten anzuvertrauen, treibt ihr die Schamesröte ins Gesicht. *Er bekommt die Wohnung nicht, lieber springe ich. Wenn ich nur einen neuen Partner hätte, der mich unterstützt.*

Sie schaut sich um, ob sie jemand beobachtet, aber die Brücke ist menschenleer. Sie atmet erleichtert auf, dass sie niemand bei ihrem Vorhaben stört, und reflektiert ihre erfolglose Partnersuche und die damit verbundenen würdelosen Erlebnisse, die sie nach und nach in den tiefen Schlund dunkler Gedanken hinuntergezogen haben.

Der Mann, der sich ausschließlich für ihre Füße interessierte und ihre Bedürfnisse ignorierte.

Der andere, der ihr bei einem Videodate, ohne Vorwarnung, sein Prachtstück in voller Größe zeigte. Von Würgereiz geplagt, hatte sie den roten Meldeknopf gedrückt, um diesen Typen vom Chat auszuschließen.

Eine eiskalte Windböe reißt sie aus ihrer Gedankenschleife und bringt sie in die Gegenwart zurück. Sie schüttelt den Kopf und starrt in die Tiefe auf die tobenden dunklen Wassermassen der Seine. Liegt der Schlüssel für ihren Wunsch in ihrer Kindheit? Ihre Eltern pflegten eine glückliche Ehe, die auf Vertrauen, Respekt, Augenhöhe und gegenseitiger Wertschätzung basierte. Warum ist ihr das nicht gelungen?

Sie hebt den Kopf, ein flüchtiges Lächeln umspielt ihre Lippen, als sie an die harmonischen Bootsausflüge auf der Seine denkt. Ihr Vater zauberte mit seiner fröhlichen Art stets ein sanftes Schmunzeln auf ihr Gesicht und das ihrer Mutter. Und wenn sie brav war, erhielt sie ihr Lieblingsgetränk, Orangina.

Ein entrücktes Lächeln schleicht sich in ihr Gesicht, als sie an den prickelnden Orangengeschmack auf ihrer Zunge denkt. Auf diesen würde sie heute verzichten, aber auf eine liebevolle Wohlfühl-Beziehung nicht.

Nadine schließt die Augen und legt den Kopf für einen Moment in den Nacken. Die Erinnerung an ihre Jugendliebe, als die Schmetterlinge zum ersten Mal in ihrem Bauch getanzt haben, holt sie erneut ein. Er ging ihr nie mehr aus dem Kopf. Sie küssten sich hier auf dieser Brücke zärtlich und leidenschaftlich und lebten wie unter einer Glücksglocke. Er war aufmerksam und intelligent, mit ihm verbrachte sie heiße Liebesnächte und danach konnte sie stundenlang mit ihm philosophieren.

Leider zog er eines Tages in den Süden, um zu studieren. Er meldete sich immer weniger, bis sie ihn abschrieb. Bis heute weiß sie nicht, ob es seine Surfleidenschaft war, die ihn alles vergessen ließ oder eine der braungebrannten Schönheiten aus Südfrankreich.

Die Erinnerung lässt ihre Haut kribbeln und ihre Wangen glühen, aber die Enttäuschung wiegt umso schwerer. Mit hängenden Schultern flucht sie: „Tant pis. Dumm gelaufen, Pech gehabt."

Nadine seufzt. Das Alleinsein in ihrer Wohnung ist ihr verhasst, sie fürchtete sich immer davor. Ihr fehlen gute Gespräche mit einem Partner, gespickt mit gegenseitigem Respekt und Vertrauen. Außerdem benötigt sie Unterstützung, wenn ihre Angst vor Hunden, vor Aufzügen und ihre Höhenangst gnadenlos zuschlagen. Wie schön wäre es, wenn sie einen Mann mit Einfühlungsvermögen finden könnte. Sie würde ihre ganze Liebe in diese Beziehung einbringen.

Nadine spürt, wie die Feuchtigkeit in ihre Schuhe eindringt. Ein innerer Kampf tobt in ihr und sie ballt die Fäuste. Soll sie weiterhin daten oder aufgeben? So viele Mistkerle tummeln sich unerkannt im Netz, bis sie ihr „Wahres Ich" zeigen und Frauen mit vulgären Forderungen bedrängen! Versteckten sich hinter Fotos, die hinterher nicht im Ansatz ihrem Aussehen entsprachen. Sie tarnen sich jahrelang unter dem Deckmantel von veritablen Partnersuchenden. Wie oft ist sie auf diese Typen hereingefallen?

Sie schluckt, schnäuzt sich die Nase und atmet anschließend tief durch, um diese demütigenden Momente zu verdrängen, aber es gelingt ihr nicht. Sie hat versucht, die Nadel im Heuhaufen zu finden und mit welchem Erfolg? Vielleicht sollte sie ihre Ansprüche herunterschrauben? Doch waren die so hoch? Nein. Wenn es nicht passte, gab sie sich nicht für irgendeinen x-beliebigen Kerl her. Sie schüttelt den Kopf und rümpft die Nase. Niemals! Da nutzen alle inneren Werte nichts, wenn die Hülle nicht annähernd passt. Appetitlich sollte er auf alle Fälle aussehen. Das ist nicht verhandelbar.

Sie fasst sich in ihr von dicken Regentropfen durchfeuchtetes Haar. *Wie ungerecht die Welt ist. Warum ist es so schwer, einen liebevollen Partner zu finden, mit dem ich eine Familie gründen kann?* Ein schaler Beigeschmack. Nadine lässt die Schultern hängen und knetet ihre zitternden Hände. Nie wieder wird mich die Partnersuche so tief demütigen! Sie senkt den Blick zur Seine und zementiert ihre Entscheidung, ihre seelischen Qualen umgehend zu beenden. *Niemand wird mich in Zukunft kränken! Kein Mann wird mich jemals bekommen!*

In Gedanken springt sie ohne zu zaudern hinunter in die Fluten der Seine. Sie flirtet mit dem Abgrund. Nadine ahnt die Erlösung jeglicher Schmach, das Verlieren jeglicher Verletztheit. Ihr Kopf platzt beinahe.

Eine schwarze Schlange in ihr säuselt ihr Mut zu, hinabzuspringen und ein Gefühl der Ruhe zu finden. Ein weißer Engel rät ihr davon ab, ihren dunklen Gedanken nachzugeben. Sie könnte mutiger werden, entschlossener auftreten, ihr Leben meistern, Kraft gewinnen.

Sie schaut sich noch einmal um. Ein Passant, mit der einen Hand das Handy am Ohr und mit seinem Schirm kämpfend, eilt auf der anderen Brückenseite vorbei, ohne sie im Dunkeln zu bemerken. Fröstelnd wendet sie sich dem Fluss zu.

Ihr innerer Kampf tobt in ihrer Seele weiter, während sie in den Abgrund starrt. Ihr Körper wird von einem Zittern erfasst wie ein

Landwirt auf seinem Traktor, der über einen holprigen Acker fährt. Ihre Glieder verweigern den Gehorsam, in die Seine hinunterzuspringen.

Vor ihrem geistigen Auge spielt sich neben der Erpressung ihres Ex-Freundes auch eine verletzende Szene im Hotel immer wieder ab, die sie unter anderem hier an die Seine geführt hat. Ihr Kopf ist umwabert von dichtem grauen Nebel, sie nestelt an ihren Händen. So geschämt hatte sie sich zu keinem Zeitpunkt ihres Lebens. Sie war auf einen charmanten Verführungskünstler hereingefallen, der sie zuerst auf ein Glas Champagner in einer Hotelbar einlud und mit dem sie anschließend eine heiße Nacht im Hotel verbracht hat. Wie hatte sie nur auf ihn hereinfallen können? Am frühen Morgen war er verschwunden und sie blieb auf der Rechnung sitzen.

Tränen schießen ihr bei dem Gedanken in die Augen. Durch ihren Ex-Freund ist sie wieder zum Freiwild geworden. Sie fühlt sich vorgeführt und gedemütigt. Sie schnieft und versucht, ihre Tränen wegzuwischen. Ein tiefes Schluchzen entfährt ihrer Kehle. Keiner soll sie als Verliererin in Erinnerung behalten. Die Menschen sind schnell dabei, mit dem Finger auf andere zu deuten. Ihrer Chefin kann sie nicht mehr unter die Augen treten, wenn ihr Ex die Bilder postet. Nadine senkt den Kopf und umfasst ihn mit beiden Händen. *Was, wenn mein schlimmster Albtraum wahr wird? Wenn alle notgeilen Idioten dieser Stadt bei mir anrufen und mit anzüglichen Worten und eindeutig zweideutigen Angeboten belästigen?*

Sie starrt vor sich hin und bei dem Gedanken, wie sich ihr Ex-Freund zu einem hinterhältigen Menschen entwickelt hat, weiten sich ihre Augen vor Zorn und ihre Stirn legt sich in Falten. Ausgeschlossen! Er wird sein Ziel nicht erreichen.

Nadine stampft mit einem Bein auf. Sie spürt, wie in ihre zuvor ausgekühlten Wangen die glühende Hitze der Wut steigt. Nadine presst die Lippen zusammen. Diese Genugtuung über ihre Demütigung schenkt sie ihm niemals.

Ihre innere Stimme wird gefährlich leise. Trotzig fügt sie hinzu: *Da gehe ich lieber meinen Weg. Von wegen Paris - Stadt der Liebe. Paris ist längst die Stadt der Betrüger und Herzensdiebe.*

In kleinen Schritten tastet sie sich an die Kante des steinernen Brückengeländers vor. Mit glasigen Augen und gesenktem Blick betrachtet sie das schwarze Wasser der Seine. Es saugt sie förmlich ein. Ihr wird schwindelig. Sie taumelt, als würde der Strudel bereits an ihr zerren und sie in den Abgrund reißen. Wie eine Marionette wird sie an Fäden von einer unsichtbaren Kraft in die Tiefe gezogen.

Nadine fasst sich an den Hals, der ihr zu eng vorkommt, ihr die Luft zum Atmen raubt. Mit zitternden Knien tritt sie weiter vor und belauert die aufgewühlten Wassermassen. In Zeitlupe zieht sie sich mit ungelenken Bewegungen von der steinernen Brüstung hoch auf die eiskalte Balustrade, die sie mit beiden Händen umgreift.

Ihre Höhenangst schlägt mit eisernen Pranken zu. Ein kühler Wind pfeift über die Brücke, zerrt an ihrem Mantel und zerzaust ihre Haare. Nadine schließt die Augen und denkt an den freien Fall. Sie kann nicht schwimmen. Ein schneller Tod, umso besser.

Sie nimmt ihren ganzen Mut zusammen, sinkt leicht in die Knie und schwingt ihre Arme hoch. Gleich ist ihr Leiden beendet. Niemand kann ihr mehr wehtun.

Ihr Körper streckt sich zu voller Länge, die Füße heben beinahe ab. Aber irgendetwas stimmt nicht.

Kapitel 2

Kraftvoll packt jemand Nadine am Arm und reißt sie mit einem Ruck in letzter Sekunde von der Brüstung.

Sie fällt mit den Armen rudernd auf den Rücken und schlägt auf hartem Grund auf. Ein fieser Schmerz durchzuckt ihre Hüfte. Vor ihren geschlossenen Augen flimmern schwarze und helle Pünktchen um die Wette. Sie riecht eine Mischung aus Sandelholz-Räucherstäbchen und Lagerfeuer. Der Geruch verbindet sich mit dem modrigen Duft der Seine. Nadine presst die Kiefer aufeinander, bis sie ein knirschendes Geräusch von sich geben.

Vorsichtig tastet sie nach dem Boden. Harter Stein. Sie öffnet die Augen zu Schlitzen. Es dauert einen Moment, bis sich ihr vernebelter Blick klärt.

Sie reißt die Augen auf und schaut mitten in das faltige Gesicht einer uralten Frau, das Haupt bedeckt mit einem rotgeblümten Kopftuch, unter dem dünne graue Haare hervorlugen, die zu langen Zöpfen geflochten sind. Lange goldene Ohrringe wackeln und klimpern im Wind. Nadine hebt vorsichtig ihren Kopf und betrachtet den zerlumpten Rock mit hellroten und lilafarbenen Streifen. Sie zieht sich etwas höher und sieht eine scharlachrote Bluse mit einer abgeschabten goldverzierten Weste sowie ein violettes Tuch über den Schultern der Frau. Nadine setzt sich auf und registriert die ausgetretenen Schuhe.

Verwirrt beobachtet sie, wie die alte Frau den Kopf schief legt und sie mit einem eigenartigen Blick mustert. Nadine löst sich aus ihrer Erstarrung. Vielleicht träumt sie?

Ihr Herz pocht, es ist kein Traum. Die alte Frau nickt ihr mit einem Ausdruck des Wiedererkennens zu und spricht sie leise an: „Sie sind die Frau, die mir erschienen ist. Eine zierliche Person mit blonden Haaren, etwas zerzaust, blauen Augen, gerader Nase und vollen Lippen. Kleidungsstil elegant, Pariser Chic, leider durchnässt. Der Traum eines jeden Mannes." Die mysteriöse alte Frau schnuppert.

Nadine greift sich mit einer Hand an den Hals. Stinkt sie? Oder ist es der süßliche Rosenduft ihres Parfüms, der der Fremden in die Nase kriecht? Die alte Frau kneift die Augen leicht zu. Zornesfalten bilden sich auf ihrer Stirn.

„Um Haaresbreite wäre ich zu spät gekommen", knurrt sie, ehe sie ihre Stimme erhebt. „Junge Frau, welcher Kerl der Welt ist es wert, dass man seinetwegen in den Tod springt? Etwa dieser fehlgeleitete Ex-Freund, der nur auf seinen finanziellen Vorteil bedacht ist?" Sie stampft mit einem Bein fest auf dem Boden auf.

Nadine gafft sie mit großen Augen an und schüttelt ungläubig den Kopf. Sie zieht an ihren Haaren und prüft, ob sie lebt oder träumt.

„Wieso? Woher wissen Sie …?", stammelt sie.

Nadine spürt, wie ihre Retterin mit den schwarzen Augen sie mit kraftvollen Händen hochzieht. Danach stemmt sie die knochigen Hände in die Hüften, zieht die Brauen hoch und sagt: „Nadine, ich kenne alle deine Geheimnisse. Hinunterspringen ist keine Lösung. Aber es gibt eine Alternative für dich."

Die Frau dreht Nadines Handinnenflächen nach oben wie eine Handleserin auf einem Jahrmarkt. Kurz darauf bemerkt sie ein Kribbeln auf ihren Händen, als die Frau mit dem Zeigefinger ihre Lebenslinien auf dem Handteller nachzeichnet und anschließend salbungsvoll prophezeit: „Hier steht geschrieben, dass du deine Zukunft ändern kannst. Ich sehe zwei Lebenslinien, die sich verzweigen. Die eine endet gleich hier und die andere führt weiter und trifft sich mit jemandem, der dich lange durch dein Leben begleiten wird. Du hast die Wahl. Entscheide dich. Leben oder Tod? Glück oder Verdammnis?“

Die Buchhändlerin geht in die Hocke und richtet sich auf. Mit aufgerissenen Augen schaut sie direkt in die dunklen Augen der Wahrsagerin und druckst verloren herum: „Zweifellos lebe ich lieber glücklich. Wissen Sie, warum ich hier stehe? Das mit der Liebe hat nicht funktioniert!“

„Probiere es ein letztes Mal aus, deine Chancen auf Glück stehen gut. Traurigerweise ergibst du dich auf dieser Brücke wehrlos deinem Schicksal. Kämpfe um dein Glück und beweise zur Abwechslung mal Mut. Denn der Tapferkeit bedarf es, um dein Leben zum Positiven zu wenden.“ Die Alte drückt der zierlichen blonden Frau verschwörerisch eine hölzerne Kassette in die Hand und flüstert ihr ins Ohr: „Nimm sie bitte. Darin befindet sich der Schlüssel zu dauerhaftem Glück. Trau dich.“

Nadine nimmt das Kästchen mit beiden Händen behutsam und voller Ehrfurcht entgegen und drückt es fest an ihren durchnässten Körper. „Was verlangen Sie von mir?“

„Zur Abwechslung eine Portion Unerschrockenheit und zur Belohnung erhältst du die Liebe deines Lebens.“

Nadine spürt erneut einen Kloß im Hals. Sie räuspert sich. „Wie soll das bitte funktionieren? Ich habe so viel erfolglos ausprobiert. Das mit der Liebe klappt bei mir nicht. Und außerdem wissen Sie, dass mein Ex-Freund mich erpresst.“ Sie zieht die Augenbrauen zusammen, reckt ihre Arme zum Himmel und lässt sie kraftlos wieder sinken. „Ich habe keine Idee, wie ich ihn von der Veröffentlichung meiner Fotos abbringen soll. Mit einem Klick kann er mich zerstören.“ Sie schnippst verloren mit den Fingern. „Ich bin so machtlos und zur Polizei gehe ich nicht.“

Sie schließt kurz die Augen und schüttelt sachte ihren Kopf. „Es mir alles so peinlich. Ich kann die angedrohte Veröffentlichung nicht verhindern. Diese Bloßstellung verkrafte ich nicht.

Das wäre für mich eine Vollkatastrophe. Ich kann mich nicht einfach verstecken. Ich arbeite in einer Buchhandlung."

Die Wahrsagerin schnaubt kurz auf und winkt ab. „Glaube mir, deine Zukunft sieht rosig aus. Verscheuche die negativen Gedanken. Prüfe von nun an sorgfältiger, wem du vertraust. Höre auf zu zaudern und löse alle Aufgaben, die dir gestellt werden. Du kannst das!" Sie drückt sanft ihren Arm. „Finde deinen verloren gegangenen Selbstwert wieder! Du bist eine starke Persönlichkeit. Wenn du positiv denkst, gelingt dir das Überwinden deiner Ängste. Denke an den Mount Everest. Selbst für diesen Berg gibt es Bezwinger. Du hast mehr Potenzial in dir, als du vermutest. Beginne mit einer kleinen Herausforderung. Kitzle alle Kräfte aus dir heraus."

Die alte Frau wendet sich ab und geht ein paar Schritte. Nadine schaut ihr perplex nach. Die Wahrsagerin dreht sich um. „Auf Wiedersehen, Nadine. Angsthase war gestern."

Kapitel 3

Nadine ordnet ihren Mantel, zupft ihr seidenes Halstuch zurecht und hastet über die Brücke. Unter einer diffus leuchtenden Gaslaterne hält sie inne.

Vorsichtig hebt sie den Deckel des geheimnisvollen Kästchens kurz an, zögert einen Moment, schließt es wieder. Sie dreht den Kopf und blickt über ihre linke Schulter. Ein hagerer Mann joggt im blauen Sportdress an ihr vorbei. Regentropfen perlen über seine Stirn.

Sie atmet tief durch, keine Menschenseele mehr zu sehen. Sie fröstelt, ihre Finger krampfen sich um das Holzkästchen. Ihr Herzschlag wummert wie die volle Bassdröhnung auf einem Heavy-Metal-Konzert. Sie dreht und wendet das Holzkästchen mit den blumigen Ornamenten. Vorsichtig setzt sie es auf ihre Handfläche und öffnet es langsam. Ihre Kehle fühlt sich trocken wie Papier an. Ihr Puls rast. Dabei entdeckt sie ein zu einem Päckchen gefaltetes Papier.

Behutsam stellt sie das Kästchen auf den Boden der Brücke, faltet das beschriebene Blatt auf und glättet ungeschickt die obere zerknitterte Hälfte. Sie erkennt im Dämmerlicht eine Aufgabenliste und sieht, dass die zweite und die dritte Aufgabe geschwärzt sind. Neugierig hält sie den geheimnisvollen Zettel ins Licht der Straßenlaterne, starrt mit großen Augen auf die erste Aufgabe, die so unglaublich ist, dass ihr Kopf sich weigert zu registrieren, was da geschrieben steht.

Ihr Blick richtet sich auf die nächsten Aufgaben, die mit einem dicken schwarzen Stift unkenntlich gemacht wurden, aber das Schwarz ist und bleibt undurchdringbar. Mit zittrigen Fingern versucht sie, das Papier vor dem Regen zu schützen. Warum darf ich nicht alle Aufgaben lesen? Was erwartet mich? Bin ich weiteren Herausforderungen gewachsen? Ihre Ohren dröhnen, ein fieser Pfeifton nistet sich ein.

Ihr Blick huscht über die Liste mit der Anweisung für die erste Mutprobe. In ihrem Inneren hallt die krächzende Stimme der Wahrsagerin nach.

„Fliege nach Südafrika und steige auf die Bloukrans-Brücke in Tsitsikamma. Wage einen Bungee-Sprung von der 216 Meter hohen Brücke."

Ihre Knie drohen nachzugeben, ihre schwitzenden Hände durchfeuchten das Papier. Bei der Vorstellung eines Sprungs von dieser Höhe kämpft sie gegen das Aufkeimen einer Panikattacke und versucht, den Schock über die Konfrontation mit ihrer allerschlimmsten Angst niederzuringen. Ihr Puls rast wie ein Porsche auf der Überholspur. Bereits als Kind hänselten sie ihre Schulkameraden, weil sie den Eiffelturm noch nie bestiegen hatte. Ihr Atem beschleunigt, Nadine japst nach Luft bei dem Gedanken, auf so einer Plattform zu stehen.

Hastig legt sie den Zettel zurück in das Kästchen und schließt den Deckel. Sie lässt ihren Blick durch die Dunkelheit gleiten und sucht die alte Frau, die sich erst vor wenigen Minuten von ihr verabschiedet hat und nun wie vom Erdboden verschluckt ist. Nadine rollt die Augen und überlegt sich, ob sie sofort von der Pont Neuf springt oder lieber in Südafrika stirbt.

Sie presst die Lippen fest aufeinander und furcht ihre Stirn. Ein Bungee-Sprung für einen unbekannten Mann? In einen Flieger steigen? Sie rauft sich die Haare. *Südafrika,* überlegt sie, *dann wäre* ich *auf alle Fälle erst mal aus der Schusslinie meines Ex und seiner Erpressung.*

„Pah, soll er sie doch veröffentlichen“, flucht sie leise vor sich hin. „Vermutlich kehre ich in einem kalten Blechsarg zurück! Dann manifestiert sich eben mein Karma.“

Vielleicht hat sie das alles geträumt? Nadine öffnet erneut das Holzkästchen. Sie fischt mit zwei Fingern die durchfeuchtete Liste heraus. Dabei segelt ein Foto, das am Boden des Kästchens lag, im Zickzack-Flug auf den feuchten Steinboden. Beinahe wäre es in eine Pfütze gefallen.

Mit spitzen Fingern hebt sie das Bild auf und betrachtet es neugierig. Ein dunkelhaariger Mann mit markanten Gesichtszügen und muskulösem Oberkörper. Ihre Knie werden weich und ihr Herz hämmert, als sich ihr Blick in dessen samtbraunen Augen verliert.

Nadine zuckt zusammen, als ein junger Mann auf dem Fahrrad knapp an ihr vorbeifährt. Sie dreht und wendet das Foto in der Hoffnung, einen weiteren Hinweis auf diesen attraktiven Mann zu finden. Keine Adresse, nichts. Fehlanzeige.

Sie betrachtet die Aufgabenliste erneut und sucht nach einem etwaigen Absender. Sie dreht das Blatt und entdeckt, dass es auf der Rückseite beschrieben ist. Sie entziffert folgenden Text:

„Beim Erfüllen jeder Aufgabe ergatterst du ein Symbol, das dich später zum Namen deines Traummannes führt. Nach dem Auffinden des dritten Symbols erfährst du mehr über die Entschlüsselung. Vielleicht hilft dir jemand dabei? Wenn du deinen Traummann mit seinem richtigen Namen ansprechen kannst, werdet ihr zusammen dauerhaftes Glück finden.“

Ihr Herz hämmert vor Aufregung. Sie liebt geheimnisvolle Rätselspiele. Irgendwie klingt alles wie ein Märchen. Vielleicht schafft sie den Sprung ins Glück? Einmal im Leben mutig sein.

Sie atmet tief durch und flüstert: „Ich gebe mein Bestes für mein

Lebensglück mit diesem Mann, selbst wenn die Ironie des Schicksals es will, dass ich in einem fernen Land in die Tiefe springe."

Nadine hebt das Kästchen auf und legt die Liste samt vom Regen gewellten Foto hinein. Mit sanftem Druck schmiegt sie es direkt an ihr Herz, bevor sie aus dem Schein der Gaslaterne tritt.

Der Nieselregen hat aufgehört. Nadine seufzt und reibt sich die Stirn. Sie kneift sich kurz in den Oberarm. Ihr Erlebnis war real und keinesfalls ein Traum. Mit schnellen Schritten verlässt sie die Brücke und schaut sich nervös um.

Ein paar obdachlose Gestalten in abgerissener, löchriger Kleidung lungern am Ende der Brücke herum. Waren die auch schon da, als sie die Brücke betreten hatte? Ein ungutes Gefühl beschleicht sie. Sie versteckt ihr Kästchen mit dem wertvollen Inhalt unter ihrem Mantel. Ein Obdachloser mit geschulterter schwarzer Mülltüte, aus der die Ecke eines Schlafsacks hervorlugt, kommt ihr viel zu nahe. Sie nimmt seinen penetranten Geruch aus einer Mischung von Alkohol und ‚lange nicht geduscht' wahr.

Er raunt ihr im Vorbeigehen zu: „Geh nach Hause, das ist keine sichere Gegend um diese Zeit." Sie zuckt zusammen, als er weiterspricht. „Du bist nass und wirst krank." Sie wirft einen Blick auf ihre Uhr. Nach Mitternacht.

„Danke", erwidert Nadine, beschleunigt ihre Schritte und hastet in einem großen Bogen um die lauernden Typen herum.

Sie folgt einem englisch sprechenden Paar, das in Richtung Innenstadt geht und fühlt sich dadurch sicherer. Als diese in einem Bistro einkehren, eilt sie weiter nach Hause.

Hastig entriegelt sie die Haustür des Sandsteinbaus mit ihrem Türcode. Im Treppenhaus ist es mucksmäuschenstill. Selbst die Betätigung des Lichtschalters kommt ihr unendlich laut vor. Vorsichtig schleicht sie hinauf, um niemanden aufzuwecken.

Sie öffnet ihre Wohnungstür, eilt in die Küche und platziert das Kästchen auf ihrem Küchentisch. Hastet ins Bad, zerrt sich die nasse Kleidung von der Haut und hüllt sich in einen flauschigen Bademantel. Danach dreht sie den heißen Wasserhahn voll auf und schüttet etwas Schaumbad in die Wanne, bis sich weiße Wölkchen bilden. Mit dem Finger prüft sie die Temperatur und fügt noch etwas kaltes Wasser hinzu. Sie entkleidet sich, steigt in die wohl temperierte Wanne und beobachtet die Schaumflöckchen, die wie Ballerinen tanzen.

Ein wohlig warmes Prickeln durchflutet ihren Körper. Erleichterung überkommt sie und der Stress dieses Abends fällt von ihr ab. So einfach wird sie es Alain nicht machen. Sie fühlt sich in ihrer Wohnung wohl und es ist und bleibt ihr Eigentum. Sie wird um ihr Recht kämpfen. Vielleicht lösen sich seine Drohgebärden in heiße Luft auf? Wollte sie sich eben tatsächlich umbringen? Wo es am anderen Ende der Welt ihr passendes Pendant gibt? Sie hofft, dass diese Weissagerin recht behält. Nadine schöpft sich etwas Schaum auf ihre flache Bauchdecke und setzt sich mit einem Lächeln eine kleine Schaumkrone auf. Kichert bei dem Gedanken, wie sie wohl gerade aussieht. Die Albernheit vermischt sich mit einem einzigen Gedanken: Sie lebt!

Nach dem Bad klärt sich der Wirrwarr in ihrem Kopf und sie greift zum Handy. Tippt auf eine Nummer, lauscht auf den Ton und das Klicken, als ihr Anruf angenommen wird.

„Hallo Marie, hier ist Nadine. Entschuldige bitte, dass ich dich um diese Uhrzeit störe. Hast du kurz Zeit für mich? Es ist wirklich wichtig. Wie geht es dir?“

„Mir geht es prima“, erwidert ihre beste Freundin mit einem Gähnen. „Du klingst so aufgeregt? Was ist passiert? Für dich habe ich immer ein offenes Ohr.“

„Du hast echt einen Moment Zeit für mich? Das ist schön“, sprudelt es aus Nadine heraus, obwohl sie ein schlechtes Gewissen wegen der ungnädigen Uhrzeit hat, doch es ist einfach zu wichtig.

„Dann erzähle ich dir die verrückteste Geschichte meines Lebens. Du kennst mich seit Ewigkeiten und ich brauche dringend deinen Rat.“ Nadine hört, wie Marie ihr Kissen in Form klopft und sich etwas zu trinken einschenkt.

„Oh, dann erzähle mir deine Geschichte. Ich sitze hier ganz entspannt und höre dir zu. Du weißt, ich gebe dir gerne Tipps. Leg los.“

Nadine seufzt und geht in ihrem Wohnzimmer auf und ab. „Wo fange ich nur an? Ich bin doch auf einem Dating-Portal unterwegs und habe da einen Mann kennengelernt, der erst sehr charmant war, aber danach hat er mich hinters Licht geführt.“

Marie schluckt hörbar. „Oje, nicht schon wieder. Du hast viel Besseres verdient. Du Arme, du tust mir leid. Ich ahne, wie du dich fühlst. Warum hast du dich so lange nicht gemeldet? Ich bin deine beste Freundin, vergiss das nie.“

„Du bist sogar meine allerbeste Freundin“, bestätigt Nadine. „Ich weiß das, aber ich habe mich so geschämt. Er hat mich zu Champagner eingeladen und du weißt doch, wie schlecht ich den vertrage. Ich war so beschwipst und bin mit ihm auf ein Hotelzimmer gegangen und habe eine heiße Nacht mit ihm verbracht. Danach bin ich eingeschlafen. Morgens war er weg und ich blieb auf der gesamten Rechnung samt Champagner sitzen.“ Nadine trinkt einen Schluck Wasser, Marie lauscht am anderen Ende geduldig. „Dabei dachte ich wirklich, er sei ein Mann, mit dem ich eine Beziehung eingehen könnte. Und es kommt noch schlimmer.“ Nadine setzt sich auf die Bettkante, hält sich an ihrem Wasserglas fest und atmet tief durch. Sie wappnet sich innerlich gegen den Schmerz der Enttäuschung, der sie beim Erzählen begleitet. „Mein Ex-Freund, Alain, hat sich bei mir gemeldet und erpresst mich.“

„Moment mal, Nadine, lass mich das kurz alles verstehen. Du hast also das Zimmer bezahlt?“

„Ja, das musste ich doch!“

„Sieh es als Spende an, auf diesen Gigolo sind sicher jede Menge Frauen hereingefallen", meint Marie. „Das ist zwar kein Trost, aber Hauptsache, der Sex war gut. Er ist einfach keinen Gedanken mehr wert. C'est la vie."

Nadine ist den Tränen nahe. Sie schließt kurz die Augen, um den Gedanken an ihn aus ihrem Kopf zu löschen, wie eine überflüssige Datei aus ihrem Computer. Sie stellt das Glas ab und schnieft in ihr Taschentuch.

„Aber was ist das mit Alain? Nadine, will er dich wirklich erpressen? Das klingt so gar nicht nach ihm. Du hattest doch eine glückliche Zeit mit ihm, bevor er dieses Flittchen kennengelernt hat. Ich verstehe das nicht, um was geht es genau?"

Nadine japst nach Luft. Sie spürt, wie die Tränen über ihre Wangen rinnen und wischt sich die Tränenströme vom Gesicht.

„Es ist ungeheuerlich, er möchte mit seiner neuen Flamme in meine Wohnung einziehen, die ich mir so hart erarbeitet habe. Er hat lediglich etwas Farbe für die Renovierung beigesteuert, aber ansonsten mietfrei darin gewohnt. Und nun behauptet er dreist, ihm würde die Hälfte meiner Eigentumswohnung gehören und ich solle ausziehen, ich hätte lange genug darin kostenlos gewohnt. Jetzt sei er dran mit seiner neuen Freundin." Nadine schluchzt laut auf.

„Jeder Anwalt würde dir sagen, dass du nicht ausziehen musst. Warum ignorierst du ihn nicht einfach?"

Nadine rutscht an die äußerste Kante des Bettes vor. „Marie, ich habe ihm in meiner Verliebtheit spezielle Fotos von mir gesendet, die ich heute bereue. Er hatte mir damals versprochen, dass er sie wie einen Schatz hütet." Ihr wurde schlecht bei dem Gedanken. Für einen Moment schließt sie die Augen, lauscht auf die Atmung von Marie, die wartet, wie es weiterging. „Und nun droht er mit der Veröffentlichung dieser Bilder. Stell dir das vor!" Sie schlägt mit der Hand auf den Nachttisch, dass der Inhalt ihres Wasserglases bedrohlich hin und her schwappt. „Oder besser nicht." Nadine fasst sich an ihren Kopf, der wie ein Kohlenfeuer glüht.

Marie schnaubt. „Unmöglich! Das ist ekelhafte Erpressung. Warum zeigst du das nicht an? Der gehört ins Gefängnis. Wie hast du auf diese Gemeinheit reagiert? So ein fieser Mensch!"

Nadines Stimme bebt, als sie weitererzählt. Ihre Magengrube ballt sich zusammen und verursacht einen stechenden Schmerz. „Ich stand heute Nacht auf der Brüstung der Pont Neuf und wollte hinunterspringen." Ihre Stimme wird zum Ende immer leiser. Marie schreit auf und Nadine schließt die Augen.

„Was? Nein! Tu mir das niemals an. Nadine, du bist meine beste Freundin. Soll ich vorbeikommen?"

„Das ist lieb von dir, aber nicht mehr notwendig. Es geht mir inzwischen besser." Sie hört, wie Marie sich einen Stuhl heranzieht.

„Was hat dich umgestimmt?"

„Eine alte Frau hat mich in letzter Sekunde vom Brückengeländer gerissen. Sie kannte alle meine Probleme und hat für mich eine bessere Zukunft vorausgesehen."

Marie räuspert sich. „Eine Hellseherin?"

„Ja, eher eine Wahrsagerin. Sie hat mir ein Kästchen gegeben. Darin lag ein Brief mit einem Foto von einem Traummann, mit dem ich angeblich glücklich werde, wenn ich drei Aufgaben erfülle." Nadine öffnet das Kästchen, entnimmt das Foto und betrachtet mit einem verliebten Lächeln das sympathische Gesicht.

„Was sollst du tun?"

Nadine nippt am Wasserglas. „Ich kann leider nur die erste Aufgabe lesen, aber die ist schrecklich. Ausgerechnet ich soll nach Südafrika fliegen und einen Bungee-Jump machen. Und jetzt weiß ich nicht, was ich tun soll und benötige dringend deinen Rat."

Marie stößt einen leisen Pfiff aus. „Okay. Bist du lebensmüde geworden?", fragt ihre Freundin verblüfft. „In früheren Zeiten hast du es sogar vermieden, vom Bordstein zu springen. Und in den Urlaub bist du lieber mit dem Auto gefahren, um das Fliegen zu umgehen."

„Ja, ich weiß, Marie. Aber der Mann auf dem Bild, der sieht so smart und sexy aus und er hat warmherzige rehbraune Augen. Für den würde ich es glatt riskieren. Eines Tages muss ich meine Angst überwinden. Und wenn du mitfliegst, schaffe ich das." Ihr Ton wird flehend. „Mein Bauchgefühl sagt, dass er es wert ist. Also? Fliegst du bitte mit?"

Marie zögert keine Sekunde und Wärme umschließt Nadines Herz. „Sehr gerne. Wann?"

„Der Abflug muss vor dem 12. November erfolgen, das ist die Bedingung im Brief."

„Was? Liebe Nadine, ich freu mich, dass du endlich deine Ängste besiegen möchtest. Aber du weißt doch, wie es in der Vorweihnachtszeit ist."

Nadines Mut sinkt bei den Worten ihrer Freundin.

„Es tut mir so leid, aber ich bekomme in der Gastronomie jetzt keinen Urlaub. Viele Firmen richten ihre Weihnachtsfeiern bei uns aus. Alle Tische sind reserviert! Das Restaurant ist ausgebucht. Mein Chef würde mich rausschmeißen." Marie klingt traurig. „Das geht leider nicht. Ohne mich läuft nichts und das Trinkgeld fehlt mir in meiner Kasse. Ich bin gezwungen zu arbeiten. Es tut mir so leid. Ich wäre gerne mitgeflogen. Hoffentlich bist du mir nicht böse?"

Nadine starrt enttäuscht auf den Boden. Ihre Schultern hängen herab. Sie ringt nach Worten, obwohl sie weiß, dass Marie gern mitfliegen würde. „Denkbar, dass ich ohne dich nicht fliege", gibt sie zu und alles erscheint wieder so dunkel wie auf der Brücke. Die Hoffnung verpufft. „Aber danke, dass du stets ein offenes Ohr für meine Probleme hast. Ich bin felsenfest überzeugt, dass es sich lohnt, für ihn zu fliegen und zu springen. Obwohl ich bereits heute am ganzen Körper zittere, wie ein Läufer nach dem Endspurt. Wie wird es sich anfühlen, wenn ich in Südafrika oben an der Brückenkante stehe? Am besten bleibe ich Single", sagt sie mit brüchiger Stimme.

„Ach Süße, dafür bist du zu jung." Nadine hört das Lächeln in der Stimme von Marie. „Erfinde bitte keine Ausrede, um dich vor den Herausforderungen zu drücken. Nur du allein hast die Möglichkeit, an deinen Ängsten zu arbeiten. Das alles hängt nicht von mir ab. Du kennst viele andere Leute, die gerne mitfliegen. Gib nicht auf. Bemühe dich um Ersatz. Flieg deinem Glück entgegen und genieße deinen Urlaub. Ich beneide dich darum. Es wäre traurig, sich später über verpasste Lebenschancen zu ärgern, egal, ob er deinem Traummann-Ideal entspricht oder nicht. Wenn du ein paar Phobien eliminierst, lohnt sich die Reise auf alle Fälle." Marie schweigt einen Moment und Nadine versucht, ihre Gedanken zu sortieren. Soll sie es mit jemand anderem wagen?

„Einig?", fragt Marie. „Am liebsten würde ich dir jetzt aufmunternd auf die Schultern klopfen. Spürst du es?"

Nadine druckst herum. Mit einem schiefen Lächeln antwortet sie: „Ja, einig. Danke für deine lieben Worte. Gedankliches Schulterklopfen, so ein Unsinn, aber ich liebe deinen Humor. Schade, dass du nicht mitfliegen kannst. Du hast recht, höchstwahrscheinlich finde ich jemanden. Ich telefoniere morgen meinen weiteren Freundeskreis ab. Vielleicht hat jemand Zeit und Lust, mit mir zu reisen?"

Ihre Stimme versagt beinahe ihren Dienst. Sie räuspert sich. „Mit dir hätte es viel mehr Spaß gemacht. Aber ich verstehe dich. Bei deinem knappen Gehalt ist es schwierig, über die Runden zu kommen. Ich wünsche dir gute Nerven und viel Energie. Hoffentlich klingeln die Kassen in der Vorweihnachtszeit." Sie presst die Lippen zusammen, bevor es aus ihr herausbricht: „Versprich mir zwei Dinge."

„Das mache ich“, erwidert Marie, ohne zu wissen, worum es geht. „Was soll ich dir versprechen?“

Nadine seufzt. „Erstens, wenn ich abstürze, erscheinst du auf meiner Beerdigung! Und zweitens, wenn ich den unbekannten Traummann heirate, erscheinst du zu meiner Hochzeit.“

Marie lacht kurz auf. „Du hast Glück. Statistisch gesehen steht weder ein Flugzeugabsturz noch ein Tod durch Bungee-Sprung an. Eine Beerdigung findet somit nicht statt, da bin ich mir sicher. Und auf deine Hochzeit komme ich sehr gern, ich hoffe doch, dass du mich einlädst als deine beste Freundin.“ Sie lachte herzhaft und Nadine fiel mit ein. „Dir wünsche ich alles Glück der Erde und schade, dass ich bei deiner Reise nicht dabei bin. Viel Erfolg. Halte mich bitte auf dem Laufenden.“

„Danke schön Marie, dir auch eine gute Zeit und hoffentlich sehen wir uns wieder.“

„Davon bin ich überzeugt. Du schaffst das bestimmt! Au revoir.“

Nadine gähnt, als sie den Anruf beendet. Eine bleierne Müdigkeit überfällt sie. Sie klammert sich beim Einschlafen an den Gedanken, dass ihr endlich etwas Gutes passiert. Sie lächelt, als sie samtbraune Augen in den Schlaf begleiten.

Kapitel 4

Nadine stellt eine Flasche Wein mit zwei Gläsern auf den Tisch und legt eine Decke zum Hineinkuscheln auf das Sofa. Es ist Abend und sie wartet auf ihre Freundin Sarah, die sie fragen möchte, ob sie mit ihr nach Südafrika fliegt.

Über Marie hatten sie sich als Teenager kennengelernt. Sarah hat sich rührend um sie gekümmert, als sie sich bei einer gemeinsamen Wanderung am Knie verletzt hatte. Das wird sie niemals vergessen, deshalb hat sie sofort an Sarah gedacht, auch wenn Marie sich mit ihr überworfen hat. Mit Sarah geht sie nach Feierabend öfter mal aus, um Spaß zu haben. Marie ist bodenständiger. Aber Nadine schätzt beide sehr.

Wenige Minuten später klingelt es an der Tür und Nadines Herz rast bei dem Gedanken, ihrer Freundin auch die Geschichte von letzter Nacht zu erzählen. Sie begrüßt sie herzlich, bittet sie mit einer Geste, sich zu setzen und reicht ihr ein gut gefülltes Rotweinglas. Nadine nimmt ihr Glas und prostet ihr zu.

„Sarah, ich bin so dankbar, dass du Zeit für mich gefunden hast. Ich hoffe, dass du wenig Stress auf der Arbeit hattest?“

„Ich bin immer für dich da, egal wann. Das solltest du wissen.“ Sie lacht. „Ich bin Krankenschwester und helfe gerne. Heute Nachmittag war es zum Glück nicht so anstrengend. Ein paar nervige Patienten gibt es immer, aber ich mache mir eher Sorgen um dich.“ Sie legt eine Hand auf Nadines Unterarm. Die Berührung tut Nadine gut und sie senkt die Augenlider. „Ich habe gesehen, wie deprimiert du in letzter Zeit warst und ich habe Angst, dass du deine Lebensfreude verloren hast.“ Nadine lächelt und Sarah beugt sich ihr ein Stück entgegen. „Aber da sehe ich ein Lächeln. Cool. Also raus mit der Sprache, was ist passiert?"

Nadines Lächeln erlischt, als sie ihre Freundin ansieht. „Du lagst mit deiner Vermutung richtig. Ein Kerl hat mich gnadenlos ausgenommen und damit nicht genug, Alain, mein Ex-Freund, erpresst mich. Er droht mir damit, meine erotischen Bilder zu veröffentlichen, wenn ich ihm nicht meine Wohnung abtrete. Das hat mir den Boden unter den Füßen weggezogen." Nadine stockt einen Moment, bevor sie mit gebrochener Stimme weiterspricht. „Ich wollte von der Pont Neuf springen, da ich keinen anderen Ausweg mehr sah."

Sarah setzt sich aufrechter hin. „Um Himmels willen, Nadine! Das darfst du mir nicht antun." Sie umarmt ihre Freundin spontan und streicht ihr sanft über den Rücken. „Ich hätte mich mehr um dich kümmern müssen. Tut mir leid. Und jetzt?" Sarahs Hände umklammern das Rotweinglas so fest, dass Nadine Angst hat, sie könnte den Stiel abbrechen.

„Da war diese Wahrsagerin auf der Pont Neuf, sie hat mich kurz vor dem Absprung von der Brücke gezogen. Sie nahm meine Hände und las mir die Zukunft daraus. Ihre Prophezeiung besagt, dass ich nach der Erfüllung von drei Aufgaben mit meinem Traummann glücklich werde." Sie drückt kurz Sarahs Handgelenk und rutscht unruhig auf dem Sofa herum. „Die erste Aufgabe verlangt von mir, einen Bungee-Sprung von der Bloukrans-Brücke in Südafrika zu wagen. Die Hellseherin bat mich darum, mich zusammenzureißen und alle meine Ängste zu überwinden."

Nadine greift nach dem Kästchen, das die ganze Zeit auf dem Tisch vor ihr lag. Sie öffnet es und holt das Foto heraus, das ihr Herz wieder schneller schlagen lässt. „Schau dir mal diesen Traummann an. Der wäre es doch wert, oder?" Sie dreht das Bild zu Sarah.

Ihre Freundin betrachtet das Bild einen Moment. „Auf alle Fälle ist er es wert, um ihn zu kämpfen", antwortet Sarah errötend und fasst sich mit einer Hand ans Herz. Mit der anderen führt sie ihr Glas Rotwein zum Mund und nippt daran. Sarah vermeidet es, ihrer Freundin in die Augen zu sehen, was Nadine verwundert. Sie rückt einen Zentimeter von ihr ab, entschlossen, sich davon nicht irritieren zu lassen. „Sarah, kannst du dir vorstellen, mit mir Anfang November nach Südafrika zu fliegen?"

Sarah reißt die Augen auf und fällt ihr spontan um den Hals. „Ja! Aber so was von ja! Das stelle ich mir gigantisch vor. Wir werden ihn gemeinsam aufspüren, das verspreche ich dir. Ich stehe dir sehr gerne bei und frage gleich morgen früh nach Urlaub. Keine Angst, dieses Problem lösen wir. Wofür sind Freundinnen da? Steigst du in den Flieger und erfüllst diese Aufgaben?"

„Ja, das werde ich. Und mit dir an meiner Seite fällt es mir umso leichter. Du bist eine wahre Freundin. Danke." Nadine umarmt Sarah.

„Das tue ich gerne für dich! Ich war noch nie in Südafrika. Das reizt mich. Ich freue mich mächtig auf diese Reise mit dir."

Nadine sieht, wie Sarahs Augen leuchten. „Ich rufe Claire nachher noch an. Vielleicht fliegt sie auch mit?"

Sarah winkt ab. „Spar dir den Anruf bei Claire. Sie kümmert sich um ihre kranke Mutter."

Nadine runzelt die Stirn. „Davon weiß ich gar nichts. Was hat sie denn?" Sie überlegt fieberhaft, wieso Claire nicht bei ihr angerufen hat.

Sarah schießt die Röte ins Gesicht. Sie leert ihr Glas in einem Zug. „Es kam ganz plötzlich, ein kleiner Schlaganfall."

„Oje, dann rufe ich sie gleich morgen früh an."

„Nicht nötig. Sie ist den ganzen Tag bei den Untersuchungen dabei. In den nächsten Tagen wird sie keine Zeit zum Telefonieren haben, das soll ich dir von ihr ausrichten. Entschuldige mich bitte." Sarah reibt sich die Augen. „Wenn ich unausgeschlafen bin, büßen das meine Patienten und das mag ich nicht."

Sarah steht auf und Nadine erhebt sich ebenfalls, folgt ihrer Freundin in den Flur, wo Sarah sich ihre Jacke überzieht. Nadine will sich vom plötzlichen Aufbruch ihrer Freundin nicht die Freude darüber verderben lassen, dass sie jemanden gefunden hat, der mit ihr nach Südafrika fliegt.

Sie umarmen sich herzlich an der Wohnungstür. „Gute Nacht Nadine, ich sage dir Bescheid, sobald der Urlaub genehmigt ist."

„Das wäre super. Schade, das mit Claires Mutter. Gute Nacht Sarah, komm gut nach Hause".

„Danke."

Nadine schließt die Tür und seufzt. Zurück im Wohnzimmer drückt sie den Korken auf die Weinflasche und stellt die leeren Weingläser in die Spüle. Dabei geht ihr Sarahs merkwürdiges Verhalten nicht aus dem Kopf. Zweimal bekam Sarah ein knallrotes Gesicht. So schnell wirkt doch kein Glas Rotwein! Kann es sein, dass sie auf diesen attraktiven Mann auf dem Foto abfährt? Oder bilde ich mir ihre Eifersucht ein? So kenne ich sie gar nicht. Und warum färbte sich ihr Gesicht rötlich, als sie von dem Schlaganfall von Claires Mutter erzählte? Irgendetwas ist da faul. Sie wischt den Gedanken beiseite.

Später beim Zähneputzen wundert sie sich über ihr verliebtes Lächeln im Spiegel.

In der Nacht suchen sie Albträume heim, von abstürzenden Flugzeugen und einem missglückten Bungee-Sprung. Eine der Personen, die in den Abgrund stürzen, ist sie selbst!

Das schrille Klingeln ihres Handys unterbricht jäh Nadines Albträume. Sie schaut auf die Uhr ihres Mobilgerätes. Erst sieben! Verschlafen erkennt sie Sarahs Nummer auf dem Display. Mit klopfendem Herzen nimmt sie das Gespräch entgegen.

„Hallo Sarah, und? Bekommst du den Urlaub?"

Sie räuspert sich leise. „Es tut mir so leid. Es sind so viele Mitarbeiter krank, ich muss da einspringen. Ich hatte mich so sehr auf den Urlaub mit dir gefreut. Schade. Lass den Kopf nicht hängen."

Schlagartig ist Nadine wach. Adrenalin schießt durch ihre Nervenbahnen, aber verpufft sofort wieder, als sie in der Realität ankommt. Ein Stoßseufzer entspringt ihrer Kehle.

„Sei nicht traurig, es besteht die Möglichkeit, dass ich nachkommen kann. Wäre das für dich in Ordnung?"

Nadine knetet ihre Finger und massiert im Anschluss mit der linken Hand ihre Schläfe. Sie spürt, wie sich eine fiese Migräne anbahnt, und setzt sich erstmals hin.

„Also ich werde todsicher fliegen." Nadine verkrampft sich, aber sie muss endlich lernen, das Positive zu sehen. Sie ringt sich ein kleines Lächeln ab. „Wenn du mit einem späteren Flug folgen kannst, freue ich mich umso mehr. Ein Lichtblick." Zur Beruhigung legt sie ihre Hand auf ihren Brustkorb, um ihr vor Aufregung pochendes Herz zu beruhigen. Sie atmet tief durch. „Paris verlasse ich wegen Alain so schnell als möglich."

„Bist du absolut überzeugt, dass das der beste Weg für dich ist?"

Nadine streckt den Rücken gerade durch. „Ich beweise allen, dass ich den Mut besitze, mein Leben selbst in die Hand zu nehmen. Ich weiß, dass ich das Richtige tue. Ich taste mich voran, meine Angst zu kontrollieren." Sie hört im Hintergrund eine Kirchenglocke schlagen. „Aber du musst bestimmt gleich weiterarbeiten."

Sarah seufzt. „Ja, ich habe leider wirklich keine Zeit mehr. Und Nadine, ich bewundere dich für deinen Mut, denn dieser Schritt fällt dir bestimmt schwer. Ich folge dir gerne bei diesem Abenteuer. Bis bald und halte die Ohren steif. Gute Reise."

„Schicke mir bitte eine Nachricht, wenn du im Flieger sitzt."

„Danke. Ich melde mich. Au revoir."

„Au revoir."

Nadine schluckt und beendet das Gespräch mit einem dicken Kloß im Hals. Mit ein paar tiefen Atemzügen kontrolliert sie ihren inneren Aufruhr und nach und nach löst sich ihre Anspannung.

Kapitel 5

Nadine betritt zu Arbeitsbeginn den Buchladen. Ein Kunde stöbert neugierig im Krimi-Regal. Gleich hinter ihm entdeckt sie ihre Chefin, die mit Kennerblick prüft, wo neue Bücher nachzulegen sind. Nadine grüßt zuerst den Kunden mit einem freundlichen „Bonjour“ und geht auf ihre Vorgesetzte zu. Diese begrüßt sie mit gehauchten Wangenküsschen.

„Bonjour, Madame Montagne, wie geht es Ihnen?“

„Gut, Madame Escoiffier. Schön, dass Sie da sind. Es gibt viel zu tun. Und wie geht es Ihnen?“, fragt sie mit zusammengezogenen Augenbrauen und gerunzelter Stirn. „Warum fragen Sie? Das ist doch sonst nicht Ihre Art.“

Nadine fühlt sich ertappt. Ihre Chefin kennt sie eben zu gut. Sie ist streng, aber gerecht und sie hat feine Antennen, wenn etwas nicht stimmt. Mit fahrigen Bewegungen nestelt Nadine an ihrer Jacke herum und lächelt Madame Montagne unsicher an. Ein mulmiges Gefühl überkommt sie. *Was ist, wenn sie meinen Urlaubswunsch ablehnt?* Sie wickelt eine Haarsträhne um den Finger und sammelt ihren ganzen Mut. Sie streckt ihren Rücken durch. „Ich benötige kurzfristig zwei Wochen Urlaub.“

Madame Montagnes Stirnfalten kräuseln sich nun in Wellenlinien. „Oh, das kommt aber ungelegen. Wann wollen Sie den Urlaub nehmen? Wir sind in der besten Verkaufszeit vor Weihnachten, das wissen Sie. Sie sind eine unverzichtbare Mitarbeiterin hier.“

„Gleich Anfang November, wenn es geht. Ihr Kompliment ehrt mich, Madame Montagne.“ Nadine tritt auf der Stelle und trippelt abwechselnd auf dem rechten und dem linken Bein. Sie betrachtet den Boden, als sie weiterspricht: „Ich habe jemanden gefunden, der mit mir in mein Traumland Südafrika fliegt. Dort möchte ich eine Safari durch den Krüger-Nationalpark unternehmen. Da gibt es eine Reise, die im Moment reduziert ist. Last minute. Später kostet es das Doppelte und damit wird es unbezahlbar für mich."

„Wer fliegt denn mit? Hoffentlich nicht wieder so ein stadtbekannter Luftikus. Bitte keine Skandale. Sie wissen, ich lege Wert auf unseren guten Ruf. Unsere Buchhandlung befindet sich inzwischen 95 Jahre in Familienbesitz und so soll es auch bleiben."

Nadine errötet unter Madame Montagnes unerbittlichem Blick. „Nein", antwortet sie in empörtem Tonfall und flunkert munter weiter. "Sorgen Sie sich nicht, eine Freundin fliegt mit mir."

„Sie bekommen den Urlaub nur, weil ich Sie und Ihre Arbeit sehr schätze. Und denken Sie daran, pünktlich zurückzufliegen."

Nadine beobachtet, wie Madame Montagne die Arme demonstrativ vor ihrem Oberkörper verschränkt.

„Vielen Dank, Madame Montagne. Sie sind die beste Chefin der Welt." Nadine entschlüpft ein Lächeln. Ihre Chefin hat eine raue Schale, aber innen einen weichen Kern.

„Und nun ran an die Arbeit. Füllen Sie bitte die Bestsellerregale auf, am besten sofort. Dann genehmige ich Ihnen Urlaub ab dem 8. November. Ist Ihnen das kurzfristig genug? Zwei Wochen und keinen Tag mehr." Sie mustert Nadine über den Rand ihrer Brille. „Aber verfolgen Sie keinesfalls die Idee, den Urlaub zu verlängern. Am 22. November sind Sie wieder im Buchladen. Sie kennen die Kunden, die ihre Geschenke in der Jahresendhektik in allerletzter Minute aussuchen."

„Danke, Madame Montagne, das werde ich Ihnen niemals vergessen."

Sie presst die Handinnenflächen vor ihrer Brust zusammen und bedankt sich mit einer angedeuteten Verbeugung bei ihrer Chefin. Mit einem Lächeln fügt sie hinzu: „Der Kunde ist König! Die gleiche Prozedur wie jedes Jahr."

Sie sieht, wie sich Madame Montagne das Lachen verkneift.

„Viel Spaß, Nadine. Unsere Afrika-Bildbände werden durch Sie zum Verkaufsschlager. Wenigstens ein Lichtblick in dieser grauen Jahreszeit."

„Sie sind die beste Chefin aller Zeiten, Madame Montagne, merci."

Nadine schlendert in der Mittagspause in ein kleines Reisebüro, deren Inhaberin sie seit langem kennt. Normalerweise arbeitet eine weitere Kollegin in der Reiseagentur, doch heute wirkt ihr Arbeitsplatz verwaist. Madame Leroy tippt etwas in den Computer ein, hebt den Kopf von ihrer Arbeit und lächelt ihr zu.

„Hallo Madame Leroy, haben Sie etwas Zeit für mich?"

„Hallo Madame Escoiffier, selbstverständlich. Darf ich Ihnen wieder ein Appartement in Südfrankreich reservieren?"

Nadine winkt ab und erwidert: „Nein, diesmal geht es nach Südafrika."

Madame Leroy hebt die Augenbrauen. „Südafrika, habe ich richtig gehört? Setzen Sie sich doch bitte."

„Danke."

„Sie scherzen! Sie und fliegen?" Madame Leroy lehnt sich in ihrem Stuhl zurück und schaut sie mit großen Augen an.

Nadines Hände krallen sich an der Stuhlunterseite fest.

„Ich fliege!"

„Lässt Sie Ihre Chefin denn in Urlaub?"

„Ungerne. Das Vorweihnachtsgeschäft ist für den Buchladen von Madame Montagne enorm wichtig. Wegen meiner Überstunden schuldete sie mir aber einen Gefallen."

Madame Leroy lächelt. „Darf man gratulieren? Wer ist denn der Glückliche?" Sie rückt ihre Brille zurecht und lehnt sich Nadine ein Stück entgegen. „Übernimmt er die Rechnung?" Ihr Lächeln wirkt beinahe konspirativ.

Nadine reißt die Augen auf. „Ach, Madame Leroy, es ist kompliziert. Eine Freundin möchte mitfliegen, aber sie bekommt gerade keinen Urlaub. Und ich möchte, dass Sie ihr ein flexibles Flugticket auf meine Kosten ausstellen. Sie reist mir nach, egal wo ich mich in diesem Moment befinde."

„Wollen Sie Ihre Reise in Johannesburg beginnen? Und wenn ja, wann wollen Sie fliegen? Soll ich Ihnen ein Hotelzimmer für die Anreise buchen? Von dort aus können Sie mit einem Mietwagen die wundervolle Panoramaroute entlangfahren."

„Johannesburg klingt gut. Ja, bitte auch ein Hotelzimmer für die erste Nacht." Nadine greift neben ihren Stuhl, zieht ihr Handy aus dem Seitenfach ihrer Handtasche und checkt noch einmal ihre Urlaubsdaten im Kalender. „Mein Urlaub beginnt am 8. November. Vielleicht finden Sie für diesen Tag noch einen Hinflug? Ich möchte keine Zeit verlieren, da ich am 22. November wieder arbeiten muss." Sie hebt ihren Kopf und blickt Madame Leroy direkt in die Augen. „Bitte buchen Sie ein One-Way-Ticket für den 8. November. Ich weiß noch nicht genau, wann ich zurückfliege." Sie hält einen Moment inne, ihre Hände zittern leicht mit dem Kalender in der Hand.

Madame Leroy klappert auf der Tastatur ihres PCs herum und sucht nach den passenden Flugverbindungen sowie einem bezahlbaren Hotel in Johannesburg. Manchmal verzieht sie ihr Gesicht, als hätte sie in eine saure Zitrone gebissen und lächelt wenige Sekunden später wieder. „Verdient Ihre Freundin so schlecht?"

„Es geht so. Aber ich bin ihr dankbar, dass sie mir auf dieser Reise beisteht. Als Überraschung und Zugabe gönne ich uns eine Safari. Das ist ein langgehegter Traum von mir."

Madame Leroy steht auf und fischt einen Katalog mit Lodges in Südafrika aus dem Regal und breitet ihn vor Nadine aus. Sie legt den Kopf schief. „So eine Freundin hätte ich auch gerne. Schauen Sie sich die Unterkünfte im Krüger-Nationalpark in Ruhe an."

Nadine hört, während sie interessiert im Katalog blättert, wie ein Kunde hereinkommt und beobachtet, wie Madame Leroy ihm Prospekte für seine Wunschreise in die Hand drückt. Danach tippt Madame Leroy auf ihrer Tastatur herum und sieht sie an.

„Hoffentlich überlebe ich die Safari. Und warten Sie bitte auf weitere Instruktionen von mir wegen des zweiten Tickets für meine Freundin. Man weiß nie." Nadine hebt einen Mundwinkel.

Madame Leroy legt den Kopf etwas zurück, eine kleine Falte schiebt sich auf ihre Stirn. „Meistens sind Menschen gefährlicher als Tiere. Auf den Safaris passiert selten etwas." Madame Leroy schaut Nadine in die Augen. Sie winkt ab. „Keine Sorge. Die Guides sind sehr gut ausgebildet. Haben Sie schon in den Katalog geschaut?"

Nadine deutet auf eine Lodge mit Rundhütten, die sehr authentisch wirken. „Diese hier gefällt mir, aber ich schaue noch. Und buchen Sie bitte einen Mietwagen für die Strecke Johannesburg bis zum Krüger-Nationalpark dazu. Wie es weitergeht, entscheide ich dann vor Ort."

Madame Leroy dreht ihren Bildschirm und zeigt ihr ein Hotel in Johannesburg, das Nadine sofort anspricht. „Das hier?"

„Ja, perfekt. Bitte buchen Sie das. Danke."

„Sehr gerne. Und passen Sie trotzdem gut auf sich auf." Madame Leroy mahnt scherzhaft mit dem Finger. „Meine Nichte freut sich so sehr auf Ihre Weihnachtsgeschichten und danach finde ich immer ein Kinderbuch für sie, das ihr gefällt. Es wäre schön, wenn Sie rechtzeitig wieder da sind." Sie lächelt verzückt, rückt mit dem Stuhl näher und verfällt in einen geschäftsmäßigen Ton. „Geben Sie mir bitte die Personendaten Ihrer Freundin."

Nadine spürt eine leichte Wärme in sich aufsteigen. Das aufrichtige Kompliment, die Wertschätzung ihrer Arbeit, tut ihr gut. Sie betrachtet kurz die Kataloge von Fernreisen an Traumstrände im

Regal. Wie viele wundervolle Reiseziele sind ihr wegen ihrer Flugangst bisher entgangen?

Madame Leroy räuspert sich kurz und Nadine teilt ihr die Daten mit. Sie dreht ihren Computerbildschirm und zeigt auf die Buchungsdaten. Nadine nickt zum Einverständnis. Im Anschluss gehen sie noch einmal die verschiedenen Lodges im Krüger- Nationalpark durch und sie entscheidet sich für eine blumenreiche Lodge, umgeben von schattenspendenden Bäumen, inmitten des Parks.

Als sie den Preis für die Safari auf dem Bildschirm sieht, zuckt sie kurz zusammen. Ihr Kontostand wird nach dieser Reise auf einem absoluten Tiefpunkt stehen. Sie spürt einen Stich in der Magengrube und hält kurz den Atem an. In Gedanken stellt sie sich ihr Konto wie das Diagramm eines fallenden Aktienkurses vor, der ins Bodenlose sinkt.

Sie weiß, Sarah würde auch ohne die Safari mitkommen, aber bei Freundschaften sollte man nicht aufs Geld schauen. Und sich selbst darf man auch einmal etwas Gutes gönnen und sich einen Wunschtraum erfüllen.

Sie atmet weiter und lächelt über ihre Entscheidung. Noch vor wenigen Tagen hätte sie es nicht für möglich gehalten. Sie sitzt hier im Reisebüro und bucht tatsächlich eine Safari. In Afrika!

„Alles in Ordnung, Frau Escoiffier?"

„Ja." Sie deutet abermals auf die geräumige Lodge mit den Rundhütten. „Bitte buchen Sie diese Lodge im Krüger-Nationalpark gleich im Anschluss an die Übernachtung in Johannesburg und für mich und meine Freundin eine Safari ohne festes Datum, flexibel einsetzbar."

„Eine sehr gute Wahl. Sie werden sehen, Madame Escoiffier, das wird ein zauberhafter Urlaub mit Ihrer Freundin."

„Na dann. Schicken Sie mir die Rechnung?"

„Ich sende sie Ihnen zeitnah zu", erwidert Madame Leroy.

Und was diese Reise kostet! Sie rauft sich die Haare. Mein Urlaubsgeld reicht kaum aus, das heißt in Zukunft muss ich stapelweise Bücher verkaufen, um mein Reisekonto aufzufüllen. Hoffentlich ist dieser Kerl das wert. Sie schluckt kurz bei der Erinnerung an den Rechnungsbetrag. *Was solls!*

Kapitel 6

8. November

Der Wecker klingelt schrill. Nadine gähnt. Sie ist im Begriff, den Störenfried auszuschalten und sich wieder umzudrehen und weiterzuschlafen, bis etwas Wichtiges in ihr Unterbewusstsein dringt.

Sie setzt sich ruckartig auf, knipst die Nachttischlampe an und greift nach ihrem Handy. Sie starrt erst schläfrig, dann hellwach auf ihr Display. Heute ist ihr Abflugtag! Das ferne Südafrika wartet. Gleichzeitig kommen unwohle Gedanken in ihr auf. *Wieso habe ich mich auf so ein Wagnis eingelassen? Welche Abenteuer erwarten mich und welche Erfahrungen nehme ich mit? Wie wird diese Reise mein Leben prägen? Wie verrückt bin ich? Und alles wegen dem Foto von diesem mysteriösen Schönling mit den Samtaugen?*

Sanft legt sie die Hand auf ihren Bauch, es kribbelt darin und sie spürt das Flattern Tausender zarter Schmetterlingsflügel. Zeitgleich trampelt darin eine ganze Elefantenparade herum und lässt ihr Herz aus dem Takt springen. Ein erneuter Blick auf die Uhr erinnert sie daran, dass sie sich fertigmachen muss, wenn sie ihren Flug nicht verpassen möchte. Das Taxi, das sie gestern Abend bestellt hat, kommt auch bald.

Sie schält sich aus dem Bett, gleitet unter die Dusche und lässt das Wasser herunterprasseln, um ihren Kopf frei zu bekommen. Gedanklich geht sie noch einmal alles durch. Sarah weiß über das Ticket, das auf sie wartet, Bescheid und sie werden in Kontakt bleiben. Sie hat alle wichtigen Unterlagen gepackt.

Nach der belebenden Dusche trocknet Nadine sich ab und

spricht ihrem Spiegelbild Mut zu. *Wird schon schiefgehen.*

Sie entscheidet sich heute für bunte Kleidung und dreht sich glücklich vor dem Spiegel. Passend zum farbenfrohen Südafrika, denkt sie. Danach schminkt sie sich mit zitternden Händen. Kurze Zeit später klingelt es an der Tür. Der Taxifahrer. *Wie pünktlich,* freut sich Nadine. Er fährt sie durch den morgendlichen Berufsverkehr direkt zum Flughafen.

Nach der Ankunft begibt sich Nadine mit ihrem Rollkoffer im Schlepptau ehrfürchtig durch die Glastür mitten ins Getümmel. Zahllose Reisende sind auf der Suche nach ihren Check-in-Schaltern und kreuzen ihren Weg. Lautsprecherdurchsagen ertönen. Anzeigetafeln zeigen Verspätungen und einige Flugausfälle an.

Sie stellt sich direkt vor die Tafel und sucht, ob ihr Flug auch davon betroffen ist. Aber ihr Flugzeug sollte pünktlich eintreffen. Um sie herum drängeln andere Reisende mit ihren Koffern vorbei. Sie hört ein wildes Durcheinander an Sprachen. Ihr kommt es vor, als wäre die ganze Welt unterwegs. Es riecht nach verschiedenen Parfums, aber auch nach Schweiß. Von den Toiletten weht der Geruch von Desinfektionsmitteln um ihre Nase. Ihr Magen krampft sich etwas zusammen.

Wenige Meter vor ihr ist ein Informationsstand, der uniformierten Mitarbeiterin zeigt sie mit unsicherem Blick ihr Ticket und fragt nach dem Weg zum Check-in-Schalter ihrer Airline.

Die Frau erklärt ihr geduldig den Weg.

Nadine geht los und reckt den Hals zum Lesen der Schilder. Ihr schwirrt der Kopf. Ein wenig flau ist ihr schon. Noch könnte sie den Flug stornieren. Aber die Safari möchte sie keinesfalls missen und das Geld wäre dann verloren. Und wenn es doch eine Chance auf die große Liebe gibt, dann weiß sie es eben erst danach. Sie wird fliegen.

Eine kleine Schwindelattacke überrollt sie. Nadine bleibt kurz stehen und atmet durch. Wenige Minuten später erreicht sie den richtigen Schalter und begibt sich in die Schlange vor der südafrikanischen Fluggesellschaft.

Nadine checkt ein und gibt ihr Gepäck auf. Auf der Bordkarte erkennt sie, dass ihr noch ausreichend Zeit bis zum Abflug bleibt. In einem kleinen Café bestellt sie sich einen Milchkaffee mit einem knusprigen Croissant. Trotz der Aufregung kann sie essen, worüber sie sich wundert. Das Hörnchen tunkt sie in den heißen Kaffee und beißt hingebungsvoll ein knuspriges Stückchen ab. *Allein wegen dieser Geschmacksexplosion aus zarter Butter und geröstetem Kaffee im Mund lohnt es sich zu leben,* denkt sie und lächelt.

Mit Sarah, Marie oder Claire wäre ihre Reise unterhaltsamer gewesen. Ihre Hände schwitzen wegen des bevorstehenden Fluges. Es setzt ihr gewaltig zu. Sie schluckt ein paar Beruhigungspillen, die ihr die Apothekerin empfohlen und verkauft hat.

Als sie mit dem Frühstück fertig ist, belauscht sie zufällig ein Gespräch am Nachbartisch. Es dauert, bis die Worte durchsickern. Das Gate für den Flug nach Südafrika hat sich geändert. Sie bezahlt, schnappt sich ihr Handgepäck und eilt zur Sicherheitskontrolle. Nicht, dass sie noch ihren Flug verpasst.

Vor ihr in der Sicherheitsschleuse steht eine Frau, die an ihrem mit afrikanischen Motiven verzierten Turban zupft und im Sekundentakt auf die Uhr schaut. Es geht nur langsam voran.

Nadine bewegt sich durch den Metallrahmen der Sicherheitskontrolle und ein schriller Alarm gellt durch die Halle. Es ist nicht förderlich für ihre Nervosität, dass sie nun auch noch ihre Schuhe ausziehen muss. Nachdem sie ihr Handgepäck wieder eingesammelt hat und ihre Schuhe angezogen sind, fällt Nadines Blick auf die Anzeigetafel. Ihr Herz rast, als sie sieht, dass ihr Abfluggate ganz am Ende des Terminals ist. Viel Zeit bleibt nicht mehr. Im Eilschritt erreicht sie gemeinsam mit der Frau in afrikanischem Gewand das Gate.

In einer Minute schließt es, ihr Name wird schon aufgerufen.

Hitze schießt Nadine in die Wangen. Wie unangenehm. Leichter Schwindel erfasst Nadine, als sie die Gangway passiert hat und die Enge des Flugzeugs wahrnimmt. Doch sie hat keine Zeit nachzudenken, denn im Flugzeug weisen die Flugbegleiterinnen ihr den Weg. Die restlichen Gäste applaudieren und freuen sich, dass sie endlich abfliegen dürfen. Sie findet ihren Sitzplatz am Gang, die Leute tuscheln, doch sie überhört es geflissentlich.

Madame Leroy hat für sie wegen ihrer Flugangst einen Platz am Notausgang neben den Toiletten gebucht. Dankbar und erleichtert lässt sie sich in die Polster plumpsen. Mit ihren Augen hypnotisiert sie nahezu das grüne Schild mit der Aufschrift „Exit". Unter dem Sitz verstaut sie ihre Handtasche und legt eine Papiertüte für den Fall der Fälle in Reichweite. Die Frau mit der farbenprächtigen Kleidung, die sie bereits in der Sicherheitsschleuse getroffen hat, taucht am Gang auf und deutet auf den noch freien Fensterplatz neben ihr. Sie zwinkert ihr verschwörerisch zu. Sie drückt sich vom Sitz hoch und lässt ihre Sitznachbarin vorbei, die den Fensterplatz einnimmt.

„Ich heiße Omphile. Wir haben den Flug gerade so geschafft und ich sitze neben Ihnen, das ist ein gutes Omen. In Südafrika sagt man: Wenn du eine Frau triffst, triffst du einen Felsen."

„Wunderschön, mein Name ist Nadine." Sie lächelt Omphile zu und tupft ihre verschwitzte Stirn mit einem Taschentuch trocken. Danach zurrt sie den Sicherheitsgurt fest und Omphile schließt ihn ebenfalls.

„Nadine, ich wünsche dir einen guten Flug. Ich bin sehr erfreut, dich kennenzulernen. Ich passe auf dich auf", sagt Omphile mit einem wissenden Seitenblick.

„Danke", erwidert Nadine mit blassem Gesicht und atmet erleichtert auf, weil sie im Notfall auf Omphiles Hilfe zählen kann.

Kurze Zeit später heulen die Motoren auf und der Flieger hebt ab. Wegen des Dröhnens im Steigflug hält Nadine sich die Ohren zu. Auf Flughöhe angekommen, klammert sie sich mit den Händen an den Sitzlehnen fest. Mit einem neidischen Blick beobachtet sie die entspannte Sitzhaltung ihrer Nachbarin. Majestätisch thront diese neben ihr und genießt offensichtlich ihren Fensterplatz. Nadine lenkt das einen Moment von ihrem Problem ab.

Nachdem der Druck in den Ohren nachgelassen hat, kramt sie ihre Schlafbrille aus der Tasche heraus. Sie stülpt sich Kopfhörer mit Entspannungsmusik über und stellt ihre Sitzlehne nach hinten. Mit zitternden Händen legt sie sich die schwarze Schlafbrille mit aufgestickter Biene Maja über die Augen und flüstert der Südafrikanerin einen Gutenachtgruß zu. Diese erwidert ihn herzlich.

Kapitel 7

Südafrika, Johannesburg, 8.11. abends

Nadine schreckt orientierungslos aus ihrem Schlaf hoch. Sie wird durchgerüttelt, abrupt reißt sie ihre Schlafbrille vom Kopf. Sie reibt sich die Augen. Das ganze Flugzeug wackelt. Mit großen Augen beobachtet sie, wie der Inhalt ihrer Wasserflasche im Gepäcknetz wild durcheinanderschwappt. Ein Kleinkind schreit, manche Reisende halten sich am Vordersitz fest. Mit ihren Fingerkuppen knetet sie ihren verspannten Nacken durch und gähnt, bevor sie den angelegten Sicherheitsgurt überprüft. Anschließend beruhigt sie mit ihren Händen den nervösen Magen.

Omphile lehnt sich zu Nadine hinüber. „Bald hast du es geschafft, wir befinden uns im Sinkflug auf Johannesburg."

„Wie wundervoll, und ich habe sogar geschlafen. Ich hätte nie gedacht, dass ich das überlebe." Nadine sieht aus dem Fenster. Sie lächelt Omphile kurz zu, bis ihr Lächeln erstirbt. Wellblechhütten, so weit das Auge reicht. Der Druck auf den Ohren nimmt zu und ihr Trommelfell schmerzt.

Bald hat sie es hinter sich. Futuristische Hochhäuser strecken sich dem Flugzeug entgegen. Bis vor kurzem hat sie sich die Stadt anders vorgestellt. Der Blick aus dem Mini-Fenster zeigt ihr nun eine moderne Großstadt mit perfekt ausgebauten Straßen.

Sie beißt die Zähne zusammen und presst die Augen fest zu. Ein Heulen und Brummen ertönen, die Räder des Flugzeugs werden ausgefahren. Kurze Zeit später berühren sie die Landebahn. Das Ruckeln beim Aufsetzen fühlt sich an, als würde eine Elefantenherde über den Asphalt trampeln und plötzlich stehen bleiben. Ihre verkrampften Muskeln entspannen sich, als das Ruckeln aufhört und der große Vogel zur Parkposition an die Gates heranrollt. Sie atmet erleichtert auf. Ihre schmerzenden Finger lösen sich von der Armlehne. Sie hatte sich die schlimmsten Szenarien vorgestellt und eine Bruchlandung befürchtet.

Die beleuchteten Gurtsymbole über ihr erlöschen und Omphile steht nach ihr majestätisch auf und zerrt mit einem Ruck ihr Handgepäck und das ihrer Sitznachbarin aus den Gepäckfächern.

Mit jeder Minute geht es Nadine besser. Ihre Lebensgeister erwachen. Mit wackligen Beinen bewegt sie sich im Sog der Menschenschlange aus dem Flugzeug. Endlich spürt sie festen Boden unter ihren Füßen, sie reckt Brust und Kinn stolz empor wie eine Goldmedaillengewinnerin und läuft mit gestrafften Schultern die Gangway entlang und durch den Flughafen zur Passkontrolle. Nach dem Abholen ihres Koffers am Gepäckband schaut sie sich unsicher um.

Omphile bleibt neben ihr stehen. „Kann ich dir helfen?“

„Ja, dich schickt der Himmel. Ich suche ein Taxi.“

Omphile zeigt zum Ausgang. „Der Taxistand ist direkt vor der Flughalle. Wo genau möchtest du hin?“

Sie greift in ihre Handtasche, zieht einen kleinen gelben Zettel heraus und liest vor: „Hotel Central.“

Omphile stemmt die Hände in ihre ausladenden Hüften und zeigt ein breites Lächeln. „Dein Hotel ist mein Hotel. Ich übernachte immer dort. Die Atmosphäre ist angenehm, das Essen ist super und der Wein schmeckt fantastisch. Und für eine Zwischenübernachtung in Johannesburg reicht es aus. Wie witzig, dass wir dasselbe Hotel gebucht haben. Irgendwie sind wir doch Seelenverwandte.“

„Da können wir uns die Taxikosten teilen“, schlägt Nadine vor und lächelt über die kleine Entlastung ihres Budgets.

Am Ausgang steigen beide in ein Taxi und fahren vom Flughafen ins Hotel.

Was Nadine durch das Seitenfenster ihres Taxis erblickt, lässt sie verstummen. Sie ist bestürzt über so viel Armut. Zwei obdachlose Menschen liegen mitten auf einem belebten Platz auf einer zerschlissenen Matratze und schlafen. Abgerissene Gestalten lungern vor den dunklen Parks herum.

Nadine ist zutiefst erschüttert über das menschliche Leid und unterdrückt ihre Angst. Madame Leroy hat gemahnt, sehr gut auf Wertsachen aufzupassen. Sie empfahl, diese in einer Plastiktüte zu verstauen, damit sie nicht gestohlen werden. Beherzt fasst Nadine an ihren Brustbeutel, den sie unter ihrer Bluse trägt. Sicher ist sicher. Im Reiseführer stand, man outet sich bereits beim Tragen einer goldenen Uhr als reich und allein das genügt für einen Überfall auf der Straße. Worauf hat sie sich nur eingelassen?

Nadine fasst sich ein Herz. „Omphile, warum leben so viele Menschen auf der Straße?“

„Das Leben für die Einheimischen ist teuer und die Jobs rar. Die Apartheid damals hat dem Land schwer zugesetzt.“

Nadine nickt, sie hat mal einen Zeitungsartikel darüber gelesen und war betroffen über die Ungleichbehandlung der Bevölkerung. Aber es so hautnah zu erleben, nimmt sie mit.

Unruhig zupft sie an ihren Haaren herum. Ein mulmiges Gefühl überkommt sie beim Anblick der eisernen Schutzgitter, als sie durch die Einfahrt fahren. Es gibt dort auch eine Videoüberwachung. Glücklicherweise braucht es das zu Hause nicht, sie käme sich wie in einem Käfig eingesperrt vor. So würde sie nicht dauerhaft leben wollen. Sie presst die Lippen zusammen. Daran ändert auch der schönste Garten nichts.

Omphile rüttelt Nadine sanft am Arm. „Komm mit, wir checken ein und danach treffen wir uns zum Abendessen im Restaurant. Ruf mich kurz an, wenn du Hunger hast.“

Nadine speichert Omphiles Handynummer auf ihrem Mobiltelefon.

Der Rezeptionist begrüßt sie äußerst herzlich. Sie füllen die notwendigen Formulare aus und reichen ihm ihre Ausweise über den Tresen. Ein junger Mann übernimmt ihr Gepäck und zeigt ihnen den Weg zu ihren Zimmern.

Auf dem Weg dahin nimmt Nadine die abstrakten Gemälde im Flur wahr, die dem Hotel einen besonderen Touch geben. Als der Kofferträger gegangen ist, atmet sie auf. Endlich Privatsphäre. Das Bett ist mit blütenweißen Laken bezogen und duftet frisch, als sie sich setzt. Mit sanftem Wippen testet Nadine die Federung und lächelt zufrieden. Das Zimmer ist mit weißen Möbeln ausgestattet, durchaus modern und liebevoll dekoriert.

Zur Begrüßung steht eine große Flasche Wasser auf ihrem Nachttisch. Ihre Kehle ist ausgetrocknet, sodass sie beherzt zugreift und ein großes Glas trinkt. Danach greift sie zum Telefon und wählt Omphiles Nummer.

„Hast du auch Hunger?"

„Ja, ich bin hungrig wie ein Löwe." Omphile ahmt den Löwen mit leisem Gebrüll nach.

Nadine kichert. „Wollen wir uns in zehn Minuten im Restaurant treffen? Nicht, dass du noch eine Antilope reißen musst."

„Gerne. Und nein, im Restaurant gibt es alles in Häppchen. Wir sehen uns."

Schmunzelnd antwortet Nadine: „Bis gleich."

Nadine packt ein schickes Kleid aus ihrem Koffer aus und macht sich frisch. Wenige Minuten später betritt sie das gut gefüllte Hotel-Restaurant. Auf den Tischen einiger Gäste stehen wunderschöne kupferfarbene Tiegel, gefüllt mit köstlich duftendem Essen. Sie schnuppert, es riecht angenehm nach Zimt und anderen unbekannten Gewürzen. Omphile erkennt sie aufgrund des bunten Turbans schon von Weitem und Nadine erwidert ihr dezentes Winken. Ihre neue Freundin sitzt zufrieden an einem der fein eingedeckten Tische. Nadine setzt sich neben sie, nimmt die weiße Tischdecke wahr und freut sich über die gelben und roten Blumen, die in einer Vase auf dem Tisch stehen.

„Hallo Omphile, wie wunderschön es hier ist. Wie heißen denn diese Blumen?"

„Mir gefällt es hier auch und das Essen schmeckt so gut. Es sind Kap-Margeriten."

Nur wenige Minuten später stößt sie mit Omphile mit einem Glas südafrikanischem Pinotage auf ihre Reise an. Sie bewundert die glutrote Farbe und spürt das samtige Bouquet auf ihrer Zunge. Dazu genießt sie das schmackhafte Hackfleischgericht Bobotie, ein Nationalgericht mit Zimt, während Omphile ein Kudu-Gulasch isst, das von einer heimischen Antilopenart stammt.

„Oh, sieh mal, Nadine, da kommt das Dessert. Das hast du dir verdient. Ich finde es großartig, wie du deine Flugangst bewältigst. Auf alle Fälle gratuliere ich dir dazu herzlich." Omphile erhebt das Glas auf ihre Freundin.

Nadine reckt die Brust stolz geschwellt vor, als trüge sie eine teure Perlenkette. Danach prostet sie Omphile selbstbewusst zu. Sie grinst wie ein Honigkuchenpferd. So ein Lob läuft ihr runter wie Öl. Nadine lächelt.

„Danke, das ist das schönste Kompliment, das ich seit langem bekommen habe. Übrigens war ich so erschöpft von der Reise und den ganzen Aufregungen damit."

Omphile erwidert ihr Lächeln. „Du machst es richtig, lass niemals die Angst gewinnen, das lähmt."

„Ich kämpfe schon so lange." Nadine zupft an ihren Haaren herum. „Jeder noch so kleine Erfolg ist ein Stück mehr Lebensqualität und du hast mir dabei geholfen. Schritt für Schritt schaffe ich das. Danke, du bist so ein lieber Mensch. Mit dir an meiner Seite ist es mir viel leichter gefallen, nicht an die Höhe zu denken."

„Kein Ding, unser Nachtisch kommt. Genug der Komplimente.

Guten Appetit. Das sieht so lecker aus."

„Danke, dir auch. Lass es dir schmecken. Treffen wir uns später gegen 21.30 Uhr auf einen Drink oben in der Rooftop-Bar?"

„Sehr gerne. Ich freu mich drauf."

Nachdem Nadine sich kurz auf ihrem Zimmer erfrischt hat, begibt sie sich auf die Dachterrasse des Hotels, wo Musik spielt, die sie sofort in ihren Bann zieht. An der Bar holt sie sich eine Pina Colada, die mit einem goldglitzernden Palmwedel, einer Limettenscheibe und einer glutroten Kirsche garniert ist. Am Rand der Rooftop-Bar bleibt sie stehen. Welch eine Aussicht über Johannesburg. Sie beobachtet das Lichtermeer und atmet tief durch. Ein Klingeln durchbricht die laute Musik der Bar. Sie tastet nach dem Handy in ihrer Handtasche und dreht das Display nach oben. Sarah ruft an, Nadines Herzschlag erhöht sich. Sie nimmt das Gespräch an und hält sich ein Ohr zu, damit sie ihre Freundin besser verstehen kann.

„Nadine hier, hallo Sarah, ich freu mich."

„Hallo Nadine, super, dass ich dich erreiche. Bist du gut angekommen? Leider habe ich nur wenige Minuten Zeit, ich bin noch auf der Arbeit und habe nur eine kleine Pause. Wie ich höre, geht's dir gut. Bist du feiern? Tolle Beats."

„Ja, ich hatte einen guten Flug und bin ganz stolz darauf. Der Lärm kommt aus der Hotelbar. Meine Flugbekanntschaft und ich lassen den Abend ausklingen. Was gibt's Neues? Kannst du bald nachkommen?"

„Ich bin so froh, dass du gut angekommen bist. Ich hatte mir schon Vorwürfe gemacht, weil ich dich nicht begleiten konnte. Wer ist diese Flugbegleitung?"

„Jemand aus Südafrika hat mir beim Fliegen beigestanden."

„Da bin ich erleichtert. Leider dauert meine Anreise noch, der Chefarzt ist gerade nicht da und deshalb ist mein Urlaub noch nicht genehmigt. Aber ich komme so bald als möglich und melde mich, sobald ich mehr weiß."

„Übrigens, ich habe eine Safari für uns zwei gebucht. Wir haben flexible Tickets und können den Tag auswählen, wenn wir mehr wissen."

„Juhu, das ist super. Darauf freue ich mich sehr. Ich werde direkt nach Mbombela auf den Kruger-Mpumalanga-Airport fliegen, dann bin ich schneller im Nationalpark. Leider muss ich nun weiterarbeiten, aber ich denke an dich. Es klappt bestimmt. Den Chefarzt wickle ich um den Finger, das verspreche ich dir."

„Das ist eine geniale Idee. Frohes Schaffen und brave Patienten."

„Danke, das hoffe ich. Bis bald. Ich kann es gar nicht mehr erwarten, zu dir zu kommen. Vielleicht sehen wir Löwen? Ich freue mich so mega darauf."

Nadine beendet das Gespräch und nimmt den Finger vom Ohr, während sie ihr Handy mit der anderen Hand in ihre Handtasche steckt. Als sie aufsieht, entdeckt sie Omphile, die bereits an einem Tisch Platz genommen hat, und winkt ihr zu. Sie begrüßt sie mit einem breiten Lächeln, als Nadine zu ihr tritt und sich neben sie setzt.

Die Südafrikanerin schafft es, ihre Sorgen, ob Sarah anreisen kann oder nicht, beiseitezuschieben. Sie ist herzlich und plaudert aus ihrem Leben, als würde sie Nadine schon Jahre kennen. „Du wirst dich sicher fragen, wieso ich in Paris gelandet bin?"

„Ja, ich bin neugierig, magst du mir davon erzählen?

„Ich habe mich in einen Franzosen verliebt und er sich in mich."

Nadine spitzt die Ohren.

Omphile dreht ihren Drink auf der Theke. Nadine unterbricht sie nicht. „Ich bin in Grashopper, in der Nähe des Krüger-Nationalparks, aufgewachsen. Dort lebt meine Familie und die freuen sich auf mich. Schon als Kind haben sie mich auf den Markt geschickt, um kleine Holzschnitzereien und Glasperlentiere zu verkaufen. Und was soll ich sagen? Ich habe Verkaufstalent. Wenn ich auf dem Markt war, habe ich mir immer die bunt bedruckten Stoffe angeschaut.

Die Leute haben mir immer zugelächelt, weil ich ihnen Löcher in den Bauch gefragt habe, nach der Qualität und Art des Stoffes. Ich konnte niemals vorbeigehen, ohne die verschiedenen Stoffe anzufassen. Ab und zu durfte ich im Verkauf aushelfen und irgendwann boten sie mir den Marktstand mit der ganzen Ware an, weil sie es altersbedingt einfach nicht mehr geschafft haben. Das war meine Chance und jeder in meiner Familie hat einen Beitrag dazu geleistet, dass ich den Stand übernehmen konnte. Ich war so glücklich. Die Geschäfte liefen gut und ich konnte meiner Familie das Geld mit einem kleinen Bonus zurückzahlen." Sie lacht und Nadine lächelt über die ergreifende Geschichte. *Wie warmherzig und tüchtig Omphile ist.*

„Und dann kam Henri an meinen Stand. Es war, als würde die Sonne noch heller strahlen. Es hat sofort gefunkt bei uns. Er hat sich für mich und meine Arbeit interessiert und wir haben viel zusammen gelacht. Außerdem hat er sich bemüht, mir ordentliches Französisch beizubringen. Zumindest hoffe ich, dass es sich heute gut anhört." Sie zieht am Strohhalm ihres fruchtigen Cocktails.

„Für mich klingst du wie eine waschechte Französin", bestätigt Nadine ihr, was Omphile mit einem Lächeln annimmt. „Und wie ging es weiter?"

„Irgendwann war sein Urlaub zu Ende und er hat mich gefragt, ob ich nicht Lust hätte, einen kleinen Laden in Paris zu eröffnen. Er hätte da Möglichkeiten."

„Und hast du sein Angebot angenommen?" Sie nippt erneut an ihrem Cocktail.

„Wenn ich ehrlich bin, habe ich nicht lange gezaudert und meine Chance ergriffen. Er hatte eine Immobilie geerbt und mein Geschäft lief sehr gut an. Heute kaufen sogar die Modedesigner bei mir ein." Omphile zeigt ein triumphales Lächeln. Kurz darauf trinkt sie ihr Getränk beinahe aus und schaut Nadine etwas ernster an. „Das größte Problem war, meine Familie zu überzeugen. Aber auch das habe ich geschafft. Ich bin jetzt schon zehn Jahre mit ihm glücklich verheiratet."

„Glückwunsch, das zeigt, dass Märchen wahr werden."

„Stimmt, genauso fühlt es sich an."

Omphile hebt ihr Cocktailglas an, trinkt es aus und sucht Nadines Blick. „Aber warum reist du allein? Und wohin?"

Sie zuckt unmerklich zusammen. „Ich fahre in den Krüger-Nationalpark. Damit verwirkliche ich mir einen langgehegten Traum und erlebe ein Abenteuer, auf das ich mich furchtbar freue, eine Jeep-Safari!"

Omphile lacht bei der Begeisterung, mit der Nadine erzählt. Sie bestellt einen weiteren Cocktail und Nadine lässt sich ebenfalls dazu hinreißen. „Meine Freundin Sarah hätte mitfliegen sollen, aber sie bekam kurzfristig keinen Urlaub. Ich habe gerade mit ihr telefoniert, sie versucht nachzukommen."

Omphile nickt. „Wie schön."

„Seit meiner Kindheit träume ich davon, wilde Tiere in Afrika hautnah zu erleben. Und jetzt wird es wahr, und das, bevor ich mich noch mehr in Gefahr begebe", scherzt Nadine, jedoch eine Spur zu schrill. Sie fasst sich an die Kehle. „Die Angst versuche ich zu ignorieren, aber meine Stimme verrät mich, oder?"

Der Kellner bringt die Cocktails und Nadine probiert davon. Sie schmeckt die Minze ihres Mojitos auf der Zunge und im Abgang den Alkohol. Sie reibt ihre Augen, die Lichter der Stadt beginnen zu tanzen.

„Ja, so ist es. Nadine, deine Stimme verrät viel über dich. Ich gestehe, du wirst mir langsam unheimlich. Einerseits bist du so ängstlich wie ein Kaninchen im Bau und andererseits so mutig wie ein Bär, der in einen Honigtopf voller Bienen fasst. Und irgendwann verrätst du mir vielleicht deine Geheimnisse?" Sie zieht Nadine mit den Händen vorsichtig zu sich heran und schaut sie mit großen Augen bewundernd an.

Nadine begegnet dem mutmachenden Blick mit einem Lächeln und senkt danach die Augenlider. Ein warmes Gefühl von Selbstliebe und Stolz überkommt sie. *Ich bin geflogen. Ein Hoffnungsschimmer. Vielleicht verliere ich irgendwann meine Flugangst? Das wäre so schön.*

Omphile lässt Nadine los und klopft ihr sanft auf die Schultern. „Sei es drum, ab morgen siehst du viele Impalas, Giraffen und mit einem Quäntchen Glück eine Elefantenherde."

Nadine seufzt. „Wovor ich Respekt habe, ist die Autofahrt morgen. Ich habe einen Mietwagen reserviert. Und jetzt bin ich gezwungen, allein zu fahren. Und dann auch noch Linksverkehr. Hoffentlich passiert kein Unglück."

Omphile nickt und drückt kurz ihre Hand. „Das wird es nicht." Sie presst die Lippen zusammen, scheint zu überlegen, bevor sie Nadine ansieht und sagt: „Ich habe die Tiere und die rote Erde Afrikas so vermisst. Morgen sehe ich meine Eltern und Geschwister nach langer Zeit wieder. Mein Herz schlägt wie verrückt." Sie legt ihre Hand auf ihre Brust und lächelt.

„Omphile, darf ich dich was fragen?"

„Klar."

„Du hast gesagt, dass deine Familie in der Nähe des Krüger-Nationalparks wohnt. Hast du schon ein Auto?"

„Nein, das wollte ich gleich morgen regeln. Vielleicht holt mich meine Schwester ab, mal sehen."

Nadine legt die Hand auf Omphiles Oberarm. „Vielleicht magst du meinen Mietwagen fahren? Ich würde mich mit dir sicherer fühlen und es wäre unterhaltsam."

Omphile lächelt. „Gute Idee, danke für dein Angebot, dann muss meine Schwester nicht den langen Weg fahren. Die gefährlichen Straßen werde ich meiden und auf die Tricks der Straßengangs falle ich nicht herein. Ich kann anschließend das Auto beim Verleiher zurückgeben. Was meinst du?"

Nadine fällt ein Granitbrocken vom Herzen. „Ja, ja, natürlich, sehr gern." Sie braucht einen Moment, um zu Atem zu kommen. „Ich bin so froh, dass du mit mir reist. Ich nehme dein Angebot gern an. Gestern kam mir das wie ein unlösbares Problem vor. In deiner Gesellschaft fühle ich mich bestens aufgehoben. Omphile, ich bin dir dankbar", sagt sie und drückt ihre neue Freundin herzlich. Diese weicht ihrem Blick aus und fragt: „Hast du für Johannesburg eine Stadtbesichtigung geplant, bevor du weiterreist?"

„Ja, ich wollte für morgen früh über die Rezeption einen geführten Stadtspaziergang buchen. Das ist ungefährlicher."

„Unsinn. Wir werden in Jo-Burg wie die Einheimischen durch die Parks schlendern", erwidert Omphile mit einem schelmischen Blick. „Ich zeige dir alles ohne unnötige Kosten." Sie lächelt verschmitzt. Ich kenne die Stadt sehr gut."

Nadine freut sich nicht nur über das gesparte Geld, sondern dass sie mit einer Einheimischen wie Omphile ganz besondere Einblicke in die Stadt bekommen wird. Sie umarmt Omphile innig. „Einverstanden. Wir treffen uns morgen früh um 8 Uhr zum Frühstück und fahren nach unserer Stadtbesichtigung weiter zur Lodge. Ich freu mich, mehr von Johannesburg zu sehen."

Nadine betrachtet mit einem Lächeln um die Lippen die gigantischen Wolkenkratzer rund um die Dachterrasse. Es ist immer noch warm und sie beobachtet Omphile, die ebenfalls diesen einzigartigen Blick genießt. Für Omphile ist es bestimmt die wundervollste Skyline der Welt.

„Lass uns anstoßen auf alles, was da kommt. Ich lade dich ein, weil ich die beste Fahrerin haben werde. Und als Dankeschön für die Stadtführung."

„Danke Nadine, vielleicht erfahre ich auf der Autofahrt noch mehr Geheimnisse von dir. Zum Beispiel, warum du gesagt hast: ‚... bevor ich mich noch mehr in Gefahr begebe'."

Kapitel 8

Johannesburg, 9.11. morgens um 6.30 Uhr

Keuchend erwacht Nadine. Sie ist schweißgebadet und für einen Moment fehlt ihr die Orientierung. Verschlafen reibt sie sich die Augen und versucht, im Hier und Jetzt anzukommen. Eben stand sie im Traum an der Absprungkante der Bloukrans-Brücke, zögerte, doch dann schubste sie jemand hinunter, den sie nicht kannte. Es dauerte, bis sie das Klingeln ihres Handys hörte. *Sarah!*

Schlagartig ist sie hellwach und nimmt das Gespräch entgegen.

„Hallo Sarah, was gibt es?"

„Ich komme heute zu dir!", ruft Sarah und Nadine setzt sich auf.

„Wow", jubelt Nadine. „Ich freu mich. Wie konntest du deinen Chef so schnell überreden?"

„War einfacher als gedacht. Er hat gemerkt, dass ich überarbeitet bin. Scheinbar hofft er, dass er später ein paar Gefallen von mir einfordern kann."

Sie stellt sich Sarahs gerümpfte Nase vor. Dieser schleimige Chef verhält sich nicht wie ein Gentleman. Dem traut sie alles zu.

„Zum Glück kannst du dich wehren."

„Ja, das werde ich definitiv. Hör mal, Nadine", wechselte Sarah das Thema, „ich habe das Ticket bei Madame Leroy abgeholt, ich hoffe, das geht in Ordnung für dich?"

„Selbstverständlich."

„Gut. Vielen Dank. Ich sitze auf gepackten Koffern und das Taxi kommt gleich. Wir treffen uns in der Lodge im Krüger-Nationalpark, einverstanden?"

„Ja, ich freue mich schon sehr."

„Und am Ende möchte ich ein Happy End mit dem muskulösen

Unbekannten und dir miterleben.“ Sarah senkt die Stimme verführerisch. „Seine Augen haben dich schon jetzt in seinen Bann gezogen und dich so viel mutiger gemacht.“

„Sarah, ich weiß, das klingt alles großartig, aber es hat seinen Preis.“ Nadine zupft lieblos an ihrer Decke herum. „Ich muss Abenteuer bestehen, auf die ich gerne verzichten würde. Wenn ich an die Bloukrans-Brücke denke, von der ich springen soll, wird mir flau im Magen. Du hast mich aus einem fürchterlichen Albtraum geweckt, bei dem ich von dieser Brücke geschubst werde.“ Sie stellt das Handy auf Lautsprecher, überkreuzt ihre Arme vor der Brust und legt ihre Hände mit einem Frösteln an die Schultern. „Ich fühle mich im Augenblick wie eine durch eine Zitronenpresse gequetschte Tomate. Selbst meine Hände zittern bei dem Gedanken an den Sprung.“

„Das schaffst du!“, ermutigt Sarah sie. „Der Typ sieht zum Anbeißen aus. Aber die Frage ist natürlich, rechtfertigt er den riesigen Aufwand? Ist er es wert?“

Nadine gibt sich einen Ruck, sie möchte an ein Happy End glauben und ihre Ängste überwinden. Jetzt hat sie ein Ziel. Sie fühlt sich federleicht. „Das finden wir heraus. Jetzt kommst du erst mal her und wir treffen uns. Ich freu mich auf unsere Safari morgen und könnte Luftsprünge machen.“ Nadine erinnert sich an alles, was sie für diese Reise bereits im Internet recherchiert hat. „Im Busch in Südafrika gibt es Wildhunde, Hyänen und Schakale. Selbst ein Löwe ist mir willkommener als ein hinterhältiger Hund“, fügt Nadine hinzu.

„Fährst du eigentlich den weiten Weg von Johannesburg zum Krüger-Nationalpark allein?“, wechselt Sarah erneut das Thema.

„Nein, ich habe jemanden gefunden, der mit mir fährt.“

„Sieht er gut aus?“

Nadine runzelt die Stirn und stutzt über den eifersüchtigen

Unterton in Sarahs Stimme. „Keine Ahnung, ich fahre mit Omphile, einer Einheimischen. Freundlicherweise fährt sie den Mietwagen zurück zur Autovermietung. Sie hat in Paris gearbeitet. Auf der Safari morgen erzähle ich dir mehr von ihr." Nadine schaut beiläufig auf die Uhr. „Omphile holt mich gleich ab, sie zeigt mir noch Johannesburg. Guten Flug, Sarah."

„Danke Nadine, bis später."

„Bis später." Sie hängt noch ein paar Minuten ihren Gedanken nach, ehe sie aufsteht und sich für die Stadtführung und ihre Weiterreise bereit macht.

Nach einem gemeinsamen Frühstück brechen Omphile und Nadine zu ihrer Stadttour auf. Nicht, ohne dass ihre Reisebegleiterin sie noch einmal warnt, ihre Wertsachen im Hotel zu deponieren.

Während sie gehen, erzählt Omphile von der Geschichte ihres Landes und von Nelson Mandela und Nadine hört gebannt zu. Vieles kannte sie aus dem Fernsehen, aber vor Ort zu sein, ist noch einmal etwas anderes. „Schau dir die gewaltigen Mammutbäume an."

Omphile war stehen geblieben und Nadine folgt ihrem Blick.

Sie betrachtet den mit dick angeschwollenen Ästen ausstaffierten Affenbrotbaum. An ihm hängen zwanzig Zentimeter große weiße Blüten mit goldgelben Blütenstempeln, die jedoch unangenehm riechen.

„Lass uns weitergehen. Es gibt noch so viel zu entdecken." Omphile hakt sich bei ihr ein und sie laufen ein paar Straßen weiter. Dort zeigt sie Nadine die architektonischen Highlights von Johannesburg, repräsentative Prunkbauten der Minenbesitzer. Es gibt Glaspaläste in Diamantenform und andere riesige Firmengebäude, die mitten in der Stadt thronen. Männer in schwarzen Anzügen mit Krawatte und Frauen in Business-Kostümen flanieren zwischen der zumeist armen schwarzen Bevölkerung, die sich hier durchs Leben schlägt.

Omphile nickt in Richtung junger Arbeiter, die auf einer Mauer sitzen.

„Hier trifft die Welt der Reichen auf die der Armen. Das sind Tagelöhner, sie warten stundenlang an Sammelstellen darauf, dass sie für den heutigen Tag Geld verdienen und ihre Familien ernähren können. Bis abends hoffen sie. Wenn sie kein Geld heimbringen, betteln sie oder stehlen für ihren Lebensunterhalt."

Nadine lässt die Schultern sacken. Sie hat einen Kloß im Hals und senkt den Blick. „Wie anstrengend es sein muss unter solchen Umständen, seine Familie zu versorgen. Ohne geregelten Job mit laufenden Kosten." Sie traut sich kaum, sich weiter umzusehen. „Aber warum gibt es hier so viele neue Autos? Ich kann mir nur einen Kleinwagen leisten."

„Die sind nahezu alle auf lange Zeit geleast oder werden nach vielen Jahren abbezahlt." Nadine schluckt. Das Leben in Südafrika ist anders als das Leben in Frankreich.

Nach ihrem Spaziergang holen die beiden Frauen den Mietwagen ab und lassen die Landschaft der Drakensberge an sich vorüberziehen. Für Omphile ist es Heimat, ein Zurückkommen, für Nadine ein neues Abenteuer. Sie halten an den Bourke's Luck Potholes und bestaunen die ausgewaschenen Strudelbecken, die sich in die Felsformationen aus Sandstein eingegraben haben. Omphile erzählt ihr, dass sie nach dem Goldgräber Tom Bourke benannt wurden.

Einen letzten Stopp auf der Panoramaroute legen sie in God's Window ein. Sie folgen einem schlängelnden Pfad hoch hinauf zum Aussichtspunkt und erhaschen einen atemberaubenden Blick von der siebenhundert Meter hohen Klippe in die Weite der Lowveld-Ebene.

Nadine genießt das Panorama, aber als sie hinabblickt, bekommt sie Schweißausbrüche. Sie muss verrückt oder verliebt gewesen sein, als sie den Bungee-Sprung beschlossen hat. Verstohlen schaut sie zu Omphile, die für ihren Mann, der aus beruflichen Gründen nicht mitkommen konnte, fleißig das Naturwunder fotografiert. Heimlich zieht Nadine das Foto ihres Traummannes aus der Hosentasche. Sie lächelt. Er gibt ihr Halt. Blitzschnell packt sie es wieder ein. Sie hebt ihren Arm und trocknet ihre Stirn mit dem Ärmel ihres T-Shirts.

Die von der Naturgewalt faszinierte Nadine spürt ein sanftes Kribbeln im Magen, das sich bei der Weiterfahrt zum Krüger-Nationalpark steigert. Ihr wird heiß und kalt. Bald sieht sie echte wilde Tiere. Ihr Puls beschleunigt sich. Ihre Hände schwitzen. Ihre Gefühle fahren Achterbahn.

Nach der eindrucksvollen Fahrt durch die abwechslungsreiche Landschaft mit Bergen und Tälern stoppen sie am Eingang des Parks. Ein Ranger in Uniform kontrolliert ihre Papiere, weist sie an, direkt zur Lodge zu fahren und sich an die Regeln zu halten, um sich nicht den möglichen Gefahren auszusetzen. Ihr Puls erhöht sich. Gänsehaut überzieht ihren Nacken. Dann winkt er sie durch. Nach einer halben Stunde erreichen sie die sicheren Tore der Lodge. Nadine plumpsen die gefühlten Steine der Erleichterung von ihrem Herzen.

Ein holzgeschnitzter Elefantenkopf ziert den Eingang. Ein Ranger öffnet das Tor und schließt dieses gleich nach der Durchfahrt. Er weist ihnen den Weg zum Parkplatz und deutet auf die Rezeption. Omphile parkt das Auto ein und hilft ihr beim Ausladen.

„Danke, Omphile, dass du mich gefahren hast. Damit hast du mir sehr geholfen." Omphile lächelt und reicht ihr einen Zettel mit ihren Kontaktdaten. Außerdem legt sie ihr eine Muschelkette in die Hand. „Als Dankeschön."

Nadine betrachtet die weißen Muscheln. „Wow, dieser Halsschmuck ist wunderschön! Was sind das für Muscheln? Ich habe leider gar nichts für dich, für die Tour durch Johannesburg ..."

„Das macht gar nichts, du hast mich doch in der Rooftop-Bar

eingeladen, schon vergessen? Das sind Kaurimuscheln, die bringen Glück." Omphile drückt sie herzlich. Als sie sich löst, glitzern nicht nur bei ihr Tränen in den Augen.

„Wir sehen uns wieder", verspricht Nadine.

Omphile wischt sich die Tränen aus den Augen. „Nadine, ich wünsche dir viel Erfolg für die kommenden Aufgaben und ja, wir sehen uns bestimmt wieder."

Sie drückt Omphile ebenfalls. „Du wirst mich nicht mehr wiedererkennen. Ich werde nach dieser Reise mutig wie ein Löwe sein", sagt Nadine lachend und wischt eine Träne aus dem Augenwinkel.

„Ich höre dich schon fauchen wie ein mutiger Löwe." Omphile fällt in ihr Lachen mit ein. „Das traue ich dir zu. Es ist gar nicht so schwierig, wie du denkst. Ich glaube an dich."

„Danke, das gibt mir unheimlichen Auftrieb. Durch deine Worte fühle ich mich hoch motiviert. Es muss alles funktionieren. Du bist der netteste Mensch, der mir seit langem begegnet ist."

„Gerne. Aber übertreib nicht so." Omphile sieht sie einen Augenblick einfach nur an, mit einem Blick, den Nadine nicht zu deuten weiß. „Du hast die ganze Zeit auf der Fahrt geschwiegen, aber du wirkst bedrückt, obwohl du endlich hier bist. Möchtest du mir dein Herz ausschütten?"

Nadine schluchzt kurz auf und schaut in die warmherzigen Augen ihrer frischgewonnenen Freundin. Sie hadert kurz mit sich und gibt sich einen Ruck.

„Also gut. Lass uns kurz aussteigen." Sie zeigt auf einen großen Baum, der von violetten bis rosafarbenen Blumen umgeben ist. „Dort drüben ist ein schattiges Plätzchen und das Auto ist in Sichtweite."

Nadine atmet einen Geruch nach Kräutern mit einer blumigen Note ein und Omphile lächelt ihr aufmunternd zu. „Ich bin bei meiner Partnerwahl so auf die Nase gefallen. Zuletzt habe ich für einen Lügner und Betrüger das Hotelzimmer bezahlt, obwohl er mich eingeladen hatte. Er war einfach verschwunden. Mein Ex-Freund möchte sich mit seiner neuen Freundin ein Liebesnest in meiner Wohnung bauen und ich soll ausziehen, sonst veröffentlicht er erotische Fotos von mir, die ich ihm aus Liebe zugesendet hatte.“ Sie knetet ihre Hände. „Ich wollte mich umbringen, ich war so deprimiert. Ich habe mich geschämt und gerade, als ich mich von der Pont-Neuf-Brücke stürzen wollte, hielt mich eine alte Frau davon ab.“

Omphiles Mundwinkel zucken leicht. Sie hört ihr zu und drückt Nadines Arm sanft.

Nadine ringt um Worte. „Diese Frau, die wie eine Wahrsagerin aussah, hat mir ein Kästchen mit einem Brief gegeben. Dieser enthält Aufgaben mit Mutproben. Unvorstellbar, ich soll von der Bloukrans-Brücke springen und ich bin in Wirklichkeit ein Angsthase. Sie hat mir in diesem Brief versprochen, dass ich meinen Traummann finde, wenn ich mutig bin und drei Aufgaben löse. Was habe ich schon zu verlieren? Und diese Frau, die kannte meinen Vornamen.“ Sie sieht Omphile an und schluckt. „Glaubst du mir?“

Omphile schenkt ihr ein warmes Lächeln. „Weißt du, ich bin eine spirituelle Frau. In Afrika glauben wir an gute Geister. Und die Macht der Gedanken bewirkt viel. Vielleicht hat sie dir den richtigen Weg gezeigt? Trotz deiner Flugangst bist du geflogen, das war sehr mutig von dir. Du hast dich weiterentwickelt und damit erhältst du viel Selbstvertrauen. Vielleicht hilft es dir bei deiner Partnerwahl und du wirst dich nie mehr auf etwas einlassen, das dir nicht guttut. Ich glaube dir und wünsche dir viel Glück bei der Lösung deiner Herausforderungen. Die Geister sind mit dir.“ Omphile zwinkert ihr zu.

Nadine reckt ihr zur Verabschiedung erneut die Arme entgegen und drückt sie noch einmal herzlich. „Danke für deine Unterstützung. Ich wünsche dir eine gute Zeit bei deiner Familie. Wir bleiben auf alle Fälle in Kontakt. Ich halte dich auf dem Laufenden.

Und ich bedanke mich für deine nette Reisebegleitung."

„Danke. Bin gespannt, wie es bei dir weitergeht. Bei mir wird es die üblichen Familiengeschichten geben. Aber ich freue mich, sie endlich wiederzusehen."

Nadine schnauft kurz durch, bevor sie ihre Reisegefährtin noch einmal drückt und sich mit einem Bussi verabschiedet. Sie winkt ihr noch hinterher, als sie mit dem Wagen den Parkplatz verlässt. Im Anschluss checkt sie ein, lässt ihr Gepäck in eine der strohgedeckten Rundhütten des Hotels bringen.

Erschöpft von all den neuen Eindrücken lässt sie sich auf ihr Bett fallen. Nadine betrachtet die dunkelbraune, rustikale Holzkonstruktion, die das Stroh auf dem Dach hält, mustert die dunkelbraunen, beinahe schwarz anmutenden Möbel und das Bild eines Leoparden über dem Schreibtisch. Neugierig lässt sie ihren Blick über den Fußboden gleiten und freut sich über das saubere Zimmer.

Gähnend greift sie nach ihrem Handy. Sarah hat ihr eine WhatsApp gesendet. Sie ist gelandet und in weniger als einer Stunde da. Schlagartig ist Nadine wach. Sie jubelt innerlich. Ein warmes Gefühl durchströmt ihren Körper. Zusammen geht doch vieles leichter. Nadine tippt ihr eine kurze Nachricht: „Ich freu mich auf dich. Willkommen in Afrika."

Anschließend schlendert sie mit dem Handy in der Hand in das Freiluftrestaurant mit den groben Holzbänken und Tischen. Sie wartet bei einem Orangensaft auf die Ankunft von Sarah und beobachtet mit klopfendem Herzen, wie eine dunkelgraue Warzenschweinfamilie gemütlich über das Gelände tippelt und mit ihren kurzen Rüsseln schlammige Wasserlöcher inspiziert.

Ihre Wahrnehmung schwankt zwischen Angst und Triumph, dass sie sich auf diese Reise begeben hat. Endlich live erleben, was sie nur aus Büchern kennt. Ein leichter Vorgeschmack auf das, was kommt. Ob die Elefanten auf der Safari auch einfach so aus dem

Busch auftauchen? Ob sie gefährlich werden?

Die Warzenschweine wirken von der Holzterrasse des Restaurants aus betrachtet ungefährlich. Zumindest ist sie eine gute Läuferin und kann schnell wegrennen. Nadine rümpft die Nase über den leicht modrigen Geruch, der die schlammverkrusteten Tiere umweht. Sie wird darauf achten, ihnen nicht zu nahe zu kommen.

Die Lodge ist eingezäunt, um sie vor wilden Tieren zu schützen. Erleichtert atmet sie auf. Sie nippt an ihrem Saft, atmet die intensive süße Duftexplosion von wildem Jasmin ein und beobachtet interessiert die farbenfrohe Vogelwelt.

Kapitel 9

Sarah wuchtet ihren Koffer auf ihr Bett und räumt ihre Sachen in den rustikalen Schrank der Rundhütte, die sie mit Nadine gemeinsam bewohnt.

Mit einem Dauergrinsen im Gesicht legt diese eine Hand auf Sarahs Schulter. „Es ist so wundervoll, dass du hier bist. Ich kann es noch gar nicht fassen. Wir zwei in Südafrika."

„Und ich freue mich mit dir auf dieses große Abenteuer. Danke dafür."

Nadine winkt ab. „Nicht dafür."

Sarah schließt den Schrank und deutet auf eine kleine Holzskulptur einer afrikanischen Frau mit großen Ohrringen.

„Wie wohnlich es hier aussieht." Sie betrachtet die dunklen Holzbalken der gekalkten Hütte und dreht sich dabei im Uhrzeigersinn. „Ich fühle mich wohl." Sarah setzt sich auf einen Stuhl und schaut Nadine mit warmem Blick an.

Sie lächelt zurück. „Hast du etwas von Claire gehört?"

„Nein." Sarah zuckt zusammen und sieht weg.

Nadine runzelt die Stirn. „Schade, ich habe mehrfach probiert, sie anzurufen, aber sie geht einfach nicht ran."

„Sicher kümmert sie sich rührend um ihre Mutter. Du kennst sie ja, da hat sie keine Zeit für anderes. Familie ist ihr wichtig", antwortet Sarah mit leiser Stimme.

„Ja, so soll es auch sein", erwidert Nadine und wundert sich, warum Sarah plötzlich so leise spricht.

Nadines Magen krampft sich zusammen, sie kämpft mit sich. Schon seit sie Sarah gebeten hat, sie zu begleiten, will sie etwas von ihr wissen, doch sie hat sich bisher nicht getraut zu fragen. Sie sucht nach Worten, wie sie das Thema mit den Fotos schonend ansprechen kann, aber sie muss wissen, ob er seine Drohung wahr gemacht hat. Sie knetet ihre Hände und druckst herum: „Du kennst doch meinen Ex-Freund?"

„Ja. Was ist mit ihm?" Sarah sieht sie aufmerksam an.

Nadine zittert am ganzen Körper, obwohl es sehr warm ist. Sie streckt sich gerade durch. „Ich hätte dir viel früher davon erzählen sollen." Tief holt sie Luft und spricht die Worte schließlich aus. „Er erpresst mich."

„Echt?" Sarah setzt sich ruckartig aufrechter hin. „So was Mieses. Womit?"

Nadine nestelt mit ihren Fingern herum. „Du kennst dich doch mit den sozialen Medien aus. Hat er irgendwas Verletzendes über mich gepostet? Zum Beispiel Bilder?"

„Nicht, dass ich wüsste. Was für Bilder und warum erpresst er dich?"

„Er möchte unsere ehemals gemeinsame Wohnung für sich und seine neue Freundin haben. In einem schwachen Moment der Verliebtheit habe ich ihm damals ein paar erotische Bilder gesendet und die will er nun gegen meinen Willen veröffentlichen, wenn ich ihm nicht meine Wohnung überlasse." Ihr schießt die Röte ins Gesicht, als sie in Sarahs geweitete Augen sieht.

„So ein fieser Typ. Es war gut, dass du ihn verlassen hast." Sie streichelt ihren Arm. „Du hast Besseres verdient. Deshalb sind wir hier. Und nein, ich habe nichts Derartiges gesehen und Klatsch und Tratsch diesbezüglich ist mir auch nicht untergekommen. Vielleicht war es nur eine leere Drohung? Es gibt doch inzwischen gute Gesetze gegen so was."

Nadine atmet erleichtert auf. „Vielleicht hast du recht. Ich hoffe, er hat es sich anders überlegt. Es war nie seine Art, aber vielleicht hat die Neue einen schlechten Einfluss auf ihn."

Sarah nimmt ihre Freundin in den Arm. „Wir stehen das gemeinsam durch. Du bist nicht allein. Und nimm nicht immer das Schlimmste an. Alles wird gut. Und jetzt gehen wir erstmal raus. Ich möchte mich hier mal umschauen."

„Selbstverständlich. Entschuldige, aber es brannte mir auf der Seele." Eine zentnerschwere Last rutscht Nadine vom Herzen. *Vielleicht ist Alain zur Vernunft gekommen und ich kann bald wieder unbeschwert in Paris leben?*

„Komm mit." Sarah nimmt ihre Freundin sanft an die Hand und geht mit ihr vor die Tür.

Nadine bleibt auf der Veranda stehen und blickt in die hohen Bäume, in denen sich blaue Vögel tummeln.

„Nadine, die sehen prächtig aus. Diese schillernden Farben. Blaue Vögel habe ich in Paris noch nie gesehen. Und wie sie im Sturzflug auf dem sandigen Boden landen und die hinterlassenen Krümel unter den Picknickbänken aufpicken."

„Ja, diese Vögel sehen wunderschön aus und wie flink sie sich bewegen." Nadine deutet auf eine Ansammlung von Urlaubern. „Da vorne stehen die Safari-Jeeps."

„Super, gar nicht weit weg. Sag mal, hörst du das? Irgendwo brüllt ein wildes Tier."

Unmittelbar reibt sich Nadine die Arme, die Haare darauf stellen sich auf. „Schau mal her, das Geräusch verursacht bei mir eine Gänsehaut, trotz der Hitze. Dieses Land ist so aufregend. Was für ein Tier ist das?"

„Klingt nach einem Elefanten."

Ihr Herz pocht wild. „Ich wollte schon immer mal einen wilden Elefanten sehen. Das ist viel schöner als die Tiere, die in einem Zoo ihr trauriges Dasein fristen." Sie zupft Sarah am T-Shirt. „Ich freu mich so auf die Safari morgen früh."

Sie blickt zu der Gruppe Touristen, die gerade auf ihre Tour warten. „Ach, schau, die dürfen heute schon los. Wie ich sie beneide. Am liebsten würde ich gleich mit der Safari-Tour starten. Bestimmt kann ich heute Nacht nicht schlafen."

„Dafür sorge ich schon. Wir trinken heute Abend zur Abwechslung mal ein Bier, das macht müde. Lass uns übers Gelände schlendern, vielleicht sehen wir noch andere Tiere in der Lodge? Es ist alles so spannend."

Nadine und Sarah sind am nächsten Tag früh auf den Beinen. Endlich geht es auf die von Nadine lang ersehnte Safari. Sie fühlt sich mit Sarah sicher. Und es macht viel mehr Spaß, die wilden Tiere im Busch gemeinsam zu entdecken.

Nach dem Frühstück treffen sie an der Rezeption auf den Ranger, der sie und alle anderen, die diese Safari gebucht haben, abholt.

„Hallo Ladies, herzlich willkommen", begrüßt er sie. „Wir verbringen vier aufregende Stunden im Busch und es wird euch gefallen. Ich heiße Ronny, und ihr seid Nadine Escoiffier und Sarah Petit?" Die beiden Frauen nicken.

Der dunkelhäutige Fahrer enthüllt mit einem Lächeln seine weißen Zähne. Er hakt die weiteren Mitreisenden in einer Liste ab.

An der offenen Tür der Rezeption zeigt er mit ausgebreiteten Armen auf die weite Landschaft, die sich hinter der Umzäunung der Lodge erstreckt. Es gibt dicht bewaldete Stellen, ausgedörrte Bäume und dorniges Gestrüpp. Etwas wippt in den Baumkronen. Nadine kneift die Augen zusammen. „Ist das eine Affenfamilie, die dort herumturnt?"

„Ja, es sind Paviane", antwortet Ronny.

Gemeinsam sehen sie ihnen eine Weile zu. Nadine kann ihr Glück kaum fassen. Und wie schön es ist, die Tiere zu beobachten.

„Und nun genießt euren Safari-Aufenthalt", treibt Ronny sie irgendwann an. „Mit viel Glück sehen wir Elefanten, Hippos, Giraffen, Leoparden, Schakale, ein paar Geier und andere seltene Tiere. Die Affenfamilie habt ihr gerade kennengelernt. Dort draußen gibt es noch viel mehr Tiere, als ihr euch vorstellen könnt." Ronny beobachtet Nadine, die nervös an ihrem T-Shirt zupft, und Sarah verzieht ihr Gesicht, als er Schakale erwähnt.

Er lächelt ihnen aufmunternd zu. „Keine Angst. Die Tiere kommen nicht in den Jeep rein. Auf sie wirkt das Auto wie ein großes harmloses Tier, an das sie sich längst gewöhnt haben. Aber ich warne euch, sollte jemand eine Banane oder anderes süßes Obst dabeihaben, entsorgt es bitte sofort. Elefanten riechen das von Weitem und holen sich diese Banane, egal ob sie in einer Box eingepackt ist oder ihr die noch in der Hand haltet." Er zeigt auf die geöffnete Coladose, die Sarah in der Hand hält. „Die solltest du umgehend austrinken. Das lockt die Tiere an."

Sarah reibt sich den Bauch und reicht Nadine die Dose. „Ich habe keinen Durst mehr, magst du sie austrinken?"

Nadine ist zwar flau im Magen, aber reflexartig nimmt sie die Dose und leert sie in einem Zug, bevor sie sie entsorgt.

„Prima. Ich hoffe, ihr seid gut geschützt, wenn es heute Mittag heiß wird?"

„Sind wir", sagt Sarah und Nadine nickt.

„Wenn jemand ein dringendes Bedürfnis hat, wäre jetzt der richtige Zeitpunkt, das zu erledigen, bevor die Pirsch losgeht. Im Busch wird es schwierig sein mit dem Anhalten, da gibt es keine Toilette und einige gefährliche Tiere."

Nadine überlegt kurz, aber sie entscheidet sich fürs Einsteigen ebenso wie ihre Freundin. Sie will keine Minute Zeit verlieren. Auf diese wilde Tierwelt freut sie sich so sehr wie ein kleines Kind auf den Zoobesuch. Sie ist aufgeregt, aber auch ein wenig ängstlich. Den Gedanken, dass ein Leopard in den Jeep springen könnte, schiebt sie gleich wieder weg. Zum Glück hat der Ranger zu ihrem Schutz auch ein Langgewehr dabei. Sicherheit geht vor. Er tritt das Gaspedal durch und beschleunigt rasant.

Nadine umklammert ihr Fernglas. „Sarah, welches Tier möchtest du unbedingt sehen?“

Sarah wirft den Kopf etwas zurück und kneift die Augen kurz zu. „Ein Löwe, das wäre mega. Und du?“

„Eine Giraffe. Ich hatte als Kind mal eine Stoff-Giraffe, die habe ich geliebt. Die durfte überall mit hin.“

Sarah schmunzelt. „Wenn ich ehrlich bin, ich hatte einen Schlüsselanhänger, da war ein Löwe drauf. Vom Sternzeichen her bin ich Löwe. Vielleicht mag ich deshalb auch einen sehen?“

Nun schmunzelt auch Nadine.

Irgendetwas raschelt im Busch.

„Antilopen“, ruft jemand im Jeep, woraufhin alle Mitreisenden die Handys für einen Schnappschuss zücken.

Nadine sitzt staunend mit offenem Mund da und sieht ganze Herden von hellbraunen Antilopen vorbeiziehen. Sie fasst sich schnell und sagt zu Sarah: „Schau, wie anmutig diese zierlichen Wesen durch den Busch springen. Ist es nicht wundervoll?“

„Du hast recht, es sind Bilder, die das Herz wärmen.“ Sarah zupft an ihrem Ärmel. „Sieh her, wie elegant sie sich bewegen. Es wirkt, als würden sie wie kleine Elfen schweben.“

Die zwei Freundinnen schauen begeistert zu und knipsen viele Bilder. Als Nadine zu Ronny sieht, wirkt er gelangweilt.

„Diese Antilopen sind im Busch nichts Besonderes. Es sind Impalas und man findet sie hier überall vor.“

Sein Funkgerät meldet sich. Ronny erfährt von einem anderen Ranger, dass er unweit von ihnen einen Leoparden gesichtet hat.

Er hält an und blickt sich suchend um. Mit einem Lächeln deutet er mit seinen Fingern auf eine Stelle im niederen Gestrüpp.

„Ein Leopard."

Nadine jubelt innerlich. Sie findet das schwarzgefleckte Raubtier mit ihrem Fernglas. Regungslos und majestätisch verharrt es in einer Astgabel. Nervös schaut sie sich immer wieder um, denn der Jeep ist rundum offen und ohne Plane.

Ronny folgt ihrem Blick. „Wie schon gesagt, die Tiere sehen den Jeep wie ein großes Tier, vor dem sie Respekt haben und solange ihr drinbleibt, passiert euch nichts." Unterdessen sind weitere Safaribusse hinter ihnen eingetroffen, um diesen Leoparden zu sehen. Überall sieht man Fotoapparate und gezückte Handys für den einen Schnappschuss: wildes Afrika!

Ronny gibt Gas, als der Leopard im Dickicht verschwindet. Die anderen Fahrzeuge fahren in verschiedene Richtungen davon.

Aufgeregt reden die Touristen in ihrem Jeep durcheinander, als plötzlich ein lautes Geräusch ertönt und alle ehrfürchtig verstummen. Einige Leute suchen den Busch mit ihren Ferngläsern ab, auch Ronny. Nach dreihundert Metern stoppt er den Jeep.

Nadine spürt ein Grummeln in der Magengrube. War das trompetende Geräusch eben von Elefanten? Sie spitzt ihre Ohren und sucht nach der Geräuschquelle.

Irritiert beobachtet sie, wie Ronny sich aufmerksam umschaut, aussteigt ein pflanzliches, stinkendes Knäuel in die Hand nimmt und danach das dampfende Etwas zerteilt. Er erklärt, dass vor kurzer Zeit eine Elefantenherde diesen Weg gequert hat. Der Elefanten-Dung sei noch warm. Nachdem er seine Hände desinfiziert hat, steigt Ronny schnell wieder in den Jeep und zeigt nach rechts. Er bedeutet den mitfahrenden Touristen mit einem Finger auf dem Mund, nicht zu reden.

Mit angehaltenem Atem hört Nadine kurze Zeit darauf Zweige knacken, Äste bersten und dann stehen zwei Elefanten vor ihnen.

„Jungbullen", raunt Ronny, als die beiden sich den Weg durch den Busch über die Straße bahnen. Ein Elefant dreht den Kopf

Richtung Jeep, wendet ihn jedoch gleich wieder ab und folgt dem anderen. Ronny warnt die anderen Ranger über sein Funkgerät, während die Elefanten in dichtem Gestrüpp verschwinden, so schnell, wie sie gekommen sind.

„So schön solche Begegnungen sind, so gefährlich sind sie auch. Mitunter spielen diese Giganten mit den Jeeps und setzen dazu ihre Stoßzähne ein." Er grinst. „Hier haben einige der Jeeps Dellen von solchen Aktionen." Ernster fügt er hinzu: „Der Spaß hört auf, wenn sie die Wagen umwerfen und demolieren."

Nadine atmet erleichtert auf. Ein klein wenig Angst hat sie bekommen, als der Elefant in Richtung des Jeeps gestarrt hat. Man weiß nie. Aber eine beeindruckende Erfahrung, ein erhabenes Gefühl, diese Begegnung in freier Wildbahn zu erleben. Mist, jetzt hat sie vergessen zu fotografieren. Vielleicht hat Sarah später ein gutes Foto?

Immer tiefer dringt der Jeep mit seinen Passagieren in den Busch ein.

Sarah reißt die Augen auf und lächelt. „Nadine, sieh mal dort drüben, wie wundervoll." Die Giraffen wiegen ihre Köpfe mit den markanten Hörnern durch die Baumkronen der Marula-Bäume. Sie lecken und kauen an den zuckerhaltigen Früchten. Ihre Hälse mit dem hübschen Netzmuster überragen die Bäume.

„Ja, und wie elegant sie schreiten", flüstert Nadine Sarah zu, die stumm nickt und den Blick nicht lösen kann. Die Freundinnen fotografieren fortwährend um die Wette, nur die Szene mit einem Hyänenrudel, das ein Impala mit ihren Zähnen in viele blutige Teile zerreißt, lassen sie aus und sind froh, als die Fahrt weitergeht.

Ronny rast mit dem grünen Ungetüm über die asphaltierten Straßen der kargen Landschaft, aber als sie in einen unbefestigten staubigen Weg abbiegen, holpert es gewaltig. Jeden Schlag auf der Rüttelpiste spürt Nadine in ihrer Magengrube und sie verzieht ihr Gesicht. Unwillkürlich klammert sie sich mit einer Hand am Sitz fest. Das umgehängte Fernglas schlägt ihr unbarmherzig gegen die Brust. Sandstaub kitzelt in ihrer Nase, bringt sie zum Niesen. Nadine löst ihre Hand vom Sitz, als der Fahrer wieder auf befestigter Straße fährt.

Sie entdeckt einen Nashornvogel und zückt ihr Handy. Die Luft ist erfüllt vom Geruch von leicht süßlichen Blüten, manchmal auch von rauen und harzigen Noten. Sie hat mal gehört, dass hier der Rotbusch wächst, der als Tee verarbeitet werden kann.

Per Funk erhält Ronny die Nachricht, dass sich an der nächsten großen Wasserstelle gerade viele schwarze Kaffernbüffel versammeln. Als sie die Stelle erreichen, betrachtet Nadine ehrfürchtig die imposanten Wasserbüffel mit ihren ausladenden grauen Hörnern, die von der trüben Brühe trinken. Es riecht modrig. Am Ufer liegen träge Krokodile zwischen den Büffeln.

„Ronny, wie geht denn sowas? Ich dachte immer, Krokodile tragen den Teufel in sich und nun stehen sie friedlich neben den Wasserbüffeln. Greifen sie die nicht an?"

„Kann man das jemals wissen?", antwortet Ronny mit ernstem Blick.

Ein lautes Schnauben, das mitten aus dem See zu kommen scheint, lenkt Nadine von ihrem Gespräch ab. Ein grauer, abgerundeter Rücken erhebt sich aus dem Wasser.

„Sarah, da vorne taucht ein Nilpferd auf. Wie aufregend."

„Ich glaube es nicht, fantastisch. Super, du bist beim Entdecken viel schneller als ich." Nadine kneift die Augen etwas zu und erkennt weitere Nilpferde. Sie schießt erneut jede Menge Fotos und greift danach zum Fernglas, um sie näher betrachten zu können.

„Sie sehen so nett aus", erklärt Ronny der Gruppe, „aber diese behäbig aussehenden Tiere sind sehr gefährlich. Sie dulden keine anderen Wesen zwischen sich und einem Wasserloch, vor allem, wenn sie Nachwuchs haben. In diesem Fall benehmen sie sich sehr rabiat. Nehmt euch vor diesen imposanten Kameraden in Acht. In freier Wildbahn verhalten sie sich sehr bedrohlich."

„Unfassbar, das hätte ich nicht vermutet", meint Sarah. „Bei Löwen oder Leoparden glaube ich das sofort."

„Ja, sie sehen so harmlos und niedlich aus, aber sie sind es nicht. Merkt euch das bitte, in eurem eigenen Interesse."

Nadine nickt und lehnt sich anschließend weit aus dem Fenster, um einen noch besseren Blick auf die Hippos zu erhaschen. Dabei gerät sie ins Straucheln. Als die Tür sich plötzlich öffnet, schreit sie, versucht im Fallen, sich festzuhalten, doch keine Chance. Sie landet unsanft auf dem Steinboden der Brücke, auf der der Jeep angehalten hat. Ihre Hände zittern, als sie sich aufrichtet. Als sie zum Jeep schaut, wendet Sarah schnell ihren Blick in die andere Richtung. Die anderen Mitfahrenden starren sie mit großen Augen an. Nadines Magen verkrampft sich. Ronny ist aus dem Auto gesprungen.

„Ist alles in Ordnung?", ruft er Nadine zu, packt sie unter den Achseln und hilft ihr, auf die Beine zu kommen. Bugsiert sie zurück in den Wagen. Erst als sie wieder sitzt, bemerkt sie, dass er das Gewehr bei sich trägt und ihr Puls beschleunigt sich schlagartig.

Ronny kontrolliert die dicken Taue, die die maroden Jeep-Türen am ungewollten Öffnen hindern sollten. Er hält eines davon hoch.

Nadine keucht vor Schreck und hält die Hand vor den Mund. Ronny pfeift durch die Zähne. „Es ist gerissen. Aber nicht einfach so. Vorher wurde es angeschnitten." Nadine folgt seinem Blick zu Sarah, die puterrot angelaufen ist.

Ronny lässt das Seil los. Deutet mit einer Hand auf die Krokodile unter der Brücke. „Ich bin froh, dass Ihnen nichts passiert ist, Frau Escoiffier. Tut mir aufrichtig leid. In der Lodge waren die Seile in Ordnung. Ich hatte das mehrmals überprüft." Er lehnt sich ein wenig näher an Nadine, die sich ihm entgegenbeugt und flüstert ihr ins Ohr: „Sind Sie wirklich Freundinnen?"

Nadine hält den Atem an. Sie sieht, wie Sarah mit ihrem Handy spielt.

„Unmöglich", fährt er fort. „Vergewissern Sie sich bei Gelegenheit, ob in der Handtasche von Frau Petit eine Nagelfeile oder -schere zu finden ist."

Damit kehrt er zurück auf den Fahrersitz. Sie traut sich kaum, in Richtung Sarah zu sehen, die aber so tut, als habe sie nichts gehört und angestrengt aus dem Wagen in die Landschaft blickt. Nadine schluckt und schüttelt den Kopf. Das muss ein Albtraum sein!

Kapitel 10

Zwischen den Büschen zeigen sich die ersten Zebras. Nadine wirft Sarah verstohlene Blicke zu. Könnte sie etwas mit ihrem Sturz aus dem Jeep zu tun haben?

Ein Gaukler schwingt sich auf in die Lüfte und lenkt sie von diesen furchtbaren Gedanken ab. Staunend betrachtet sie die gigantische Spannweite der Flügel. Königlich. Sie fahren weiter und der Gaukler entschwindet aus ihrem Blickfeld. Sie spitzt die Ohren und hört eine trompetende Elefantenherde.

Der Ranger tritt das Gaspedal voll durch, um nicht von Elefanten angegriffen zu werden. Sie sehen Kudus davonspringen, denen hungrige Geparde auflauern und die seltenen Wildhunde. Nadine klammert sich an ihren Sitz, als sie die Hunde in ihrem Rudel herumtollen sieht. Es erinnert sie zu sehr an ihr Erlebnis, als der Nachbarshund sie gebissen hat. Seither schleppt sie ihr Traumata mit sich herum und fürchtet sich vor Hunden. Gerade weil sie sich auf diese Safari sehr gefreut hat, versucht sie, ihre Urangst zu unterdrücken.

Sie atmet tief durch, stützt den Ellenbogen im Türrahmen auf und betrachtet die Schönheit dieser rauen Natur. Sie spürt den Fahrtwind, der auf ihrer Haut kribbelt.

Leider sieht man keinen einzigen Löwen. Die vielen Impalas sind mittlerweile für sie uninteressant. Dafür begegnen sie noch zwei Leoparden und am Ende sichten sie eine Pavianbande, die nah an das Fahrzeug herankommt. Sogar versuchen, in den Innenraum zu klettern, doch Ronny kann sie abschütteln.

Bei einem Zwischenstopp an einem kleinen Wasserloch sehen sie eine Flusspferdmutter mit ihrem Baby. Ein letztes gelungenes Fotomotiv. Kurz bevor es dämmert, steuert der Ranger die Lodge an.

Müde steigt Nadine aus dem Jeep. „Danke Ronny, es war ein unvergessliches Erlebnis." Sie reicht ihm ein Trinkgeld, welches er mit einem breiten Grinsen annimmt.

Sarah bedankt sich ebenfalls und als sie schon gehen wollen, hält Ronny Nadine am Oberarm zurück.

„Passen Sie gut auf sich auf." Mit einer Geste deutet er auf die zerrissenen Seile an der Tür des Jeeps und Nadine schluckt.

Zurück in ihrer Rundhütte in der Lodge angekommen, reicht Nadine Sarah eine Art Minisalami als kleinen Snack.

„Probiere das mal, es ist aus getrocknetem Wildtierfleisch und heißt Biltong. In einem Reiseführer habe ich gelesen, dass es in Südafrika Kultstatus besitzt. Die Leute lieben es."

Sarah rümpft die Nase und knabbert wie ein Hase vorsichtig ein Stück davon ab. Ihr Gesicht erhellt sich. „Oh, schmeckt das lecker, das habe ich gar nicht erwartet. Es riecht zwar streng nach Wild, erinnert aber geschmacklich an eine luftgetrocknete Salami." Sarah nimmt ihr das Biltong aus der Hand und knabbert nun genüsslich daran.

Eine Stunde später sitzen Nadine und Sarah beim Abendessen im Restaurant-Außenbereich der Lodge. Der Kellner bringt die für Sarah bestellte Boerewors, eine würzige Grillwurst mit Pap, einem Maisbrei. Für Nadine stellt er Chakalaka, ein scharfes Gemüsegericht, auf den Tisch. Ihre Nase umweht ein Duftgemisch aus Nelken, Zimt und Koriander. Zum Nachtisch haben beide Malva bestellt, ein süßer Pudding, der mit Vanillesauce serviert wird.

„Prost Nadine, das sieht fantastisch aus." Sarah schneidet ein Stück von ihrer Wurst ab und schiebt sie sich mit der Gabel in den

Mund. „Hmh, sie schmeckt nach Thymian, Nelken, Muskatnuss, aber auch irgendwie scharf nach Pfeffer.“

„Das klingt interessant, ich freu mich heute auf mein vegetarisches Gericht.“ Nadine greift nach dem großen Löffel und kostet vorsichtig davon. „Mega. Ich schmecke Bohnen, Tomaten, Zwiebeln, aber vor allem Chili.“ Das Chili wärmt sie sofort von innen heraus und ein wohliges Gefühl breitet sich in ihrem Magen aus. Nadine lächelt und prostet ihrer Freundin zu.

Beide trinken einen kleinen Schluck von ihrem fruchtigen Rotwein und genießen ihr Essen.

„Welches Tier gefiel dir am besten, Nadine?“

„Die Giraffen fand ich am beeindruckendsten. Aber wenn ich ehrlich bin, auch die Elefanten. Wie sie so durch den Busch trampeln und mit ihrem Rüssel die Äste knacken lassen. Dahinter verbirgt sich so eine Urgewalt. Das hat mich ebenfalls fasziniert. Und du? Welches Tier hat dir am besten gefallen?“

Sarah nickt. „Leider haben wir keinen einzigen Löwen gesehen, aber mir gefiel die Nilpferd-Mama mit ihrem Kind, das sah so rührend aus.“

„Ja, das war süß.“

„Moment, ich zeige dir das bezaubernde Bild, das ich geknipst habe.“

Sarah schiebt ihren Vanillepudding zur Seite. Sie öffnet ihre Handtasche und nimmt ihren Geldbeutel heraus. Mit einem metallenen Klirren fällt ihre silberfarbene Nagelschere auf den Boden.

Misstrauisch schaut Nadine auf kleine Sisalspuren, die am Schneidblatt hängen, bevor Sarah die Schere blitzschnell aufhebt und wegsteckt. Nadine zuckt zusammen, sie schnappt nach Luft. Vor ihrem inneren Auge ist sofort wieder die Situation mit der offenen Jeep-Tür auf der Brücke präsent. Der Keim des Verdachts, den Ronny gesät hat, wächst. *Wann sollte Sarah das getan haben und warum?*

„Ist dir nicht gut, Nadine? War das Essen zu scharf? Du bist blass.“

Nadine hat keine Energie, um sich mit Sarah anzulegen. Sie muss ihre Kräfte einteilen. Sie weiß nicht, was sie noch auf ihrer Reise erwartet und wobei sie eventuell Sarahs Hilfe benötigt. „Mir geht's gut, etwas erledigt vielleicht. Es ist auch viel passiert heute. Aber das Essen war lecker. Und erst dieser Vanillepudding. Findest du nicht auch?“

„Ja, sehr fein.“

„Das war heute schon komisch, gerissene Seile, die wie angeschnitten aussahen. Was hältst du davon?“ Nadine schaut Sarah direkt in die Augen, mit dem Fuß tippt sie auf den Boden. Sie klopft mit der flachen Hand auf den Tisch.

Sarah zuckt zusammen und stammelt. „Du, ich war so erschrocken, ich war wie eingefroren und überfordert, ich konnte da einfach nicht hinsehen. Und die Krokodile so nah. Das hat mich fertig gemacht. Die Angst hat mich von innen aufgefressen, sie hat mich gelähmt und ich habe ein schlechtes Gewissen. Aber glaub mir, ich konnte einfach nicht. Es ging nicht. Ich hoffe, du hast das mental gut überstanden und bist mir nicht böse?“

„Sarah, ich habe mich schon gewundert. Du bist Krankenschwester, das sieht dir gar nicht ähnlich. Du bist doch sonst so patent. Zum Glück war Ronny da, mein Held.“

„Ja, zum Glück, aber auf mich wirkte es eher wie Absicht, damit er dich retten kann und vielleicht ein besseres Trinkgeld bekommt, oder er war einfach nur scharf auf dich.“

Nadine runzelt die Stirn. Sie sucht nach dem passenden Moment für die Frage, die auf ihrer Zunge brennt wie loderndes Feuer.

„Ich weiß, Nadine, für dich klingt das ungeheuerlich“, fährt Sarah fort, „aber die Menschen sind nicht immer so nett, wie man denkt.“

„Da gebe ich dir recht, Sarah." Nadine spürt einen Knoten im Bauch, sie stellt sich die Frage, wer hier nicht nett ist. Leider kann sie nichts beweisen.

„Komm, wir stoßen noch einmal auf unseren Mut an. Diese Safari wird unvergesslich bleiben."

Nadine prostet ihr zu. „Sag mal, nimmst du deine Nagelschere überall mit?"

„Wie du vorhin bemerkt hast, gehe ich als Krankenschwester niemals ohne mein Notfallset weg."

Nadine hebt die Brauen und zwingt sich mit einem Knoten im Bauch, die vermutete Ungeheuerlichkeit anzusprechen. Sie fühlt sich hundeelend dabei, aber sie muss diese Frage stellen. „Aber woher kommen dann die Sisalreste an deiner Schere?"

Mit Unbehagen registriert sie, dass Sarah mit dieser Anschuldigung nicht gerechnet hat. Steile Zornesfalten bilden sich auf Sarahs Stirn und sie sieht, wie sich Sarahs Augen zu Schlitzen formen.

Sarah setzt sich aufrechter hin. „Nadine, das ist jetzt nicht dein Ernst! Denkst du, ich hätte was mit dem Seil zu tun? Vergiss es. Ich müsste jetzt so richtig sauer auf dich sein." Sie zieht einen Flunsch. „In meiner Mittagspause vor dem Abflugtag habe ich Weihnachtsmänner für unsere Patienten gebastelt, um sie ein wenig in Weihnachtsstimmung zu bringen. Den Mantel der dicken Weihnachtsmänner hat ein Seil zusammengehalten. Daheim wollte ich dir auch einen schenken, deshalb habe ich dir nichts verraten. Bist du nun zufrieden? Ich habe nichts mit deinem Unfall zu tun. Wir sind doch Freundinnen."

„Tut mir leid, das klingt wie eine Verdächtigung, das war nicht meine Absicht. Ich war nur verunsichert und musste das fragen. Vielleicht bekomme ich trotzdem so einen Weihnachtsmann?" Nadine schaut sie mit zerknirschtem Gesicht an. Verflixt, wie konnte sie so dumm sein. Sarah bastelt sogar für sie, eine echte Freundin.

„Na klar.“ Sarah lächelt, doch in ihren Augen kann Nadine sehen, wie verletzt sie ist.

Auf dem Rückweg in ihre Hütte weichen sie einer agilen Warzenschweintruppe aus, die auf sie zutrottet. Nadine rümpft die Nase und zieht Sarah weiter, die das wuselige Treiben beobachtet. Da sie morgen sehr früh abfahren, verabschieden sie sich an der Verbindungstür ihrer nebeneinanderliegenden Zimmer in der Rundhütte.

Unruhig wälzt sich Nadine im Bett hin und her, kann kaum einschlafen. Sie träumt von Weihnachtsmännern mit dicken Bäuchen und gerissenen Seilen an Jeep-Türen. Als sie schweißgebadet aufwacht, hört sie draußen im Busch Elefanten tröten.

Nach kurzer Orientierung knipst sie ihr Nachttischlicht an. Was ist nun wahr? Sie spürt einen kleinen Stich in ihrer Magengrube. *Wer ist Sarah wirklich? Eine Freundin, die Weihnachtsgeschenke für mich bastelt oder eine Saboteurin? Kann ich mich so in meiner Freundin täuschen?*

Sie schüttelt den Kopf, schaut auf ihr Handy: zu früh, drei Uhr morgens. Sie checkt, ob ihr Wecker wirklich aktiviert ist, schaltet die Lampe erneut aus und legt sich wieder schlafen.

Kapitel 11

Nadine wacht am nächsten Tag früh auf und fühlt sich wie von einem Laster überfahren. Sie war mitten in der Nacht noch einmal aufgewacht und konnte durch ihre Grübeleien über Sarah nur schwer einschlafen. Wut war auch dabei, die sie wachhielt, weil all diese Gedanken einen Schatten auf diese schöne Reise werfen.

Neben ihr vibriert das Handy. Sie schaut auf das Display. Drei Anrufe in Abwesenheit. In diesem Augenblick vibriert es erneut. Mit einem Lächeln nimmt sie den Videoanruf an. Das Bild von Marie erscheint auf dem Display.

„Hallo Nadine, endlich erreiche ich dich“, plappert die Freundin los. „Wie geht es dir?“

Sie zögert ein bisschen, bevor sie antwortet: „Mir geht es gut. Ich habe den Flug und die Safari überlebt.“ Sie setzt sich aufs Bett und zieht die Decke um ihre Schultern. „Du stellst dir bestimmt vor, wie ich beim Flug abwechselnd geschwitzt und gezittert habe, oder?“

„Ja, ich sehe dich und die Biene-Maja-Schlafbrille bildlich vor mir. Nadine auf der Suche nach Willi.“ Marie kichert. „Hoffentlich hast du nicht zu viele Beruhigungspillen geschluckt? Die wilden Tiere hast du offensichtlich auch überlebt.“

Nadine presst kurz die Lippen zusammen, es entsteht ein Moment des Schweigens. Sie streicht eine Haarsträhne aus der Stirn. „Irgendwie siehst du mitgenommen aus“, meint Marie. „Und wie du weißt, kann ich zwischen den Zeilen lesen.“ Nadine seufzt, weil Marie sie natürlich durchschaut. „Was verschweigst du mir?“

Nadine holt tief Luft. „Ganz ehrlich, ich war heilfroh, nach dem Flug endlich festen Boden unter den Füßen zu spüren. Ich hatte mich so sehr auf die Safari gefreut und das Risiko war es wert. So viele wildlebende Tiere in der Natur zu sehen, ist so phänomenal! Schwarzgefleckte Leoparden, grauschwarze Wasserbüffel mit gebogenen Hörnern, Antilopen mit Geweihen wie gedrehte Ess-Stäbchen und die kleinen Impalas, selbst rundliche Flusspferde. Zebras und netzartig gemusterte Giraffen mit zwei kleinen Hörnern auf dem Schädel." Sie legt so viel Begeisterung, wie sie kann, in ihre Stimme, doch sie weiß nicht, ob es gelingt. „Marie, du hättest das majestätische Schreiten der Giraffen sehen sollen! Wie würdevoll sie ihren langen Hals recken, das kannst du dir gar nicht vorstellen. Und diese ausdrucksvollen Augen mit den langen Wimpern, da wäre mancher Teenager neidisch drauf. Schade, dass du nicht hier bist. Es hätte dir gefallen."

„Ja, ich bedaure das sehr. Es klingt alles so fantastisch. Die Giraffen hätte ich auch gerne gesehen." Marie seufzt. „Aber deine Stimme klingt so komisch. Wolltest du mir noch mehr erzählen? Was beschäftigt dich?"

Nadine schluckt kurz. „Du kennst mich einfach zu gut." Sie überlegt, wie sie die nächsten Worte formulieren soll. „Es ist etwas Unerklärliches passiert."

„Was?"

„Beinahe wäre ich zu den Krokodilen in den See gestürzt." Nadine hält sich eine Hand vor die Stirn, zittert plötzlich am ganzen Körper. „Am Safari-Jeep waren die Halteseile für die Türen ausgefranst und sind gerissen. Auf einer Brücke bin ich dann aus dem Jeep gefallen."

„Oh Gott, ausgefranst? Rausgefallen im Busch? Wie passiert denn sowas? Schrecklich! Bist du verletzt?"

„Nein, mir geht es gut, aber wenn ich an die Krokodile unter der Brücke denke, wird mir schlecht. Zum Glück hat der Ranger mir geholfen. Er meinte, dass die Seile vor der Fahrt in Ordnung waren."

Sie lässt die Bettdecke von ihren Schultern gleiten, streckt sich und steht abrupt auf. Unruhig läuft sie vor ihrem Bett auf und ab, reißt die Augen auf und die Worte sprudeln nur so aus ihr heraus: „Er hat mich gewarnt, mich mehr vor Menschen in Acht zu nehmen als vor Tieren. Und beim Abendessen ist Sarah eine Nagelschere mit Sisalresten aus der Handtasche gefallen, die sie auf die Safari mitgenommen hatte."

„Oje, Nadine, das klingt merkwürdig." Marie zieht die Luft scharf ein. „Pass gut auf dich auf."

„Das mache ich. Dem Anschein nach handelt es sich um einen Zufall. Sarah sagt, sie nimmt ihr Notfallset immer mit."

„Nadine, bei der ganzen Geschichte befällt mich ein mieses Bauchgefühl! Und ich meine damit nicht deine Verliebtheit in ein Foto."

„Was für ein Bauchgefühl, Marie? Weswegen?"

„Wegen Sarah!"

Nadines Beine geben nach, sie setzt sich erschöpft auf ihr Bett. „Meinst du, sie führt etwas im Schilde?"

„Ja, irgendetwas stimmt nicht. Ich habe mich gewundert, warum du dich so schnell für sie entschieden hast, anstatt für Claire."

Sie stutzt. „Ähm, Marie, dein Chef hat dir Urlaub verwehrt und Claires Mutter ist im Krankenhaus. Sie kümmert sich selbstverständlich um sie. Das ist wichtiger."

„Wer hat dir denn das erzählt? Claire und ihre Mutter waren eben bei uns im Restaurant essen. Beide quietschfidel. Sie war sauer, warum du sie nicht gefragt hast, ob sie mitfliegen möchte."

Sie spürt Eiskristalle, die ihr Herz kalt umfassen. Ihre Hände zittern. Sie benötigt einen Moment, um sich zu fassen. Ihr Kopf ist knallrot und explodiert beinahe. Sie schlägt die Faust mit voller Wucht in ihr Kissen. „Dann hat mich Sarah absichtlich falsch informiert. Das wusste ich nicht. Kein Wunder, dass Claire sauer ist."

Nadine atmete tief durch, um sich zu beruhigen. „Ich verstehe ihre Aktion nicht. Warum erfindet Sarah so eine Geschichte? Ich bin geschockt. Sie hat mir klipp und klar gesagt, dass Claire nicht erreichbar ist wegen der Pflege ihrer Mutter." Nadine schüttelt den Kopf, Marie tut es ihr gleich. „Marie, glaube mir, ich hätte Claire sonst längst angerufen. So ein Mist, hoffentlich kann ich das wieder geraderücken."

„Ach, bestimmt, wenn du ihr alles erklärst", beschwichtigt Marie sie. „Sarah hat dich knallhart angelogen! Von wegen falsch informiert." Marie schnaubt. Mit hochrotem Kopf und dennoch bangem Blick erwidert sie: „Ich warne dich vor Sarah. Sie ist krankhaft beziehungssüchtig. Nadine, wir beide haben uns erst nach unserer Jugendzeit kennengelernt. Ich habe dir noch nicht erzählt, dass sie mir als Jugendliche meinen Freund Léo ausgespannt hat, mit dem ich zwei Jahre zusammen war. Das hat mich damals tief verletzt. Ich weiß, warum ich sie meide, aber ich wollte dir nicht den Urlaub vermiesen wegen alter Geschichten. Wenn ich dir einen Rat geben darf? Vertraue ihr nicht. Hast du seither merkwürdige Dinge mit ihr erlebt?"

Nadine überlegt einen Moment und schüttelt dann den Kopf. „Nein, bisher war sie normal."

Marie presst die Lippen aufeinander. „Ich bitte dich, pass auf dich auf. Wo war sie, als ihr losgefahren seid? Hätte sie am Wagen etwas manipulieren können?"

„Der Ranger hat vehement betont, dass er alle Seile am Jeep kontrolliert hatte, bevor wir kamen." Nadine überlegt. „Aber als Ronny bereits an der Fahrertür war, ist Sarah erst eingestiegen. Sie hat sich viel Zeit dabei gelassen." Ihr Puls beschleunigte sich. „Die Seile, die die maroden Jeep-Türen zusammenhielten, waren an meiner Tür mutmaßlich angeschnitten worden und danach gerissen, deshalb bin ich rausgefallen. Ich hatte Glück, dass mir nichts weiter passiert ist."

„Oje, am liebsten würde ich zu dir nach Südafrika fliegen und auf dich aufpassen."

Nadine wird warm ums Herz. „Hey, keine Sorge, ich bin erwachsen. Ich passe auf mich auf, fest versprochen. Gleich heute früh fahren wir weiter. Mein Bungee-Sprung wartet auf mich." Nadine schloss die Augen bei dem Gedanken daran. Die Probleme mit Sarah konnte sie nicht auch noch brauchen. „Ich werde Sarah im Auge behalten. Hoffentlich hat sie nichts gehört, hier gibt es nur eine Zwischentür. Aber jetzt muss ich Koffer packen für die Weiterfahrt. Danke für deinen Anruf. Bis bald."

„Bis bald, pass auf dich auf."

Kapitel 12

Ihre Hände klopfen trommelnd auf das Lenkrad. Mit einem mulmigen Gefühl sitzt Nadine in einem neuen Mietwagen, den sie über die Rezeption bestellt hat, und wartet auf Sarah. Am liebsten wäre sie ihr aus dem Weg gegangen, sie ist eine miserable Schauspielerin und jeder kann an ihrer Mimik erkennen, wie es ihr geht.

Sie fahren heute zurück nach Johannesburg und machen vorher einen Abstecher zum Blyde-River-Canyon. Von Johannesburg fliegen sie nach Kapstadt und starten über die Gartenroute in die Berge nach Tsitsikamma zur Bloukrans-Brücke.

Sie rauft sich die Haare. *Auf welches Abenteuer habe ich mich eingelassen? Anscheinend ist es der letzte Sonnenaufgang, den ich dort sehe.*

Nadine erschrickt, als ihre Freundin die Tür mit einem Ruck aufreißt, einsteigt und unvermittelt loslegt: „Guten Morgen, bist du startklar?"

„Ja, auf zum nächsten Erlebnis!" Nadine zwingt sich zu einem Lächeln, startet den Wagen und drückt das Gaspedal des Leihwagens durch. Ihre leicht zitternden Finger krallen sich fest ums Lenkrad, als sie an den Bungee-Sprung denkt. „Hast du es gut, Sarah, du musst nicht springen."

„Stimmt, aber ich überlege trotzdem, ob ich mit dir springe."

In Nadines Gedanken brodelt es, deshalb wirft sie Sarah einen überraschten Blick zu. *Hoffentlich bin ich nicht in Gefahr.*

„Nadine, glaub mir, das fühlt sich bestimmt berauschend an. Spätestens, wenn du deinen Sprung im Internet postest, bist du eine

Heldin. Solche megageilen Bilder lösen ein enormes Echo aus. Nadine, die Mutige. Du wirst dich nicht mehr vor Verehrern retten können."

„Sarah, hör mir bitte zu, ein Posting in den sozialen Medien interessiert mich nicht." Nadine winkt ab. „Aber an den Traummann auf dem Foto habe ich mein Herz verloren. Ihn möchte ich im Sturm erobern. Um seinen Namen zu erfahren, springe ich. Ob du es glaubst oder nicht, in meinem Bauch fliegen die Schmetterlinge Loopings." Sie reibt sich mit der Hand den Bauch und grinst. „Ohne Vorfahrtsschilder hier drin gibt es bald gebrochene Flügel."

Sarah lacht und kneift die Augen minimal zusammen. „Was hat er, was die anderen nicht haben?"

Nadine errötet und stöhnt kurz auf. „Ich finde, er besitzt eine maskuline Ausstrahlung. Muskulös und gleichzeitig erotisch. Wenn man die Figur betrachtet, erkennt man ein 'V', kein Gramm zu viel, sportlich eben." Sie zuckt mit den Schultern. „Und seine Augen, dieser Blick, der trifft mich mitten ins Herz. Er bringt Unbekanntes in mir zum Schwingen. Ich sage es dir ehrlich, mich hat es erwischt. Ich bin verliebt, obwohl ich ihn noch nicht kenne. Ich möchte so gerne einmal seine Stimme hören. Die stelle ich mir sonor, männlich, kraftvoll und zugleich sanft vor. Weißt du, es gibt Stimmen, die berühren einen und es gibt welche, die abstoßen. Angenommen, er hätte eine Fistelstimme. Wer will denn so einen?" Sie kichert. „Aber das liegt außerhalb meiner Vorstellungskraft. Sicher hat er eine kraftvolle, männliche Stimme. Bei diesem fantastischen Mann geht das gar nicht anders. Und ich werde ihn kennenlernen. Basta."

„Wow, meine Liebe. So kenne ich dich gar nicht. Es gibt so viele Typen, die dir nachlaufen. Warum gerade er?"

Nadine überlegt einen Moment. „Er gefällt mir. Er ist das Beste, was mir je passieren kann. Ich weiß zwar nicht, wie er als Mensch ist, aber ich weiß, in diese samtbraunen Augen werde ich stundenlang hineinschauen. Was dagegen?"

Ihr Ton ist schnippisch, doch es ist ihr egal. Vielleicht steht Sarah auf diesen Typen? Nadine wendet den Blick kurz von der Straße und schaut ihr direkt in die Augen. Sarah weicht ihrem Blick aus, was ihre Skepsis verstärkt.

„Nein, warum sollte ich?“, wiegelt Sarah ab. „Ich kenne dich nur nicht so emotional. Hast du es dir gut überlegt, von dieser Brücke zu springen? 216 Meter Höhe!“

„Ja, um diesen Mann kennenzulernen, überwinde ich sogar die restliche Höhenangst. Ich schwitze zwar heute schon vor Panik, aber was solls. Ich verlasse endlich meine Komfortzone. Du solltest dich darüber freuen.“

Sarah inspiziert die Flusen im Fußraum des Autos. „Natürlich freue ich mich, dass du selbstbewusster wirst und dir das zutraust. Du fährst absolut sicher durch die Serpentinen. Gefallen dir die Berge ringsum?“

„Ja, ich mag die Landschaft, aber ich muss auch nicht auf jeden Berg kraxeln. Aber apropos Angst, da vorne, eine Straßensperre der anderen Art.“ Nadine bremst den Wagen etwas ab und deutet auf ein paar Halbstarke, die mitten auf der Straße stehen. Wegen des Abhangs gibt es kaum Ausweichmöglichkeiten, egal wie Nadine den Wagen manövriert.

„Auweia, wie sehen die denn aus? Sarah umklammert mit schwitzenden Händen den Griff an der Beifahrertür. Sie mustert mit großen Augen die Szene, ihre Stimme klingt schrill. „Zerfledderte Hosen, lumpige T-Shirts, abgewetzte Turnschuhe, verfilzte Haare. Das bedeutet nichts Gutes. Gib Gas! Beeil dich!“ Sarahs Hände halten den Unterarm von Nadine so fest, dass sie noch mehr erschrickt. Ihre Fingerknochen stechen weiß hervor, sie umklammert das Lenkrad felsenfest. Ihre Gedanken rasen. Was soll ich tun? „Hilfe, ich überfahre die gleich. Die stehen mitten auf der Straße!“

Mit schreckgeweiteten Augen ruft Sarah: „Die rauben uns aus. Starte endlich durch!“

„Nein, schau, ihr Fahrzeug hat eine Panne. Der Kühler steht offen.“ Nadine bremst abrupt ab, die Reifen quietschen und kurz vor den Halbstarken bleibt ihr Wagen stehen. Um Haaresbreite hätte sie diese Menschen überfahren. Sie zittert am ganzen Leib.

„Zu spät!“ Sarah ballt die Fäuste und wirft ihr einen wütenden Blick zu, als einer der Männer auf den Wagen zueilt. „Beschwer dich nachher nicht. Du trägst an allem die Verantwortung, was ab jetzt passiert. Achtung! Verriegle das Auto! Schnell!“

Nadine reagiert wie im Zeitraffer und kapiert zu spät, wohin sie greifen soll.

Einer der Typen zerrt die Wagentür auf und blafft sie auf Englisch an: „Raus! Her mit den Armbanduhren.“

Sarah flüstert: „Gib ihm deine Uhr. Schnell, die ermorden uns sonst.“

Beide streifen ihre Uhren hastig ab und reichen sie aus der geöffneten Wagentür.

„Geld her!“, ruft der Typ und mustert sie mit kaltem Blick.

Sarah kramt aus ihrer Hosentasche einen kleinen Schein und wirft ihn zu den Uhren.

Nadine sieht den bösen Blick und schluckt. *Mit den Männern ist nicht zu spaßen.*

Inzwischen stehen alle um das Auto herum. Mustern die Frauen abschätzig.

„Geld oder Liebe machen“, droht einer auf Englisch.

Sarah raunt ihr zu: „Wirf dein Geld hin, sofort!“

Sie befolgt den Rat, fummelt zwei Scheine und ein paar Münzen aus ihrer Hosentasche und lässt sie auf den Asphalt fallen.

Mit unwirschem Blick und einem kurzen Nicken winken die Typen sie weiter. Nadine tritt das Gaspedal durch, bis sie außer

Sicht sind. Sie atmet beim Beschleunigen tief durch. Erst als sie sich in Sicherheit wähnt, kurbelt Nadine das Fenster hoch und sieht aus dem Augenwinkel, wie bleich Sarah ist.

„Nadine, da hatten wir ungemeines Glück.“ Sarah wirft ihr einen durchdringenden Blick zu. „Der hat dich mit Blicken ausgezogen.“

Was war das? Nadine spürt noch die Nachbeben des Schocks, sieht zu ihrer Freundin und wie auf Kommando schreien sie los. Sie schreien sich die angestaute Angst und ihren Frust von der Seele.

Ein gemächlich vorbeifahrender Busfahrer beobachtet sie mit gerunzelter Stirn und entgeistertem Blick.

Ihr Geschrei endet abrupt in einem hysterischen Lachanfall darüber, wie er sie angesehen hat. Je weiter sie fahren, umso besser fühlen sie sich. Als der Stresspegel sinkt, singen sie die rockigen Lieder aus dem Radio mit.

Nadine schaut öfter als gewöhnlich in den Rückspiegel. Sie überprüft mit wachsamem Blick, ob ihnen jemand folgt und stellt fest, dass die Luft rein ist.

Den beiden Abenteurerinnen geht es von Sekunde zu Sekunde besser. Ihre Laune steigt. Ihre Reiseroute führt über einen Canyon, durch den sich ein Bach windet. Er ähnelt einer züngelnden Schlange.

„Lass uns kurz aussteigen.“ Nadine hält in einer Parkbucht an, auch wenn ihre Freundin protestiert. Sie denkt an den Überfall, doch die Landschaft ist zu schön. Weit und breit ist niemand zu sehen. Sie steigt aus und Sarah folgt ihr.

Sie bestaunen die kantigen Felsvorsprünge am Hang des Blyde-River-Canyons und die gigantische Bergkulisse der Drakensberge. Nach kurzer Weiterfahrt legen sie auf der Panoramaroute einen weiteren Fotostopp bei den Bourke's Luck Potholes ein und staunen über die kreisrunden Auswaschungen des Sandsteins, die durch einen Fluss entstanden sind.

Nadine verliebt sich mehr und mehr in das Land, in dem sie ein Puzzlestück zu ihrer großen Liebe finden soll. Auch wenn es schwerfällt: Sie müssen weiterfahren, ihr Flug wartet nicht. Den Flughafen in Johannesburg erreichen sie mit geringer Verspätung.

Relativ schnell findet der Anschlussflug nach Kapstadt statt. Sie kommt kaum zum Nachdenken.

Sarah tröstet sie zwischendurch, wenn sie sieht, wie Nadines Hände vor Angst schwitzen. Eine Beruhigungstablette weniger verbucht Nadine als bahnbrechenden Erfolg.

Nach erfolgter Stadtbesichtigung in Kapstadt inklusive Tafelberg, den bunten Häusern im Viertel Bo-Kaap und der mondänen Ausgehmeile Waterfront sowie den wundervollen Parkanlagen inmitten der Stadt mit ihrer besonderen Geschichte fahren sie mit dem Mietwagen über die Garden-Route nach Tsitsikamma.

Sie passieren den Walbeobachtungsort Hermanus und den Abzweig nach Oudtshoorn, wo es viele Straußenfarmen gibt, die zu einem anderen Zeitpunkt absolut einen Besuch wert sind.

Genussvoll schlürfen sie in der Lagunenstadt Knysna bei einer Fahrt mit dem Schaufelraddampfer die leckersten Austern, die Nadine je gegessen hat. Dieser außergewöhnliche Geruch und Geschmack der Austern nach Salz und Meer verführt sie dazu, die glibberigen Köstlichkeiten mit einem Schluck Weißwein hinunterzuschlucken und mit einem Grinsen im Gesicht abzuwarten, bis die Geschmacksexplosion in ihrem Gaumen ankommt.

Nadine fühlt sich heimisch wie in einem Strandlokal in Südfrankreich und stößt bei der Weiterfahrt auf der Küstenstraße einen Seufzer aus. Diese Küste lohnt einen längeren Aufenthalt. Sie weiß, dass sie im Falle des Überlebens ihres Bungee-Sprungs in diesem reizvollen Land mehr Zeit verbringen möchte. Aber die Worte der Wahrsagerin und ein paar samtbraune Augen locken sie nach Tsitsikamma.

Nach einem kurzen Erfrischungsstopp nähern sie sich der monumentalen Bloukrans-Brücke. Sie bestaunt mit schweißnassen Händen und offenem Mund die imposante Höhe des Brückenbauwerks.

„216 Meter", murmelt sie mehr zu sich als zu Sarah, als sie in der Nähe des Zugangs vor einem Schnell-Restaurant parken und den Besucherparkplatz überqueren.

Beim letzten Zwischenstopp hatte Nadine sportliche, exklusive Leggings und ihr teures Lieblings-T-Shirt angezogen. Ihr Gedankenkarussell kreist und flüstert ihr zu: Im Falle meines Todes möchte ich zumindest einen würdevollen Eindruck hinterlassen.

Ihr Blick schweift prüfend zu Sarah. Nadine beißt die Zähne zusammen, deutlich treten Nadines Wangenknochen hervor und sie umklammert ihre Handtasche, als hätte sie Angst, dass man sie ihr entreißt.

Nadine denkt nicht mehr an den Bungee-Sprung. Die Höhe. Dass sie sterben könnte. Ihr fällt alles wieder ein, was Marie gesagt hat. Dass Ronny sie gewarnt hat. Die durchtrennten Seile. Vielleicht hat sie noch Angst wegen des Überfalls, überlegt sie und klammert sich deshalb so an ihre Tasche.

Doch das mulmige Gefühl in ihrer Magengrube hat nichts mit dem Sprung aus luftiger Höhe zu tun. Irgendetwas scheint Sarah zu planen. Nadine erinnert sich an ihre Reaktion auf das Foto des unbekannten Traummannes, wegen dem sie all das hier auf sich nimmt. An die Worte von Marie, dass Sarah süchtig nach Männern und Beziehungen ist. *Kann es sein, dass Sarah den Mann ebenso attraktiv findet wie ich? Dass sie ihn für sich haben will?*

Nadine schluckt und ihre verschwitzten Hände zittern. *Wie weit würde Sarah gehen, um das Spiel zu gewinnen?*

Kapitel 13

Als sie am Eingangstor der Brücke warten, schlendert ihnen ein junger Mann mit einem schwarzen T-Shirt mit orangefarbenem Aufdruck „Bungee-Jump“ entgegen. Er trägt ein grasgrünes Basecap, das Sonnenschild in den Nacken geschoben. Eine schwarzgelockte Haarsträhne kämpft sich durch den halbmondförmigen Spalt in der Mütze. Er lächelt verschmitzt.

„Hallo und herzlich willkommen, seid ihr bereit für den Sprung ins Ungewisse?“

Nadine nickt, bringt kein Wort hervor und Sarah scheint es ähnlich zu gehen.

„Mein Name ist Timothy und wie heißt ihr?“

Die beiden antworten beinahe gleichzeitig.

„Hi. Ich bin Nadine.“

„Sarah.“

„Sehr erfreut. Habt ihr bereits Tickets?“

Nadine zeigt ihr Online-Ticket vor, das sie zu Hause gebucht hatte. Für Sarah löst sie ein Ticket bei Timothy.

„Wer springt zuerst?“

Nadine zeigt auf sich und antwortet zaghaft nickend: „Ich.“

„Super, das hier ist ausschließlich für Mutige. Wenn ihr Höhenangst habt, ist das die letzte Chance, es sich anders zu überlegen.“ Prüfend sieht Timothy sie an.

Nadine schaut hilfesuchend hinüber zu Sarah, die sich unmittelbar abwendet. Sie unterdrückt ihre Empörung. Vielleicht ist Sarah doch keine echte Freundin?

Ihren ganzen Mut zusammennehmend wendet sie sich dem jungen Mann zu. Ihre Hände ballen sich zu Fäusten und ihre langen Fingernägel krallen sich fest in ihre Handinnenflächen, bis es schmerzt. Mit fiepender Stimme, wie eine kleine Maus, die sich gegen einen Eindringling wehrt, erwidert Nadine: „Ich doch nicht. Sieht so eine Frau aus, die Angst hat? Lass uns schnell loslegen, Timothy."

Sie schaut sich um und würde sich am liebsten in ein Mauseloch verkriechen, dann denkt sie an die Wahrsagerin und das versprochene Glück. Ein Adrenalinstoß jagt durch ihren Körper.

Timothy bittet Nadine und Sarah auf die Waage und schreibt das Gewicht auf ihre Handrücken, um späteren Missverständnissen vorzubeugen. Er wählt die Seile entsprechend dem berechneten Gewicht aus.

Nadine schwitzt und hofft, dass bald alles vorbei ist. Die Vorbereitung zerrt an ihren Nerven. Sarah steht neben ihr, signalisiert Timothy, dass sie nach Nadine in den Abgrund springen wird.

„Aber bevor ich das tue, darf ich mir die Absprungstelle ansehen? Ich will sichergehen, dass ich mich das wirklich traue."

Nadine entgeht der Augenaufschlag ihrer Freundin nicht. Sie flirtet mit Timothy! Der sich darauf einlässt und Sarah den Zugang zur Plattform gewährt.

Misstrauisch verdreht Nadine ihren Körper, um zu sehen, was ihre Freundin macht. Sie erscheint ihr viel zu nah an den Seilen, die ein zweiter Mitarbeiter gerade bereitlegt. Doch Timothy lässt Nadine mit den Beinen in ein Gerüst aus Gurten einsteigen. Er zieht es hoch und schnallt die Gurte wie ein Kreuz über ihrem Brustkorb zusammen. Danach legt er ihr einen Bungee-Gurt an. Nadine muss sich auf ihn konzentrieren, als er ihr die Sicherung mit dem Fuß-Gurt näher erläutert. Etwas poltert hinter ihr und sie sieht, dass Sarahs Handtasche auf den Boden gefallen ist. Jede

Menge Kram kullert über die Plattform, den sie hektisch einsammelt. *War das eine Nagelfeile?* Nadine kann es nicht genau erkennen.

„Nur die Fußmanschetten noch einmal überprüfen und so fest wie möglich ziehen“, sagt Timothy und reißt sie aus ihren Gedanken. „Dann kann es losgehen.“

Die Manschetten winden sich sorgfältig um ihre Knöchel wie Efeu um einen Baum. An den Fußschlaufen befestigen die Mitarbeiter ein dickes, pinkfarbenes Seil.

Eine junge Angestellte überprüft wiederholt, ob es wirklich fest am Knöchel anliegt. „Was ist das hier?“

Der Tonfall schreckt Nadine auf, die in Gedanken an der Absprungkante war und versucht, ihr polterndes Herz unter Kontrolle zu bringen.

„Hier! An dieser Stelle sind die Fasern angerissen. Das darf doch nicht wahr sein!“

Nadines Herzschlag setzt einen Augenblick aus. „Wie? Das Seil war nicht in Ordnung?“ Der Schreck fährt ihr in die Glieder. Ausgerechnet bei ihr!

Die Schimpftirade, die ein junger Mann abbekommt, der augenscheinlich für die Seile zuständig ist, bekommt sie kaum mit.

„Sarah, versichere dich bitte, ob dein Seil in Ordnung ist.“

„Nadine, meine Seile sind intakt, ich habe gerade nachgeschaut.“

„Wenigstens das.“ Nadine spürt einen leichten Schwindel in sich aufsteigen, als sie hört, was Timothy sagt.

„Es war alles in Ordnung, als ich die Seile eben überprüft habe!“ Timothy ist blass. Seine Hände zittern, als er auf Sarah zeigt. „Sie war als Letzte in der Nähe der Plattform und hat an ihrer Handtasche rumgefummelt!“

Ehe sie versteht, was passiert, entreißt der Kollege von Timothy der überraschten Sarah die Handtasche. Sie protestiert. Wendet sich von ihr ab. Nadine beobachtet, wie ihre Freundin mit herabhängenden Schultern zur Kenntnis nimmt, dass er in ihrer Tasche herumkramt, ohne dass sie es verhindern kann.

Triumphierend streckt er ihr eine Nagelfeile mit pinkfarbenen Seilfasern entgegen.

„Was haben Sie getan?“ Sein Tonfall klingt heiser und entsetzt. „Wir brauchen unsere Jobs. Bei mir stürzt keiner ab und es soll dabei bleiben.“ Wütend drückt der Mitarbeiter die zum Sprung vorbereitete Sarah zur Seite. „Sie haben Hausverbot! Verlassen Sie sofort das Gelände.“ Er reißt das blaue, intakte Seil und die Fußmanschette von Sarahs Füßen. „Gehen Sie uns aus den Augen und gönnen Sie Ihrer Freundin einen einwandfreien Sprung.“

„Aber ich habe nichts gemacht. Ich bin unschuldig“, beteuert Sarah.

Timothy schaltet sich ein. „Nadine Escoiffier bekommt das Geld für ihren Sprung zurück. Nun gehen Sie bitte und seien Sie leise.“

Sarah verlässt verärgert die Brücke und flucht laut vor sich hin: „Ich geh ja schon. Von Ihnen hab ich genug! So genial ist der Sprung sicher nicht.“

Nadine hört, wie sie irgendetwas flüstert, das wie "Vielleicht hätte ich an der Brücke neue Hinweise für unseren gemeinsamen Traummann gefunden“ klingt und ihr Herz verkrampft. Doch sie hat keine Zeit, sich weiter damit zu beschäftigen.

Die Seile wurden getauscht und sie steht inzwischen mit neuen intakten Seilen ausstaffiert auf der Absprung-Plattform am äußersten Brückenrand.

Ihr Puls rast, ihre Hände schwitzen. Ihr T-Shirt klebt. Die Knie zittern. Sie wagt es noch nicht, in den Abgrund zu schauen. Ihre Gedanken kreisen um ihre Familie, um Marie und Claire, von denen sie sich nicht verabschieden konnte und um den Traummann, den sie nach diesem Sprung vielleicht niemals kennenlernen wird.

Zwei Mitarbeiter, die schwarze Wollmützen auf dem Kopf tragen, unterstützen sie tatkräftig. Sie greifen Nadine an den Armen und zählen mit ihr rückwärts bis zum Countdown. „Fünf – vier – drei"

Nadine hustet, ihr Herz hämmert in der Brust wie eine Dampflok, die immer schneller wird. Sie keucht. Sie zögert. Soll sie es wirklich wagen? Ist sie verrückt? Noch kann sie zurück.

Sie spürt den mutmachenden Blick der Männer, die zögern und sie fragend anschauen. Nadine fasst einen Entschluss: Sie möchte nie wieder Angst haben, so oder so. Mit entschlossenem Blick nickt sie ihnen zu.

„zwei"

Sie zögert noch eine Millisekunde, spürt den Druck der Hände auf ihrem Oberarm und widersetzt sich kurz. Doch sie hat nichts zu verlieren, außerdem möchte sie den neuen Hinweis für ihr Glück auf der Brücke finden.

Die Männer reden ihr gut zu.

Sie nestelt an ihrer Jacke herum, schaut nach vorn, breitet die Arme aus wie ein Adler seine Schwingen.

„eins – Sprung!"

Nadine springt. Adrenalin schießt durch ihren gesamten Körper. Im freien Fall saust sie in atemberaubendem Tempo am Brückenpfeiler vorbei und erkennt mit viel Mühe ein mit roter Farbe aufgesprühtes riesiges Brückensymbol, das der bekannten Golden Gate Bridge in San Francisco ähnelt. Extreme Glücksgefühle durchströmen sie, bevor sie in den Abgrund auf den Fluss zurast. Aufgefüllt mit Adrenalin und Gruselschauern wippt sie knapp über der Wasserfläche auf und ab. Sie fühlt sich wie ein Jo-Jo-Spielzeug in Kinderhand. Die Angst, mit einem gerissenen Seil ungebremst ins Wasser zu klatschen, lässt langsam nach. Sie lacht befreit, aber ein wenig irre. Sie lebt. Doch dann schießt ihr wieder in den Kopf, was Sarah getan hat. Welcher Teufel hat Sarah geritten, als sie das Tau angeritzt hat?

Das neue Seil hat ihr Gewicht gehalten und pendelt mit ihr nun gemächlich aus. Ihr Herz schlägt wild. Sie schiebt die bösartige Attacke aus ihrem Kopf und genießt diesen gigantischen Adrenalinkick. Glück pur. Sie spürt das Pochen in ihren Herzkammern bis in ihren gesamten Körper.

Sie ist immer noch überwältigt. Vom Sprung, von der wilden Natur, dem Flusstal mit den angrenzenden Bergen und ihrem eigenen Mut. Weiterhin am Seil baumelnd, bekommt sie Besuch. Ein Mitarbeiter hat sich zu ihr abgeseilt. Er zieht sie in eine aufrechte Position und Nadine atmet tief durch. Das Blut fließt vom Kopf zurück in ihren Körper. Oben angekommen gibt sie ihren Bungee-Gurt zurück. Am Ausgang sieht sie ein Foto von sich mitten im Sprung. Nadine kauft es und überlegt, wo sie es später als Trophäe zum Angeben aufhängen wird.

Als sie auf den Parkplatz tritt und Sarah sieht, kann sie ihre Wut nicht mehr zurückhalten. „Verflucht nochmal, was hast du getan?"

„Das war ich nicht. Wie sprichst du mit mir?", blafft Sarah zurück.

Nadine zuckt zusammen, sie fühlt sich leer und erschöpft, aber auch wütend. Ungeheuerlich, Sarah streitet tatsächlich alles ab, aber die Fakten sprechen gegen sie. So kann das nicht weitergehen, sie muss doch vertrauen können.

Lange schaut sie hier nicht mehr zu. Sie muss sie unter Druck setzen, bis sie die Wahrheit erfährt, und dann Konsequenzen ziehen. Das ist längst überfällig. Ihr ist übel, aber sie strafft ihre Schultern, ballt die Fäuste und ihre Miene verfinstert sich. „Die Beweise sprechen gegen dich."

„Ich bin unschuldig. Das Personal hat schlichtweg schlampig gearbeitet und die Seile unzureichend inspiziert, Südafrika eben", verteidigt sich Sarah, zieht die Schultern hoch und lässt sie wieder sinken.

Nadine verschränkt die Arme vor der Brust und reckt trotzig das Kinn vor. Sie kommt bei Sarah so nicht weiter. Wenn Sarah es so will, wird sie ihr gegenüber eine Eisprinzessin spielen. Wäre sie zu Hause, würde sie den Kontakt zu ihr sofort abbrechen. *Früher war sie oft für mich da, aber auf dieser Reise zeigt sie mir nur noch die eiskalte Schulter und sabotiert mich. Eine allerletzte Chance bekommt sie von mir noch, aber nur, weil sie gutmütig ist.*

Sie presst die Lippen zusammen. „Wir werden sehen, Sarah. Ich hätte dich nicht für jemanden gehalten, der mein Leben aufs Spiel setzt."

„Du wirst doch diesen wilden Afrikanern nicht mehr vertrauen als mir?", fragt Sarah und stemmt die Hände in die Hüften.

Nadine kneift die Augen zusammen. Sie mag es nicht, wie Sarah über die Einheimischen spricht, aber sie schluckt ihren Ärger über diese abwertende Sprache hinunter.

Sie zwingt sich, ihre Freundin anzusehen. „Ich weiß ehrlich gesagt nicht, was ich glauben soll. Lassen wir es für heute auf sich beruhen." Nadine zuckt kurz mit den Schultern.

Sie möchte sich den aufregenden Sprung, den Höhepunkt ihres Mutes, nicht vermiesen lassen. Immerhin ist es ihr Bungee-Sprung ins Glück. Na ja, zumindest einen ersten Baustein dafür hat sie soeben ergattert. Das Brückensymbol. Sie knetet ihre Hände und lächelt mit verklärtem Blick.

Sarah wirkt erleichtert und wechselt das Thema, als sei nichts gewesen. „Wie hat dir der Bungee-Sprung gefallen?"

„Super aufregend. Ich fand es klasse und übrigens, ich bin die Mutigste auf dieser Welt." Sie grinst breit und klopft sich auf ihre Schulter.

„Ja, das bist du, Nadine." Sarah zögert einen Moment und Nadine ahnt, was die nächste Frage sein wird. Sie wappnet sich innerlich, als sie genau das zu hören bekommt, was sie vermutet hat. „Konntest du das erste Symbol entdecken?"

„Weißt du, Sarah, es ging alles so schnell. Eventuell können wir den Namen mit den anderen zwei Symbolen noch erraten", flunkert sie und ist überrascht, wie leicht es ihr von den Lippen geht.

„Ach so. Schade." Schweigen senkt sich über die beiden.

Auf Nadines Hand lässt sich ein blauer Schmetterling nieder. Sie pustet vorsichtig, er spreizt seine filigranen Flügel und fliegt davon. Sie schaut ihm nach, bis er verschwunden ist.

Mit einem schiefen Lächeln wendet sie sich Sarah zu. Noch bevor sie etwas sagen kann, kommt Sarah ihr zuvor. „Nimmst du mich mit auf das nächste Abenteuer?"

„Selbstverständlich", erwidert Nadine, strafft ihre Schultern und schenkt Sarah ein aufgesetztes Lächeln. „Wer weiß, vielleicht erleben wir noch eine Steigerung?"

Sarah reißt die Augen auf. „Das muss nicht sein, aber ich hoffe, dieser Typ verdient deine Ambitionen."

„Ja, das hoffe ich auch. Geh schon mal vor ans Auto, ich benötige ein paar Minuten für mich allein. Es ist heute so viel passiert."

„Stimmt, ich wollte mir sowieso noch einen kleinen Imbiss mitnehmen. Bis gleich."

Nadine atmet tief durch. Sie schaut in den Himmel und überlegt, was es mit diesem Brückensymbol auf sich hat. Es war nicht zu übersehen. Sollte es so einfach sein? Ein ‚B' als Anfangsbuchstabe für seinen Vornamen? Sie triumphiert ein kleines bisschen. *Wenn nur die komplette Entschlüsselung auch so einfach wäre.*

Sie reißt mit einem Jauchzer beide Arme nach oben und sendet eine Dankesgeste gen Himmel. Sollte das Rätsel so einfach zu lösen sein?

Ein großer Brocken fällt ihr vom Herzen, aber das Allerbeste ist, sie hat den Sprung überlebt. Nun bleibt es spannend. *Wo versteckt sich der Brief mit den nächsten Informationen?*

Kapitel 14

In diesem Moment tritt eine füllige, prächtig gekleidete Zulu-Frau auf Nadine zu. Sie betrachtet die farbenfrohen afrikanischen Muster auf deren Kleidung und dem verschlungenen Turban.

Ihr Blick findet den der Frau. Nadine fühlt sich, als hätte ein Feuerwerkskörper in ihrem Magen eingeschlagen. Sie erkennt die Wahrsagerin von Paris. Sie erstarrt einen Moment wie eine Eidechse, die vom Winter überrascht wird.

Wortlos überreicht ihr die Turban-Trägerin ein blassrosa Couvert. Sie spürt ein letztes Mal, wie diese Frau ihr tief in die Augen und in ihre Seele blickt, bis sie, kaum dass Nadine einmal geblinzelt hat, wie vom Erdboden verschluckt ist.

Gänsehaut bedeckt ihren Körper. Sie reibt ihre Augen, aber die Frau ist weg. Das glaubt ihr niemand.

Sie hebt ihre Hand und spürt das Couvert darin. Die Wahrsagerin war tatsächlich da, aber eigentlich geht so etwas gar nicht. *Wenn ich eine Romanfigur wäre, könnte alles passieren,* denkt sie mit einem zaghaften Lächeln, *aber ich bin doch echt.*

„Wer war das?" Nadine schrickt zusammen, als unvermittelt Sarah mit einem nach Barbecue-Sauce duftenden Cheeseburger neben ihr steht. „Wo ist die hin? Und was steht in dem Brief?"

Nadine schwirrt der Kopf. Wenn Sarah die Frau auch gesehen hat, dann hat sie das nicht geträumt, oder? Der rosa Briefumschlag brennt ihr nahezu ein Loch in die Hände.

„Ich habe keine Ahnung", bricht Nadine ihr Schweigen. „Lass

mir ein paar Minuten Zeit, mich zu sammeln. Warte bitte am Auto auf mich. Ich komme gleich nach, dann reden wir drüber."

Sie ignoriert den enttäuschten Blick ihrer Freundin und sucht sich eine schattige, einsame Stelle, wo sie ungestört in den Brief schauen kann.

Bevor sie das Couvert öffnet, sieht sie noch einmal zu Sarah, die ihr einen verzweifelten Blick zuwirft. Hat sie ein schlechtes Gewissen? Oder trägt sie am Ende doch keine Schuld und Marie irrt sich? Ein ungutes Gefühl bleibt. Sarah ist zu sehr darauf erpicht, das Symbol zu kennen, welches Nadine gesehen hat. Und was, wenn Marie recht hat und Sarah ihr ihren Traummann ausspannen will?

Sarah wendet sich ab und Nadine öffnet mit zitternden Fingern den Briefumschlag, holt das Blatt heraus und liest.

„Liebe Nadine,

herzlichen Glückwunsch für deinen Mut. Diesmal habe ich dir über die Zulu-Frau eine Nachricht zukommen lassen. Überlege dir gründlich, wem du vertraust. Hier kommt eine neue Herausforderung, die dich deinem Ziel näherbringt.

Ich hoffe, dass du dich dieser Aufgabe ebenfalls mutig stellst. Immerhin bringt es dich ein Symbol und damit am Ende einen Buchstaben weiter!

Du fliegst nach Deutschland, direkt nach Berlin. Gewiss brennst du darauf, diese pulsierende Stadt zu erleben.

Die zu lösende Aufgabe lautet:

Melde dich in einem Berliner Tierheim und führe eine Woche lang täglich einen Hund aus, der dir zugewiesen wird.

Wenn du das meisterst, erhältst du ein weiteres Symbol. Denke bitte daran, dass du den Namen am Ende der dritten Aufgabe nur einmal und richtig nennen darfst. Raten ist verboten, ansonsten ist dein Glück für immer verloren. Der Weg ist das Ziel.

Liebe Grüße und bis bald"

Wie gemein, denkt Nadine und stampft mit dem Fuß fest auf, da könnte man zum Zyniker werden. *Woher weiß die Wahrsagerin, dass ich Angst vor Hunden habe? Und gerade das ist meine Mutprobe.*

Sie hält die Hand vor den Mund, ihr Magen rebelliert und sie kämpft dagegen an. Wie kommt es, dass sie meine Phobien kennt?

Sie plustert die geröteten Wangen auf und presst die Luft durch die Lippen hinaus. Sie fühlt sich wie ein erschlaffter Luftballon. Schlapp und müde.

Empört setzt sie ihren inneren Kampf fort. Berlin erkunden klingt für sie verlockend, aber diese geschichtsträchtige Stadt bloß wegen dieses vermaledeiten Tierheims kennenzulernen, verstört sie. *Madame Montagne erwartet mich in der Buchhandlung und ich mag gar nicht wissen, was passiert, wenn ich mich verspäte. Eine ganze Woche. Geld kostet es auch noch, vor allem mit Sarah, wenn ich sie wirklich mitnehme.*

Nadine rinnt eine kleine Träne über ihre Wange zum Kinn, die sie mit dem Handrücken wegwischt. Hunde gibt es in Paris genug.

Sie tritt von einem Bein auf das andere, sieht sich um, umschlingt ihren Oberkörper mit ihren Armen, nur um sie gleich wieder zu lösen. Vor ihrem inneren Auge sieht sie vier gemauerte Wände, die auf sie einstürzen und überall stürmen zähnefletschende Hunde hervor. Die unsägliche Angst vor diesen monströsen Kreaturen verschlingt all ihren Mut.

Madame Montagne hatte ihr gestattet, ein großes Hundeverbotsschild auf die Eingangstür der Buchhandlung zu kleben. Sie hat die Schnauze gestrichen voll von diesen bissigen Tieren und jetzt soll sie mehrere davon ausführen?

Vor lauter Schreck fällt ihr das beschriebene Blatt aus der Hand. Wer außer ihren Eltern und ihrer Chefin weiß, dass sie eine Riesenangst vor Hunden hat? Diese Frage schießt ihr wie ein Pfeil durch den Kopf, als sie sich nach dem Brief bückt und ihn aufhebt. Wie soll sie das schaffen?

Für sie fühlt sich diese Angst im Vergleich viel schlimmer an als zu fliegen oder von einer Brücke zu springen. Schon bei dem Gedanken daran wird ihr schlecht. Ob sie das wirklich macht? Hundenähe tolerieren? Das muss sie sich gründlich überlegen. Vielleicht zerfleischt sie am Ende so ein Höllentier?

Sie denkt an den schmerzhaften Biss, den ihr ein Pariser Straßenköter in der Kindheit zugefügt hat. Es tat so weh! Noch heute spürt sie jeden einzelnen Zahnabdruck.

Damals hat sie sich geschworen, Hunden generell aus dem Weg zu gehen. Heute noch wechselt sie immer die Straßenseite, wenn ihr ein Hund entgegenkommt. In ihrem Inneren hat Nadine gehofft, dass der Sprung das Schlimmste an diesen Prüfungen sein würde.

Was soll ich tun? Welche Alternative habe ich? Sie zupft an einer Haarsträhne und wickelt sie sich um den rechten Zeigefinger.

In ihrem Innersten hört sie den Rat ihres Therapeuten: „Frau Escoiffier, stellen Sie sich Ihren Ängsten, früher oder später kommen Sie nicht darum herum!“ Später oder vielleicht nie, hatte sie gedacht. *Und jetzt soll ich das für einen Unbekannten riskieren?*

Sie friert innerlich bei diesem Gedanken trotz der Hitze, als wohne sie in der Antarktis und hielte Minusgrade aus. Sie presst fest die Lippen zusammen und beschließt, zum Auto zu gehen. Mit großen Schritten stapft sie zu Sarah.

„Was ist los mit dir? Du bist so blass.“ Sarah eilt auf sie zu, knufft sie in die Seite. „So schlimm? Wie geht es weiter? Wo fahren wir hin?“

Nadine seufzt, gibt sich dann einen Ruck. Sie presst zwischen den Lippen ein knappes „Berlin“ hervor.

Sarah zögert eine Sekunde, bevor sie sagt: „Deutschland, ach wie schön. Ich liebe Berlin. Dort gibt es so viel Kultur. Jegliche Art von Museen, aber vor allem liebe ich die alte und die neue Gemäldegalerie, die stehen unserem Louvre und dem spanischen Prado in Madrid oder den Pinakotheken in München in nichts nach.“

Nadine beäugt ihre Freundin kritisch von der Seite. Das klingt nach Urlaub für Sarah, aber nicht nach Unterstützung für sie. Wieder einmal steht sie allein da, wenn sie Hilfe benötigt.

Sie ballt ihre Hände zu Fäusten. Innerlich hat sie die Freundschaft mit Sarah bereits aufgekündigt. „Deine Kulturbegeisterung in allen Ehren, aber es geht in dem Brief nicht um Kultur, sondern um Hunde.“ Nadine zieht ihre Schultern nach hinten und reckt ihr Kinn vor, als wäre sie bereit für einen Kampf. „Hoffentlich durchkreuze ich jetzt nicht deine Pläne für die Museen in Berlin, aber ich brauche einfach deine Hilfe. Verstehst du das?“

„Was heißt das, es geht um Hunde? Gib mir einfach mehr Infos, dann verstehe ich dich besser.“ Sarah verschränkt die Arme vor ihrem Oberkörper. „Du hast panische Angst vor Hunden! Du und Hunde, das funktioniert nicht. Was steht in dem vermaledeiten Brief? Er ist dir aus der Hand gefallen. Du sahst komplett geschockt aus.“ Sarah lässt die Arme sinken.

Mit zitternden Händen schiebt Nadine sich eine Haarsträhne hinters Ohr. „Ich bin voll erschrocken! Schlimmer geht’s nicht, ich soll eine Woche lang verschiedene Hunde ausführen und darf sie mir nicht mal selbst aussuchen. Es gibt freundliche und bissige, aber zahlreiche Hunde machen mir Angst. Es gibt manche, die bösartig und ohne Grund zubeißen.“

„Oh, du tust mir leid.“ Sarah legt eine Hand auf den Arm von Nadine. „Jeder weiß, diese Aufgabe ist unlösbar für dich. Soll ich das für dich übernehmen?“

Wenn ich nur wüsste, warum Sarah mir dieses Angebot macht? Ich vermute fast, sie möchte die Symbole einheimsen, um meinen Traummann zu erobern. Irgendwie schaut mir Sarah nicht in die Augen, wenn sie mit mir spricht. Es ist, als hätte sie etwas zu verbergen. Nicht umsonst hat mich die Wahrsagerin gewarnt, aber da muss ich ein letztes Mal durch.

Nadine kickt einen kleinen Stein vom Weg. „Sarah, ich überlege es mir. Allein der Gedanke an die Nähe mit den Hunden verursacht mir nicht nur Übelkeit, sondern auch Migräne. Etwas Hilfe wäre schön.“ Nadine faltet den Brief und steckt ihn ein. Mit einem Kopfnicken deutet sie auf den Mietwagen. „Aber es nützt nichts. Wir müssen nach Berlin.“

Sie öffnet die Wagentür. „Steig ein, wir fahren zum Flughafen. Berlin ist trotz allem eine Reise wert. Natürlich wäre es mir lieber ohne Hunde“, setzt sie grummelnd nach.

Die Hunde zerren an ihr, schieben sie hin und her, Nadine kann sich nicht wehren, ihr Körper wird geschubst ...

„... wir befinden uns im Landeanflug auf Berlin.“ Die Worte dringen in ihren Verstand und Nadine erwacht aus ihrem unruhigen Albtraum. Sie streckt sich, setzt sich aufrecht hin und ihr Blick fällt auf ihre Handtasche, deren Reißverschluss nicht ganz zugezogen ist. Sie runzelt die Stirn. Es ist ihr immer wichtig im Flugzeug, dass ihre Tasche verschlossen ist. Sie wirft einen Blick auf ihre Freundin und bemerkt ihr Buch in Sarahs Händen. Sarah war ohne ihre Zustimmung an ihrer Tasche. Seit wann liest sie? Nadine wickelt eine Haarsträhne um ihren Finger.

„Sarah, bei mir hast du nie ein Buch gekauft. Verrate mir bitte deine Lieblingsschriftsteller, wenn wir heil runterkommen.

Weihnachten steht vor der Tür, da finde ich sicherlich ein passendes Geschenk für dich."

Sarah sieht sie mit einem Blick an, den sie nicht deuten kann. „Ach, weißt du, nicht nötig. Krankenschwestern und lesen, ich würde gerne, komme aber nicht dazu. Leider. Ich wollte mir noch einmal das küssende Pärchen auf dem Cover anschauen. Sie sehen so verliebt aus. Findest du nicht?"

„Das stimmt, deshalb habe ich es mir gekauft und weil ich in meinem Leben gerade genügend Spannung erlebe. Was fürs Herz geht immer. Aber nächstes Mal frag mich bitte vorher, bevor du an meine Handtasche gehst. Bis eben dachte ich noch, es gäbe hier Taschendiebe." Sie taxiert Sarah, aber die schaut nach der Flugbegleiterin, die die Passagiere auf das Anschnallzeichen für den Landeanflug hinweist.

„Klar, Nadine, daran hatte ich gar nicht gedacht. Entschuldige bitte, ich wollte dich nicht erschrecken."

Sie verlassen den Flughafen und das nasskalte Wetter Berlins setzt Nadine zu. Sie fröstelt. Wie sehr hat sie die warmen Tage in Südafrika genossen. Wenn sie sich hier umschaut und all die hektischen Leute sieht, wünscht sie sich die Geruhsamkeit Afrikas zurück. Sarah fühlt sich sichtlich wohl in der Großstadt, ihr neugieriger Blick und ihr Lächeln lassen sie zufrieden aussehen. Sie steigen in ein Taxi und der Fahrer empfiehlt ihnen ein Hotel, das Nadines Budget nicht übermäßig strapaziert und doch zentral am belebten Savigny-Platz liegt.

Sie bekommen zwei Einzelzimmer und Nadine überwindet sich, an der Rezeption nach dem größten Tierheim in Berlin zu fragen. Der Portier scheint überrascht und gibt ihr nach kurzer Zeit die gewünschte Auskunft. Nadines Nerven beruhigt es nicht, zu wissen, dass sie sich in ein Tierheim begeben wird, welches zweiundzwanzig Fußballfelder umfasst.

„So viele Hunde", murmelt sie auf dem Weg zu ihren Zimmern. Sarah sieht sie mitleidig an. „Wie kam es eigentlich dazu, dass du solche Angst vor Hunden hast? Du hast es bestimmt schon erwähnt, aber ich habe es vergessen. Entschuldige."

Nadine winkt dem freundlichen Herrn am Fahrstuhl ab, sie nimmt lieber die Treppe. Sarah stöhnt, als der Fahrstuhl seine Türen schließt, folgt ihr aber.

„In meiner Kindheit hat mich ein herrenloser Dobermann auf Schritt und Tritt verfolgt. Ich erzählte meiner Mutter von meiner Angst vor dem Hund. Sie nahm mich nicht ernst und lächelte über meine Probleme. Sie glaubte mir nicht und tat alles mit den Worten ‚Pure Einbildung' ab. Ich hatte keine Chance, diesem großen Hund zu entkommen, weil er ständig ohne Aufsicht draußen herumstromerte. Eines Tages auf dem Nachhauseweg preschte er unverhofft vor mir aus einer Seitengasse heraus. Er fletschte die Zähne und schnappte mit seinen riesigen Zähnen zu."

Sarah hört ihr mit aufgerissenen Augen zu, schlägt die Hände vor den Mund und ruft: „Nein! Allmählich verstehe ich dich und deine Ängste. Wie kann eine Mutter nur so kalt reagieren?"

Nadine spürt ihren Tränenschleier, ihre Stimme bricht beinahe. „Keine Ahnung, aber ich spüre den Biss noch heute. Heulend lief ich damals zu meiner Oma. Sie verband die ausgefranste Bisswunde an meinem rechten Oberschenkel und warnte mich eindringlich, dem unberechenbaren Tier künftig aus dem Weg zu gehen. Sie erklärte mir, dass meine Eltern den ganzen Tag arbeiten und sich deshalb unmöglich um solche Lappalien kümmern können. Vielleicht trug ich selbst die Schuld daran? Ich habe mein Pausenbrot oft nicht aufgegessen und vielleicht hat er es gerochen?"

Am Ende ihrer Ausführungen holt sie tief Luft und Sarah nimmt sie tröstend in den Arm. Nadine löst sich aus der Umarmung, hört Sarah zu, während sie den Hotelflur entlanggehen.

„Du bist nicht schuld. Vielleicht hatte er Hunger? Vielleicht war er schlecht erzogen? Möglicherweise hat ihn jemand vorher geschlagen und er verhielt sich deshalb aggressiv. Es genügt manchmal eine harmlose Handbewegung, durch die sich ein Tier bedroht fühlt. Wir werden es nicht mehr herausfinden, aber suche bitte niemals die Schuld bei dir."

Nadine bleibt außer Puste vor der Zimmertür stehen und sieht ihre ebenfalls heftig atmende Freundin durchdringend an.

„Sarah, das kann sein und trotzdem zweifle ich aufgrund meiner Erfahrungen, ob ich der kommenden Aufgabe gewachsen bin. Ich und Hunde, wie soll ich das hinbekommen?"

Sarah streichelt sanft über ihren Oberarm.

„Nadine, ich helfe dir. Du schaffst das. Denk einfach an den heißen Typen auf dem Foto, das verleiht dir Flügel."

Kapitel 15

Berlin

Am nächsten Morgen fahren sie ins Tierheim. Dort streckt ihnen ein Tierpfleger mit wirren Haaren die Hand zur Begrüßung entgegen.

„Hallo, ich bin Max. Ich arbeite in diesem Tierheim, und wer seid ihr?"

Sarah spricht etwas flüssiger deutsch als Nadine und eröffnet das Gespräch. „Ich heiße Sarah. Meine Freundin Nadine möchte gerne eine Woche lang Hunde ausführen. Sie ist sehr hundeerfahren und tierlieb. Haben Sie Bedarf?"

Nadine überlegt, ob sie dagegen protestieren soll, aber der Wunsch, die Aufgabe schnellstmöglich zu erfüllen, lässt sie verstummen.

Der junge Mann mustert Nadine und sie spürt, wie ihre Wangen rot werden. Er lächelt ihr zu.

„Ja. Helfende Hände sind hier gerne gesehen. Nadine, ich freue mich auf unsere Zusammenarbeit. Möchte Sarah auch helfen?"

Nadine schaut zu Sarah, die gerade durch einen kläffenden Hund abgelenkt war, und erkennt ein Schulterzucken. „Sarah? Eher nicht, aber sie wird mich begleiten."

„Super, euch kennenzulernen."

Nadine wendet sich an Max. „Freut mich sehr. Wann kann ich anfangen?"

„Passt es dir heute Nachmittag um 14 Uhr?"

„Ja, ich werde um 14 Uhr da sein." Nadine würgt ihre aufkeimende Angst herunter.

Der Tierpfleger lächelt ihr freundlich zu. „Das freut mich. Einige Tiere werden selten zu Spaziergängen abgeholt und sind schwer vermittelbar. Eine traurige Tatsache."

Die Zeit bis dahin vergeht Nadine viel zu schnell.

Je eher ich hingehe, umso besser für mich, redet sie sich ein und reibt ihre schwitzenden Hände aneinander. Als sie am Tierheim eintreffen, wartet Max bereits auf sie.

„Bereit?", fragt er und Nadine bemerkt das Zittern ihrer Beine, als sie nickt. Er erwidert es und bedeutet ihnen, ihm zu folgen.

Vor einem Käfig bleibt er stehen und sie schlägt eine Hand vor den Mund, als sie darin einen stattlichen Rottweiler mit braunschwarzem Kurzhaarfell am Gitter stehen sieht, der sie zur Begrüßung anknurrt.

Nadine zuckt zurück. Ihr Herz pocht wild. Sie bleibt stocksteif stehen, obwohl in ihr Schwindelgefühle und Übelkeit aufkeimen. Durch ihre Angst fühlt sie sich wie in einer Schraubzwinge eingeklemmt. Die Luft zum Atmen wird knapp.

Sie fühlt sich wie bei einer Zeitreise in ihre Kindheit zurückgeworfen. Der Dobermann hatte sie damals kurz vor dem Biss genauso angeknurrt. Die ähnliche braunschwarze Färbung des Fells lässt ihre Erinnerung in Panikschüben aufleben.

„Er muss dich zuerst kennenlernen", sagt der Tierpfleger und greift nach Nadines Hand. Hält sie an das Gitter und zu ihrer Überraschung schnüffelt der Rottweiler daran, lässt ein wohliges Brummen ertönen. Sie atmet tief durch.

„Dieses Traumexemplar von einem Hund heißt Tyson", sagt der Tierpfleger. „Seine ehemaligen Besitzer haben ihn geschlagen, deshalb winselt er so häufig. Ich vertraue dir gerne unseren Tyson an.

Seine kleinen Knabbereien aus Übermut darfst du ihm nicht übelnehmen. Er zwickt nicht absichtlich."

Nadine schluckt und spürt einen dicken Kloß im Hals. Sie wird ihn fest an die Leine nehmen, damit ihr nichts passiert. Ihre Knie sind weich wie Pudding.

Sarah legt ihr eine Hand auf die Schulter. „Du bist nicht böse, wenn ich dich allein lasse? Du schaffst das schon. Ich grase derweil mit der Touristenbuslinie 100 die Sehenswürdigkeiten ab. Diese Ringlinie fährt sogar am Schloss Bellevue vorbei. Das kann ich mir nicht entgehen lassen. Das verstehst du doch?"

Nadine lässt die Schultern sinken. Sie schaut sich verloren um. *Warum ist Sarah nie für mich da, wenn ich sie brauche? Spürt sie das nicht oder ist sie einfach egoistisch?*

Noch während sie über Sarahs Manipulation nachdenkt, antwortet sie: „Ja, natürlich. Schade, dass ich hier gebunden bin." Nadine seufzt. „Viel Spaß und bis heute Abend. Hoffentlich!", schiebt sie leise hinterher und sieht zu Boden.

Als Sarah außer Sichtweite ist, übernimmt sie zögerlich die Leine von Tyson, den der Tierpfleger nun aus seinem Zwinger geholt hat.

Nadine verabschiedet sich mit zitternden Knien zu einem längeren Spaziergang und ihre Hände schwitzen noch mehr, als der Tierpfleger sie allein lässt, um weiterzuarbeiten.

Mithilfe ihres Handys findet sie einen schönen Rundweg zum Spazierengehen. Sie zieht und zerrt am Halsband, bis sich der Rottweiler langsam bewegt. Sie denkt an ihr Ziel, eine liebevolle Beziehung mit einem samtäugigen Traummann und versucht, ihre Phobie in den Griff zu bekommen. Ganz ausblenden kann sie das Erlebte nicht, aber sie gibt sich Mühe und spannt ihre Muskeln an.

Erhobenen Hauptes wählt sie den kürzesten Weg hinaus aus dem Gelände des Tierheims. Angewidert zieht sie die Lippen hoch. Es riecht nach verrottetem Holz und etwas muffig nach

Rindenmulch. Sie geht am Reptilienhaus vorbei, wo eine Kornnatter züngelt und sich über den Boden schlängelt. Schnell zieht sie Tyson weg, obwohl sie eine Glasscheibe von dem gefährlichen Reptil trennt. Der Rottweiler zwickt sie daraufhin in die Wade. Erschrocken schreit sie ihn an. „Mistvieh!"

Ein anderer Tierpfleger beäugt sie misstrauisch. „Was gibt es? Probleme?"

„Pas de problème", antwortet Nadine und presst die Zähne fest aufeinander wie Mühlsteine, die Korn zermahlen.

Sie hat es eilig, das Tierheim zu verlassen, das beinahe einem überfüllten Zoo ähnelt. Sie läuft in die Richtung der Papageien-Volieren. Hier gefällt es ihr besser. Nichts Bellendes, denkt sie, bis ein Papagei überraschend das markante „Wuff" von Tyson nachahmt. Sie reißt ihn schnell weg von den bunten Vögeln und versucht, ihn gleichzeitig von ihren Waden fernzuhalten. Die teure Jeans glänzt im Ergebnis mit zwei kleinen Löchern.

Das Zwicken hat sie kaum bemerkt, aber ihre Furcht vor größeren Bisswunden ließ sie erstarren. Sie schiebt sofort das Hosenbein hoch und betrachtet ihre Wade. Außer zwei kleinen roten Punkten ist nichts zu sehen, aber die Angst vor dem allerschlimmsten Szenario lässt wohl nie nach.

Es schmerzt ein bisschen, aber eher in ihrer Seele. Sie mag sich gar nicht ausmalen, wenn er richtig zugebissen hätte. Sie verzieht das Gesicht und dunkle Gedanken umwölken ihr Gehirn. Wie kann ihr Tyson so etwas antun? *Wozu das alles? Ausschließlich um Mr. Right kennenzulernen?* Ratlos schaut sie Tyson in die melancholischen Hundeaugen.

„On y vas", sagt sie und er trabt tatsächlich los. Dem Anschein nach war er in einem früheren Leben Franzose oder er mag die französische Sprache lieber. Die klingt weicher als die deutsche, überlegt sie mit einem Lächeln um die Lippen. Schließlich verlässt sie das Tierheim und augenblicklich fühlt sie sich sicherer, obwohl ihr hier niemand mehr helfen kann. Vielleicht tut es gut, nicht mehr beobachtet zu werden?

Als der Hund einen Jogger vorbeirennen sieht, zerrt und reißt er heftig an der Leine, sodass Nadine ihre ganze Kraft zum Bändigen des kräftigen Tieres einsetzen muss. Sie versucht, ihn mit einem lauten „Arrête“ zum Stehen zu bringen und zieht die Leine erneut in die gegenläufige Richtung. Tatsächlich stoppt er. *Definitiv ein Franzose. Er versteht mich, wenn er will. Und bis jetzt lebe ich noch,* denkt sie erleichtert, während sie sich beim Jogger mit einem „Excusez-moi“ entschuldigt.

Dieser läuft augenzwinkernd ein paar Meter weiter, bleibt stehen und ruft ihr hinterher: „Mit diesem kräftigen Tier übernehmen Sie sich, Madame. Zu Ihnen passt eher ein Schoßhündchen.“

Er hält die Hände auf die Höhe von Tyson und schüttelt seinen Kopf. Danach hält er demonstrativ die Hände in Wadenhöhe und nickt ihr mit einem frechen Augenzwinkern zu. Sie beobachtet, wie er weiterjoggt, als er keine Antwort erhält.

Welch ein Chauvi. Oder war das ein verunglückter Flirtversuch?

Nadine reibt sich mit dem Handrücken übers Gesicht, danach konzentriert sie sich wieder auf den Hund und ihre Umgebung. Vereinzelt hängen gelborangefarbene Herbstblätter an den Bäumen. Welch ein farbenfrohes Naturwunder. Und wie aufregend es wäre, statt mit diesem störrischen Hund, Seite an Seite mit dem unbekannten attraktiven Mann spazieren zu gehen. Hand in Hand durch den Park, egal ob in Berlin, Paris oder Brüssel. Zu zweit fühlt es sich überall wundervoll an.

Das Leben wird bunter. Sie träumt vor sich hin, was man alles gemeinsam tun könnte und zieht das Foto ihres Traummannes aus ihrer Manteltasche. Sie betrachtet es liebevoll, aber Tysons Gebell reißt sie aus ihren Gedanken und sie steckt das Bild wieder ein.

Er hat eine weiße Pudelhündin entdeckt, zieht und zerrt an der Leine und Nadine hat Mühe, ihn zu bändigen. Ihr Herz rast. Mit schweißnassen Händen bietet sie ihre ganze Kraft auf, überwindet ihre Angst und versucht, den Rüden mit energischen Worten zu beruhigen. Sie arbeitet daran, ihrem auferlegten Ziel eine Etappe näherzukommen und kann es kaum glauben, als Tyson an ihrer Seite ruhiger wird. Ohne weitere Probleme passieren sie die Pudeldame und ihre Besitzerin. Nadine lächelt, lobt Tyson und tätschelt sanft seinen Rücken.

Mit stolzgeschwellter Brust über ihre kleinen Fortschritte erreicht sie das Tierheim. Ihr Herzschlag beruhigt sich. Gleich gibt sie den ehemaligen Hunde-Rebellen ab. Stechenden Schrittes eilt sie auf Max zu und drückt ihm Tysons Hundeleine in die Hand.

„Willkommen zurück. Ist alles gut gegangen?“ Er lächelt sie an und Nadine kann nicht anders, als es zu erwidern. Max hält ihre Hand einen Tick zu lang und sieht schmunzelnd auf den Boden. Dabei bemerkt er die kleinen Löcher in Nadines Hosenbeinen. „War Tyson wirklich friedlich?“

Nadine errötet. „Beinahe. Er hat mich leicht gezwickt. Ein kleiner Unfall. Nicht schlimm.“

„Darf ich dich zur Entschädigung zum Kaffee einladen?“, fragt er schließlich mit einem offenen Lächeln. „Daheim wartet ein liebenswerter, aber auch anstrengender Hund auf mich und wenn er dich mag, zwickt er auch nicht. Du hast hoffentlich keine Angst vor ihm?“ Er presst die Lippen zusammen und schaut sie mit großen Augen an. Er fährt sich durch die in alle Richtungen abstehenden Haare.

„Ist er wirklich brav?“ Nadine registriert den beinahe flehenden Blick von Max. Er flirtet mit ihr. Ganz eindeutig. Nadine erstarrt. *Was soll das? Er kennt mich kaum.*

„Absolut brav. Er verhält sich genauso temperamentvoll wie Tyson und mit ihm verstehst du dich bestens, dann magst du sicher meinen Hund.“

Nadine schluckt. Unsicher, was sie davon halten soll.

„Wenn deine Freundin mir nicht gesagt hätte, dass du so viel Erfahrung mit Hunden hast, hätte ich dir Tyson nicht gegeben“, fährt Max fort und Nadine verspannt sich. *Warum hatte Sarah das behauptet? Wie konnte sie nur?*

„Letztes Mal hat er beim Spielen versehentlich eine Ente im Teich getötet. So etwas lasse ich ihm nicht durchgehen. Nach diesem Vorfall bin ich mit ihm auf einen Hundetrainingsplatz gegangen und habe ihm das abtrainiert.“ Max schiebt beide Hände in die Hosentaschen seiner Jeans und schaut ihr erwartungsvoll in die Augen. „Also, ich würde mich sehr freuen, wenn du später auf einen Kaffee vorbeikommst.“

Nadine ist tief in Gedanken versunken und nimmt nicht wahr, dass Max sie angesprochen hat.

Max räuspert sich. „Lust und Zeit auf einen Kaffee bei mir?“

Nadine beeilt sich, den Kopf zu schütteln. „Danke, das ist lieb von dir, aber nicht heute.“ Sie schenkt ihm ein Lächeln, doch Max lässt die Schultern sinken und antwortet knapp: „Bis morgen. À demain.“

Sie winkt ihm zum Abschied und mustert ihn von oben bis unten. *Schlank und attraktiv sieht er aus, aber an meinen Traummann kommt er nicht ran.* Sie hofft, dass er nicht unsäglich gekränkt ist. Die Einladung war nett gemeint, aber ihre Gedanken kehren zu Sarah und ihrer Lüge zurück. Damit hat Sarah sie bewusst der Gefahr einer Verletzung ausgesetzt. Dieses Biest, denkt Nadine und fragt sich, was sie unternehmen soll.

Kapitel 16

Mit einem verstörten Blick schaut sich Nadine um. Sie ist sehr früh aufgewacht und erkennt an den alten Samtvorhängen, dass sie sich in ihrem Hotel befindet. Zum Glück hat sie ein Zimmer für sich. Müde reibt sie sich die Augen. Nach einer weiteren Hunde-Albtraum-Nacht fühlt Nadine sich wie gerädert. Ein Hund köpfte hunderte von Enten im See.

Außerdem hängt ihr der Abend mit Sarah noch in den Knochen. Ihr Magen zieht sich zusammen. Es stört sie, dass Sarah sich hier so eine schöne Zeit macht, während sie es mit ungezogenen, gefährlichen Hunden aufnehmen muss. So hatte sie sich das nicht vorgestellt. Marie hätte sie nie so im Stich gelassen. Und dann noch diese dreiste Lüge Max gegenüber.

Nadine setzt sich auf und ballt die Fäuste. Wut brodelt in ihr, wenn sie daran denkt, wie Sarah es abgetan hat. Sie fährt sich mit den Händen über ihr Gesicht. Eigentlich kann sie ihrem Bauchgefühl trauen und ja, Max hat geflirtet. Aber was Sarah angeht …

Die Zeit drängt. Nadine muss wieder ins Tierheim und schiebt den Gedanken beiseite. Hoffentlich fragt Max sie nicht erneut nach einem Date? Das wäre ihr unangenehm.

Nach dem Frühstück begegnet Nadine auf der Treppe ihrer Freundin. „Guten Morgen, Sarah, wohin gehst du?“

„Nur kurz frühstücken und dann ins Museum.“

„Museum? Ganz ehrlich. Ich fühle mich alleingelassen von dir.

So habe ich mir die Reise mit dir nicht vorgestellt." In Nadine brodelt es wie in einem Kochtopf kurz vorm Überkochen. Ihre Wangen färben sich knallrot.

Sarah verschränkt die Arme vor sich. „Und wie?"

Nadine wirft ihr einen giftigen Blick zu. „Als ich dir die Reise geschenkt habe, dachte ich, du unterstützt mich bei meinen schwierigen Aufgaben, aber immer mehr sehe ich, dass du nur Dinge tust, die dir gefallen."

Sarah zieht eine Schnute. „Meinst du das wirklich?"

Mit einem Ruck richtet sich Nadine kerzengerade auf und fixiert Sarah mit ihrem Blick.

Ein anderer Gast beäugt sie argwöhnisch und schlängelt sich mit hochgezogenen Brauen und leicht genervtem Blick an ihnen vorbei.

„Ja, gestern bin ich fast zerfleischt worden", übertreibt Nadine maßlos. Zornesfalten bilden sich auf ihrer Stirn.

Sarah verdreht die Augen. „Du hast doch Max, der passt auf dich auf. Der steht auf dich."

„Mir egal, ich glaube an die Prophezeiung und ich bin enttäuscht, dass du nur dein eigenes Ding durchziehst. Dein Egoismus geht mir auf die Nerven. Entweder unterstützt du mich hier oder du kannst nach Hause fliegen. So geht es jedenfalls nicht weiter."

Sarah kraust die Stirn. Sie verschränkt die Arme vor der Brust und lehnt ihren Oberkörper zurück. „Krass, wie du dich verändert hast. Eins hast du vergessen, ohne mich wärst du nicht in Berlin."

„Vielleicht doch. Ich frage dich ein letztes Mal ... Gehst du morgen mit ins Tierheim?

Ein anderer Hotelgast schnalzt mit der Zunge. Ungeduldig drückt er sich an ihnen vorbei und keift: "Einigt euch, ihr könnt nicht ewig die Treppe blockieren."

Nadine rollt die Augen.

Sarah grinst nur schief. „Wenn es deinem Seelenfrieden dient, gehe ich morgen mit. Ein Museum heute wird wohl noch erlaubt sein. Vielleicht bin ich abends zurück, dann können wir zusammen etwas essen? Aber ich kann es leider noch nicht versprechen."

„Okay, dann spätestens bis morgen früh 7 Uhr beim Frühstück. Wäre prima, wenn es zum Abendessen vorher ginge. Falls du um 20 Uhr nicht da bist, bestelle ich mir etwas."

„Okay, du bist der Boss." Sarah wendet sich ab und schlendert hinunter in den Frühstücksraum.

Max wartet bereits auf Nadine, als sie das Tierheim erreicht. Ohne ein weiteres Wort drückt er ihr die Leine eines kläffenden Rehpinschers in die Hand, der seine Meinung anderen Tieren gegenüber in einem schrillen Stakkato-Ton verkündet.

Nadine fasst sich an den Kopf und spürt einen ziehenden Schmerz von der Stirn die Wange herunterwandern, bevor sie das Gelände verlässt. Sie geht am Hundezwinger vorbei, wo Tyson sie mit einem enttäuschten Blick straft.

Tyson hat die gleiche samtbraune Augenfarbe wie mein unbekannter Traummann. Er sieht traurig aus. Sie wispert ein ‚À demain'. Verwirrt wendet sie den Kopf ab. Wollte ich das tatsächlich sagen? *Er ist lediglich ein eigenwilliger unerzogener Hund.* Mit einigen Zweifeln geht sie hastig weiter, während sie den Blick senkt.

In der Zwischenzeit hat sie erkannt, dass es sich bei ihrer neuen Begleitung um eine Hündin handelt. Als Nadine in einen nahegelegenen Park einbiegt, kläfft die kleine Diva riesenhafte Hunde feindselig an. *Da sollte ich mir eine Scheibe Mut von dieser taffen Hündin abschneiden,* denkt Nadine und ist beschäftigt, ihre Begleitung vor sich selbst zu schützen. Sie will Max beweisen, dass sie die Rehpinscherdame heil zurückbringen wird.

Sie blickt vorsichtig hinter jegliches Gebüsch, aus Angst davor, dass dieses zittrige, keifende Schoßhündchen aus dem Nichts angegriffen wird.

Als sie sich umdreht, wäre sie beinahe mit dem Jogger von gestern zusammengerasselt. Sie registriert seine rotgrünen Laufschuhe und vermutet eine einmalige Geschmacksverirrung oder ein Geschenk, das er aus Gefälligkeitsgründen trägt.

Er grinst sie unverhohlen an und spottet: „Führen Sie heute ein gefährliches Raubtier aus? Oh, là là! Kommen Sie nächstes Mal mit einer watschelnden Ente an der Leine?"

Mit einem Blick, der tödliche Giftpfeile versendet, wendet sich Nadine ab und läuft quer über das Gras. Und sie dachte gestern noch, dass deutsche Männer flirten können? Pah!

An ihrem Hosenbein wird es warm. Merde! Der Pinscher hat sie angepinkelt! Anscheinend doch keine Diva, sondern ein Rüde. Nadine läuft feuerrot an und hofft, dass das keiner beobachtet hat, doch das Lachen hinter ihr, das sich als das des Joggers erweist, der sie beobachtet hat, belehrt sie eines Besseren.

Sie kürzt ihre Runde ab und ist beinahe am Tierheim. Tyson schaut sie mit selbstgerechtem Blick wenig mitleidig an, als ob er sagen würde: *Wärst du mit mir spazieren gegangen, wäre dir das nicht passiert.* Sie schüttelt den Kopf über ihre Gedanken. Als ob Hunde solche Emotionen zeigen könnten. Der verstrubbelte Max kommt ihr mit einem Lächeln entgegen.

„Wie war es heute? Hat er sich noch einmal mit großen Hunden angelegt?" Er kniet hin und inspiziert vorsichtig den Zwergpinscher auf Bisse oder Kratzspuren.

Nadine bläht die Wangen kurz auf. Wieso macht sich Max Sorgen um den Hund, den er ihr anvertraut hat? Sie hat doch bewiesen, dass der Rehpinscher in guten Händen ist. Er sollte ihr ruhig besser vertrauen, findet sie. Sie stemmt die Hände in die Hüften und presst die Lippen fest aufeinander.

Gefühlvoll streichelt Max den Hund und blickt zu ihr hoch. „Ich hoffe, er war brav und hat dir nicht ans Bein gepinkelt? Diese Unart hat er nämlich drauf. Deshalb gaben die Besitzer ihn hier ab."

„Ach was", erwidert Nadine und winkt ab, stellt sich so hin, dass er ihr beschmutztes linkes Hosenbein nicht sehen kann. „Alles bestens. Ein angeberischer Kläffer, nichts weiter."

Max richtet sich auf und schenkt ihr wieder diesen Blick, den er schon gestern genutzt hat.

„Hast du heute Lust und Zeit auf einen Kaffee oder einen Spaziergang?"

Nadine errötet, sie ist zwiegespalten, einerseits würde sie gern sein Angebot annehmen, aber andererseits fühlt sie sich ihrer Prophezeiung verpflichtet. Sie schüttelt den Kopf und erwidert: „Oh, entschuldige, ich bin mit meiner Freundin verabredet. Gerne an einem anderen Tag."

Max grinst schief. „Dommage. Au revoir".

Sie schaut ihn verwirrt an. Woher weiß er, dass dommage ‚schade' bedeutet? Er bedauert tatsächlich, dass ich keine Zeit für ihn habe. Ein leichtes Lächeln umspielt ihre Lippen.

Sarah lässt sich nicht zum Abendessen blicken. Nadine ärgert sich, dass ihre Freundin ihr so gar keine Hilfe ist. Weder fragt sie, wie es mit dem Hund war, noch nimmt sie Rücksicht bei der Wahl ihres Abendessens, welches sie bezahlt. Nadine weiß, dass sie einfach zu gutmütig ist. Frustriert geht sie auf ihr Zimmer und bestellt eine kleine Mahlzeit beim Room-Service. Danach ruft sie Marie an. Sie muss jemandem ihr Herz ausschütten.

„Hallo Marie, wie geht es dir?" Sie sitzt gemütlich auf ihrem Bett und entspannt sich, als sie die Stimme der Freundin hört.

„Hallo Nadine, wo seid ihr? Geht es dir gut?"

Sie seufzt. „Frag nicht! Ich bin in Berlin!"

Die Freundin quietscht vor Freude am anderen Ende der Leitung, doch Nadine fährt fort, ohne auf etwaige Fragen zu warten. „Die neue Aufgabe ist der Horror für mich. Hunde ausführen in Berlin! Nach Tyson, dem Rottweiler, und einem kläffenden Zwergpinscher mit schlechtem Benehmen kann es nicht mehr schlimmer kommen."

„Du hast aber doch die hilfsbereite Sarah, deine große Stütze, mitgenommen."

Nadine hört das Unverständnis aus Maries Worten heraus und kontert: „Leider begrenzt sich das zurzeit lediglich auf das Bezahlen ihrer Abendessen. Die treibt sich bevorzugt in der Stadt rum und besucht lieber nostalgische Cafés. Oder sie pflegt Besuche in Gemäldegalerien oder lässt sich auf Bootstouren einladen."

„Boah, so war das nicht gedacht." Sie hört, wie Marie einen Schluck trinkt und greift ebenfalls zu ihrer Wasserflasche. „Wenn ich das gewusst hätte, wäre ich mitgeflogen. Dass du diese Lüge geglaubt hast, mit Claires Mutter, die angeblich krank sein soll, habe ich auch noch nicht verdaut. Quietschfideler und aktiver als Claires Mutter fühlen sich nur wenige Menschen in deren Alter."

„Passiert. Schade. Mit dir wäre es tausendmal schöner gewesen. Aber das ging ja nicht wegen deines Chefs."

Marie seufzt. „Stimmt, tut mir leid. Gab es denn weitere Unstimmigkeiten mit Sarah auf deiner Reise?"

Nadine setzt sich aufrecht hin. Ihr Herz klopft schneller und ihr Magen zieht sich zusammen, wenn sie darüber nachdenkt, ob Sarah ihr vielleicht schaden möchte. „Ich weiß nicht so recht", druckst sie herum. „Ich bin unsicher. Sie hat dem Tierpfleger gegenüber behauptet, ich würde schwierige Hunde bevorzugen. Ich wäre hundeerfahren."

„Unglaublich." Marie schnaubt. „Und hast du ihm die Wahrheit mit deiner Hundephobie erzählt?"

„Nein, welch ein Dilemma. Ich hatte Angst, dass er mich wieder wegschickt. Das wollte ich nicht riskieren. Vielleicht war es eine Notlüge von Sarah, damit ich dort arbeiten darf?"

„Wäre möglich, aber was sagt dein Bauchgefühl zu Sarah?"

„Irgendwas ist faul."

„Das denke ich auch. Nimm dich in Acht."

„Ich bleibe vorsichtig", verspricht Nadine.

„Und wie ist dieser Tierpfleger?

„Freundlich."

„Aha. Und weiter?"

„Er heißt Max, und er hat einen eigenen Hund. Er will mich partout dorthin zum Kaffee einladen, als ob es nicht genug Cafés in Berlin gäbe. Der ist gleichermaßen aufdringlich wie dieser Jogger."

„Welcher Jogger?" Sie hört das Schmunzeln in Maries Stimme.

„Noch so ein Typ, der mir dauernd beim Hundeausführen in die Quere kommt und mich grinsend anzwinkert."

„Na, hoffentlich nimmst du nächstes Mal einen Wachhund mit und keinen Zwergpinscher."

„Täglich eine andere Herausforderung. Ich schwitze, mein Herz rast, als ob ich die Formel eins gewinnen wollte. Aber ich zeige es Max nicht. Ich werde mich nicht blamieren. Ich überwinde meine Phobie, zumindest arbeite ich daran." Sie betrachtet ihre zitternden Hände.

„Nadine, ich kenne dich. Du willst den Typen auf dem Foto. Aber egal, das Wichtigste ist, dass du hinterher angstfreier lebst. Hast du den Bungee-Sprung gewagt?"

Nadine wird heiß und kalt, wenn sie daran denkt. „Ja, ich habe mich getraut. Vorher bin ich gefühlt tausend Tode gestorben, aber danach kam der Adrenalinschub und ich war so glücklich wie noch nie."

Marie klingt erleichtert. „Ich bin so stolz auf dich."

„Danke. Das tut mir gut. Da war noch etwas komisch. Die Bungee-Seile waren angeritzt, wurden aber vor dem Sprung ausgetauscht. Die haben die Schuld auf Sarah geschoben, aber beweisen konnte es niemand."

„Das ist ein schrecklicher Verdacht. Kleine Lügereien traue ich ihr zu, aber das doch nicht."

Nadine hört das Mitschwingen von Empörung und Entsetzen in Maries Stimme. „Ja, so sehe ich das auch."

„Und wie lief es im Tierheim mit den Hunden?"

„Ich habe einen Rottweiler ausgeführt! Er hat mich leicht gezwickt und ich habe das überstanden. Mental, meine ich. Kannst Du dir das vorstellen?"

„Ich fasse es nicht." Marie lacht und ein warmes Gefühl breitet sich in Nadine aus. „Ich erzähle das alles Madame Montagne. Sie wird staunen, zu was ihre Mitarbeiterin fähig ist."

„Das verbiete ich dir! Sie würde mich sofort zurückbeordern. Und vermutlich überlebe ich die nächsten Tage mit diesen Kötern. Unwahrscheinlich, aber möglich. Ein Schritt nach dem anderen."

„Ich vermisse dich, meine liebe Nadine."

„Ich dich auch, Marie. Wir hören voneinander."

Nadine gönnt sich ein kurzes Schaumbad in der Wanne, wickelt sich danach in einen flauschigen Bademantel und fällt auf ihrem bequemen Bett sofort in den Schlaf.

Nadine sitzt in einem Café und lässt ihren Blick schweifen. Überall sind Menschen, doch ihre Aufmerksamkeit wird auf einen Mann gezogen, der allein am Fluss entlangspaziert. Er sieht traurig aus und ihr Herz fliegt ihm zu. Als er den Kopf hebt, kann sie seine braunen Augen erkennen und da ist etwas ... Woher kennt sie ihn nur? Ihr Herz rast.

Sie beobachtete, wie er stehen bleibt, ganz in ihrer Nähe, die Wolkenkratzer betrachtet.

Auf einmal steht eine uralte Frau mit einem zerlumpten rot-lila gestreiften Rock vor ihm und Nadines Herzschlag setzt einen Moment aus. Ist das nicht ihre Wahrsagerin? Die mit dem violetten Schultertuch und den langen goldenen Ohrringen?

„Machen Sie sich keine Sorgen. Eine Frau aus einem fernen Land wird ihre Ängste überwinden, um Sie kennenzulernen. Vertrauen Sie mir. Diese Frau ist es wert, zu warten. Diese Unbekannte spricht Sie demnächst mit ihrem Vornamen an. Das ist die Richtige für Sie."

Nadine hat jedes Wort gehört. Er ist es! Die Wahrsagerin muss sie meinen! Und dann ist er ihr Traummann, sie springt auf, rennt los, doch alles verschwimmt vor ihren Augen ...

Kapitel 17

Nadine ist noch gefangen von ihrem Traum. Aber erstmal muss sie den heutigen Tag im Tierheim überstehen, sie befindet sich in der Bahn. *Sie hat ihn gesehen! Ihren Traummann. Er muss es gewesen sein.* Sie fasst sich an den Kopf. Ihr ist schwindelig. Vielleicht war das ein Zeichen? *Vielleicht hat die Wahrsagerin ihn wirklich besucht und ihm gesagt, er soll warten? Dass ich ihn bald finden werde?*

Beinahe hätte Nadine ihre Haltestelle verpasst. Als sie zu Fuß die letzten Meter zum Tierheim geht, überfallen sie weitere Gedanken.

Sarah hat sie wieder versetzt. Gleich ist sie da. Ihr Magen rebelliert und ihr Puls rast so sehr, dass es einen Moment dauert, bis ihr auffällt, dass Max heute nicht im Tierheim ist. Enttäuschung durchflutet sie. Wie kann das sein? Sie wünscht sich den Traummann und vermisst diesen Tierpfleger? Irgendwie spielen ihre Hormone verrückt.

Er hat seinen Kollegen instruiert, der sich als Samuel vorstellt, einen Hund herauszugeben. Entsetzt sieht sie, dass er einen Dobermann aus dem Zwinger holt. Ihr Angstalbtraum-Hund. Sie schluckt.

Samuel holt einen Maulkorb und streift ihn behutsam über die lange Schnauze des Dobermanns, bevor er ihr den lebhaften Hund samt Leine übergibt.

„Eine Runde über drei Stunden wäre heute schön. Das ist kein Rehpinscher, aber dieser Rüde benötigt dringend Auslauf. Und halte ihn bitte kurz, er hat Kraft. Ansonsten besitzt er ein freundliches und anhängliches Wesen.“

Nadine steht stocksteif da, um den Schock zu verkraften. Sie holt tief Luft und greift beherzt nach der Hundeleine. In freundlichem Ton versucht sie, Vertrauen aufzubauen. Mit beiden Händen strafft sie die Leine und marschiert mit sehnsüchtigen Blicken an Tysons Zwinger vorbei. Der Dobermann reckt stolz die Brust heraus, während Tysons enttäuschte Samtaugen ihr das Herz brechen. *Diesen Schlingel könnte ich glatt mögen, wenn er kein Hund wäre.*

Sie orientiert sich an der Navigation ihres Handys und schlägt die Richtung zu einem nahegelegenen See ein. Der Dobermann zieht und zerrt an der Leine. Nadine hat richtig Mühe, nicht mitgeschleift zu werden.

Alle Leute weichen auf einen anderen Weg aus, als sie den Hund mit Maulkorb entdecken. Das ist ihr ganz recht, denn so ein Chaos wie mit der Pinscher-Hündin möchte sie nicht wiederholen. Diesen kraftstrotzenden Hund, der ihr beinahe bis zur Hüfte reicht, kann sie ohnehin kaum bändigen. Sie wird ihn im Auge behalten.

Trotzdem ist sie gleich wieder abgelenkt. Der Jogger. Schon wieder. Da macht jemand gern Sport. Keine hundert Meter von ihr entfernt. Im selben Moment entdeckt der Rüde ein schönes Weibchen auf der anderen Seite des Sees und die Leine rollt sich quer über den Weg aus. Der Jogger, der ihr gerade noch zugezwinkert hat, fällt ihr wie ein abgesägter Baum direkt vor die Füße.

„Oh nein, das tut mir leid“, sagt sie, während sie ihm aufhilft und unbeholfen den Staub von seiner Schulter klopft. Gar nicht so einfach mit dem zerrenden Dobermann an der Leine. Der Mann schaut schelmisch. „Madame, Sie schulden mir einen Gefallen. Ich kenne ein gutes italienisches Restaurant am Kurfürstendamm. Haben Sie Lust, mit mir Essen zu gehen, gerne auch in ein französisches Restaurant? Sie sind eingeladen.“

Nadine richtet sich kerzengerade auf. „Nein, ich schulde Ihnen gar nichts außer einer Entschuldigung und die haben Sie hiermit von mir bekommen."

Sie wendet sich ab. Früher wäre sie auf diese Masche hereingefallen, aber der neuen Nadine passiert das nicht mehr. Sie schüttelt den kleinen Funken ihres schlechten Gewissens ab.

Ihr bleibt keine Zeit mehr zum Nachdenken, denn der Hund zieht an der Leine, die sie sofort festhält, damit sie nicht stürzt. Sie schimpft laut mit ihm und ist stolz auf ihr ‚Nein'. Es gibt nettere Menschen als unverschämte Jogger, die sich Dates ergaunern wollen.

Sie lässt den Dobermann nicht aus den Augen, weil er bei Hundedamen aller Art in Wallung gerät und sie mit aller Kraft gegenhält. Heute Abend wird sie Muskelkater in ihren Oberarmen spüren. Sie schaut auf die Uhr und freut sich, dass sie den lang ersehnten Rückweg antreten kann.

Von dem Gerangel mit dem Hund vollkommen erledigt, bringt sie ihn zurück und erkundigt sich bei Samuel, ob Max morgen arbeitet.

Als Antwort bekommt sie ein Kopfnicken und fühlt sich beobachtet. Er betrachtet ihren roten Kopf und ihre Schweißperlen auf der Stirn, grinst und wendet sich ab.

Unverschämt, schießt es ihr durch den Kopf. Als sie bei Tyson vorbeikommt, wendet er ihr demonstrativ seine Kehrseite zu. Sie hat die Bestrafung verdient. *Können Hunde beleidigt sein?* Offensichtlich hat sie heute keinen Anblick samtbrauner Hundeaugen verdient.

Mit einem Kribbeln im Bauch fällt ihr der Hundeblick auf dem Traumprinz-Foto ein. Anstelle ihres Traummannes schlägt sie sich mit einem aufdringlichen Jogger herum. Leider.

Nadine wollte heute Abend allein sein und hat Sarah erzählt, dass sie anderweitig verabredet ist. Die war ein bisschen beleidigt. Irgendwie erfüllt es sie mit ein wenig Genugtuung. Nun ist sie eben einmal nicht erreichbar. Gleiches Recht für beide. Allmählich findet sie Gefallen daran, allein unterwegs zu sein.

Der Portier des Hotels hatte ihr einen Irish Pub mit Live-Musik empfohlen. Wenig später schaut sie sich dort um. So urig und so groß hatte sich Nadine den Pub inmitten von Berlin nicht vorgestellt.

Richtig gemütlich ist es in dem rustikalen Ambiente mit den grünen altmodischen Lampen. Es riecht nach frisch gezapftem Bier. Eine irische Band sorgt für Stimmung. Die Leute klatschen begeistert mit.

An der Bar und an den Stehtischen wirbeln Kellner herum und nehmen Bestellungen entgegen. Nadine setzt sich an die Bar und lässt sich von der guten Stimmung anstecken.

Normalerweise geht sie nicht gern allein aus, aber die Idee war gut. Sie klatscht im Takt der Musik mit und bestellt sich ein kleines rotgoldenes Kilkenny-Bier.

Im Spiegel über dem Tresen überprüft sie ihre Frisur, die sie zu einem Dutt gebunden hat. Ihre blaue Lieblingsbluse steht ihr immer noch hervorragend. Sie fühlt sich wohl damit. Es folgt eine nette belanglose Plauderei mit einem Irland-Fan. Nebenbei essen sie gegrillte Burger und genießen ihr Bier.

Über ein paar lustige Witze von ihm amüsiert sie sich köstlich. Dieser Abend verläuft erstaunlich kurzweilig. Nadine schaut auf die Uhr und erschrickt, weil sie morgens wieder früh raus muss. Sie bezahlt ihre Rechnung, verabschiedet sich höflich und bestellt sich ein Taxi zum Hotel.

Als Nadine im Hotel auf ihr Kissen sinkt, fällt ihr der Traum wieder ein, in dem der Mann vorkam, wegen dem sie zu diesem Abenteuer überhaupt aufgebrochen ist. Was er wohl gerade macht? Hat er vielleicht die Wahrsagerin auch getroffen, wie in ihrem Traum? Hat er auch viele Dates, die in einem Desaster enden oder hatte er bisher Glück? Was er wohl alles erlebt hat?

Sie träumt davon, ihm bald zu begegnen. Wenn die Zeit doch bloß schneller vergehen würde. Mit verträumtem Blick schaut sie sein Foto noch einmal an und fährt mit den Fingern an den Konturen seines Gesichts entlang.

Am nächsten Morgen frühstückt Nadine ohne ihre angesäuerte Freundin. Sarah hat ihr kurzfristig abgesagt.

Den Weg zum Tierheim kennt sie inzwischen in- und auswendig. Ob Tyson heute wohl ausgehbereit ist? Sie würde gern einen neuen Ausflug mit ihm wagen. Es mit ihm ausprobieren. Hauptsache kein Dobermann, egal ob mit oder ohne Maulkorb.

Im Tierheim angekommen, begrüßt Max sie sofort mit einem herzlichen Handschlag und einem freundlichen Lächeln. Sie gehört nach den wenigen Tagen beinahe zum Personal und es fühlt sich wie eine harmonische Familie an. Sie senkt den Blick kurz und fragt: „Könnte ich heute erneut mit Tyson gehen?"

„Wir können drüber reden, wenn du morgen Abend zu mir kommst. Ich muss dir unbedingt was zeigen!"

Sie schaut ihn entgeistert an. Wie kann er es wagen? Nadine runzelt die Stirn und muss sich abhalten, nicht zu abweisend zu klingen. „Etwa deine wilden Tiere daheim?"

Max lächelt und sie entspannt sich. „Nur Mut. Du darfst heute noch einmal eine Herausforderung annehmen, danach kommst du sicher gerne zu mir und meinem eigenen treuen Hund."

Sie sieht, wie Max einen Schritt näher an sie herantritt und bemerkt, wie tief er ihr in die Augen blickt.

Mit gemischten Gefühlen spürt sie seine unmittelbare Nähe, verkrampft sich und tritt einen Schritt zurück. „So wie gestern?" Sie schnaubt und ihre Augen funkeln gefährlich, als sie mit hoher Stimme weiterspricht: „Samuel hat mir einen Dobermann mitgegeben, dabei habe ich wegen dieser Rasse ein Kindheitstrauma.

Aber er konnte das nicht wissen. Ich rede nicht gerne darüber. Bitte nicht wieder diese Rasse."

Der betroffene Blick und das Zögern in seiner Stimme lassen sie aufhorchen. „Nadine, sorry, aber das wusste ich nicht. Heute bekommst du einen lieben Pitbull-Terrier."

Sie verschränkt beide Arme vor der Brust und strafft ihren Oberkörper. „Ausgerechnet. Sind heute alle Schoßhunde unterwegs?" Sie zieht einen Schmollmund.

Irritiert starrt Max auf ihren Mund und weicht ihrem beinahe flehenden Blick aus. „Ja, leider. Da hast du Pech. Aber du suchst das Besondere an einem Hund, stimmt's? Du gehst heute mit Danny. Er ist freundlich, treu und gutmütig."

Max schmunzelt und ihr Magen zieht sich zusammen. „Er besitzt lediglich eine besondere Eigenheit. Er steht auf Rüden. Er zieht dann wie verrückt an der Leine. Ich gebe dir einen gutgemeinten Rat, halte ihn mit beiden Händen fest, sonst wirft er dich um."

Resigniert stimmt sie zu und schlendert dem Pitbull mit dem glänzenden hellbraunen Fell entgegen. Dieser bleckt die Zähne. Sie steht ein paar Sekunden wie paralysiert am selben Fleck und beobachtet ihn. Anschließend fasst sie sich ein Herz und klickt seine Leine am Halsband ein. Sie redet ihm freundlich zu, um sein Vertrauen zu gewinnen.

Zuerst zieht und zerrt sie kräftig am Halsband, bis er den Hintern vom Boden hebt. Es fühlt sich so an, als würde sie einen schweren Stein hinter sich herziehen. Vielleicht ist diese Aufgabe doch nicht so schlimm, wie sie befürchtet hat?

Währenddessen hechelt Tyson mit wachem Blick um ihre Gunst. Aber sie reagiert nicht darauf und kümmert sich nur um den kompakten Angeber-Pitbull Danny.

Nadine dreht wieder eine Runde um den See. Bei ihren täglichen

Spaziergängen freundete sie sich schnell mit einigen Hundehaltern an. Einige winken ihr an diesem Morgen freundlich zu.

Als Danny auf der anderen Seite des Sees einen schwarzen Pitbull-Rüden erblickt, ist es um ihn geschehen. Wie Max vorhergesagt hat, zerrt er sie systematisch in Richtung See, egal wie kräftig sie dagegenhält. Immer näher an den See heran.

Sie stolpert und als sie die Balance wiedergefunden hat und sich aufrichtet, zieht er so wild, dass sie ausrutscht und in den See fällt. Prustend taucht sie aus dem See auf. Danny schwimmt bellend um sie herum.

Die Leine hält sie fest, obwohl sie bereits in ihre Finger schneidet. Sie hat keine Lust auf Spielchen. Endlich spürt sie den Seegrund unter ihren Füßen und zieht Danny näher zu sich heran. Die Leine wäre ihr beinahe entglitten, doch sie fasst nach und zieht den Pitbull aus dem See.

„Du Mistvieh!“, ruft sie ihm zu und er zieht die Rute ein. Schnaubend verschränkt sie die Arme vor der Brust und starrt den Pitbull an, der aussieht, als könnte er kein Wässerchen trüben.

Vorsichtig schaut sie hinter dem Röhricht hervor, sie bibbert vor Kälte. So nass und voller Schlamm möchte sie keiner Menschenseele begegnen, aber Danny zieht erneut an der Leine. Sie strauchelt und fällt noch einmal ins schmutzige Seewasser. Danach platscht sie ungeschickt mit den Schuhen durchs Wasser zum Ufersaum und zerrt Danny hinter sich her. Leicht gedemütigt starrt Nadine vor sich hin. Sie hält die Leine fest in der Hand.

Sie zupft sich klebrige Algenreste aus dem Haar und schimpft vor sich hin. „Der Pitbull sollte besser erzogen werden, aber das überlasse ich besser Max.“

Nadine zittert, sie hat eiskalte Finger, die Novemberkälte schlägt unerbittlich zu. Der tropfnasse Danny versteht ihren Unmut nicht und umkreist sie mit einem heiteren Bellen, als wäre es ein neues Spiel, dabei zieht er die Leine um sie herum. Nadine benötigt einen

Moment, bis sie die Leine entwirrt hat und sie zurückgehen kann. Ihre Zähne klappern vor Kälte.

Als sie auf das Tierheim zukommen, erkennt sie Max, der mit einem sorgenvollen Blick ihre feuchten Haare und die schlammverschmierte Kleidung sowie den vor Dreck strotzenden Danny betrachtet. „Hallo Max, wie du siehst, lebe ich noch."

„Du bist klatschnass. Es ist November und kein Hochsommer. Moment, ich komme gleich wieder."

Nadine sieht, wie Max in einer Kammer verschwindet und mit einem Stapel Handtücher und Decken wieder auftaucht. „Hier, das ist für dich. Das alte Handtuch und die kleine verfilzte Decke sind für Danny."

„Danke." Sie trocknet sich ab und frottiert ihre Haare. Anschließend legt sie sich die wärmende Wolldecke über die Schultern. Sie sieht, wie Max den pitschnassen Danny säubert, trockenreibt und ihn anschließend in die warme Hundedecke hüllt.

„Was ist passiert?"

„Du hattest recht, Danny hat einen Rüden am anderen Seeufer gesehen und das Ergebnis siehst du. Aber ich habe nicht aufgegeben und die Leine festgehalten. Er hatte keine Chance zu entwischen. Auf mich ist Verlass", sagt sie mit geschwellter Brust.

„Es wäre so schade, wenn du krank wirst. Das tut mir echt leid. Ja, auf dich ist Verlass, du bist meine Lieblingshundeausführerin. Und morgen wartet Tyson auf dich." Max zwinkert ihr zu, bevor er mit Danny Blickkontakt aufnimmt, der ihm zu Füßen liegt. „Freust du dich, dass du mit Tyson eine Runde drehen darfst?"

Sie grinst. „Okay, morgen also Ausflug mit Tyson. Danke, Max. Ich werde extra früh aufstehen und gesund bleiben, das verspreche ich dir."

„Super, er freut sich bestimmt und vielleicht probierst du es mit einem heißen Tee daheim?"

„Gute Idee." Sie schaut an sich herab. „Und ich freue mich auf frische Kleidung. Aber zum Glück fällt das in der U-Bahn nicht so auf. Bis morgen.“ Sie schenkt ihm ein Lächeln und er lächelt zurück.

„Bis morgen.“

„Nadine!“

Die Stimme ihrer Freundin reißt sie aus ihren Gedanken, als sie - schmutzig wie sie ist - durch die Lobby huscht. Sie sieht, wie Sarah die Nase rümpft und mit aufgerissenen Augen ihre Aufmachung von oben bis unten mustert.

„Ich habe ein schlechtes Gewissen, weil du dich mit diesen Biestern herumschlägst, während ich die Cafés und Restaurants in Berlin besuche. Wie siehst du denn aus? Was ist passiert?“

„Der Hund heute hat mich in einen See geschleift“, erwidert Nadine knapp. Sie friert und will auf ihr Zimmer. Als sie die Richtung zum Treppenhaus einschlägt, folgt ihr Sarah.

„Wer hat dich zum Hotel gebracht?“

Nadine bleibt vor der Treppe stehen. „Niemand. Ich kann allein U-Bahn fahren.“

Sarah verschränkt die Arme vor der Brust, während Nadine grimmig fortfährt. „Deine Hilfe hätte ich heute gut gebraucht. Danny, der Pitbull-Terrier, hat mich wegen eines Rüden in den milchig-trüben, nach Algen stinkenden See gezogen. Aber das Allerschlimmste waren die Algen in meinen Haaren.“

Sarah schlägt die Hand vor den Mund. „Voll übel. Läufst du morgen früh trotzdem mit einem Hund spazieren?“

„Ja, mit Tyson, auf ihn freue ich mich unglaublich.“ Sie setzt ihren Fuß auf die erste Stufe.

„Und was ist mit deiner Hundephobie?“ Sarah sieht Nadine erstaunt an.

„Vor den anderen Hunden habe ich eine Riesenangst. Manchmal stehe ich mit schwitzenden Händen vor ihnen, nur bei Tyson nicht. Dieser Hund verhält sich, bis auf ein paar kleine Macken, äußerst freundlich. Der süße Hunde-Racker wedelt mit dem Schwanz und durchschaut mich mit seinen großen braunen Hundeaugen." Nadine betritt die nächste Treppenstufe, aber Sarah macht keine Anstalten mitzugehen. Offensichtlich hat sie noch etwas vor. Nadine reibt sich die Augen, außerdem sehnt sie sich nach frischer Kleidung.

„Ich gehe morgen definitiv mit. Man sieht, was dabei herauskommt, Nadine und Hund. Möglicherweise joggt dieser Aufreißer-Typ mit dem hautengen Renndress morgen wieder durch den Park?"

„Es wäre möglich. Bisher war der Mann jeden Tag im Park. Wer weiß? Er interessiert mich nicht. Sicher hat er keine anderen Hobbys. Ich freue mich, wenn du mich begleitest."

Kapitel 18

In ihrem Traum sieht sie ihn wieder. Sie hört seine Gedanken und dass er immer wieder an die Worte der Wahrsagerin denken muss. Im Schlaf ist Nadine so glücklich und leicht. Er denkt an sie. Sie spürt die zarten Flügelschläge der Schmetterlinge in der Magengrube und das ändert sich auch nicht, als sie aufwacht und ihre Gedanken zu Tyson abschweifen. Bald hat sie diese Aufgabe erledigt. Wie wohl der neue Hinweis aussehen wird?

Die fröhlichen Gedanken der Nacht werden durch Sarah getrübt, die die Nase rümpft, als sie im Tierheim ankommen.

„Es stinkt“, meint sie und hält sich die Nase zu.

Eine Mischung aus Urin, Kot, Stroh und Futter schlägt ihnen entgegen, doch Nadine hat sich inzwischen daran gewöhnt. Den Geruch müsste Sarah doch vom ersten Besuch kennen. Nadine lässt sich die Vorfreude auf Tyson nicht nehmen. Dieser Hund hat es ihr einfach angetan und sie weiß nicht mal genau wieso.

„Der Geruch ist wohl nichts für dich.“ Max lacht, als er Sarah entdeckt, und Nadine grinst.

Tyson sitzt in seinem Gehege und sieht sie beleidigt an.

„Wie wäre es für dich mit unserer Yorkshire-Dame Daisy?“, fragt Max an Sarah gewandt. Er führt sie zu einem winzigen Hund mit einer roten Schleife mit weißen Tupfen im Haar.

Nadine beobachtet, wie ihre Freundin hadert, doch als die kleine Daisy ihre Mini-Nase an ihrem Arm reibt, geht ein Strahlen über

Sarahs Gesicht und sie willigt unerwartet ein, mit ihr Gassi zu gehen.

Max überreicht Nadine den angeleinten Tyson, den er in der Zwischenzeit ebenfalls geholt hat.

„Mal sehen, ob du dich heute besser benimmst", raunt Nadine dem Rüden zu. „Zwicken geht gar nicht, verstanden?"

Die beiden Freundinnen drehen eine Runde um das Tierheim. „Wow, es ist so viel größer, als ich dachte", meint Sarah, als sie nach den Zwingern für die Hunde bei den Papageien ankommen. „Was für wunderschöne Tiere." Sie deutet auf einen Rosenpapagei.

„Stimmt. Schade, dass die Besitzer sie nicht mehr wollen, oder?"

„Ja, traurig."

Sarah hat einen Narren an Daisy gefressen. Nadine ahnt, dass sie die Hündin nach Paris entführen möchte. Sie umfasst Tysons Leine fester. Ein bisschen Angst, dass er abhaut oder zwickt, hat sie auf alle Fälle. Sie wird ihn im Auge behalten.

Auf der gegenüberliegenden Straßenseite läuft eine Labradorhündin. Tysons kompakter Hundekörper zappelt nervös. Unruhig zieht er an der Leine und will sie in die Wade beißen, als sie ihm vorsichtig den Kopf tätschelt und leise ins Ohr flüstert: „Versuch zwecklos, die ist eine echte Lady. Du brauchst was anderes." Als sie ihn weiterstreichelt, himmelt er sie mit treuen Augen an. Er wedelt freundlich mit dem Schwanz und hält seinen Kopf zum Streicheln hin.

Sarah bemerkt: „Oh, ein Schoßhund. Mach dir seinetwegen keine unnötigen Gedanken!"

Sie biegen um die nächste Straßenecke und schlendern an einem Blumenladen vorbei, als Tyson ein paar tönerne Blumentöpfe umwirft, die laut bersten.

Erschrocken hebt Nadine den Kopf und sammelt die Scherben auf. Sie möchte die Töpfe bezahlen, aber die nette Verkäuferin lehnt ab und verweist auf eine gute Versicherung. Erleichtert atmet Nadine auf. Ein Ärger weniger.

Nach der ausgiebigen Spazierrunde erreichen sie wieder das Tierheim. Nadine ist erledigt, aber glücklich. Tyson verhielt sich artig und Daisy ebenso. Als Max die Tiere empfängt, bemerkt sie, dass Sarah ihm schöne Augen macht. Sie spürt einen bitteren Geschmack auf ihrer Zunge. Warum regt sie sich auf? Max gehört ihr nicht. Nadine hört Sarahs künstlich hochgedrehte Stimme wie durch einen Wattebausch.

„Ich würde sehr gern morgen wieder mit Daisy spazieren gehen." Nadine hob überrascht eine Augenbraue. *Auf einmal hat Sarah Gefallen an Hunden gefunden? Oder nur an Max?* Nadine beobachtet die beiden wachsam. Das war nicht nur Freundlichkeit von Sarah. Was hat sie vor?

„Kein Thema, Sarah, du und Daisy, das passt."

„Ich würde morgen gerne Tyson noch mal spazieren führen", mischt Nadine sich ein.

„Nein, Nadine, das geht nicht." Max lächelte sie an. „Mein Kollege hat schon einen anderen Hund für dich morgen. Du kannst nicht nur die braven Hunde ausführen, die anderen warten auch sehnsüchtig. Die haben eine Spazierrunde viel nötiger. Gewöhn dich daran: Ein Tierheim ist kein Wunschkonzert." Er zwinkert ihr zu.

Sie lässt die Schultern sinken. Damit hat sie nicht gerechnet, sie holt eine Hundeleine vom Haken und rollt sie auf und ab.

„Kann man da nichts machen mit Tyson?", fragt sie mit einem flehenden Blick. „Das ist der erste Hund, den ich mag und der mich mag."

Max lächelt und schaut ihr direkt in die Augen. „Und sein Herrchen würde dich auch mögen, da bin ich mir sicher."

Nadine stemmt die Hände in die Hüften und weicht seinem Blick aus. „Das verstehe ich nicht. Dieser Herr muss böse sein, wenn er so einen treuen Hund abgibt."

„Vermutlich gab es persönliche Gründe dafür. Ich bin mir sicher, so einen Hund gibt man nicht leichtfertig in fremde Hände. Und den anderen Hund wirst du auch mögen, da bin ich mir sicher. Er ist brav."

„Und wenn nicht?"

„Doch, das ist er. Lass dich überraschen."

Sie stößt einen lauten Seufzer aus. „Muss ich ja wohl."

„Und damit du auf andere Gedanken kommst, lade ich dich ein, zur besten Currywurst in Berlin."

„In Ordnung, Currywurst, das klingt lustig. Ich probiere gerne, ich habe einen Riesenhunger", stimmt sie zu und da Sarah heute Abend auf Nadines Gesellschaft offensichtlich verzichtet, freut sie sich über ein unkompliziertes Treffen an der Wurstbude. Sie möchte endlich mehr von Berlin sehen.

Nadine wartet wenige Stunden später an der Imbissbude auf Max und freut sich, ihn mal nicht in Arbeitsklamotten zu sehen.

Er umarmt sie fröhlich, als er sie erreicht, und sie haucht ihm französische Küsschen auf die Wange. Dabei saugt sie den Duft seines Parfums auf, dem eine leichte Zitrusnote anhaftet.

Er bestellt und bezahlt für sie beide. Beim Essen plaudern sie über Tiere, Menschen, das Leben im Allgemeinen und spießen nebenbei die Currywurststückchen mit der scharfen Sauce auf ihre hölzerne Gabel.

Max wischt ihr nach einem kleinen Malheur rote Saucenspritzer aus dem Gesicht. Sie bemerkt den liebevollen Blick von Max und spürt seine sanfte Berührung, die in ihr ein Gefühl der Wärme verursacht. Sie weicht seinem Blick aus und betrachtet ihre rosa lackierten Fingernägel.

Als die Sprache auf ihre Phobie vor Hunden kommt, die sie nun ein für alle Mal überwinden möchte, kippt Nadines Stimmung.

„Weshalb jetzt?“, fragt Max. Sie meidet seinen forschenden Blick, spielt mit der Serviette.

„Weil jetzt der richtige Zeitpunkt für mich ist. Es war an der Zeit, meine Angst zu überwinden.“ Sie senkt den Blick und spricht weiter: „Ich weiß nicht, wie ich es sagen soll.“

Mit einem Finger malt sie Linien auf den Tisch und schluckt. Sie mag ihm keine falschen Hoffnungen machen, schließt für eine Sekunde die Augen und strafft dann die Schultern. „Aus unserer Freundschaft kann leider nicht mehr werden. Ich bin verheiratet.“ Nadine fühlt sich einige Pfund leichter, aber als Max sie mit weit aufgerissenen Augen anschaut, spürt sie, wie ihr Magen rebelliert.

Max erstarrt. „Und deshalb fliegst du nach Berlin und führst hier Hunde aus?“

Dieser forschende Blick, er wirkt beinahe misstrauisch. Ihr wird heiß. Die Lüge brennt auf ihren Lippen wie Feuer. „Nadine Escoiffier, irgendetwas verheimlichst du mir. Schade.“ Er wendet den Blick ab.

Sie erblasst und senkt den Blick auf den Boden. Wenn sie könnte, würde sie sich in einem Mauseloch verkriechen. Sie krallt ihre Fingernägel in die Handinnenflächen.

Er tut ihr leid, sie sieht die Enttäuschung in seinem Blick und bereut ihre Lüge sofort. „Ich wollte mich in Paris nicht blamieren. So ist das.“ Ihre Stimme klingt forscher, als sie sich fühlt. „Ich hoffe, wir bleiben Freunde. Ich freue mich jeden Tag auf euch.“

„Auf uns? Meinst du etwa meinen Kollegen Samuel?“ Max zieht die Augenbrauen zusammen. „Der hat dich längst angebaggert. Der probiert es bei allen Frauen.“

„Da weißt du mehr als ich.“ Sie zuckt mit den Schultern. „Und übrigens ist er nicht mein Typ. Ich meinte Tyson und dich.“

„Und ich? Bin ich dein Typ?“, fragt Max mit provozierendem Unterton.

Nadine errötet wie ein Leuchtturmfeuer bei so viel Direktheit.

Sie hat einiges über die sogenannte Berliner Schnauze gehört und dass die Einheimischen mehr als direkt und öfter unfreundlich sind. Diese Direktheit, die darauf abzielt, ihre geheimsten Gedanken zu offenbaren, hatte sie so schnell nicht erwartet. Sie knibbelt an ihren Fingern, überlegt, wie sie es ihm schonend beibringen kann und antwortet betont langsam: „Max, du bist ein toller Kerl. Leider bin ich vergeben, sonst wärst du mein Traummann."

Max stippt die letzten Pommes auf und zeigt auf die U-Bahn-Haltestelle. „Lass uns heimfahren. Wir sehen uns vielleicht morgen."

„Nur vielleicht?" Nadine hüstelt verlegen. „Wäre schade, wenn du nicht da wärst. Ich freue mich darauf, dich und Tyson zu sehen."

Max geht nicht darauf ein und seine Blicke kann sie nicht deuten. „Gute Nacht, Nadine, pass auf dich auf. Ich bin morgen in den Reptilienhäusern eingeteilt. Da sehen wir uns nicht." Er presst die Lippen aufeinander, spielt mit der leeren Flasche und stellt sie ein wenig zu heftig auf dem Tisch ab, ehe er aufsteht. Mit einem Schulterzucken fügt er hinzu: „Ich versuche, an deinem letzten Tag da zu sein, versprochen."

Nadine steht ebenfalls auf. Tritt auf ihn zu, doch er weicht ihr aus. Sie wendet den Blick ab und wischt verstohlen ein kleines Tränchen aus dem Auge. *Was für ein schlechter Mensch bin ich?* Das merkwürdige Magengrummeln verstärkt sich. Wie konnte sie nur? Es tut ihr so leid. Sein Blick schmerzt.

„Gute Nacht, Max, pass auf bei den Schlangen. Ich freue mich auf den letzten Tag mit dir. Du hast mir geholfen, mich hier einzugewöhnen. Danke für alles."

Als sie sich mit Wangenküsschen verabschieden möchte, weicht er ihr aus, gibt ihr die Hand zum Abschied und antwortet kühl: „Gute Nacht, Nadine, achte auf dich und das, was dir guttut."

Auf dem Weg nach Hause fühlt Nadine sich allein. Sie denkt an Max und seine Reaktion darauf, dass sie vergeben ist. Sie bedauert ihre Lüge so sehr. Sie mag ihn, aber …

„Finde mich." Nadine bleibt stehen. Horcht erneut, doch die Worte, die wie vom Wind getragen in ihr Ohr purzelten, wiederholen sich nicht. Sofort sind die Gedanken an den Traummann und sein Foto wieder da. *Ob er wohl gerade an mich denkt?*

Ein Lächeln schleicht sich auf ihre Lippen. Sie schaut in denselben Himmel wie der Angebetete. Träumerisch betrachtet sie den Mond. Sie flüstert leise: „Warte auf mich, ich bin es wert."

Ein Mann, der so in sein Handy vertieft war, dass er sie nicht bemerkt hat, rempelt sie fast an und sieht sie mit zusammengekniffenen Lippen an. Als er weitergeht, kichert Nadine und tritt beschwingt den Rückweg zum Hotel an.

Kapitel 19

Als sie am Tierheim ankommen, empfängt sie der Tierpfleger Samuel. Diesmal lässt er seinen Charme bei Sarah und Daisy, dem Handtaschenformat-Hund, spielen. Sarah giggelt mit ihm herum.

Nadine schaut sich suchend nach Max um. Nicht da. Sie bekommt von seinem Kollegen einen großen schlaksigen Mischlingshund, der mit seiner freundlichen Natur alles ableckt, was nicht bei drei auf den Bäumen ist. Na prima, denkt sie. Kein Beißer, ein Schlecker.

Sie ekelt sich vor der langen Hundezunge. Ihr stellen sich bereits die Nackenhaare auf. Als sie sich kurz wegdreht, um verstohlen nach Max Ausschau zu halten, erwischt sie die Hundezunge an der linken Hand.

„Oh, wie ekelhaft!“ Sie drückt Sarah die Leine in die Hand, um ihre Hand sauberzumachen.

Während Nadine mit dem Schleckmaul losläuft, ruft er ihr hinterher: „Sein Name ist Leon, wie Chamä-Leon.“

„Höllisch witzig“, brummt sie genervt und herrscht Leon an, die Zunge drin zu lassen. Immerhin kommt sie gut vom Fleck, der macht keine Trippelschritte wie Sarahs Daisy, schmunzelt sie. Sie verabschiedet sich unfreiwillig von Sarah, weil Daisy nicht hinterherkommt.

Als Nadine eine Stunde flott gegangen ist, schleckt der Hund sie mehrmals ab und legt die schmutzigen Pfoten auf ihre Schulter.

Mit leichtem Missfallen wischt sie den Straßendreck von ihrem Mantel und hebt den Kopf, als ein Schatten auf sie fällt. Der Jogger, der ihr immer wieder begegnet, hält direkt vor ihr inne.

„Pass auf den braunen vierbeinigen Küsser auf, der geht gerade fremd. Bis bald."

Sie errötet in einem Farbton wie bei einer zu grell gefärbten Rothaarigen und sieht, wie das Schleckermaul versucht, eine Hündin zu bespringen. Sie lockt Leon mit viel Mühe und Zug am Halsband zurück auf den Weg und leint ihn an. Heute fühlt sie sich fix und fertig. Der Mann ist inzwischen weitergejoggt.

Als sie ins Tierheim zurückkommt, läuft ihr Samuel über den Weg. „Ist denn Sarah schon weg?"

„Ja, sie wollte sich noch in der Stadt die East-Side-Gallery anschauen. Sie hat mir extra gesagt, dass ich dir das ausrichten soll und du nicht sauer auf sie sein sollst."

Nadine verzieht ihr Gesicht. Ihre Freundin geht ihr auf den Keks. Sarahs erneuter Alleingang bringt das Fass zum Überlaufen. Sie bemüht sich, Samuel gegenüber höflich zu bleiben und zu lächeln, obwohl sie innerlich kocht vor Wut.

„Ist morgen ein Ausflug mit Tyson möglich?" Ihre Stimme hat etwas Flehendes. Sie fiept beinahe wie eine Maus.

„Frag einfach morgen früh bei Max nach, denn ich bin mit Sarah unterwegs. Wir wollen uns bei mir treffen", sagt er unvermittelt und grinst triumphierend.

„Viel Vergnügen", antwortet sie schmallippig und beschließt, ein Machtwort mit Sarah zu sprechen.

Sarah taucht bis zum nächsten Morgen nicht auf und so beschließt Nadine, allein ins Tierheim aufzubrechen. Schon von Weitem erkennt sie Max und winkt ihm mit einem Lächeln zu. „Guten Morgen, Max."

„Hallo Nadine."

Sie versucht, seinen kühlen Tonfall zu ignorieren. „Darf ich heute Tyson ausführen? Er gibt mir Selbstsicherheit im Umgang mit Hunden. Ihm bin ich gewachsen." Sie trippelt von einem Bein aufs andere. „Ich habe mich in ihn verguckt."

„Du solltest Samuel fragen", antwortet Max schnippisch.

„Der ist nirgends zu sehen, der war gestern mit Sarah unterwegs."

„Ah, deshalb hat er seine Arbeit liegen lassen. So unzuverlässig kenne ich ihn nicht. So ein Filou", flucht er. „Und andere müssen seine Arbeit miterledigen. Das ist schlechter Stil."

„Der und Stil", sagt Nadine und lächelt ihm zaghaft zu.

„Stimmt auch wieder." Max bedenkt sie mit einem warmen Blick, der gleich darauf abkühlt. „Und du hast dich nicht in mich verguckt, sondern in Tyson? Da liege ich in deiner Punkteskala ganz unten, wenn mich ein Hund überholt, dabei hast du angeblich eine Hundephobie."

Nadines Wangen erröten, sie lehnt ihren Oberkörper zurück und verschränkt die Arme vor der Brust. *Er glaubt mir nicht.* Dieser Gedanke trifft sie wie ein Pfeil ins Herz. Warum nur will sie immer noch den allerbesten Eindruck auf ihn machen? Sie sind doch nur befreundet, da ist nicht mehr.

Trotzig reckt sie das Kinn vor. „Max, ich lerne dazu! Auch wenn du es nicht glaubst, ich wachse zurzeit über mich hinaus und besiege meine Phobien. Ich arbeite daran, unter keinen Umständen Sklave meiner Ängste zu sein."

„Und wieso hast du Angst vor mir?"

Die Frage überrascht Nadine und sie reißt die Augen auf. „Habe ich nicht. Ich war mit dir die weltbeste Currywurst essen. Und wenn du mich heute Abend einladen würdest, die beste Pizza von Berlin zu essen, würde ich mich freuen. Ich unterhalte mich sehr gerne mit dir. Ich finde dich nett."

„Verstehe", nuschelt Max und sieht aus, als hätte er in eine Zitrone gebissen. „Können wir gerne nach der Arbeit hierherbestellen. Aber was ich dir wirklich mitteilen möchte, ...“

Nadine legt ihren Zeigefinger vor seine Lippen. „Sprich es nicht aus, ich weiß es. Ich habe dir erzählt, dass ich vergeben bin. Das stimmt nicht. In Paris wartet niemand auf mich. Es tut mir leid. Eine kleine Notlüge.“ Sie sieht schuldbewusst zu Boden, lässt den Finger aber weiter auf seinem Mund. „Ich mag dich, aber ich bin jemandem vorbestimmt.“ Sie sieht Max‘ hängende Schultern und wie sein Körper in sich zusammensackt. Doch seine grünen Augen blitzen beinahe gefährlich.

„Vorbestimmt!“ Er tritt einen Schritt zurück, ihr Finger schwebt einsam in der Luft und Nadine lässt ihn sinken. „Was ist das für ein esoterischer Firlefanz? Und warum lügst du mich an? Das wäre nicht nötig gewesen. Klare Worte verstehe ich, auch wenn sie mir nicht behagen. Ich bin enttäuscht von dir.“

Gerade wollte sie noch über das witzige deutsche Wort „Firlefanz“ schmunzeln, aber sie bemerkt an seiner Haltung, den hängenden Schultern und seinem gesenkten Blick, wie sehr sie ihn verletzt hat. „Es tut mir leid, ich habe geahnt, dass du dich nicht mit mir freuen kannst. Deshalb hatte ich dir die kleine Lüge aufgetischt. Ich wollte dich nicht verletzen.“

„Papperlapapp!“ Er macht eine wegwerfende Handbewegung. „Ich kenne so was nur aus anderen Kulturkreisen.“ Er deutet auf sie. „Aber du bist eine Europäerin! Da gibt es keine Zwangsheirat. Was soll dieser Quatsch? Sag doch einfach, dass ich nicht dein Typ bin. ‚Nett‘ ist nicht gerade ein Kompliment.“ Er straft sie mit einem kalten Blick und wendet sich ab.

Sie ruft ihm hinterher: „Du glaubst mir doch nicht.“

Er bleibt stehen und sie schöpft Hoffnung. „Weißt du was, wir holen Tyson und den knurrenden Craig, eine Dogge, und gehen mit ihnen Gassi. Dann kann ich dir neben meiner Arbeit zuhören.“

„Alles klar, das machen wir. Du wirst mich vermutlich für verrückt erklären."

„Wir werden es herausfinden", zischt Max und holt die Hunde. Sie spazieren zunächst schweigend um den See.

Wieder begegnet ihnen der Jogger. Dieses Mal in quietschgelbem Dress, im Schlepp mit einer hechelnden blonden Frau im Partnerlook. Als er Nadine und Max entgegenkommen sieht, stolpert er über einen Stein, fällt und scheint sich verletzt zu haben, so wie es aus Nadines Blickwinkel aussieht.

Geschockt schaut sie zu Max, bevor sich ihre Aufmerksamkeit auf die Blondine richtet. Mit ihrem knallroten Lippenstift wirkt sie beim Joggen fast fehl am Platz. Sie hilft ihrer Begleitung hoch auf die Füße und keift: „Das kommt davon, fremden Frauen nachzuschauen. Künftig joggen wir nur noch zu zweit."

Der Jogger zuckt kurz zusammen und herrscht mit hochrotem Kopf seine weibliche Begleiterin an. Innerhalb weniger Sekunden sind beide aus dem Blickfeld verschwunden.

Nadine und Max prusten laut los und gehen weiter.

„Was war das denn?" Nadine rollt mit den Augen.

Max setzt wieder ein ernstes Gesicht auf. „Du wolltest mir etwas erklären. Leg los, wir haben zwei Stunden Zeit, bevor ich vermisst werde."

Sie laufen nebeneinander, die Hunde friedlich an der Leine. Ab und an berühren sich ihre Hände beim Laufen, als Nadine ihm die ganze Geschichte von ihrem Ex-Freund, über die Wahrsagerin und ihre Reise nach Südafrika bis heute erzählt.

„Zwei Aufgaben sind beinahe gelöst, das hat mich viel Überwindung gekostet", endet sie. „Die dritte wird voraussichtlich am schwierigsten, auch wenn ich mir das kaum vorstellen kann. Ich muss eine weitere Phobie überwinden. Ich will daran glauben, das war mein fester Halt, der mich vom Brückensprung von der Pont

Neuf in den Tod abgehalten hat. Ich werde mein Glück versuchen und danach sehen, ob die Prophezeiung der Wahrsagerin stimmt." Sie bleibt stehen und hält ihn am Arm fest. „Max, bitte habe Verständnis, ich würde sonst nicht mehr leben. Ich ahnte damals nicht, dass es so einen wunderbaren Menschen wie dich gibt."

Er nickt nachdenklich mit gesenktem Blick. „Dann versuche es, ich werde auf dich warten."

Auf Nadines Gesicht zaubert sich ein zaghaftes Lächeln, das er erwidert.

„Danke." Zögerlich spricht sie weiter. „Bei Sarah habe ich leider das Gefühl, dass sie nur aus Eigennutz mitgekommen ist und mir schaden will." Sie zuckt mit den Schultern und ergänzt: „Ohne sie wäre ich aber nie verreist. Max, wir beide hätten uns nie kennengelernt, was ich sehr bedauern würde." Sie schaut ihm in die meergrünen Augen, in denen sich gerade ein grauer Nebelschleier gebildet hat. Er nimmt das mit einem Nicken zur Kenntnis und bringt sie zurück in die Gegenwart.

Ihr Magen zieht sich zusammen. Er hat recht. Nach dem, was sie ihm über Sarah erzählt hat, sollte sie ihr nicht mehr vertrauen, sie muss etwas unternehmen. Sie weicht seinem Blick aus, spürt, wie er seine Hand auf ihren Arm legt.

„Brauchst du Sarah wirklich noch? Du hast inzwischen vieles gelernt, auch in einen Flieger einzusteigen, deine Höhenangst hast du bewältigt. Und mit mir zusammen würdest du nie wieder Angst vor Hunden haben. Denk mal in Ruhe drüber nach", antwortet Max zuversichtlich und sucht ihren Blick.

Nadine befeuchtet ihre Lippen und knetet ihre Hände.

„Ja, ich weiß, ich habe mich weiterentwickelt und ich denke viel über Sarah nach", erwidert Nadine und mustert ihn intensiv. Wehmütig denkt sie daran, dass sie ihn bald verlassen wird.

Sie gehen schweigend ein Stück weiter. Nadine fragt sich, was Max von ihrer Geschichte hält, doch er scheint nicht weiter darüber reden zu wollen und sie akzeptiert es.

„Heute gibt es leider keine Currywurst-Einladung“, durchbricht er schließlich das Schweigen. „Dennoch täte ich nichts lieber, aber meine Oma braucht meine Hilfe. Ich soll ihren Sperrmüll heute Abend aus dem Keller holen, weil er morgen abgeholt wird. Sie besitzt einige schwere, uralte Möbelstücke sowie alte Bücher, die sie loswerden möchte.“ Er sieht sie einen Augenblick an. „Aber ich würde mich freuen, wenn du mir hilfst.“

Sie überlegt kurz. „Warum nicht? Ich habe momentan nichts Besseres vor. Sarah hat andere Dinge mit deinem Kollegen im Kopf.“ Sie grinst. „Und allein essen? Dazu habe ich keine Lust. Da helfe ich dir lieber. Ich finde, Familie geht über alles und der eigenen Oma sollte man helfen. Ich freue mich, sie kennenzulernen. Wir können später Pizza bestellen oder anderes Essen, was deine Oma mag.“

Max lächelt. „Ihre Begeisterung über deinen Besuch wirst du selbst sehen. Du bist die erste Frau seit langer Zeit, die ich ihr vorstelle. Sie ist in den Sechzigerjahren mehrmals in Italien im Urlaub gewesen und freut sich bestimmt über ein gemeinsames Pizza- oder Pasta-Essen.“

Unterdessen sind sie ins Tierheim zurückgekehrt. Er bringt die Hunde in ihre Zwinger zurück, doch sie knuddelt insbesondere Tyson fest und flüstert ihm ins Ohr, dass sie bald wiederkommt. Den Versuch, sie freundschaftlich zu zwicken, unterbindet sie prompt.

Kapitel 20

Nadine ist pünktlich am Haus von Max‘ Oma, der sie hineinlässt. Als sie die Wohnung betritt, kommt eine ältere Dame aus dem Wohnzimmer. Max stellt sich neben sie und Nadine kann sein stolzes Lächeln nicht ignorieren, als er sie vorstellt. „Omi, das ist Nadine.“

„Oh, schön, dich mit einer Frau zu sehen.“ Nadine spürt die Blicke der älteren Dame auf sich, doch sie scheinen wohlwollend zu sein.

„Oma, sie hilft mir beim Sperrmüllraustragen.“

„Danke. Das freut mich.“ Max‘ Oma tätschelt Nadine den Arm.

„Omi, magst du lieber Pizza oder ein italienisches Nudelgericht? Ich lege dir die Speisekarte hin, schau sie dir in Ruhe an. Ich bestelle nachher. Was sollen wir denn entsorgen?“

Oma schleppt sich schwerfällig zur Treppe. Sie hält sich am Handlauf fest und deutet nach unten auf eine massive Kommode und ausrangierte Bücher.

Nadine freut sich über das freundliche Lächeln, das ihr geschenkt wird. Ihr wird warm ums Herz. Sie folgt Max nach unten und sieht sich in dem staubigen und engen Keller um.

Die alten Bücher erregen ihre Aufmerksamkeit und verraten viel über das Leben und den Geschmack der alten Dame. Sogar ein Tagebuch findet sie im Stapel. Es riecht etwas muffig. Sie dreht und wendet es, aber sie traut sich nicht, es zu öffnen.

Plötzlich spürt sie Max‘ Atem in ihrem Nacken. Sie nimmt den angenehmen maskulinen Duft seines Parfums wahr, eine Mischung aus Tabak und Citrus und hält sich kurz an der Kommode fest, weil ihre Knie weich wie Pudding werden. Ihr Bauch kribbelt und ihr Herz klopft unregelmäßig.

„Alles in Ordnung, Nadine?“

Sie dreht sich um und spürt, wie er ihr eine Haarsträhne aus dem Gesicht streicht. Sie hält inne und spürt eine stille Sehnsucht nach mehr Körperkontakt und Nähe. Eine zarte Röte überzieht ihr Gesicht und sie ist froh, dass der Keller nicht so gut ausgeleuchtet ist. Sie ist verwirrt und weiß noch nicht, wie sie diese aufkeimenden Gefühle einordnen soll.

„Ja, alles in Ordnung. Sollen wir dieses Tagebuch auch entsorgen?“ Ihre Stimme klingt viel zu hoch in ihren Ohren.

„Ja, es lag bei den ausgemisteten Büchern. Hilf mir mal mit der Kommode, bitte. Oder ist sie zu schwer für dich?“

„Moment, ich lege das Tagebuch in die Schublade und versuche es mit dem Hochtragen.“

Gemeinsam wuchten sie die holzwurmstichige Kommode die Stufen hoch. Als alle von Oma aussortierten Dinge vor der Tür stehen, wischen sich die beiden den Schweiß von der Stirn. Nadine freut sich auf ein gemütliches Essen, das Max kurz zuvor bestellt hat. Der rustikale Esstisch, an dem sie Platz nehmen, vermittelt Gemütlichkeit. Nadine bewundert die farbenfrohe Jugendstil-Tiffany-Lampe, als der Lieferant klingelt. Beinahe schweigend lassen sie sich das Essen munden.

„Danke für Ihre Hilfe, Nadine.“ Max‘ Oma lächelt sie an, als alle Teller leer gegessen sind.

„Ja, danke, Nadine. Deine Hilfe war nicht selbstverständlich“, sagt Max und lächelt sie an.

Nadine errötet. „Das habe ich gerne gemacht.“

Sie gähnt hinter vorgehaltener Hand und bemerkt Max' Schmunzeln. „Ich denke, es ist Zeit, dass ich dich ins Hotel bringe, oder?“

Wenig später fällt sie in ihrem Zimmer todmüde ins Bett. In dieser Nacht träumt sie nicht von ihrem Traummann, sondern von Max. Ihrem Helden, der sie vor allen Hunden errettet. Als sie aufwacht, weiß sie, dass er sie im Schlaf beschützt hat.

„Autsch“, jammert Nadine und beißt in ihr Brötchen.

Sie spürt Muskelkater in Armen und Beinen und bewegt sich, als würde sie auf Glassplittern tanzen. Jede Bewegung schmerzt. Sie schaut sich im Frühstücksraum nach Sarah um, aber sie ist nicht hier. Vermutlich ist sie bei Samuel und lässt sich verwöhnen. Sie checkt kurz ihr Handy und findet eine SMS von Sarah vor.

Warte nicht auf mich, ich verspäte mich.

Sie schüttelt enttäuscht den Kopf und presst die Lippen zusammen. Und das an meinem letzten Tag im Tierheim.

Eine Frau am Buffet wirft ihr einen mitleidigen Blick zu.

Ihr Herz pocht wild und Nadine nimmt die innere Unruhe der bevorstehenden Veränderung wahr. Aber ihr fällt es schwer, die Ursache in Worte zu kleiden. Ihr letzter Tag in Berlin bricht bald an. Sie spürt einen Kloß im Hals.

Sie weiß nicht, ob sie noch einmal auf das liebgewonnene Duo Max und Tyson trifft. Am liebsten würde sie hierbleiben und ihren Wohlfühlzustand beibehalten. Sie schüttelt den Kopf, nippt an ihrem Kaffee und schiebt diesen Gedanken beiseite. *Ich bin mit Leib und Seele Französin. Außerhalb von Frankreich zu leben, fühlt sich falsch an. Aber warum denke ich überhaupt darüber nach?*

Sie trinkt ihren Kaffee in einem Zug aus und startet in Richtung Tierheim. Bei der mehr als einstündigen S-Bahn-Fahrt grübelt sie darüber nach, welchen Hund ihr das Schicksal dieses Mal zuteilen wird.

Max begrüßt sie mit einem freundlichen Kopfnicken. Sarahs aktueller Freund Samuel teilt heute die Hunde für die Spaziergänge zu. Er bringt ihr eine Hündin vorbei, die leider keine Dame ist. Eine Terrier-Hündin, die die Zähne bleckt.

Nadine tritt mit versteinerter Miene einen Schritt zurück, sie fürchtet sich vor einem erneuten Biss. Leichte Panik kriecht in ihr hoch. Sie schwitzt. „Wie sieht es mit einem Maulkorb für die bissige Dame aus?"

Samuel winkt ab. „Setz dich durch! Für diese Miniaturausgabe brauchst du keinen."

Energisch drückt er ihr die Leine in die Hand und Nadine presst die Lippen zusammen. Innerlich erstarrt übernimmt sie die Leine.

„Wie heißt denn die Prinzessin?", fragt sie.

„Na ja, Prinzessin hast du sie betitelt, nicht ich. Sie heißt Bity." Er grinst süffisant. „Max kann dir helfen, wenn du es dir nicht zutraust", feixt er frech.

„Ach, lass mal, ich schaffe das." Sie zieht an der Leine. Aber die bockige Dame bewegt sich keinen Meter. Nadine redet mit Engelszungen auf sie ein, plötzlich jagt die eigenwillige Hündin, wie von hunderten Hornissen gestochen, los. Um ein Haar verliert sie die Leine. Nachdem sie die Hündin wieder im Griff hat, erfasst sie in Sekundenschnelle Tysons beleidigten Blick. Sie spürt einen kleinen Stich im Herzen. Ihr schlechtes Gewissen regt sich, als er sich demonstrativ auf den Boden legt, den Kopf zur anderen Seite dreht und eine Pfote über die Augen legt.

Nadine bemüht sich mit aller Kraft, Herrin über die zähnefletschende Terrier-Hündin zu werden und als Siegerin hervorzugehen. Als Bity nach ihr schnappt, ist sie kurz davor, die Hündin anzuschreien. Mit hochrotem Kopf steht sie vor Bity. *Mit Maulkorb wäre das sicher einfacher gewesen, aber Sarah hat ja behauptet, ich sei hundeerfahren.*

Ein Passant schüttelt den Kopf. „Der Hund ist genauso aufgeregt wie Sie, also beruhigen Sie sich erstmal. Der Hund spürt das. Begegnen Sie Ihrem Hund mit Ruhe und reden Sie mit ihm. Ein paar Streicheleinheiten, wenn der Hund etwas gut gemacht hat, helfen weiter."

„Danke für den Tipp. Vielleicht hilft mir das."

Nadine kniet sich hinunter und redet Bity gut zu. Sie krault sie sogar kurz hinterm Ohr.

Der Spaziergang geht mit kurz gehaltener Leine weiter und die Terrier-Dame blafft weiterhin grundlos alle an. Die Hündin unterscheidet nicht zwischen Menschen und Tieren bei ihren Beißversuchen. Unerwartet bleibt Bity vor einem dicken Felsblock im Park stehen und wedelt mit dem Schwanz. Die angespannte Nadine traut ihrem bissigen Hund mit den Dämonen im Hintern nicht so recht. Sie schaut, was Bity so interessiert.

Nadine kneift ihre Augen etwas zusammen. Ein blasslila Briefumschlag liegt auf dem Boden. Adrenalin schießt durch ihren Körper, als sie ihren eigenen Namen darauf liest.

Bity nimmt den Brief vorsichtig zwischen die Zähne, legt ihn ihr vor die Füße und verteidigt Nadines Post mit wildem Gekläff vor einem Schäferhund, der hinter dem Felsblock auftaucht.

Nadine reißt den Brief an sich und streichelt der Hündin kurz über den Rücken. Sie fasst die Leine fester und gibt ihr einen Hundeknochen zur Beschäftigung. Aufgeregt reißt sie das Couvert auf und liest:

„Liebe Nadine,

ich bin stolz auf dich, dass du deine Angst vor Hunden überwunden hast. Herzlichen Glückwunsch! Du kommst deinem Ziel näher. Du kannst beherzt die nächste und letzte Stufe der Herausforderungen angehen.

Das zweite Symbol für den weiteren Buchstaben deines Traummannes liegt diesem Brief bei. Es kommt beim Entschlüsseln auf deine Deutung an.

Du wirst nun nach New York fliegen. Dort fährst du mit dem Aufzug auf die Aussichtsplattform des Rockefeller-Centers. Es lohnt sich, alle Ängste zu überwinden. Insgeheim wartet jemand darauf, dass du diese Phobien bezwingst und ihn dadurch kennenlernst. Ich rate dir dringend, deine gesamten Ängste zu eliminieren, um deine wahre Liebe kennenzulernen. Er befindet sich dort in unmittelbarer Nähe und versucht, dich ebenfalls aufzuspüren. Ich weiß von deiner Höhenangst und deiner Klaustrophobie. Du hast die Flüge nach Südafrika und Berlin blendend gemeistert und ich bin felsenfest davon überzeugt, dass dir ein Flug nach Amerika gut gelingen wird. Und eins gebe ich dir mit auf den Weg: Treppensteigen gilt nicht, auch wenn du sportlich bist. Bitte erledige die Aufgabe in der Weise, wie sie niedergeschrieben steht. Aufzug. Bekämpfe deine Klaustrophobie. Es lohnt sich!

Und einen weiteren Rat gebe ich dir erneut mit auf deinen Weg: Überlege gut, wem du traust.

Wir sehen uns wieder, sagt die Prophezeiung. Deine Wahrsagerin, die es gut mit dir meint.

Bis bald.“

Nadine wird leichenblass, ihre Hände zittern. Sie entdeckt einen kleinen viereckigen lila Zettel, auf dem ein Zeichen gemalt ist. Sie dreht ihn auf die vermeintlich richtige Seite. Was ist das? Sieht aus wie ein Tor bei einem japanischen Garten. Ihr wird schwindelig. Alles dreht sich.

Der Brief samt lila Zettel gleitet ihr aus den Händen hinunter auf die Erde. Tunnel, Aufzüge, alles reißt sie in ein schwarzes tiefes Loch. Sie fühlt sich gefangen in einem Albtraum, merkt kaum, wie sie fällt, spürt den Boden unter sich nicht. Ihre Augen öffnen sich langsam, als sie von irgendwoher Geräusche hört.

„Hallo Madame, aufwachen“, tönt es wie durch einen dicken Nebel.

Wo bin ich? Nebel wabert um sie herum. Ihre Augenlider fallen immer wieder zu. Sie flattern wie die Flügel eines Schmetterlings. Zunächst erkennt sie Hosenbeine und Schuhe, sie lässt ihren Blick weiter nach oben schweifen. Da stehen Menschen neben ihr.

„Wachen Sie bitte auf“, sagt jemand verzweifelt. Ein Hund knurrt.

Sprachfetzen dringen in Wellen in ihr Gehirn. Ein angstvolles leises Winseln reißt sie aus dem tiefen schwarzen Traum. *Bity,* denkt sie.

Eine warme Hundezunge leckt ihre Wange. Aus dem Stimmengewirr kommt ihr eine Tonlage bekannt vor. Der graue Dunstschleier in ihrem Kopf löst sich langsam auf und ihr dämmert, dass es die Stimme des Joggers ist.

Er hält ihre Beine hoch. Verblüfft schaut sie ihn mit verschwommenem Blick an, während er mit ihr wie durch Watte spricht.

Sie spürt die Hundezunge von Bity, die vorsichtig ihr Gesicht leckt und sie mit ihrer Nase behutsam anstupst. Als die Menschenansammlung weiter in ihr Bewusstsein dringt, sammelt sie ihre ganze Energie und entzieht ihm die Beine, die er umsichtig in Schocklagerung nach oben gebracht hat. Sie krächzt leise: „Danke, es geht mir gut.“

Er blickt sie mit hochgezogenen Brauen an.

„Sie sind umgefallen wie eine gefällte Tanne.“ Er lächelt. „Sie sollten sich dringend um einen Lebensretter bemühen. Ich bin verheiratet, ich kann mich nicht um alle Damen kümmern, die im Park ohnmächtig werden.“ Er bittet mit einer freundlichen Geste die neugierigen Passanten weiterzugehen. „Zu niedriger Blutdruck. Es geht ihr wieder gut, wir brauchen keine weitere Hilfe. Danke.“

Neugierig nimmt er Bity den Brief ab, den sie mit dem Maul soeben vorsichtig aufgehoben hat. „Da steht ja eine Anweisung drin. Springen sie immer, wenn jemand ruft?“

„Das ist meine Sache“, blafft Nadine ihn an. Leise fügt sie hinzu: „Das ist eine persönliche Angelegenheit. Aber danke, dass Sie für mich da waren.“

„Oh, es geht Ihnen besser. Das freut mich. Sie klingen wie einer ihrer blaffenden Hunde“, sagt er frech grinsend. „Im Ernst, wie ein Terrier“, schiebt er nach, „aber ich nehme ihre Entschuldigung an, wenn Sie mir sagen, was das hier bedeutet.“ Er wedelt mit dem lila Brief vor ihrer Nase.

Sie seufzt tief.

Er setzt sich trotz der Novemberkälte zu ihr hinunter ins Gras und schaut ihr in die Augen.

Sie fasst sich und holt tief Luft. „Ich fliege morgen nach New York und fahre auf die Aussichtsplattform des Rockefeller-Centers hinauf. Im Aufzug!“

„Wo ist das Problem?“

„Ich leide unter Klaustrophobie.“ Ihre Stimme bricht und Nadine räuspert sich.

„Ach, das. Kann man überwinden“, sagt er nüchtern und legt eine Hand auf ihre Schulter.

„Ich wünsche Ihnen alles Gute und viel Erfolg. Ich weiß zwar nicht, warum Sie das tun, aber wenn es das wert ist, machen Sie es einfach. Leider bin ich in Eile, meine Frau wartet auf mich.“ Er verdreht die Augen. „Sie reisen also morgen ab?“

„Ja“.

„Passen Sie auf sich auf. Ich hoffe, Sie kommen zurück nach Berlin.“ Er erhebt sich und klopft sich den Dreck von der Hose. Noch einmal sieht er auf sie hinab. „Bis bald?“

Nadine zögert und ringt nach den richtigen Worten, als sie zu ihm hochschaut. „Eher nicht. Aber wer weiß das schon.“

„Schade. Ich dachte, Sie eröffnen demnächst in Berlin eine Hundeschule. Ich wäre ihr erster Kunde."

Nadine schüttelt ungläubig den Kopf und schmunzelt über seinen Scherz. Es geht ihr besser. Sie knetet ihre kalten Hände, erhebt sich ebenfalls und dankt ihm zum Abschied für seine Hilfe.

Nadine greift nach Bitys Leine. Der Hund hat brav gewartet und sich vorbildlich benommen, sehr zu ihrer Erleichterung. Schnellen Schrittes eilt sie mit ihr zurück zum Tierheim. Ihr Herz stolpert, als sie Max erblickt, der sie warm anlächelt.

„Das lief prima mit Bity, oder?" Er runzelt die Stirn. „Aber warum bist du so totenblass?"

„Bity ist eine treue Seele." Nadine beißt sich auf die Lippen. „Ich beichte dir gleich etwas."

„Erzähl, ich habe gleich Pause. Dann nehme ich die eben sofort. Für dich." Nadine atmet tief durch, bis sich ihr Puls beruhigt. Max ist ein Schatz, er hört ihr zu und merkt sofort, wenn sie etwas auf dem Herzen hat.

Sie setzen sich an eine windgeschützte Stelle auf eine Bank.

Der besorgte Blick von Max hilft ihr, ihm zu erzählen, was vorgefallen ist.

„Ich bin in Ohnmacht gefallen, da verhielt sich Bity ganz lieb. Sie leckte meine Wange und ich wurde wach. Der Jogger, der immer dieselbe Strecke nimmt, kam vorbei und half mir auf." Ihre Mundwinkel zucken abwechselnd, als ob jemand wie an einem kleinen Gummiband daran ziehen würde.

Max rauft sich die Haare und blickt sie mit geweiteten Augen an. „Und warum die Ohnmacht? Hattest du nichts gegessen? Nicht genug getrunken?"

„Nein, das war es nicht." Nadine nestelt an ihrem Mantel. „Ich hatte dir von den Briefen erzählt. Und heute fand Bity im Park den nächsten."

„Und was steht drin?“ Er streicht sich über die Haare.

„Da ich die Mutprobe mit den Hunden glänzend bestanden habe, soll ich morgen nach New York fliegen. Dort fahre ich mit dem Aufzug auf die Aussichts-Plattform des Rockefeller Centers hinauf! So steht es auf dem Papier geschrieben.“

„Müssen muss man gar nichts.“ Max senkt den Blick. „Und wo liegt dein Problem bei der Aufgabe? Das scheint dich schwer aufgewühlt zu haben.″

Nadine schluckt. „Ich leide unter Klaustrophobie. Aufzüge sind die Hölle für mich.“ Sie wirft ihm einen Blick zu. „Außerdem Flug- und Höhenangst!“

„Dann läufst du eben.“ Max zwinkert ihr zu.

„Das ist verboten. Steht explizit in der Anweisung. Kein Aufzug erlaubt.“

Er hob die Augenbrauen. „Okay. Ist der das wert?“

„Das gilt es herauszufinden. Die Wahrsagerin hat mir gesagt, dass er mein Traummann ist und ich mit ihm glücklich werde.“

In seinen Augen liest Nadine Enttäuschung.

„Schade“, murmelt er. „Ich hätte mir gewünscht, dass ich dich besser kennenlernen kann. Wenn du mir die Chance dazu gibst.“

Nadine weicht seinem Blick aus. „Max, es tut mir leid. Ich werde die Herausforderung annehmen. Es ist mir prophezeit. Aber ich melde mich auf alle Fälle bei dir.“

Sie sieht, wie Max wie ein geprügelter Hund zu Boden schaut und zaudert einen kurzen Moment. Aber ich kann nicht anders, überlegt sie. Das Foto. Da kann Max nicht ganz mithalten. Sie findet ihn süß, so wie er ist, mit seinen zerzausten Haaren. Aber sie will so gern der Wahrsagerin Glauben schenken. Und wenn sie das Foto von diesem Fremden anschaut ... Kann man sich in ein Foto verlieben? Max ist real. Sie spürt einen leichten Stich im Magen, denn sie fühlt sich wohl in seiner Nähe und nun hat sie ihn verletzt.

Gedankenverloren wickelt sie eine Haarsträhne um ihren Finger. Ist sie so oberflächlich? Wer weiß, ob das mit dem prophezeiten Traummann funktioniert?

„Kommst du noch mal nach Berlin?“ Seine Stimme klingt zögerlich.

„Ich kann es dir nicht versprechen. Aber wir bleiben Freunde.“

„Klar, Freunde“, erwidert er und lächelt. Doch es erreicht seine Augen nicht.

Nadine erhebt sich und er tut es ihr gleich. „Grüße bitte deine Oma von mir. Und von Tyson verabschiede ich mich auch. Ich versuche wiederzukommen. Glaub mir. Vertrau mir.“

Sie verabschiedet sich mit traurigem Blick und mit französischen Küsschen von Max, der ihr ans Herz gewachsen ist. Sie dreht sich um und läuft zu Tysons Zwinger. Anschließend betritt sie ihn durch die Tür mit Tränen in den Augen.

Beim Streicheln schaut sie in die herzzerreißenden, vorwurfsvollen Augen des Rottweilers. Mit einem zärtlichen Klaps auf dessen Hinterteil verabschiedet sie sich, aber er wendet sich schmollend ab.

Kapitel 21

Betrübt und nachdenklich fährt Nadine zurück ins Hotel. Außerdem verursacht ihr die ständige Abwesenheit von Sarah, immer wenn sie ihre Hilfe benötigt, Kopfzerbrechen. Sie muss unbedingt mit ihr reden, aber nicht jetzt, sondern wenn es besser passt.

Sarah passt sie mit einem schuldbewussten Lächeln im Foyer ab. Mit reuevollem Blick entschuldigt sie sich bei ihr für die Spree-Rundfahrt, die sie kurzfristig gebucht hat. Sie verabreden sich für das Abendessen in einem griechischen Restaurant, da Sarah noch etwas erledigen muss, und treffen getrennt eine halbe Stunde später zwischen Statuen antiker Göttinnen und Bildern mit blauen Fischerbooten ein. Trotz Nadines unterdrücktem Unmut unterhalten sie sich lebhaft bei einem Glas tiefrotem harzigen Retsina-Wein.

Nadines Hände umfassen zitternd das Weinglas. Der trockene Wein schaukelt wie bei einem leichten Erdbeben in Wellen hin und her.

„Sag mal, Nadine, warum bist du so nervös? Ist etwas passiert?"

Sie schüttelt den Kopf, schluckt und sieht Sarah fest in die Augen. „Der nächste Brief ist gekommen. Sarah, bist du zur Abreise bereit?"

Sarah setzt sich aufrechter hin. „Oh, wie spannend. Selbstverständlich. Wo soll die Reise hingehen?"

Nadine grinst. „Nach Nordamerika."

„Oh, wie cool", antwortet Sarah mit großen Augen. „Wohin

genau?", hakt sie in freundlichem Ton nach, während sie nebenbei ein Stück Brot in ihr Tsatsiki dippt.

„New York."

„Oh, wie crazy, da wollte ich längst hinfliegen!" Sarah runzelt die Stirn. „Was ist los? Freust du dich gar nicht? Ist es wegen Max oder wegen Tyson?"

„Ja. Nein. Weder noch. Aber auch", stammelt Nadine. „Der lange Flug, vor dem ich eine Mordsangst habe, ist nicht das Schlimmste. Ich habe eine unlösbare Aufgabe erhalten."

„Unlösbar?"

„Definitiv."

„Erzähle es mir." Sarah legt ihre Hand auf Nadines. „Und wie bist du an den Brief gekommen?"

Sie atmet seufzend aus und erzählt ihr von Bity und dem Brief.

„Ich soll ins Rockefeller Center in New York gehen und mit dem Aufzug auf die Aussichtsplattform fahren. Das sind mehr als sechzig Stockwerke, eingesperrt in einem engen Käfig", sagt sie mit aufgerissenen Augen. „Gruselig. Da bringt mich niemand hinein. Das schaffe ich keinesfalls!" Sie nippt alle paar Sekunden an ihrem Wein. Doch es hilft ihr nicht. Sie wird immer nervöser.

„Hör auf dein Herz und flieg hin", sagt Sarah. „Du hast auch die anderen Aufgaben alle geschafft, warum nicht diese letzte noch?"

Sie hebt den Blick, sieht in das aufmunternde Gesicht von Sarah.

„Wenn du mir die Reise bezahlst, dann fliege ich mit und ich verspreche dir, dass ich dir helfe, deine Phobien zu überwinden."

Nadine erstarrt, schon wieder soll sie die Weiterreise finanzieren. Dreist! Was denkt ihre sogenannte Freundin sich dabei? Sie krallt ihre Hände unterhalb des Tisches fest und es dauert, bis sie aus ihrer Erstarrung erwacht. Bittersüß fragt sie nach: „Du würdest mir helfen? Ehrlich?"

„Ich helfe dir gerne."

Nadine schießt die Zornesröte ins Gesicht. Sie runzelt die Stirn und holt tief Luft. „Wieso sollte ich dir das glauben? Du hast mich immer dann allein gelassen, wenn es für mich brenzlig wurde.“ Sie reckt ihren Oberkörper etwas vor und mustert Sarah kampflustig. „Wo warst du denn, als ich den Pitbull ausgeführt habe? Du denkst immer nur an deinen eigenen Spaß!“

Sarah zieht einen Schmollmund. „Gönn mir doch auch ein bisschen Freude, ich kann nicht immer den Babysitter für dich spielen. Das musst du doch verstehen. Und eine kleine Stadtbesichtigung sollte erlaubt sein.“

„Babysitter? Mir reicht‘s! Ich fliege alleine weiter.“ Mit knallrotem Gesicht wirft Nadine ihre Serviette auf den Tisch und winkt dem Kellner. Zornesfalten bilden sich auf ihrer Stirn und ihr Herz bebt. „Heute bezahle ich dir ein letztes Mal das Abendessen und das Hotelzimmer. Morgen kannst du dir dein Rückflugticket an der Rezeption abholen. Die letzte Aufgabe schaffe ich auch ohne dich. Du bist eh nie da, wenn ich dich brauche.“

Sarah schnappt nach Luft. „Wenn du das so siehst, gehe ich besser. Adieu.“ Sie zieht ihre Jacke an und verschwindet.

Nadine ignoriert den entsetzten Blick des Kellners, bezahlt und geht. Es brodelt in ihrem Inneren, aber endlich ist es raus. Sie fühlt sich leichter, als sie geht. Von Sarah ist nichts mehr zu sehen. Die Wahrsagerin hatte recht.

Kapitel 22

New York

Nach einem langen und anstrengenden Flug nach New York verlässt Nadine den Gepäckbereich. Während des Fluges hatte sie nur eine kleine Panikattacke, aber die hat sie gut in den Griff bekommen. Sie kann stolz auf sich sein, aber ihr wird flau im Magen, wenn sie an Max und Tyson denkt. Sie hat Max vor den Kopf gestoßen und bedauert das von ganzem Herzen.

Möglicherweise gibt es ihren Traummann gar nicht. Was, wenn er ein Traum bleibt? Warum gibt es all diese Briefe? Das wird erst später einen Sinn ergeben. Sie hat nichts zu verlieren, oder? Von der Pont Neuf springen kann sie später noch, aber das ist in Wirklichkeit keine Option.

Zwischen all den wartenden Menschen am Flughafen steht ein Mann mit dunkler Schirmmütze, der ein Schild mit ihrem Namen hochhält.

Nadine winkt ihm zu und er begrüßt sie freundlich. *Wenn schon New York, dann richtig. Sarah verpasst das alles, aber ich gönne mir diese Luxusfahrt direkt zum Hotel.* Nadine atmet erleichtert auf, dass die Episode Sarah endlich vorbei ist.

Wenige Minuten später steigt sie in die vorbestellte Stretch-Limousine. Der Chauffeur fährt vom Flughafen über die berühmte Brooklyn Bridge nach Manhattan. Sie genießt den atemberaubenden Blick auf die fulminante Skyline von New York. Trotz des Fluges hält sie nach dem Einchecken nichts im Hotel.

Diese klebrige Müdigkeit hat in dieser Metropole, die niemals schläft, keine Chance. Hier gilt es nichts zu verpassen, sie saugt alle Eindrücke in sich hinein.

Zu Fuß bewegt sie sich auf den Times Square zu, dem Herzstück der Riesenstadt. Jede Menge Gerüche schlagen ihr entgegen, als sie an verschiedenen Imbissständen entlangflaniert. Jemand schlendert mit einem Taco auf der Hand an ihr vorbei und hinterlässt eine Duftspur nach mexikanischem Chili. Daneben weht ihr der Geruch von Oregano und Basilikum in die Nase, als sie an einer Gruppe Jugendlicher mit bunt belegten Pizzastücken auf der Hand vorbeigeht. Sie schlendert an fahrbaren kleinen Hotdog-Ständen vorbei, die nach Ketchup und Senf riechen. Große aufgemalte Brötchen mit Wurst und zickzackförmig aufgetragenen Senfstraßen prangen darauf und springen ihr ins Auge.

Sie fließt weiter im Strom der Menge mit und bewundert die teuren Fashion-Auslagen in den Schaufenstern. *Sicher noch teurer als in Paris, deshalb sieht man keine Preise,* denkt sich Nadine mit wehmütigem Blick.

Erstaunt nimmt sie die Vielfalt der Musical-Vorstellungen am Broadway wahr, die in bunt schillernden Farben an blinkenden Leuchtreklamen prangen und auf die Fassaden der Hochhäuser projiziert werden.

Sie setzt sich auf die rote Treppe mitten auf dem Times Square, schießt ein Selfie und betrachtet das Gewusel auf diesem Platz. So eine lebendige, pulsierende Stadt wie New York erlebt sie zum ersten Mal. *Paris wirkt dagegen wie ein Dorf,* denkt sie. *Paris kommt mir vor, als wäre es eine Miniaturstadt.*

Auf dem Rückweg ins Hotel starrt sie an den Wolkenkratzern empor, die den Himmel zu verdecken scheinen. Als sie angerempelt wird, lächelt Nadine. *Kein Wunder, dass ich hier auffalle. Welcher New Yorker bestaunt Hochhäuser? Und wer fährt freiwillig auf die Aussichtsplattform?*

Vielleicht erledige ich meine Aufgabe gleich morgen Abend, kurz bevor es dämmert? Dann sehe ich die Fallhöhe nicht. Ihr Kopf scheint zu glühen und sie schüttelt den Gedanken ab.

Nadine läuft weiter in Richtung ihrer Unterkunft. Ihre Gedanken bleiben bei dem Verdacht hängen, dass Sarah nur mitgeflogen war, um ihren Traummann kennenzulernen. *Sie hatte so oft versucht, mich über die Symbole, die zu ihm führen, auszufragen.* Was, wenn es mehr als nur Neugier und Hilfsbereitschaft war, sondern vor allem Eigeninteresse? Vielleicht hätte Sarah versucht, ihr den Mann auszuspannen, so wie sie es mit Maries Jugendliebe gemacht hat. Eroberungswahn statt Liebe.

Eine innere Ruhe und Klarheit erfasst sie und in Gedanken klopft sie sich auf die Schulter. Es war eine gute Entscheidung, Sarah nicht nach New York mitzunehmen. Kurz vor dem Hotel dreht sie sich noch einmal um. Was für eine wundervolle Stadt.

Am nächsten Morgen erreicht Nadine das Café Grumpy in der Lower East Side. Auf allen Kaffeebechern prangt deren Markenzeichen, ein Smiley mit herabgezogenen Mundwinkeln. Letztes Jahr hatte ihr ein Kunde im Pariser Buchladen von diesem Café vorgeschwärmt. Damals hätte sie es nicht für möglich gehalten, dass sie jemals nach New York kommt und nun sitzt sie hier und hält die Tasse mit dem Miesepeter in der Hand. Sie lächelt. Vielleicht gönnt sie sich einen bunt verzierten Muffin oder einen kleinen Brownie? So eine Stimmungsaufhellung täte ihr gut.

Nadine studiert die Auslage mit den Muffins und Bagels, aber der Appetit vergeht ihr im selben Augenblick, als sie an die Fahrt im Aufzug denken muss. Sie bestellt noch einen Milchkaffee und betrachtet ihren Kaffeebecher, passend zu ihrer Laune, stellt sie mit einem freudlosen Grinsen fest.

Spontan entscheidet sich Nadine für einen Spaziergang auf dem für Bahnen stillgelegten Hochbahnsteg im Meatpacking District. Das wäre eine Mutprobe vor der riesigen Herausforderung am Abend. Die Aussicht von diesem Laufsteg aus Holzplanken über den Häusern ist phänomenal. Die ganze Stadt liegt ihr zu Füßen.

Sie lässt ihren Blick in die Ferne schweifen, das funktioniert, aber sie vermeidet das Hinunterschauen. Sie atmet tief durch. Das mit dem Fliegen ist bereits durch ihr Training besser geworden, dann sollte über den Steg schlendern auch kein Hindernis sein.

Mit wackligen Knien geht sie weiter und klopft sich dafür auf die Schulter. Vorsichtig läuft Nadine in die Mitte des Stegs. Als sie den Kopf zur Seite dreht, sieht sie auf Augenhöhe ein Parkhaus gleichauf mit dem Steg in der vierten Etage.

Der mit Pflanzkübeln begrünte Weg zeigt meterhohen Bambus, der leise im Wind schwingt. Daneben stehen hölzerne Liegen. Sie nimmt sofort eine in Beschlag und nutzt die Gelegenheit zum Ausruhen. Minutenlang schaut sie entspannt in den Himmel. Von Novembergrau bemerkt man heute nichts, im Gegenteil. Die Sonne kommt zum Vorschein und bahnt sich ihren Weg.

Doch kaum entspannt Nadine sich, erinnert sie sich wieder an den lila Brief und ihre Mission. Sie setzt sich ruckhaft auf und verlässt die Hochbahn.

Ein rustikales Steakhouse in der City erweckt am Mittag ihre Aufmerksamkeit. Sie zaudert einen Moment, aber der Duft nach gebratenem Fleisch löst ein wohliges Magengrummeln aus. Sie betritt das Lokal und ein Kellner mit Cowboyhut begleitet sie zu dem letzten noch freien Platz an einem kleinen quadratischen Holztisch.

Halb New York scheint Mittagspause zu haben. Der Geräuschpegel ist hoch. Es wird gelacht und gescherzt. Nadine schaut sich um, sowohl Büroangestellte als auch Handwerker widmen sich den Steaks mit Barbecue-Saucen in verschiedenen Schärfen und den frischen Salaten oder Pommes frites.

Während Nadine mit Genuss isst, fällt ihr ein muskelbepackter Schönling auf. Der wäre sicher Sarahs Geschmack gewesen. Mister

North America! Blaue Augen gefallen ihr nicht und er hat offensichtlich sein Muskeltraining übertrieben. Nicht ihr Fall.

Wieder denkt sie an Max, aber auch an den Traummann auf dem Foto. Kann man zwei Männer lieben? Sie stochert in ihrem Salat herum. Vielleicht schafft sie die nächste Aufgabe gar nicht? Vielleicht muss sie sich niemals entscheiden? Wieso redet sie so voreilig von Liebe? Sie schiebt ihren Salat beiseite, bezahlt.

Auf dieser Reise hat sie sich verändert und heute wird sie den letzten Schritt wagen. Ihr Herz rast, wenn sie daran denkt, dass sie endlich auf ihren Traummann treffen wird.

Die Zeit zieht sich, obwohl sie so viel erlebt.

Beim Shoppen ersteht sie ein extravagantes Shirt, was gerade noch in ihr Budget passt. Am Ende ihrer Einkäufe packt sie ihre Shopping-Taschen und begibt sich auf den Rückweg ins Hotel, bevor es dunkel wird. In ihrem Inneren herrscht Chaos. Stimmen in ihrem Kopf spiegeln ihre widersprüchlichen Gedanken: *„Spielverderberin. Mir ging es gerade richtig gut. Meinst du, ich muss auf die Plattform rauf?“*

„Ja. Fass dir ein Herz! Es geht um die ewige Liebe. Du würdest dir Vorwürfe machen, wenn du in diesem Moment deinem Glück im Weg stehst. Du bist doch schon so weit gekommen.“

„Okay. Überzeugt. Ich versuche es.“

Auf dem Weg zum Hotel erhascht sie einen Blick auf das Flatiron, ein sehr altes dreieckiges Hochhaus, das liebevoll nach der Form eines Bügeleisens benannt ist. Als ihr durch die Lüftungsgitter ein warmer Luftstrom entgegenbläst, muss sie ihren Mantel festhalten. Nadine lacht, vergisst die Anspannung für einen Moment.

„Wie bei Marylin Monroe“, rutscht ihr aus dem Mund. Die Taschen sind schnell auf das Hotelzimmer gebracht und mit dem Taxi geht es zum Rockefeller Center.

Kapitel 23

Nadines Atmung beschleunigt sich, je näher sie dem Rockefeller Center und damit ihrer Mutprobe kommt. Die Fahrt ist viel zu kurz. Die Aufregung setzt ihr zu. Der Aufzug. An nichts anderes kann sie mehr denken.

Ihre Hände schwitzen. *Sollte ich nicht doch die Treppe nehmen?* Sie blickt sehnsüchtig zum Treppenhaus, als sie im Foyer des Gebäudes steht. Sie führt ein kurzes Selbstgespräch. „Nein, Nadine, da musst du durch. Angst überwinden heißt das Motto. Und nicht schummeln!“

Sie eilt auf den Ticketschalter zu. Einige Aufzüge bedienen die Plattform und diese befindet sich in ständiger Bewegung.

Ihre Blässe in den spiegelbestückten Wänden erscheint ihr als starker Kontrast zu dem goldfarbenen Interieur. Sie redet sich Mut zu. „Durchhalten. Schau auf den Boden. Je kleiner der Blickwinkel, desto besser schaffe ich es.“ Nadine spürt ein flaues Gefühl im Magen. Einen Machtkampf zwischen Magen und Gehirn. Sie bereut, dass sie den leckeren Salat nicht mehr gegessen hat. Aber wie es scheint, braucht sie das gar nicht mehr?

Wenn sie bei diesem Horrortrip zusammenbricht, kommt sie eh ins Krankenhaus. Ohne Zweifel gibt es dort ein Essen für sie. Allein bei dem Gedanken an eine Mahlzeit wird ihr schwindelig. Ihr Magen verkrampft sich umso mehr, je kürzer die Warteschlange wird. Das Fiasko naht.

Der Aufzug wirkt auf sie wie das offene Maul eines Drachen.

Eine Falle. Ihre Knie werden immer weicher, sie fühlen sich an wie Wackelpudding.

Wie ein Opferlamm steht sie an der Tür. Das Drachenmaul öffnet sich. Die Menge schiebt Nadine, die sich die Augen zuhält, vorsichtig hinein. Noch bevor der gefühlte Drachenaufzug losfährt, geht sie in die Hocke. Egal was die anderen denken, nur so schafft sie es. Stur blickt sie auf den dreckigen Boden des Aufzugs.

Die Tür schließt sich, doch ein Mann will sich noch hineinquetschen. Als Nadine aufsieht, blickt sie direkt in seine braunen Augen. Irgendwie kommen sie ihr bekannt vor, aber sie ist mit sich und ihrer aufkeimenden Panik beschäftigt.

Der Fahrstuhlführer winkt barsch ab. „Next, please, Sir!"

Die Türen schließen sich vor der Nase des Mannes.

Er hat es gut, denkt Nadine. *Er kann noch eine Runde aussetzen.*

Mehr als tausend Tode stirbt sie, als der Fahrstuhl wie eine Rakete in den 67. Stock schießt. Sie sieht sicher aus, als habe sie einen Geist gesehen. Oben angekommen bittet der Fahrstuhlführer sie auszusteigen.

„Komm hoch, ich helfe dir", sagt eine fremde Frauenstimme. Die Frau packt ihre Hand und wuchtet sie hoch.

Nadines Knie gleichen der Konsistenz geschmolzener Schokolade. Die Besucher schieben sie aus dem Aufzug hinaus.

Der nächste Horror erfasst sie, weil die Menschenmenge sie zum nächsten Aufzug schiebt, der drei Etagen höher auf die nächste Plattform fährt.

Der neue Käfig schließt sich. Sie zittert, als ob sie tausend Stromstöße bekäme. Wenn sie bloß diese lähmende Höhenangst und ihre Klaustrophobie ablegen könnte. Sie schließt die Augen und öffnet sie erst wieder, als die Leute sie aus dem Aufzug drängen. Ein schwummriges Gefühl erfasst sie. Nadine senkt ihren Blick.

„Ich bleibe hinter der Glasscheibe! Nichts bringt mich nach draußen", rechtfertigt sie sich leise vor sich selbst. Sie hört fröhliche

Stimmen um sich herum und hebt den Blick langsam. Vor ihren Augen wächst die Skyline von New York, bis sie scheinbar zum Horizont reicht. Welch ein spektakulärer Ausblick! Magisch!

„Da drüben ist das Empire State Building!“, sagt eine Touristin und zeigt aufgeregt auf den Wolkenkratzer mit der geschwungenen Haube.

Nadine betrachtet es interessiert und nickt ihr mit einem Lächeln zu. Ein warmes Gefühl durchströmt ihre Adern. Sie hat es überlebt. Sie ist so stolz, dass sie es geschafft hat. Aber ihre Beine schlottern immer noch. Sie betrachtet das Panorama mit gemischten Gefühlen und staunt über den Central Park, der ihr zu Füßen liegt. Sie versucht, ihren Blick am Horizont auszurichten und lächelt etwas. Der Ausblick ist beeindruckend. Sie entdeckt sogar den Hudson River, der sich an Manhattan schmiegt.

Du hast das super gemacht, Nadine! Ich wusste, dass du es schaffen wirst, lobt sie sich innerlich. Sie fühlt ihre schwitzenden Hände und die Wärme, die ihre Wangen glühen lässt. Jetzt gilt es, den nächsten Brief zu finden.

Vielleicht ist ihr Traummann schon hier? Oder muss sie ihn in der Stadt finden? Verstohlen sieht sie sich um, doch sie entdeckt niemanden, der aussieht wie der Mann auf dem Foto. Sie betritt mit zitternden Knien die äußere Plattform. Doch er ist nicht da.

Neben den Aufzügen liegt das Treppenhaus, welches Nadine ansteuert und die Stufen nach unten auf die untere, noch größere Plattform steigt. Sie hofft, dass sie nicht gegen die Regeln der Prophezeiung verstoßen hat, aber im Brief hat nicht gestanden, dass sie den Aufzug auch nach unten nehmen muss. Vielleicht ist er dort?

Wieder im Inneren der 67. Etage angekommen, fokussiert sie sich auf den Brief. Wo könnte er sein? Den Blick auf den Boden gesenkt, sucht sie ein weiteres Briefcouvert mit einem klärenden Hinweis.

Sie geht durch die Tür nach draußen, wo ihr kalte Luft entgegenbläst. Munteres Geplapper begleitet sie rundherum. Die Menschen konkurrieren untereinander, um einen besonders schönen Platz mit Aussicht zu erhaschen.

Direkt vor dem Abgrund, der durch eine bruchsichere Glasscheibe geschützt ist, entdecken ihre Argusaugen ein hellblaues Couvert. Noch bevor sie es erreicht, hebt ihn ein kleiner Junge auf, faltet ihn zu einem Flieger und bringt ihn in Flugposition.

Nadine sprintet auf ihn zu und reißt dem erschrockenen Kind das neue Spielzeug aus der Hand. Die danebenstehende Mutter visiert sie kampflustig an und beschimpft sie unflätig auf Spanisch. Zum Glück versteht sie nicht alles. Mit einem Schulterzucken und ein paar tröstlichen Worten der Entschuldigung wendet sich Nadine dem Kind zu, hält jedoch ihre Beute, das zerknitterte Couvert, fest.

In roter Farbe steht ihr Name auf dem Umschlag. Vor Aufregung errötet sie. Ihre Hände schwitzen wieder, als müsste sie erneut in den Aufzug steigen. Sie tritt von einem Fuß auf den anderen.

„Los, mach ihn schon auf!", flüstert ihre innere Stimme. Wie ein Brieföffner führt sie ihren Zeigefinger in die Öffnung an der Längsseite und reißt den Brief mit einem Ruck auf. Den ausgefransten Umschlag steckt sie in ihre Tasche. Den Brief hält sie fest in ihrer Hand und liest ihn leise vor.

„Liebe Nadine,

heute bekommst du das fehlende Symbol für die Entschlüsselung des Namens. Schau dir den beigelegten Zettel genau an und nimm von jedem erhaltenen Symbol den Anfangsbuchstaben, das ergibt den Namen deines Traummannes.

Bald wirst du ihn treffen. Beeile dich mit der Entschlüsselung, er befindet sich augenblicklich hier oben.

Viele Grüße"

Nadine zieht den beigefügten Zettel aus dem Couvert. Eine Eisscholle und darauf ein Eisbär. Über dem Eisbären zeigt ein Kompass in Richtung Norden. Sie runzelt die Stirn. *Eisbär, Eisscholle, Kompass, Himmelsrichtung?*

Sie setzt sich im geschützten Innenbereich auf eine Bank und fischt einen weißen Zettel aus ihrer Tasche. Sie zückt einen Stift und malt eine Brücke sowie ein großes B darauf. Sie nimmt den Zettel, den Bity gefunden hat, aus der Handtasche und sieht das abgebildete Tor. Ein T stellt sie fest. Sie legt die Zettel in ihre Hand wie einen Kartenfächer.

Sie flüstert leise vor sich hin: „B wie Brücke, T wie Tor und das dritte? E wie Eisbär oder Eisscholle oder K wie Kompass. Vielleicht steht der Kompass für H wie Himmelsrichtung?" Nadine fährt sich mit einer Hand durch die Haare.

„Ich muss mich beeilen, sonst war die Mühe umsonst!", entfährt es ihr. Neben ihr auf der Bank sitzt ein etwa zehnjähriges Mädchen, das ungeniert ihre Karten mustert.

Die Kleine kneift die Augen kurz zusammen und fragt: „Darf ich Ihnen helfen? Ich liebe Bilderrätsel. In der Schule bin ich die Beste darin. Sie nennen mich ‚Detektivin'." Das Mädchen mit den langen Zöpfen grinste sie breit an. „Nach was suchen Sie?"

Nadine läuft rot an, fasst sich jedoch und traut sich nicht, dem rothaarigen Mädchen, das so freundlich gefragt hat, vor den Kopf zu stoßen.

„Cool, eine Detektivin, dann werden wir die Lösung schnell finden." Sie lächelt dem Mädchen zu. „Es ist wirklich schwierig, aber du darfst mir gerne helfen. Ich suche einen Namen mit drei Buchstaben und dieser soll sich aus den aufgemalten Bildchen ergeben."

„Ich habe Ihnen vorhin zugehört", antwortet das kleine Mädchen und wird ein wenig rot. „B wie Brücke, da stimme ich Ihnen zu. Aber T wie Tor, das kann nicht stimmen, versuchen Sie es mal mit dem Buchstaben E wie Eingang. Denn es sieht aus, als sollte es eher das bedeuten."

Nadine strahlt. Darauf wäre sie nicht gekommen. „Super. Also B E, und was machen wir mit dem Eisbärenbild?"

„Ist doch ganz einfach. Man probiert alles aus, was nicht passen kann. BE + Eisscholle (E) passt nicht, BEE heißt kein Mann. BE + K wie Kompass passt auch nicht, niemand heißt BEK." Die kleine Rothaarige zappelt und schaut mit hochgezogenen Brauen zu Nadine. „Ich weiß es, Sie auch?"

Nadine lässt die Schultern sinken und erwidert: „Leider nein. Hilfst du mir auf die Sprünge?"

Das Mädchen grinst siegesgewiss, deutet auf die Eisbärkarte und sagt: „Schauen Sie mal. Wo lebt der Eisbär?"

„Auf der Eisscholle?"

„Klar. Aber der Kompass zeigt in Richtung Norden, wo die Eisbären leben. Denken Sie mal nach. Wo befindet sich die Scholle? Wissen Sie es jetzt?"

Nadines Herz rast. Sie schlägt sich mit der flachen Hand gegen die Stirn. „Nordpol! N wie Nordpol."

„Juhu, Sie haben das Rätsel gelöst." Das Mädchen klatscht mit den Händen vor Freude.

Nadine strahlt. Sie kann es nicht fassen. Sie spürt, wie die Schmetterlinge in ihrem Bauch tanzen, fühlt das wilde Kribbeln. Nach all den Strapazen kennt sie den Namen ihres Traummannes. Er stimmt. Da ist sie sich sicher.

„Ben! Sein Name ist Ben." Neugierig mustert sie ihre Umgebung, kann ihn aber nicht entdecken. Das Foto war leider etwas unscharf.

„Und, bin ich die beste Detektivin?", kokettiert das Mädchen. Nadine hat sie beinahe vergessen.

Sie lächelt ihr zu. „Du bist die allerbeste und klügste Detektivin der Welt. Herzlichen Dank. Kann ich dir irgendwas Gutes tun? Magst du ein Eis?“

Das rothaarige Kind schaut sich unsicher um und zupft an seinen Zöpfen. „Siehst du meine Mama? Du bist größer als ich, sie hat eine rote Jacke an.“

Mit dem Zeigefinger deutet Nadine auf eine Frau an der Glasscheibe, die selbstvergessen Selfies von sich macht.

Das Kind zuckt mit den Schultern und steht von der Bank auf. „Danke, das ist meine Mama.“ Sie verdreht die Augen. „Immer diese Selfies, ich hasse es. Sagen Sie ihr bitte, dass ich Ihnen geholfen habe? Dann ist sie stolz auf mich. Ein Eis mag ich nicht, davon nimmt man zu und dann gibt es keine schönen Selfies mehr, sagt Mama immer.“

Nur mit viel Mühe verkneift Nadine sich ihr Lachen, steht ebenfalls auf und schlendert mit dem Mädchen nach draußen zur äußeren Glasscheibe, wo die Mutter kurz ihre Handysession unterbricht.

„Ihre Tochter hat mir gerade bei einem Bilderrätsel sehr geholfen. Ich gratuliere Ihnen zu dieser intelligenten Tochter. Sie können sich glücklich schätzen.“

Die Mutter sieht sie freundlich an. „Ich weiß, sie ist das klügste Kind der Welt.“

„Ich danke dir sehr, kleine Detektivin“, sagt Nadine an das junge Mädchen gewandt und gibt ihr eine Visitenkarte der Buchhandlung. „Wenn dir ein Wunsch einfällt, erreichst du mich nach meinem Urlaub dort. Ich kann dir gerne ein Buch mit spannenden Detektivgeschichten senden. Viel Spaß noch hier oben.“

„Ihnen auch. Ja, ein Detektivbuch wäre klasse. Und wenn Sie mal wieder Hilfe brauchen ... spätestens, wenn ich achtzehn bin, habe ich eine Detektei. Dann bekommen Sie eine Visitenkarte von mir.“

Nadine freut sich, wie aufmerksam das Mädchen ihre Visitenkarte in die Hand nimmt. „Danke. Ich komme darauf zurück.“

Kapitel 24

Sie muss Ben finden! Schnell, bevor er ihr entwischt. Sie spürt den Wind von oben, der über den Schutz der Außenterrasse um ihre Nase weht, während sie sämtliche Männer nach dem ihr bekannten Foto abscannt. Da erblickt sie eine große Person tagträumend an der Plattform. Er könnte es von der Haarfarbe her sein. Ihr Puls rast.

Nadine, das ist deine Chance. Worauf wartest du? Sprich ihn an. Sie schiebt sich in die Nähe zu dem großen Mann. Sie muss es jetzt wissen. Der Hüne dreht sich abrupt um und starrt sie mit strahlend blauen Augen verwundert an.

Nadine lächelt, wendet sich ab. „Puh, das wäre schief gegangen. Blaue Augen." Sie verdreht die Augen und atmet auf.

Wer nicht wagt, der nicht gewinnt. Sie kratzt sich am Kinn. Vielleicht ist Ben schon weg? Sie lässt ihre Schultern sinken. Ihre Blicke streifen weiterhin suchend umher. Hinter ihr räuspert sich jemand.

„Kann ich Ihnen helfen?"

Sie dreht sich um. Ihr Magen grummelt und sie legt ihre Hände auf ihren Bauch. Sie öffnet den Mund, schließt ihn wieder. Schnappatmung, bei der ihr Brustkorb sich rasant hebt und senkt.

Nadine starrt direkt in das Gesicht ihres prophezeiten Traummannes. Braune Augen, die eine unglaubliche Herzenswärme ausstrahlen. Sie versucht, ihre schlotternden Knie unter Kontrolle zu bringen.

„Ben?" Ihr Herz rast, sie glaubt, in Ohnmacht zu fallen. Seine charismatische Ausstrahlung zieht sie in ihren Bann. *Er muss es ein, genau wie auf dem Foto.*

Sein Gesichtsausdruck verändert sich, überrascht sieht er sie an. „Woher kennen Sie meinen Namen, meine Schöne?“

Unruhig tritt Nadine von einem Bein aufs andere und stammelt: „Es war eine Prophezeiung. Eine Wahrsagerin hat mir von Ihnen erzählt, ich musste Aufgaben lösen, um Ihren Namen zu erfahren. Ich weiß, es hört sich verrückt an und nun stehe ich hier und rede mich um Kopf und Kragen.“

Er zieht erstaunt die Brauen hoch. Ein breites Lächeln umspielte seine Lippen. „Eine alte Frau?“ Er atmet tief aus, als Nadine nickt. „Diese Wahrsagerin kenne ich. Sie hat mir von Ihnen erzählt. Zunächst hielt ich sie für eine Fata Morgana. Sie wissen schon, so eine Erscheinung, die sie vor Überarbeitung sehen.“ Er mustert sie einen Augenblick wohlwollend und greift nach ihren Händen. Wärme durchströmt ihren Körper.

„Ich bin Nadine.“ Ihre Stimme klingt sanft.

„Sie sind also diese für mich vorherbestimmte Frau?“ Er fährt sich mit einer Hand durch die dunklen Haare. „Wow, ich freue mich, Sie kennenzulernen. Selbstverständlich nur, wenn Sie es mir erlauben. Es ist ein großes Glück, dass Sie mich gefunden haben. Nur wer mich mit meinem Namen anspricht, ist die Richtige. Ja, ich bin Ben und ich habe lange auf diesen Augenblick, auf Sie, gewartet.“ Er zwinkert ihr zu und umfasst Nadines Hände noch fester.

Sie wünscht sich, dass dieser Moment nie vergeht. Ihr Herz rast und sie nimmt nichts mehr um sich herum wahr als Ben. „Sie haben mich zappeln lassen. Ich habe gehofft, aber auch gezweifelt, dass es so etwas gibt.“

Er schluckt, bevor er weiterspricht. „Und ich hatte doch den einfachen Teil. Sie hatten einige Herausforderungen zu bestehen?“ Ben tritt näher an sie heran, sie spürt seinen Atem. Saugt seinen Duft ein. „Nadine, darf ich dich in den Arm nehmen und küssen?“

„Gegen ein Küsschen auf die Wange habe ich nichts einzuwenden“, haucht Nadine.

Ben umarmt sie zärtlich, küsst sie jedoch direkt auf den Mund und seine weichen Lippen laden Nadine ein, den Kuss zu erwidern.

Eine wohlige Wärme durchströmt ihren Körper. Sie fühlt sich leicht und beschwingt wie lange nicht mehr. Er schmeckt nach Chili und Schokolade und sie wünscht sich, dass dieser betörende Kuss niemals aufhört. Sein teures Herrenparfum duftet angenehm herb, irgendwie nach Moschus.

Ein kleiner Vogel, der an ihr vorbeifliegt, holt sie zurück in die Realität.

„Ja, ich bin deine Vorherbestimmte“, raunt sie Ben zu, noch immer verzückt von seinem Kuss. „Um dich zu treffen, habe ich an einer Hundephobie, meiner Höhenangst und meiner Klaustrophobie gearbeitet und überwunden. Ich habe meine Heimat Paris verlassen und mich auf die Suche nach dir begeben.“

„Oh là là, eine Französin“, sagt Ben lachend. „Genau genommen komme ich auch aus Frankreich, ich bin lediglich aus beruflichen Gründen in New York.“

Sie ringt nach Atem. Ihr Kopf schwirrt vor Verlegenheit.

„Nadine, welch ein schöner Name. Darf ich dich auf einen Cocktail hier oben an der Bar einladen, damit wir uns besser kennenlernen?“

Sie nickt. „Es gibt so viel zu erzählen. Deine Einladung nehme ich gerne an.“

Knisternde Stille legt sich über sie. Die Menschen um sie herum verschwimmen. Es ist, als ob sie zu zweit auf einer einsamen Insel wären. Die Zeit scheint stillzustehen. Ein Gefühl des Ankommens liegt in diesem Augenblick über den Dächern von New York. Ben hält sie zärtlich und fest in den Armen. Sie spürt keine Angst mehr in seiner Nähe.

In der Cocktailbar erzählt sie offen und schonungslos, in welchem Zustand die Wahrsagerin sie auf der Pont-Neuf-Brücke angetroffen hatte.

„Ich fasste dort den Entschluss, mein Leben selbst in die Hand zu nehmen und meine Ängste zu überwinden. Durch die Briefe habe ich die Kraft bekommen, um zu verstehen, dass alles möglich ist. In Südafrika bin ich an einem Bungee-Seil in die Tiefe gesprungen."

„Wow! Und das trotz Höhenangst?" Nadine erkennt die Bewunderung an seinem Tonfall und nickt, bevor sie stockend weitererzählt.

„Das war schwer für mich, aber ich habe es geschafft." Sie lächelt ihn an. „Danach arbeitete ich aushilfsweise in einem Tierheim in Berlin, obwohl ich Angst vor Hunden habe. Die Wahrsagerin verlangte von mir, sieben Tage lang Hunde auszuführen, auch wenn sie besonders schwierig waren. Früher wechselte ich auf die andere Straßenseite, wenn ich nur einen Chihuahua gesehen habe."

Ben applaudiert leise. „Du hast es durchgezogen. Ich bin stolz auf dich, Nadine."

„Ja, ich habe es durchgehalten", erwidert Nadine und lächelt. „Für dich", fügt sie hinzu und errötet. Schnell wechselt sie das Thema: „Und Tyson, den Rottweiler-Rüden mit dem schwarzbraunen Kurzhaarfell, den vergesse ich bestimmt nicht. Er hat einen besonderen Platz in meinem Herzen erobert."

„Und ich?", fragt Ben.

„Wir lernen uns erst kennen", sagt sie mit einem Lächeln auf den Lippen. „Habe ich erwähnt, wie viel Anstrengung es mich gekostet hat, jemals in ein Flugzeug zu steigen?"

„Nein, aber ich kann es mir vorstellen nach dem, was du erzählt hast."

Nadine klopft sich selbst auf die Schulter und lächelt. „Ich kann es noch kaum glauben, ich bin allein geflogen, ich bin stolz auf mich. Zum Glück gibt es Beruhigungspillen und meine Schlafbrille."

Sie zeigt ihm den dritten Brief und sofort zerfällt er zu Sternenstaub. Ungläubig schüttelt sie den Kopf. „Um dich heute hier mit deinem Namen ansprechen zu können, habe ich die genannten Buchstaben der Briefe gesammelt und mit Hilfe einer kleinen Detektivin enträtselt."

Sie winkt dem Mädchen, das mit seiner Mutter an der Bar im Rockefeller Center vorbeigeht, noch einmal zu.

„Ich bin froh, dass es dir gelungen ist", meint Ben. Er fixiert ihren Blick, streicht ihr eine Haarsträhne hinter das Ohr.

„Ich dachte, ich schaffe es nicht. Erst der Sprung, dann die Hunde und dann eine Fahrt im Aufzug auf diese Dachterrasse. Ich hatte Todesängste im Aufzug."

Ben nimmt sie sanft in den Arm und drückt ihr einen liebevollen Kuss auf die Stirn. „Ich hoffe, die Mühe hat sich gelohnt?" Er lächelt versonnen, bevor er die Stirn runzelt. „Woher wusstest du eigentlich, wie ich aussehe?"

Eine zarte Röte steigt ihr in die Wangen.

„Im ersten Brief lag ein Foto von dir. Du hast mir von Anfang an gefallen." Nadine lächelt.

Ben seufzt und drückt sie fester an sich, was Nadines Herz beinahe explodieren lässt. Sie genießt die Nähe und die angenehme Wärme, die er ausstrahlt. Das Pochen seines Herzens beruhigt sie. „Hast du geahnt, dass ich deine Auserwählte bin? Du hast mich schön aus dem Tritt gebracht mit der Frage, ob du mir helfen kannst."

„Nein, aber ich spürte meine Traumfrau nah bei mir. Tausendmal habe ich mir ausgemalt, wie du aussiehst. Und ich wusste, es lohnt sich zu warten. Und wenn ich dich so anschaue, hat es sich wirklich gelohnt!" Nadine spürt die Schmetterlinge in ihrem Bauch und schmilzt bei seinem verführerischen Blick dahin. Seine Stimme klingt sexy.

Hitze schießt durch Nadines Körper, als Ben weiterspricht.

„Die Wahrsagerin erzählte mir, dass du über dich hinauswachsen musst und mutig deine Aufgaben lösen wirst. Es gäbe nur eine Unbekannte, die mich in New York mit meinem Namen ansprechen wird. Und ich wartete und wartete. Und jetzt bist du hier und ich bin der glücklichste Mensch auf der Welt."

Nadine fühlt sich wie in Watte gepackt und von der Außenwelt abgeschirmt. Wie die auserwählte Königin. Wie eine junge Frau, die den Jackpot geknackt hat. Sanft drückt sie ihm einen Kuss auf die Wange.

Ben schaut ihr tief in die Augen. „Darf ich dir einen Kuss stibitzen?"

Mit einem betörenden Blick nickt sie und errötet leicht. Sanft berühren seine rauen Lippen ihre und verschmelzen zu einem leidenschaftlichen, sinnlichen Kuss.

Immer wieder spürt Nadine die wild umherflatternden Schmetterlinge, deren zarte Flügel sanft ihr Innerstes berühren. In ihr Gesicht schleicht sich ein verliebtes Lächeln. Ihre Wangen glühen. Sie schließt die Augen und empfindet pures Glück in seiner Nähe.

Als sich ein Kellner räuspert und ihnen mitteilt, dass sie bald schließen und die Aufzüge geschlossen werden, wirft er sie unsanft in die Welt zurück.

Wie ein Gentleman bezahlt Ben die Cocktails und hilft Nadine in ihren Mantel. „Liebe Nadine, würdest du morgen mit mir essen gehen oder erst einmal in ein Café?"

„Mit Vergnügen. Ben, ich möchte viel mehr über dich erfahren."

„Das freut mich. Ich melde mich bei dir. Gibst du mir deine Handynummer, bitte?"

„Gerne." Sie diktiert Ben ihre Handynummer. Er speichert sie ein und sendet ihr eine SMS. Nadine schenkt Ben ein Lächeln, das er erwidert.

Nadine teilt sich ein Taxi mit Ben, das sie sicher durch die New

Yorker Nacht fährt, und spürt ein Kribbeln im Bauch, als sich ihre Schenkel sanft berühren. Sie mag sich nicht von Ben verabschieden, doch ihr bleibt keine Wahl.

Beim Aussteigen haucht sie ihm einen Kuss zu, sieht dem Taxi nach, bis es aus ihrem Blickfeld verschwindet.

Kapitel 25

Sie lauscht auf das Freizeichen, bis Marie den Anruf entgegennimmt. Es ist nach Mitternacht in New York, also müsste sie schon wach sein, und Nadine kann nicht länger warten nach dem ersten Treffen mit Ben. „Hallo Marie. Wie geht es dir?"

„Hallo Nadine, wie wundervoll, von dir zu hören. Mir geht es ausgezeichnet. Was gibt es Neues?"

„Ich bin verliebt. Es ist unfassbar, ich habe ihn endlich gefunden. Er heißt Ben und wow, das ist tatsächlich ein Traummann", sprudelt es aus ihr heraus.

„Aber wo bist du? Noch in Berlin? Ist er der smarte Superman-Typ aus deiner Prophezeiung?"

„Ich bin inzwischen in New York und wohne im New Yorker Hotel. Ja, es ist tatsächlich so und ja. Er sieht nicht nur heiß aus, sondern ist glühend heiß wie Lava! Außerdem ist er liebevoll, zärtlich und intelligent."

„Hey, gratuliere. Ich freue mich für dich." Marie lacht und die Freude ihrer Freundin wärmt ihr das Herz. „Hast du ihn gleich getestet? Heiß, liebevoll, zärtlich. Ist er ein leidenschaftlicher Küsser? Erzähle mir alles von ihm. Ich freue mich über diesen Lichtblick in deinem Leben."

Nadine kuschelt sich tiefer in die Kissen. „Und er küsst fantastisch. Wenn ich daran denke, rast mein Herz."

„Das mit den Buchstaben hat also hingehauen? Du hast alle Aufgaben erledigt?"

„Das mit Berlin und dem Hundeausführen hat mich zwar geschafft, aber es gab wundervolle Helfer, die mich glänzend unterstützt haben."

„Sag bloß, Sarah hat dir geholfen?"

Nadine seufzt. Darüber will sie nicht nachdenken und eigentlich auch nicht reden. „Nein, die hat sich lieber in Museen oder mit anderen Männern herumgetrieben."

„Du, ich mache mir so viele Gedanken über dich und Sarah. Verzeih mir die Frage, aber seid ihr immer noch befreundet? Das klingt so übel. Wer hat dir mit den Hunden geholfen?"

Nadine hört, wie Marie immer schneller spricht, sie klingt sorgenvoll. „Ein Tierpfleger namens Max, der hat mir gute Tipps zum Umgang mit Hunden gegeben. Ich habe sogar seine Oma kennengelernt. Sarah habe ich in Berlin nach Hause geschickt, weil sie mich so wenig unterstützt hat." Wehmütig denkt Nadine an die familiäre Atmosphäre und an das warme Gefühl, mehr als nur eine Freundin für Max zu sein. Ein kleiner Stich trifft ihre Magengrube. *Wenn alles nur so einfach wäre.*

„Und Max? Sieht er gut aus, dieser Tierpfleger?"

„Ja. Nicht so geschniegelt wie Ben, anders eben." Obwohl Max ein gutes Herz hat und sie von Ben noch nicht viel weiß. Sie vermisst Max.

„Gib mir seine Adresse, bitte. Ist er Single?" Marie lacht. „So einen Mann könnte ich gebrauchen."

„Ja, ist er. Aber seine Adresse behalte ich für mich." Nadine spürt, wie ihr die Hitze ins Gesicht schießt. Warum klingt sie so eifersüchtig? Es könnte ihr doch egal sein und sie müsste sich mit Marie freuen. Es ist, als ob sie sich selbst fremd wäre. *Eifersüchtig wegen Max? Das kann nicht sein,* beruhigt sich Nadine.

„Das war nur ein Witz, Nadine! Ich wundere mich nur, dass du nicht zugegriffen hast. Er klingt nett."

„Ich will erst rausfinden, ob die Wahrsagerin recht hat. Dafür habe ich das alles gemacht und Max ... Es überfordert mich, dass ich ihn getroffen habe. Er ist so nett und aufmerksam. Aber mein Lieblingshund im Tierheim war genauso."

„Welch krasse Vergleiche!" Marie lacht. „Aber ernsthaft, Nadine. Er klingt nett. Was will man mehr? Soziale Ader und Familie?"

„Vermutlich einen Typen in New York. Alles andere wäre zu einfach für mich." Nadines Stimme kippt, sie spürt ihre eigene Unsicherheit. Woher soll sie wissen, was genau das Richtige für sie ist?

„Möglich, aber es ist so weit weg von Frankreich. Deutschland ist immerhin in unserer Nähe."

„Ben ist Franzose, Marie, und nur geschäftlich in New York. Es gibt also Hoffnung, dass er irgendwann zurückkehren möchte."

„Das klingt doch gleich viel besser", erwidert Marie, „aber jetzt erzähle mir bitte, welche schwierige Aufgabenstellung gab es in Big Apple, um diesen attraktiven Mann kennenzulernen?"

„Erstmal natürlich der Flug."

„Du Arme! Ich mag mir gar nicht vorstellen, dass du wieder zurückfliegen musst."

„Da gebe ich dir recht, aber daran denke ich noch gar nicht. Aber viel schlimmer war, dass ich als Klaustrophobikerin in den Aufzug des Rockefeller Centers musste. Hölle!"

„Aber du hast es geschafft, Nadine. Das ist alles, was zählt."

„Ja, ich habe diese Herausforderung gemeistert. Marie, ich hatte solch panische Angst! Mir war so schwindelig. Aber, ich habe es geschafft." Allein bei dem Gedanken wird ihr übel. Doch dann denkt sie an Ben und dass sich ihr Abenteuer hoffentlich gelohnt hat. Bis jetzt fühlt es sich so an.

„Nadine, du hast Mut bewiesen, du hast es geschafft. Ich bin so stolz auf dich!" Nadine genießt die wärmenden Worte ihrer Freundin, bis diese weiterspricht: „Wer hat dir denn bei der Entzifferung geholfen? Rätselraten liegt dir nicht."

„Stimmt, ich hatte Probleme, aber ein kleines Mädchen hat mir geholfen beim kniffligen ‚N‘ von Ben! Ohne Witz, um ein Haar hätte ich den falschen Mann angesprochen. Nicht auszudenken. Ich sah lediglich die Statur und einen Mantel, aber als er sich umdrehte, hatte er stahlblaue Augen, keine braunen. Ben habe ich erst entdeckt, als er mich gefragt hat, ob ich Hilfe brauche. Ach Marie, es war magisch.“ Nadine sinkt tiefer in ihr Kissen, erinnert sich an Bens Küsse und Gänsehaut überzieht ihren Körper. „Wir sind uns in die Arme gefallen und er hat mich geküsst. Später in der Bar auch noch mal. Erst sanft und sinnlich und dann leidenschaftlich. Der Kuss endete erst, als der Kellner uns angetippt hat, dass er Feierabend macht und die Bar schließt.“

„Ich freue mich sehr für dich“, sagt Marie. „Das hätte ich gerne miterlebt. Nadine, ich gebe dir folgenden Rat, pass auf dich und deinen neuen Freund auf.“ Ihre Worte befeuern die Sorge in Nadine.

„Marie, ich habe Sarah doch in Berlin nach Hause geschickt.“

„Ich weiß, leider habe ich es selbst erlebt und auch von anderen gehört. Nimm dich in Acht, sie macht sich gerne an vergebene Männer ran. Hast du sie persönlich am Flughafen abgesetzt?“

Nadine zuckt zusammen. Ihre Nackenmuskulatur verkrampft sich. „Nein, aber ich gehe davon aus, dass sie mit ihrem bezahlten Rückflugticket heimgeflogen ist. Ich passe auf. Fest versprochen.“ Sie seufzt und schiebt die negativen Gedanken an Sarah von sich, obwohl ein bitterer Nachgeschmack bleibt. „Morgen sehe ich Ben wieder. Mein Herz schlägt Saltos. Ich bin verliebt wie noch nie.“

Marie lacht. „Ich gönne es dir sehr. Genieß die Zeit mit ihm.“ Sie wird ernst. „Aber Nadine, dein Urlaub ist bald zu Ende. Ich habe Madame Montagne getroffen. Sie hat sich nach dir erkundigt. Sie fragt, ob du pünktlich zurückkommst.“

„Marie, sei keine Spielverderberin. Ich werde schon pünktlich nach Hause kommen. Aber erst lerne ich Ben näher kennen.“

„Ben oder Max, das ist hier die Frage. Hörst du das Anklopfen im Handy? Ich glaube, da ruft jemand an.“ Marie lacht und Nadine presst die Lippen zusammen. Die Worte ihrer Freundin treffen die Wahrheit mehr, als ihr lieb ist.

Kapitel 26

Maries Worte begleiten Nadine am nächsten Morgen zum Frühstück. Ein verliebtes Lächeln huscht über ihre Lippen. Sie zieht Bens Foto aus ihrer Tasche und streicht mit ihrem Finger sanft über sein Gesicht.

Den ganzen Vormittag, den Nadine allein in New York verbringt, drehen sich ihre Gedanken wie in einem Karussell. Sie vertreibt sich die Zeit mit shoppen, bis es Zeit wird, Ben in seiner Mittagspause zu treffen. Sie sind in einem kleinen Café verabredet und als sie eintrifft, wartet er schon auf sie.

Er schließt sie mit erwartungsvoll leuchtenden Augen in seine Arme und sie küssen sich zärtlich zur Begrüßung, bevor Ben sie an die Hand nimmt und zu einem der begehrten Sitzplätze führt, den er freigehalten hat.

„Was möchtest du gerne haben?“, fragt er Nadine, die sich erst einmal sortieren muss.

Mit Kribbeln im Bauch wählt sie einen pinkfarbenen Donut mit einem aufgemalten roten Herz aus und bittet Ben, einen Karamell-Kaffee für sie zu ordern. Ben drückt ihre Hand und stellt sich dann in der Schlange an, um die Bestellung aufzugeben.

Sie lächelt, als er mit einem Tablett und den Leckereien zurückkehrt. Ihr Herz setzt bei seinem Anblick jedes Mal einen Schlag aus. Nadine versinkt in seinen samtig braunen Augen, betrachtet die dunklen Haare und Brauen, die kleinen Ohren und das markante Kinn. Als er mit liebevollem Blick zu ihr schaut, nippt sie vor Verlegenheit rasch an ihrem Kaffee.

„Meine Traumfrau, ich habe mich so auf dich gefreut. Heute Morgen habe ich überlegt, ob es meine kleine französische Prinzessin tatsächlich gibt." Er setzt sich ihr gegenüber und Nadine schenkt ihm ein Lächeln.

„Ich bin real", sagt sie.

„Traumfrau", sagt er noch einmal und zwinkert ihr zu.

„Traummann", erwidert sie.

Wie auf ein Kommando lachen beide. Beinahe hätte sie den Kaffeebecher umgeworfen, aber Ben fängt ihn geschickt auf. Ihre Hände berühren sich sanft. Nadine durchfährt es heiß, wie von einem Blitz getroffen. Es breitet sich ein wohliges Gefühl in ihrer Magengegend aus.

Mit Appetit knabbert sie an ihrem Donut. Ben verputzt einen blauen und küsst sie mit gefärbten Lippen, die mit dem Guss ihres pinkfarbenen Donuts zu einem zarten Lila verschmelzen.

Nadine schafft es nicht, sich von Ben loszureißen und versinkt erneut in seinem Anblick. Eine Angestellte funkt dazwischen und entfernt die leeren Kaffeebecher vom Tisch. Sie winkt zwei wartenden Gästen zu, deutet auf ihre Plätze.

„Next, please."

Nadine schaut Ben verdattert an. „Das gibt es nur in New York, oder? Busy. Busy. Keine Zeit stehen zu bleiben, keine Zeit für eine Touristin, einen weltberühmten Wolkenkratzer zu betrachten. Hier wuseln alle Menschen in Eile herum, selbst die Kaffeetrinker. Sind die Mieten in New York so exorbitant hoch?"

„Unbezahlbar!" Er erhebt sich und reicht Nadine die Hand, die ebenfalls aufsteht. „Das ist der Grund, warum wir nach kurzer Zeit freundlich hinausgebeten werden. Aber für heute Abend suche ich für uns ein gemütliches Restaurant heraus. Was möchtest du gerne essen? In New York gibt es alles, was das Herz begehrt.

Wir können alle Geschmacksrichtungen der Welt durchprobieren von mexikanisch, chinesisch, italienisch über das klassische Steakhouse für Cowboys und Cowgirls und noch viel mehr."

„Steakhouse", erwidert sie spontan, während sie ihre Jacken überziehen und das Café verlassen. „Klassisch. Du kennst dich hier aus. Ich finde, auf einem Amerikatrip gehört es dazu, ein Steak zu essen. Und da ich eines bereits mittags nach einer Shoppingtour ausprobiert habe, bin ich auf deine Empfehlung gespannt."

„Einverstanden, ich hole dich um 19 Uhr mit dem Taxi ab und reserviere einen Tisch für 20 Uhr. Sei bitte pünktlich in der Lobby, denn die Taxis dürfen nicht lange vor dem Hotel parken. Du weißt, ganz New York befindet sich fortwährend in Eile." Er lacht freundlich und ergänzt: „Keine Parkplätze, ausschließlich teure Parkgaragen."

„Ich werde pünktlich sein." Nadine lächelt zurück. „Und Ben? Ich freue mich."

Er zieht sie vorsichtig zu sich heran, drückt sie sanft und küsst sie zärtlich.

Sie schmunzelt und antwortet leise: „Du musst mich gehen lassen, damit ich wiederkommen kann."

„Ich weiß, aber ich habe so lange auf dich gewartet und jetzt möchte ich keinen Augenblick mehr mit dir missen."

Kapitel 27

Nadine strahlt von innen heraus, als hätte man eine Kerze angezündet. Um 19 Uhr steht sie schick angezogen vor dem Hoteleingang, als Ben in einem Taxi heranrauscht. Ihr Herz stolpert und sie freut sich auf den Abend mit ihm. Den Gedanken daran, dass sie eigentlich an ihre Rückreise denken sollte, schiebt sie beiseite.

Als sie in das Taxi einsteigt, bemerkt sie sofort, dass Ben sich anders verhält. Zwar begrüßt er sie, aber sofort senkt sich Schweigen über sie. Ganz anders als bei ihrem vorigen Treffen.

Irgendwas stimmt nicht, vermeldet ihr Bauchgefühl. *Vielleicht ist er nur müde?* Immerhin hat er gearbeitet. Sie schiebt es darauf und plappert wild drauflos. Sie schildert ihre neuen Eindrücke von New York, aber sie merkt, dass er nur mit halbem Ohr zuhört. Er präsentiert sich wortkarg und wirkt abwesend.

Hand in Hand betreten sie das Restaurant, das Ben für sie ausgesucht hat. Noch immer ist er stiller, als sie ihn bisher kennengelernt hat, doch dass er ihre Hand hält, lässt sie hoffen, dass er wirklich müde nach seinem Arbeitstag ist.

Sie bekommen eine schöne Nische zugewiesen, studieren die Karte und geben ihre Bestellungen auf.

Nadine schaut Ben an und verliert sich sofort wieder in dessen braunen Augen wie in einem romantischen Moor-See. Es knistert zwischen ihnen, als Ben ihren Blick erwidert. Ein kribbeliges Gefühl breitet sich in ihrem Magen aus.

Nadine und Ben nippen an ihrem Rotwein mit dem Barrique-Geschmack, den die Bedienung gebracht hat. Die Stimmung wird lockerer, die Zungen lösen sich und ihre Zweifel verfliegen.

Mit der Zunge leckt sich Nadine über die glutroten sinnlichen Lippen. Ihr Lippenstift hat ganze Arbeit geleistet, der Angebetete erliegt ihrem Zauber und zieht sie behutsam zu sich. Danach küsst er sie sanft und zugleich zärtlich. Sie genießt diesen ehrlichen Kuss.

Der Kellner unterbricht ihre Zweisamkeit abrupt, als er die beladenen Steakteller mit Pommes frites und Salat auf den Tisch knallt. Nadine zuckt kurz zusammen, sammelt sich wieder, wünscht Ben einen guten Appetit und greift zur Gabel. Während des Essens hört sie ihm gebannt zu.

„Ich lebe gern in New York", erzählt Ben, was ihre Begeisterung ein wenig sinken lässt. Doch sie schiebt Maries Bedenken wegen einer Fernbeziehung beiseite. „Ich bin in Frankreich aufgewachsen. Als ich acht Jahre alt war, sind meine Eltern und Großeltern nach Kanada ausgewandert. An die Börse nach New York wollte ich schon immer und habe mir damit einen Traum erfüllt."

Wieder sieht er ihr tief in die Augen, was ein Kribbeln auf ihrer Haut auslöst, und sie vergisst die mögliche Entfernung zwischen ihnen.

„Erzähle mir mehr über deine Abenteuer, die dich zu mir geführt haben. Wie hast du deine Ängste überlistet? War es sehr schlimm für dich? Und wer hat dir geholfen?"

Nadine überlegt einen Augenblick, erzählt ihm, wie sie es überhaupt geschafft hat, einen Flieger zu betreten und wie viele Menschen sie damit überrascht hat.

„Ich hatte entschieden, mich nie mehr von Ängsten einschränken zu lassen. Afrika war ein Traum!" In leuchtenden Farben erzählt sie von der Safari, und sogar der Bungee-Sprung von der Brücke ist nicht mehr so schlimm, wie er in ihrer Vorstellung zu Beginn war.

Sie strahlt vor Glück, kurz darauf erlischt das Lächeln in ihrem Gesicht. „Ich hatte dir im Café erzählt, dass mich in meiner Kindheit ein Hund gebissen hat. Ich hatte solche Panik und daraus hat sich ein Trauma mit exorbitanter Angst vor Hunden entwickelt." Sie seufzt und malt eine Linie mit dem Finger auf das Tischtuch. „Mithilfe der geduldigen Tierheimmitarbeiter konnte ich meine Angst überwinden. Beinahe hätte ich meinen Lieblingshund mitgenommen." Sie lacht. „Aber ich wollte unter allen Umständen zu dir fliegen und damit meinen vorherbestimmten Partner kennenlernen. Du bist es wert, du bist der Grund, warum ich diese Ängste überwinden konnte."

Ben greift nach ihrer Hand. Streichelt sanft darüber. Nadine spürt die Wärme in seinem Blick.

„Ich fühle mich so geschmeichelt, Nadine, und ich wünschte, ich hätte dir bei diesen Abenteuern beistehen können." Nachdenklich schaut er sie an und sie verspannt sich. Irgendetwas ist nach wie vor anders. „Gab es keinen Mann, der dir auf deinen Reisen gefallen hat? Wie war es als Single auf der Safari? Hattest du keine Angst?"

Nadine nimmt einen Schluck Wein und überlegt, wie weit sie gehen soll. Soll sie Max erwähnen? Sie entschließt sich aber vorerst dagegen. *Warum fragt er so misstrauisch?* „Ich war auf der Suche nach dir. Wieso sollte es da einen anderen Mann geben?"

Ben lächelt und Nadine hofft, dass sie die Frage damit ausreichend beantwortet hat. „Es wäre schön gewesen, wenn du mich nach meinem Sprung in die Tiefe in den Arm genommen hättest. Ich war überwältigt vor Glück, so ein großartiges Gefühl."

„Du springst also nochmal?" Ben reißt die Augen auf.

„Nein, das definitiv nicht." Nadine lacht. „Aber es war so cool, in die Tiefe zu rasen und dann kurz vor dem Wasser wieder hochzuschießen." Sie räuspert sich betreten. „Das Seil hat gehalten, zum Glück."

Ben runzelt die Stirn. „Hätte es nicht halten sollen? Du wirkst so nachdenklich?"

„Die ganze Geschichte erzähle ich dir ein anderes Mal." Sie winkt ab und ignoriert den merkwürdigen Blick von Ben. Nadine schneidet ein Stück ihres Steaks ab und schiebt es sich mit der Gabel in den Mund.

„Wie war es in Berlin? Du hattest im Café angedeutet, dass du mit einer Freundin in Berlin warst."

„Stimmt, mit Sarah."

„Hast du viel mit ihr unternommen?"

„Leider nein, meine Aufgabe im Tierheim beschäftigte mich die ganze Woche. Sarah hat viel von der Stadt gesehen, aber ich hatte tagtäglich eine neue Herausforderung. Jeden Tag einen anderen Hund mit irgendeiner Macke." Nadine verdreht die Augen. „Und ich kämpfte jeden Tag gegen die Angst, zerfleischt zu werden."

„Du Arme, das war eine harte Nuss für dich." Ben legt seine Gabel und sein Messer auf dem Teller ab und fixiert sie mit seinem Blick.

„Stimmt. Die haben mich im Tierheim über die kleinen Eigenheiten dieser Tiere aufgeklärt. Und am Ende habe ich mich in Tyson verliebt."

Ben zog beide Augenbrauen hoch. „Mike Tyson, der Boxer?"

Nadine lacht schallend und bemerkt, dass sich die anderen Gäste nach ihr umschauen. „Nein, Tyson, der Rottweiler! Ein Hund."

„Du kleines Biest verschaukelst mich." Er stimmt in ihr Lachen mit ein und gibt ihr einen sanften Kuss.

Ihr wird flau in der Magengegend und der Abend endet viel zu schnell. Als sie bereits aus dem Restaurant auf die Straße treten, bleibt Ben stehen und zieht sie in eine Umarmung. „Hast du Lust, morgen Mittag mit mir im Central Park spazieren zu gehen?"

„Oh, wie wundervoll, gerne. Woher kennst du meine geheimen Träume?"

„Das stand auf deiner Nasenspitze", sagt er mit einem Grinsen im Gesicht. „Ich hole dich gerne morgen um 13 Uhr am Hotel ab. Meinen Arbeitsbeginn lege ich dann etwas früher und nehme mir den Mittag für dich frei. Nur wir zwei."

„Perfekt. Ich freu mich so."

Ben zieht sie so nah an sich heran, dass sie seine Muskeln spürt. Ihr Herz schlägt wild, als er sie zärtlich küsst und sie es sanft erwidert.

Sie genießt Bens Küsse, die nach mehr schmecken. Es prickelt in ihrem Bauch wie in einem Champagnerglas. Nach langer Zeit spürt sie endlich wieder euphorische Glücksgefühle.

Am nächsten Morgen läuft Nadine am vereinbarten Treffpunkt im Central Park bei der sitzenden Statue von Hans Christian Andersen auf und ab, doch von Ben keine Spur. Sie streichelt die Entenskulptur davor und sieht auf ihre Uhr. Inzwischen ist er schon dreißig Minuten verspätet.

Vielleicht wurde er bei der Arbeit aufgehalten?

Als sie erneut auf die Uhr sehen will, sieht sie Ben, der mit großen Schritten auf sie zueilt.

„Entschuldige, Nadine. Ich wurde aufgehalten und habe es nicht geschafft, dich anzurufen."

Sein Lächeln lässt ihre Zweifel verschwinden. „Schon in Ordnung, immerhin musstest du arbeiten."

Er verzieht für einen Augenblick das Gesicht und greift nach ihrer Hand. „Wollen wir eine Runde um den See laufen?"

Sie will gerade antworten, als ihr Handy klingelt. ‚Max', verkündet das Display. Zögernd überlegt sie, was sie tun soll.

„Geh ruhig ran. Es könnte wichtig sein", ermuntert er sie.

Entschuldigend nickt sie und geht einige Schritte, ehe sie den Anruf entgegennimmt. „Hallo Max, wie geht es dir?"

„Diese Frage wollte ich dir stellen, liebe Pariserin."

Nadine lächelt bei seinen Worten, wirft kurz einen Blick in Richtung Ben und hofft, dass er sie nicht hören kann. „Ich fühle mich ausgezeichnet und die Abenteuer, auf die ich im Übrigen gerne verzichte, stellen meinen inneren Seelenfrieden ohne irgendwelche Ängste her."

Sie spürt Bens Blick auf sich. Misstrauisch sieht er aus und es verknotet ihren Magen. Beinahe hätte sie Max' Frage nicht gehört.

„Und wie ist es dir in New York ergangen?"

„Bestens." Dass sie ihren Traummann Ben getroffen hat, verschweigt sie ihm lieber und weiß nicht einmal warum. „Wie geht es Tyson?", lenkt sie ab.

„Also mir geht es gut und Tyson auch", meint Max lachend. „Meine Oma hat nach dir gefragt und da dachte ich mir, ich ruf dich gleich an. Wie es scheint, freust du dich über meinen Anruf?"

„Natürlich freue ich mich sehr, wenn ich von dir höre. Wir hatten eine gute Zeit in Berlin."

„Was heißt das? Hatten?", fragt er mit brüchiger Stimme.

Nadines Herz wird schwer. Aus dem Augenwinkel sieht sie Ben, der sich bemüht, so zu tun, als würde er nicht zuhören.

„Nichts", wiegelt sie ab. „Max, hör zu, ich habe jetzt leider keine Zeit mehr, aber wir sprechen bald. Grüß deine Oma und kraule Tyson hinterm Ohr für mich, in Ordnung?"

„Verstehe." Max wirkt niedergeschlagen, doch sie kann das gerade nicht ändern. „Versprich mir, dass du auf dich aufpasst."

„Aber selbstverständlich tue ich das. Versprochen. Ich melde mich. Bis dann. Mach's gut, Max."

„Du auch. Bis bald hoffentlich."

Kaum hat sie aufgelegt, tritt Ben neben sie. „Bis dann?"

Sie wendet sich mit einem Lächeln ihrem Traummann zu. „Lass uns die letzten Sonnenstrahlen einfangen. Ich fühle mich pudelwohl in deiner Nähe."

„Wer war das?", hakt er nach und Nadine wird sich bewusst, dass sie ihm von Max erzählen muss.

„Ein guter Freund, der mir in einer schwierigen Lage beigestanden hat."

„Ach ja? Und die Oma? Gehört die auch dazu?

Sie winkt mit beiden Händen ab.

„Ben, lass gut sein. Max hat eine liebe Oma. Ich habe geholfen, ihren Keller auszumisten."

„Und wie war der Preis?"

„Preis?" Sie schaut ihn entgeistert an und schüttelt den Kopf. „Umsonst. Ich helfe gerne, wenn ich kann. Wieso fragst du?"

Er sieht zu Boden und Nadine spürt die Schwere, die auf einmal auf ihnen zu liegen scheint. „Was hast du auf dem Herzen?"

Ben räuspert sich. „Du hast mir von den Tierheimhelfern erzählt. Kennst du die näher? Wieso ruft dich dieser Typ in New York an?"

„Also, lieber Ben, wir zwei kennen uns noch nicht lange. Woher stammt diese furchtbare Neugier?"

„Ich möchte eben alles über dich wissen, Traumfrau."

Nadine fixiert ihn mit ihrem Blick, versucht zu ergründen, warum er so sehr darauf beharrt. Schließlich nickt sie. „Gut. Und später erzählst du mir mehr von dir, bitte."

„Einverstanden."

Sie greift nach seiner Hand, was er zulässt, und gemeinsam spazieren sie um den See.

„Wie du inzwischen weißt, hatte ich von Sarah wenig Hilfe. Max hat mir die besser erzogenen Hunde zugeschanzt und mir gute Tipps für den Umgang mit ihnen gegeben. Wir haben uns angefreundet und er hat mir Berlin gezeigt. Warst du schon mal dort?" Ben schüttelt den Kopf. „Solltest du je hinkommen, musst du eine Currywurst probieren." Nadine lächelt ihn an und ist froh, als er es erwidert.

„Und Max ist nur ein Freund?“

„Er ist ein netter und hilfsbereiter Mann, lediglich ein guter Freund.“

„Was heißt ‚gut‘?“ Ben bleibt stehen und sie tut es ihm gleich. „Bist du ihm jemals nähergekommen?“ Sie richtet sich kerzengerade auf und fixiert ihn angriffslustig.

„Wo denkst du hin? Eine Woche Berlin-Aufenthalt. Wie stellst du dir das vor? Ich arbeitete und das bisschen Freizeit teilte ich mir bestmöglich ein. Ich mag Shopping-Touren, Essen gehen oder nach ausgiebigen Spaziergängen ermüdet ins Bett fallen. Ich beschäftigte mich damit, meine Hundephobie zu überwinden und da gab es keine Zeit zum Flirten oder gar mehr.“ Sie bemerkt die Hitze, die ihr in den Kopf schießt und stemmt die Hände in die Hüften. „Für wen hältst du mich eigentlich?“

„Da bin ich aber froh“, antwortet Ben und seine Gesichtszüge entspannen sich. Er zieht sie sanft in seine Arme. „Du bist meine Traumfrau. Versprich bitte, mir gegenüber zu jeder Zeit ehrlich zu sein.“

„Nichts leichter als das. Versprochen!“

Nadine lächelt ihm zu, immer noch verwundert über die unnötige Eifersucht. Sein markantes Gesicht scheint nach ihren Worten zu leuchten. Sie liebt diesen Gesichtsausdruck an ihm. Er schaut sie mit begehrlichem Blick an und breitet die Arme weit aus. Er drückt sie sanft an sich, küsst sie zärtlich und sagt mit samtiger Stimme: „Ich liebe dich, Nadine. Es ist so schön, dass sich die Prophezeiung erfüllt hat. Meine Prinzessin.“

Sie erwidert seinen Kuss lange und leidenschaftlich. Als sie zu Atem kommt, sagt sie: „Ich liebe dich, Ben. Für dich habe ich tausende Tode durchgestanden, viele Ängste überwunden. Ich fasse es nicht, dass ich hier im Herzen New Yorks im Central Park mit dem attraktivsten Mann der Welt stehe und die zärtlichsten Küsse bekomme, die es auf der Erde gibt. Kneif mich, bitte, erst dann weiß ich, dass mein Traum Wirklichkeit geworden ist."

„Ich küsse dich lieber." Er zieht sie an sich heran und küsst sie noch einmal. Sie spürt seine Lippen auf ihren. Die Schmetterlinge flattern in ihrem Bauch. Es fühlt sich an, als ob die Welt stillstehen würde.

Er nimmt sie an die Hand und sie spürt seine Wärme, was wiederum ein Glücksgefühl in ihr auslöst.

Er entführt sie an die bezauberndsten Stellen des Parks.

Sie spazieren weiter um den See, den zahlreiche Jogger in coolen Outfits umrunden.

Nadine fallen die nüchternen eingezäunten Kinderspielplätze auf und sie weiß, dass sie sich mit Ben ebenfalls Kinder vorstellen kann. Sie sieht, wie Ben auf die Uhr schaut.

„Ich muss wieder zur Arbeit, aber wir sehen uns heute Abend. Ich freue mich auf dich." Er zieht sie in seine Arme und küsst sie sanft.

„Und ich freue mich auf heute Abend." Nadine spürt das Kribbeln im Bauch immer noch, als sie sich auf eine Parkbank setzt.

Kapitel 28

Nadine beschleunigt ihren Schritt, als sie Ben vor dem fürs Abendessen vereinbarten italienischen Restaurant stehen sieht und er sie mit einem strahlenden Lächeln erwartet. Er zieht sie ohne Worte nah an sich heran. Sie lässt es geschehen und genießt seine Wärme.

Ihr Herz schlägt höher vor Freude. Ihre Lippen finden seine zu einem leidenschaftlichen Begrüßungskuss. Erst als sich jemand laut räuspert, weil sie mitten auf dem Fußweg stehen, trennen sie sich für einen kurzen Augenblick.

Ben greift nach ihrer Hand. „Hallo Prinzessin, ich freue mich, dass du da bist."

„Und ich freue mich auf dich, Ben."

„Was hältst du davon, wenn wir ein wenig durch Little Italy spazieren und dann hier in der Trattoria essen?"

„Ich bin begeistert von dieser Idee."

Nadine lässt sich von Ben in das Viertel entführen. Sie betrachtet staunend die vielen grün-weiß-roten Flaggen zwischen den Häusern. Sie fühlt sich wie in einen wundervollen Italienurlaub versetzt und atmet den Duft von wildem Oregano und Thymian, der aus den Geschäften herausweht, tief ein.

Von toskanischem Olivenöl über vollmundige Rotweine, italienischen Käse, Parmaschinken und den Panettone-Kuchen erspäht sie weitere leckere Delikatessen. Ihr läuft das Wasser im Mund zusammen.

Anschließend bestaunt sie die opulente Auslage einer Eisdiele mit Türmen von italienischen Eissorten, deren Palette von Karamell mit Fleur de Sel, dem bekannten Stracciatella, mintgrünem Waldmeistereis bis zu rosarotem Erdbeereis reicht. „Wenn du magst, können wir uns nach dem Essen hier einen Nachtisch holen. Es ist das leckerste Eis der Stadt und soll wie in Italien schmecken."

Nadine lächelt. Am liebsten würde sie gleich alle Eissorten durchprobieren.

„Bevor du über die Eisauslagen herfällst, sollten wir zurück zum Restaurant gehen", erinnert Ben sie. „Es sind nur wenige Meter von hier. Sonst vergeben sie unseren Tisch an jemand anderen."

Sie nickt und geht mit Ben zügig zum Restaurant, während sie ihren Gedanken nachhängt. *Das ist New York. Pulsierend. Schnell. Mitmachen oder untergehen. Niemals stehen bleiben.*

Sie überlegt, ob sie hier leben möchte. Aber irgendetwas sperrt sich in ihr, wenngleich ihr dieses Viertel gut gefällt. *Könnte ich mich dazu hinreißen lassen, mit diesem hübschen und erfolgreichen Mann in New York zu leben? Paris wirkt im Vergleich zu dieser Metropole beinahe wie ein Dorf,* überlegt sie.

„Ben, ich möchte so viel von dir erfahren." Nadine rückt ihren Stuhl näher an den Tisch, als sie sich setzen und bevor sie die Karte in die Hand nimmt, um zu bestellen. „Heute darfst du mir alles erzählen. Ich bin so neugierig."

„Gerne, aber lass uns erst bestellen."

Nadine atmet tief ein und dreht den Kopf in Richtung Kellner, der gerade eine hausgemachte grüne Pasta vollgesogen mit einer Sauce, mit dem Duft vollreifer Tomaten und einem Hauch Parmesankäse, vorbeiträgt.

Wohlwollend beäugt sie die appetitlich aufgetürmten Nudeln auf den Pasta-Tellern und zweifelt, ob sie nach so einem üppigen Mahl noch Hungergefühle hegt. Sie seufzt, am liebsten würde sie alles probieren. Schließlich entscheidet sie sich für grüne Tagliatelle mit Jakobsmuscheln und er für das Nudelgericht ‚penne arrabiata'.

Aufmerksam blickt sie ihn an und Ben versteht die Aufforderung.

Er streicht über die Serviette. „Nach der Schule wollte ich an die Börse und es hat mich nach New York verschlagen, wo ich gutes Geld verdiene. Aber ich weiß, dass ich diesen Job nicht ewig ausüben kann. Er birgt zu viel Stress."

In diesem Moment bringt der Kellner die duftenden Nudelgerichte. Beide beginnen zu essen.

„Börsenmakler, ein interessanter und spannender Beruf. Wie ist das mit den Frauen bei dir? Und hast du Kinder?"

„Frauen? Ich bin bodenständig, auch wenn ich nicht so aussehe", kokettiert er. „Früher hatte ich die eine oder andere Frau, dann habe ich Deborah geheiratet."

Nadine legt ihr Besteck auf die Serviette, sie spürt einen kleinen Stich in ihrem Herzen und hakt nach: „Deborah?"

„Deborah und ich leben getrennt." Ben spielt mit dem Salzstreuer in seinen Händen und Nadine hat das Gefühl, dass er nicht gern darüber spricht. Sie schluckt. „Uns verbinden aber zwei süße Kinder. Fiona, fünf, und David, drei Jahre jung." Er hebt den Blick und sieht sie fast schon entschuldigend an. Damit hat sie nicht gerechnet. Er hat Kinder. Kann sie damit umgehen?

„Ich liebe meine Kleinen über alles." Es klingt, als würde er sich rechtfertigen, und Nadine verspannt sich.

„Sie genießen Vorrang in meinem Leben. Mit meiner Noch-Frau spreche ich mich regelmäßig und sorgfältig ab, wer die Kinder betreut. Wir lieben beide unseren Beruf. Wäre sie damals nicht fremdgegangen, hätte ich mich keineswegs von ihr getrennt. Sie hat es mir leicht gemacht, mich zu verabschieden. Aber der Kinder wegen treffe ich sie des Öfteren."

Nadine verschluckt sich beim Weintrinken und hustet.

Er steht auf, beugt sich über den Tisch und klopft ihr behutsam auf den Rücken.

Sie fühlt sich, als wäre eine dicke pickelige Kröte in ihren Wein gefallen und sie hätte sie hinuntergeschluckt.

Nach einem Schluck Wasser geht es ihr sofort besser, auch wenn sie an Bens Enthüllung zu knabbern hat. Sie zögert einen Moment mit ihrer Frage, aber sie muss es wissen. „Ben, verrätst du mir, wie deine Familienplanung in der Zukunft aussieht?"

„Mir genügen zwei Kinder." Vorsichtig sieht er sie an und Nadine presst die Lippen aufeinander. Das hat sie befürchtet.

„Wenn du mich so direkt fragst, antworte ich ehrlich. Ich werde meiner Fiona und David keine neuen Geschwister zumuten, sie sind mein Ein und Alles."

Sie spürt eine innerliche Kälte in sich emporkriechen. Der Appetit ist ihr vergangen.

Ben kramt ein Bild von seinen Kindern heraus und zeigt es ihr. „Schau, wie klein und zerbrechlich sie sind."

Er schaut sie an, aber sie weicht seinem Blick aus. In ihrem Gehirn rattert es. *Dieser Schuft, schleppt mich in romantische Restaurants, obwohl da eine Noch-Frau mit gemeinsamen Kindern auf ihn wartet. Sieht er in mir einen Babysitter? Eine Nanny für seine Kinder? Ungeheuerlich! Ohne rot zu werden, erzählt er mir erst jetzt von seiner Familie und zerstört in Sekundenschnelle all meine Träume von erhofften eigenen Kindern.* Sie erschrickt, als er sie aus ihren Gedanken reißt.

„Kommst du damit klar?" Er greift nach ihrer Hand, doch Nadine entzieht sie ihm.

„Ben, tut mir leid. Das war ein bisschen viel Familie für mich zum Verdauen. Sorry, ich muss da erst mal drüber nachdenken. Rufst du mir ein Taxi, bitte?"

„Es tut mir leid, aber ich wollte dir nichts vormachen. Ich kann mir nicht vorstellen, dass ich irgendwann noch mehr Kinder habe.

Immerhin trage ich bereits die Verantwortung für zwei." Er sieht auf den Tisch und fährt sich mit einer Hand durch die Haare, bevor er ihren Blick findet. „Du hast dir das bestimmt anders vorgestellt, oder?"

Nadine nickt. „Wenn ich ehrlich bin, ja. Diese Überraschung verdaue ich erst mal. Es ist ein bisschen viel für einen Abend." Sie kann nicht verhindern, dass der Satz schnippisch über ihre Lippen kommt. Zornesröte schießt ihr ins Gesicht. Wie konnte sie denken, dass ein Traummann ohne Vorgeschichte existiert?

Ben bezahlt. Auf dem Weg aus dem Restaurant schweigen sie und Nadine ist froh, als das Taxi vorfährt.

Er küsst sie auf die Wange. „Ich rufe dich an, Prinzessin."

Sie schafft es lediglich zu nicken, ehe eine Träne über ihre Wange kullert, sobald sie im Taxi sitzt. Sie wischt sie weg.

So eine Scheiße, von wegen Traummann!

Kapitel 29

Einerseits ist es großartig, dass Ben sich um seine Kinder kümmert, was wäre er sonst für ein schlechter Mensch? Ihre Mundwinkel rutschen nach unten. Sein Leben ist ihr zu kompliziert und Nadine schreibt ihn beinahe ab. Sie träumt von einem neuen Zuhause mit zwei eigenen Kindern. So weh es auch tut, aber sie muss ihn sich aus dem Kopf schlagen.

Vielleicht war die Wahrsagerin verwirrt, hat die Karten vertauscht oder der Kaffeesatz ist verrutscht, als sie ihre Prophezeiung verkündet hat? Es wäre doch schade, wenn ihre Abenteuer umsonst gewesen wären.

Nadine seufzt. Nach dem Frühstück spaziert sie allein am Hudson River entlang, um den Kopf freizubekommen, bis ihr Handy klingelt und sie aus ihren trübsinnigen Gedanken reißt.

Bens Name leuchtet ihr auf dem Display entgegen und ihr Magen flattert, auch wenn sie noch immer nicht weiß, wie es weitergehen soll. „Ja, bitte?“

„Hallo Nadine, wie geht es dir?“ Er klingt zerknirscht.

„Geht so.“

Schweigen hallt ihr entgegen. Ihr ist klar, dass er weiß, wieso.

„Du, Nadine, ich würde dich gerne heute Abend einladen. Nimmst du meine Einladung an, wenn ich dich lieb darum bitte?“

„Ich weiß nicht. Wohin?“

„Ins Chinesische Viertel. Gehst du mit? Ich würde mich riesig freuen.“

Sie überlegt kurz. Eine kleine Chance will sie ihm noch geben.

Vielleicht hat er ihr etwas Neues mitzuteilen?

„Gerne, dann gehen wir vorher in das Chinesische Kaufhaus. Ich habe gelesen, dass sie traditionelle chinesische Spezialitäten anbieten."

„Habe ich auch gehört."

„Du kennst es nicht, obwohl du hier wohnst?"

„Nein, aber ich bin neugierig darauf. Dann treffen wir uns um 17 Uhr in China Town vor dem Kaufhaus. Ich freu mich, ich schaue vorher bei meinen Kindern vorbei. Bis später."

„Bis später." Sie verzieht das Gesicht, als ob sie in eine saure Frucht gebissen hätte.

So wird das andauernd bleiben und sie endet als alte Jungfer, allein ohne eigene Kinder. Trotzdem freut sie sich darauf, China Town kennenzulernen. Als sie das Kaufhaus erreicht, klingelt erneut ihr Handy. Ohne hinzuschauen, meldet sie sich. „Ben, wo steckst du?"

„Nadine?", erklingt Max Stimme. „Ja, ich freue mich auch, von dir zu hören. Wer zum Teufel ist Ben? Dein angeblicher Traummann oder ein neuer Hund?"

Nadine lacht. „Max?"

„Ja, Max aus Berlin, falls du mich nicht vergessen hast?"

„Dich vergesse ich nicht. Aber was ist das für ein Lärm im Hintergrund?"

„Ich stehe im Flughafen JFK, ich ..." Stille hallt Nadine entgegen.

„Was treibt dich hierher nach New York? Max? Max!" Nadine hält kopfschüttelnd das Telefon in der Hand. Weg! Das Gespräch wurde abrupt unterbrochen. Sie überlegt, warum er ihr nichts von seinen Reiseplänen erzählt hat. Eine innere Stimme raunt ihr zu. *Er wird seine Gründe haben.* Als sie aufschaut und ihren Blick schweifen lässt, spürt sie Bens warmen Atem hinter sich. Er drückt ihr einen sanften Kuss in den Nacken.

„Schon wieder Max?"

„Kommst du von Deborah?“, fragt Nadine, ohne auf seine Frage einzugehen.

„Ja. Schlimm?“

Der Stich in ihrem Herzen schmerzt. Dennoch will sie es Ben nicht zeigen. „Nein, Hauptsache, du bist nun hier. Lass uns ins Kaufhaus gehen, ich bin so gespannt auf die chinesischen Spezialitäten.“

Gemeinsam schlendern sie Hand in Hand durch das Kaufhaus, das mit allerlei Exotischem für sie aufwartet.

Nadine entdeckt eine glücksbringende goldfarbene Winkekatze und kann für einen Moment vergessen, dass Ben eine Familie hat und keine mit ihr gründen möchte. Sie genießt seine Nähe und erfreut sich an allem, was sie sieht. Nur der getrocknete Fisch ärgert ihre empfindliche Nase. *China, und das mitten in New York, denkt Nadine, welch eine wundervolle Vielfalt.*

„Was hältst du davon, wenn du dir heute ein Restaurant aussuchst?“, fragt er nach einer Weile.

Nadine nickt. Sie lässt ihren Blick schweifen und zeigt Ben ein Restaurant mit einem roten drachenverzierten Vordach, an dem zwei rote Lampions mit chinesischen Schriftzeichen hängen. An der Treppe zum Restaurant befinden sich seitlich zwei aus Stein gehauene Drachenskulpturen. „Dort möchte ich gerne essen.“

„Warum nicht? Ich erfülle dir alle Wünsche.“

Bis auf den Kinderwunsch, geht Nadine in Endlosschleife nicht mehr aus dem Kopf. Ihr Lächeln erlischt nach wenigen Sekunden. Vielleicht sollte sie ihn beim Wort nehmen? Alle Wünsche ... Nadines Handtasche öffnet sich, als sie an der Tür hängen bleibt. Ein Foto von der Safari fällt auf den Boden.

Ben hebt das Foto auf und wirft einen Blick darauf, bevor er es ihr zurückgibt.

Als sie bestellt haben, greift Ben nach ihren Händen und streichelt sie sanft.

„Erzähl mir noch ein wenig von deiner Safari. So etwas habe ich noch nie gemacht. Wie sind die Wildhüter so? Starke Männer, die dich vor allen Gefahren beschützt haben?“ Er grinst süffisant. „So jemand beeindruckt doch die Frauenwelt, oder?“

„Ja, so was von.“ Nadine ist von der Frage genervt. Was soll Bens Eifersucht, die eindeutig mitschwingt? Sie fühlt sich nicht mehr geschmeichelt davon. „Aber die erledigen alle ihren Job. Und was bedeutet ‚die Frauenwelt beeindrucken‘? Darf ich mich vorstellen, ich bin Nadine und keine Frauenwelt.“

„Manche lassen sich gerne mit ihnen fotografieren, um daheim anzugeben.“

Sie lacht und erwidert schnippisch: „So eine bin ich nicht! Mir hat die Jeep-Safari gefallen. Ich kam aus dem Staunen über die Tierwelt gar nicht mehr heraus. Meine Freundin Sarah und ich haben um die Wette fotografiert. Achtung, da kommen unsere Getränke und auch gleich unser Essen.“ Sie hebt ihr Glas und prostet Ben zu, doch der lässt nicht locker.

„Aha, wie ist denn das Foto von dem Wildhüter entstanden, der dich auf Händen trägt?“

Nadine stutzt. Sie kostet vorsichtig von ihrer Ente. Ihr fällt siedend heiß ein, dass sie das Foto ihres Retters immer noch in ihrer Handtasche herumträgt. Es muss das Foto sein, das ihr aus der Tasche gefallen ist. „Es ist in einer Notsituation entstanden und sicher nicht, weil ich den Ranger so großartig fand.“

Ben trinkt einen großen Schluck von seinem chinesischen Bier und probiert von seinem Chop Suey.

Nadine runzelt die Stirn. „Er hat mich vor den Krokodilen gerettet, als ich aus dem Jeep gefallen bin. Das Foto ist eine Art Talisman. Ist das ein Problem?“

Er seufzt. „Es tut mir leid, Nadine.“

Sie knallt die Stäbchen auf den Tisch, mit denen sie eben noch ihr Essen genossen hat und lehnt sich näher zu Ben. „Warum fragst du mich nicht direkt? Das bevorzuge ich nämlich. Außerdem dachte ich, du hättest mir etwas wirklich Wichtiges zu sagen. Ich wünsche mir nämlich Familie. Du hast mich gestern sehr verletzt, als du plötzlich deine Kinder aus dem Hut gezaubert hast und auch in der Zukunft keine weiteren mit mir möchtest. Wir kennen uns wirklich nicht lange. Der Appetit ist mir vergangen, von wegen Prophezeiung!"

Ben schaut sie sprachlos mit großen Augen an. Nadine schmollt. *So ein ignoranter Typ. Vermutlich Fremdgeher. Die unterstellen tagtäglich anderen solche Widerwärtigkeiten, um sich selbst besser darzustellen.*

Nadine streicht sich eine Haarsträhne hinter das Ohr. Bens Blick ist geknickt und ihre Wut verraucht langsam. Vielleicht hat er recht? Ihre Kennenlerngeschichte ist verrückt. Kann man da nicht zweifeln? „Willst du wissen, was dort auf der Safari los war?"

„Auf jeden Fall."

In knappen Worten erzählt Nadine ihm von den gefährlichen Vorfällen auf ihrer Reise und ihrem Verdacht, dass ihre Freundin Sarah ihre Finger im Spiel hatte.

„Also, lieber Ben, entscheide dich! Eine Liebe baut man auf Vertrauen auf. Gibst du mir dein Vertrauen?"

Ben nestelt an seinen Händen und stammelt verlegen. „Es tut mir leid, Nadine. Ich wusste nicht …"

„Nein, woher auch? Du hast mich nicht gefragt." Nadine sieht ihn direkt an. „Ich gebe dir gerne die Telefonnummer der Lodge, dort kannst du dich bei dem Wildhüter erkundigen, falls du mir nicht glaubst. Aber die Prophezeiung ist damit Geschichte. Ben, auf meiner Reise sind einfach zu viele Zufälle und Beinahe-Unglücke passiert, bei denen Sarah jeweils in der Nähe war. Nun weißt du alles."

Mit hochrotem Kopf sieht sie Ben an. „Und wenn wir hier und heute die Wahrheit offenlegen, stelle ich dir ein paar Fragen: Triffst

Du dich öfter mit deiner Noch-Frau? Und kannst Du dir wirklich keine Familie mit mir vorstellen?“

Nadine spürt, wie ihr Tränen in die Augen steigen. So hat sie sich das Kennenlernen ihres vermeintlichen Traummannes nicht vorgestellt.

Er tupft mit einem Taschentuch die Träne weg, die ihr über die Wange gelaufen ist.

„Sorry“, antwortet Ben und hält für einen Moment ihrem Blick stand.

Sie lacht bitter auf. „Und ich dachte, Sarah gönnt mir mein Glück.“ Nachdenklich betrachtet sie Ben, der mit den Schultern zuckt.

„Dieses Foto habe ich einfach falsch gedeutet, tut mir leid, und Deborah bedeutet für mich Vergangenheit, vertrau mir.“

Er schaut ihr in die Augen und ergreift ihre Hand, aber sie bemerkt bei der Erwähnung seiner Noch-Frau ein kurzes Flackern darin, als würde er lügen.

So kompliziert hat sie sich das nicht vorgestellt. Sie wird dieser Deborah auf den Zahn fühlen, überlegt sie.

„Ach Nadine, was habe ich angerichtet? Verzeih mir. Gib mir Zeit zum Nachdenken.“

„Ben, die kostbare Zeit in New York im Streit zu verbringen, ist unvernünftig.“

„Das finde ich auch.“

„Bei mir musst du nicht eifersüchtig sein. Verstanden?“

„Ja!“ Er greift nach ihren Händen. „Lass uns von vorne anfangen und vertrauen.“

„Ben, das wünsche ich mir sehr.“

Kapitel 30

Auf dem Weg zurück in ihr Hotel klingelt ihr Handy.

Ben, schießt es ihr durch den Kopf, *oder Marie.* Sie nimmt ab. „Hallo Marie, bist du es?"

„Nein, hier ist Max. Nadine, bist du dran?"

Sie bemerkt die Aufregung in seiner Stimme. „Ja. Max? Wo bist du?"

„Ich bin noch immer am John-F.-Kennedy-Flughafen hier in New York. Ich erkläre dir alles in Ruhe. Sorry, mein Akku war vorhin leer und ich musste ihn erst aufladen. Wo bist du?"

Nadine starrt ins Telefon, als hätte sie einen Geist gehört. „Du bist wirklich hier?" Ihr Herz pocht wild. Langsam dringt es in ihr Innerstes. *Er ist in New York, wegen mir?* Ein warmes Gefühl durchströmt sie.

„Das klingt nicht nach überschäumender Freude."

„Doch, ich freue mich, sehr sogar", beeilt sie sich zu versichern, „aber ich wundere mich. Du hattest dich gar nicht angekündigt." Ihre Gefühle fahren Achterbahn. Sie mag ihn und es schmeichelt ihr. Ihre Gedanken rasen, bis Max sie aus ihren Gedanken holt.

„Können wir das persönlich besprechen? Ich stehe vor dem Flughafen und friere. Kannst du mich abholen?"

Sie fragt den Fahrer, wie lange eine Fahrt zum JFK-Airport dauert. Der Taxifahrer schaut irritiert in den Rückspiegel und antwortet: „Schätzungsweise fünfundzwanzig Minuten."

„Ich bin gerade im Taxi unterwegs und ich würde fünfundzwanzig

Minuten zu dir brauchen. Du bist in einer knappen halben Stunde in der City. Nimm dir am besten ein Taxi in mein Hotel, das New Yorker. Hast du bereits eine Unterkunft?“

„Nein, ich wollte mich zuerst bei dir melden.“

„Okay, dann komm in mein Hotel. Ich reserviere dir ein Einzelzimmer und warte in der Lobby auf dich. Dort kannst du mir den Grund deiner spontanen Reise erzählen.“ Sie lächelt und fügt hinzu: „Ich freu mich auf dich.“

„Ich freue mich auch.“ Sie kann sein Lächeln in der Stimme erkennen, als er sagt: „Bis gleich.“

Nadine sitzt in der Lobby und wartet auf Max. Jede Menge Touristen tummeln sich dort, doch sie hat keine Augen für ihre Umgebung. Alles in ihr freut sich auf Max, der mit einem kleinen Reisekoffer durch den Hoteleingang schreitet.

„Max!“ Sie springt auf und eilt auf ihn zu.

„Nadine! Ich bin so froh, dich zu sehen.“ Sie begrüßt ihn mit französischen Wangenküsschen.

Müde sieht er aus. Der Flug war lang. Sie tritt einen Schritt zurück und betrachtet fasziniert seine verstrubbelten Haare, die sich nicht entscheiden können, in welche Richtung sie abstehen wollen.

Er fährt sich kurz durchs Haar, als er sieht, wohin ihr Blick wandert.

„Du kannst deinen Zimmerschlüssel gleich abholen. Du musst nur noch die Angaben an der Rezeption vervollständigen.“ Sie deutete mit einem Lächeln in Richtung des Rezeptionisten und sieht Max hinterher.

Als er die Theke erreicht hat, dreht er sich zu ihr um und lächelt. Nadines Herz hüpft, obwohl sie doch eigentlich nur an Ben denken sollte …

Jemand winkt ihr wild zu. Eine junge Frau. Nadine kneift die Augen zusammen und traut ihren Augen kaum, bis sie die Konturen erkennt. Noch eine Überraschung! Allerdings keine, über die sie sich freut.

Sarah eilt mit offenen Armen auf sie zu, doch sie hat keine Augen für diesen unerwünschten Besuch. Nadine wendet sich ab und zeigt ihr die kalte Schulter.

Sarah tippt ihr mit dem Zeigefinger auf den Rücken. „Es ist wirklich wichtig", drängt Sarah, doch Nadine wiegelt ab, als Max auf sie zugeht.

Ihre ehemalige Freundin zuckt mit den Schultern und zieht einen Schmollmund, lässt die Arme wieder sinken. Gelangweilt zückt sie ihr Handy und knipst ein Bild.

Nadine runzelt die Stirn. *Da stimmt doch was nicht.* „Du fotografierst die Hotellobby? Wieso bist du hier? Wir hatten doch etwas anderes vereinbart."

„Man kann nie genug Erinnerungen haben", meint Sarah. „Freust du dich gar nicht, dass ich da bin? Ich habe meinen Flug selbst bezahlt und für mein Essen und das Hotelzimmer komme ich auch auf. Du hattest recht. Ich hätte mich mehr um dich kümmern müssen. Ich will es wieder gutmachen. Seit zwei Tagen bin ich hier und konnte so einiges über deinen Traummann erfahren und deshalb bin ich hier, um dich vor Ben zu warnen. Ich habe Marie überzeugt, dass ich mich auch bei dir entschuldigen möchte, deshalb hat sie mir verraten, wo ich dich finde. Außerdem verriet sie mir den Namen von Ben und dass er an der Börse arbeitet. Den Rest habe ich im Internet recherchiert. Das war ein Klacks für mich. Es gibt überall Bilder von ihm. Was macht Max hier? Wusstest du, dass er kommt?"

„Nein, es war auch für mich eine Überraschung. Du bist es übrigens auch." Nadine reckt ihr Kinn vor. Angriffslustig wirft sie Sarah einen Blick zu und geht dann auf Max zu, der seine Zimmerkarte erfolgreich erhalten hat.

„Hallo Max, so eine Überraschung", sagt Sarah, als sie ihn erreicht hat. Nadine läuft knallrot an, weil Sarah sich wieder in alles einmischt, obwohl sie sich fernhalten sollte. Sie versucht, gelassen zu bleiben, obwohl in ihrem Inneren ein Vulkan brodelt, kurz vor dem Ausbruch.

„Hallo Sarah, unverhofft kommt oft. Der liebe Samuel vermisst dich sehr. Ich bin extra hierhergeflogen, um dir das auszurichten."

„Du bist originell. Du wusstest gar nicht, dass ich hier bin. Du kommst nicht wegen mir, sondern wegen Nadine. Sie kann sich glücklich schätzen."

Nadine schaut sprachlos von Max zu Sarah und zurück. Was geht hier vor?

„Nadine ist eben eine Traumfrau. Das hat selbst Tyson bemerkt." Er wirft Nadine einen vielsagenden Blick zu. Sie schaut verlegen zu Boden und verbirgt die Röte, die ihr ins Gesicht schießt. Ein warmes Gefühl durchflutet sie. *Was ist das? Liebe? Oder spielt er nur seinen Charme aus?*

„Nadine, dein Lieblingshund trauert und frisst nichts mehr, seit du weg bist."

Sie nagt an ihren Fingernägeln und spürt einen kleinen Stich im Herzen. Tyson mag sie und Max ebenso. Es fühlt sich so an, als hätte sie ihre Familie verlassen.

„Hunde sind treue Seelen. Max, frisst mein Lieblingshund noch?", fragt Sarah.

„Daisy frisst wie ein Scheunendrescher und sieht bald aus wie eine Bulldogge. Aber Samuel hat fünf Kilo abgenommen, seit du gegangen bist!", setzt er mit eindeutigem Blick hinzu.

„Danke für die Information. Das mit Samuel tut mir leid." Sarah presst die Lippen kurz zusammen.

Nadine erschaudert unter dem Blick, den Sarah ihr zuwirft, bevor sie ein Grinsen aufsetzt, das unechter nicht sein könnte.

Sarah entschuldigt sich: „Ich lasse euch Turteltäubchen allein. Vielleicht nehmt ihr euch doch lieber ein Zimmer zusammen?"

Nadine kneift die Augen zusammen. In Richtung Sarah zischt sie: „Was denkst du von mir? Ich bin anständig!“ Nadine entgeht der entgeisterte Blick von Max nicht, der den Kopf schüttelt. „Max, vielleicht möchtest du dich in deinem Zimmer ein wenig ausruhen?“

„Sehr gerne. Wir sehen uns später.“ Nadine sieht, wie Max seinen Koffer nimmt und auf sein Zimmer geht.

Sarah erblasst und schluckt, doch sie fängt sich schnell und schnaubt, was Nadine ignoriert. Es geht ihr nicht gut, seit Sarah im Hotel aufgetaucht ist.

„Ich bin der Meinung, du kannst deine Zeit hier besser ohne mich nutzen, Sarah. Und du bezahlst alles selbst.“

„Klar, jetzt, wo du mich nicht mehr brauchst, wo er da ist. Ich habe mich geändert. Wenn du meine Hilfe brauchst, bin ich ab sofort für dich da“, entgegnet Sarah schnippisch und zuckt mit den Schultern.

„Wie man es nimmt. Es gab doch einen Grund, wieso ich dich nicht mit hernehmen wollte.“ Nadine stemmt die Hände in die Hüften. „Den Schnee von gestern will ich nicht mehr aufwärmen.“

„So schlecht bin ich nicht. Dein Angriff in Berlin auf mich tat so weh, deshalb bin ich ohne ein Wort gegangen. Ich war so verletzt und dabei habe ich mich ehrlich bemüht, dich zu unterstützen. Ich bin mit dir zum ersten Mal zu den Hunden gefahren in Berlin.“ Sarah fährt sich durch die Haare. „Übrigens habe ich von Marie erfahren, es hat dir gutgetan, das Tierheim allein zu betreten. Oder die schwindelerregende Plattform hochzufahren. Ich wusste, wann ich mich zurückziehen sollte. Du bist nun viel selbstbewusster. Wer hat dich liebevoll begleitet und dich bei deinen Panikattacken unterstützt?“ Sarah verschränkt die Arme vor ihrem Körper und erhebt ihre Stimme. „Wie auch immer. Viel Spaß mit Max. Ich gehe auf mein Zimmer.“ Sie dreht sich abrupt um und eilt zu den Aufzügen.

Nadine ruft ihr hinterher: „Danke, mit ihm habe ich mehr Spaß als mit dir. Max schneidet keine Seile durch. Im Gegenteil, er würde mich überall beschützen. Sag mal, wohnst du hier?"

Sarah bleibt abrupt stehen, dreht sich um und kommt einige Schritte zurück in ihre Richtung. „Ja, ein Tipp von Marie. Ich bin dir extra aus dem Weg gegangen, um mehr über Ben zu erfahren, da ich weiß, wie gutgläubig du bist. Aber was unterstellst du mir da? Ich würde dich niemals in Gefahr bringen."

Nadine glaubt, dass Sarah blass um die Nase geworden ist. Aber vielleicht liegt es auch nur am Licht?

„Glaub mir das, bitte." Das Flehen in Sarahs Stimme entgeht ihr nicht. Aber kann sie ihr wirklich noch vertrauen? Und mit Marie muss sie ein ernstes Wort reden. Sie verschränkt die Arme vor der Brust und Sarahs Gesicht verdüstert sich.

„Na dann pass mit deinem Seitensprung auf, damit dein neuer Freund Ben nichts davon erfährt", zischt Sarah und wendet sich wieder den Aufzügen zu. Kurz bevor sie ihn erreicht, dreht Sarah sich noch einmal um. „Deine angebliche Prophezeiung ist auch nicht besser. Frag Ben mal geradeheraus nach dem Stand seiner Beziehung zu seiner angeblichen Ex-Frau."

Nadine winkt ab. „Da weiß ich alles. Lass das bitte meine Sorge sein."

„Ach, du weißt, dass er noch mit ihr schläft?"

Nadine schaut sie mit aufgerissenen Augen an. Ihre Beine fühlen sich wie Pudding an. „Tut er nicht", antwortet sie, doch ihre Stimme scheint zu brechen.

„Ach ja? Da habe ich anderes gesehen." Damit drückt Sarah auf den Knopf des Aufzugs und lässt Nadine stehen.

„Kümmere dich besser um deine Angelegenheiten", ruft Nadine ihr noch zu, ehe der Aufzug sie verschluckt. Doch der Stachel sitzt. Sie schlägt eine Hand vor den Mund. *Was, wenn Sarah recht hat?*

„Ich bin wohl nicht in einem günstigen Moment gekommen."

Max! Nadine bemerkt erst jetzt, dass er zurückgekehrt ist. Ihr Gesicht läuft knallrot an. Offensichtlich hat er den letzten Teil des Streits gehört.

Sie dreht sich zu ihm um. „Es tut mir so leid, dass du unsere Auseinandersetzung mitbekommen hast. Dass Sarah so austeilt, wusste ich nicht."

Max räuspert sich und Nadine erkennt eine leichte Röte auf seinen Wangen. „Lass uns in die Hotelbar hinten in der Lobby gehen. Ich freue mich darauf, mit dir zu reden und den Abend in einer angenehmen Atmosphäre ausklingen zu lassen. Zur Not mit einem Hotdog." Er zwinkert ihr zu und Nadine wird leichter ums Herz. Ben ist vergessen. Für heute Abend.

Kapitel 31

In der Bar angekommen, strahlt sie Max an. Mit ihm fühlt sich alles so leicht und unkompliziert an. Sie lachen viel, mit Ben hat sie noch nie so viel gelacht, aber sie kennt ihn auch noch nicht sehr lange.

„Leider gibt es in New York keine Currywurst, jedoch an jeder Straßenecke Hotdogs."

„Das macht doch nichts." Er umarmt sie. „Danke, dass du für mich das Zimmer reserviert hast." Er drückt sie sanft und Nadines Herz setzt einen Schlag aus. „Ich lade dich dafür auf einen Cocktail an der Hotelbar ein. Einverstanden?"

„Ja, gerne."

Sie hakt sich bei ihm ein und sie gehen durch die Lobby zur Bar. Dort bestellen sie einen Cocktail, der wenig später auf ihrem Tisch steht.

„Kannst du mir morgen New York City zeigen? Mein größter Wunsch ist es, mit dir gemeinsam auf einem Schiff zur Freiheitsstatue zu fahren. Ich habe gehört, man steigt die Treppen hoch und schaut aus der Krone der Lady hinaus. Und danach lade ich dich zum Hotdog ein. Wie findest du meinen Vorschlag?"

Nadine zögert. *Sollte ich morgen nicht Zeit mit Ben verbringen?* Sie zieht das Handy aus der Tasche und schaut auf das Display.

Keine Gute-Nacht-SMS von Ben. Merkwürdig. Sie steckt es weg und lächelt Max an.

„Das reizt mich. New York ohne Besuch der Freiheitsstatue, undenkbar." Symbolisch steht sie auf, greift den orange-roten Cocktail und reckt ihren Arm in die Höhe wie die Fackel von Lady Liberty.

Er lacht herzlich, hält drei Finger als Krone an ihren Kopf und sie stimmt in sein Lachen ein. Mit warmem Blick schaut er sie durchdringend an und sie verliert sich in seinen Augen.

Max tastet nach ihrer Hand und spürt ihre Wärme. „Nadine, ich habe dich vermisst. Und dein Lieblingsrottweiler Tyson erst recht, er verweigert sein Futter. Hunde können wählerisch sein und trauern, wenn sie eine Bezugsperson verlieren. In diesem Fall verüble ich es ihm nicht. Dieser arme Hund hat das schönste Frauchen der Welt verloren."

Ihr Herz rutscht in die Hose. Sie überlegt fieberhaft, was sie antworten könnte. Ihr wird warm ums Herz.

„Oh, das tut mir leid. Ich hätte ihn so gerne mitgenommen. Wenn er mich mit seinen treuen, braunen Hundeaugen anschaut, werde ich schwach. Aber dann kam New York." Sie drückt die Hand von Max. „Ich muss zuerst wissen, wo ich hingehöre. Wo meine Zukunft liegt."

Max zuckt zusammen und schaut sie mit großen Augen an. „Warum probierst du es nicht mit mir und Berlin aus? Schau mir mal in die Augen." Er nimmt ihre Hände und führt sie sanft an sein Gesicht. „Siehst du sie?"

„Ja, wunderschön. Grün mit braunen Sprenkeln darin. Ungewöhnlich und besonders, so wie du." Ein Kribbeln breitet sich in ihrer Magengegend aus, aber sie spürt auch einen kleinen Stich bei dem Vergleich mit Ben. Mit einem kleinen Scherz versucht Nadine, sich von ihren verwirrenden Gefühlen abzulenken. „Max, ich sehe sie und sie leuchten wie tausende funkelnder Sterne. Du hättest eher ein Kater werden sollen", foppt sie ihn.

Sie wendet den Blick ab und widmet sich mit glühendem Gesicht ihrem Cocktail. „Wie geht es deiner Omi?"

Wenn er irritiert ist über den Themenwechsel, so lässt er es sich nicht anmerken.

„Noch so ein Grund nach Berlin zu kommen.“ Er lächelt. „Sie erkundigt sich häufig nach dir. Und sie denkt, du bist meine neue Freundin. Sie hat dich sofort in ihr Herz geschlossen. Weiterhin erzählt sie jedem, wie du ihr geholfen hast und anschließend so nett beim Kaffee mit ihr geplaudert hast. Sie sagt, du wärst die Richtige für mich.“

Nadine errötet, es ist ein echtes Kompliment. Wenn da nur nicht ihre Zweifel wären. Andere wissen mehr als sie. Sie fühlt sich überfordert.

„Ja, Omis haben leicht reden“, antwortet Nadine mit einer abwehrenden Handbewegung und zuckt leicht mit den Schultern. „Das Leben hat bisweilen seltsame Pläne mit einem. Die Zeit rast so schnell, Südafrika, Berlin und jetzt New York. Ich suche gerade den Platz auf der Welt, wo ich hingehöre.“ Sie schenkt ihm einen freundlichen Blick. „Aber deine Omi mag ich auf alle Fälle.“

Max durchbricht einen Moment der Stille. „Und mich?“, fragt er zaghaft und schiebt seine Hände in die Hosentaschen.

„Dich mag ich auch“, antwortet Nadine und schaut auf den Boden, weil sie ihm nicht in die Augen blicken kann. Sie mag ihn, aber mehr weiß sie noch nicht. Sie will ihn nicht verletzen.

Er traut sich nicht, mich in den Arm zu nehmen oder mich zu küssen, was ihn umso sympathischer macht. Und er weiß, dass ich ihm die Antwort heute noch nicht geben kann. Wenn ich nur wüsste, zu wem und wohin ich gehöre. Paris ist es nicht mehr, Südafrika ist ein Urlaubsland. In Berlin habe ich mich wohlgefühlt. So viele nette und hilfsbereite Menschen.

Max möchte sie festhalten und beschützen, möglicherweise für immer? Sie fühlt sich bei ihm geborgen wie nie zuvor. Ist das Liebe? Kann man zwei Männer lieben?

Max sieht sie aufmerksam an. Nadine kann dem Blick kaum standhalten. Sie fühlt sich innerlich zerrissen, eine Hälfte fühlt sich zu Ben hingezogen, die andere zu Max. Was ist richtig? Was falsch?

Seine Ankunft wirbelt alles durcheinander. Sie nippt an ihrem Cocktail und Ben kommt ihr in den Sinn.

Er ist meine Prophezeiung. Erst probiere ich es mit ihm. Die Wahrsagerin ahnte, dass ich auf Sarah nicht bauen kann und hat mir da auch die Wahrheit gesagt. Sie weiß am ehesten, wer gut für mich ist.

Nadine betrachtet ihre Hände. *Aber was, wenn Sarah recht hat? Und Sarah die Gute ist und Ben unehrlich? Sie knabbert an einem Fingernagel. Es wird herrlich unkompliziert sein, mit Max morgen den ersten Hotdog in New York zu essen. Die Freiheitsstatue von innen zu sehen und danach auf die Skyline des Big Apple schauen. Mit ihm an meiner Seite schaffe ich es vielleicht, die enge Treppe zu bezwingen und meine Höhenangst erneut zu verdrängen. Nie wieder will ich mich von der Angst besiegen lassen.*

Ben hat mich leider kein einziges Mal gefragt, ob er mir die Stadt zeigen soll. Merkwürdig.

„Nadine, träumst du? Ich komme mit Jetlag aus dem Flieger und nicht du", unterbricht Max ihre Gedanken und als sie aufsieht, erwärmt sein Lächeln ihr Herz.

„Oh, verzeih mir. Es passiert mir manchmal, dass meine Gedanken abschweifen."

„Wo warst du denn?"

„Mit dir auf der Freiheitsstatue."

Sein Strahlen erhellt sein Gesicht. Es ist die richtige Entscheidung, den Tag mit Max zu verbringen. „Und, welche wundervollen Dinge erlebten wir dort oben gemeinsam?"

Sie erinnert sich mit einem Grinsen an ihre privaten Gedanken und lenkt ab. „Wir haben danach einen Hotdog gegessen, weil es dort keine Currywurst gibt."

„Nächstes Mal in Berlin essen wir eine Original Thüringer Rostbratwurst mit hellgelbem Senf und trinken ein Köstritzer Bier dazu."

„Köstritzer?“ Nadine bringt das Wort kaum über die Lippen.

„Eines der besten Schwarzbiere, die es meiner Meinung nach in Deutschland gibt.“

„Herrlich.“ Nadine freut sich darauf. Fast so sehr wie auf ihre erste Begegnung mit Ben, doch an den möchte sie gerade gar nicht denken. „Max, was denkst du in diesem Augenblick?“

„Ich denke momentan gar nichts.“

Nadine sieht aus dem Augenwinkel, dass er mit einem Bein auf und ab wippt. Röte schießt in seine Wangen. Er spielt mit seinen Händen und schaut zu Boden, bevor er den Kopf hebt und ihr fest in die Augen blickt.

„Nadine, ich bin verschossen in dich.“ Seine Stimme zittert. „Du bist meine Traumfrau! Sag mir bitte, habe ich jemals eine Chance gegen diesen Lackaffen, der dir angeblich vorherbestimmt sein soll? Sarah hat mir diese unglaubliche Geschichte in Berlin verraten und mir ein Foto von ihm gezeigt. Sie hat gesagt, sie hätte heimlich das Foto von deiner Prophezeiung abfotografiert. Wusstest du das?“

Nadine stockt kurz der Atem. „Nein, das wusste ich nicht.“ *Dieses intrigante Miststück,* denkt sie. *Und so was nennt sich Freundin?* Das Lächeln, das sie Max schenkt, strengt sie an. Ihr Herz wird schwer, weil sie weiß, dass er nicht hören will, was sie zu sagen hat. Mit ihren Händen umschließt sie seine. „Gib mir bitte etwas Zeit zum Nachdenken, um mir über meine Gefühle klar zu werden. Ich weiß, das klingt unfair, Max, aber mein Leben hat sich gerade krass verändert.“

Er presst die Lippen zusammen, nickt und als er sie wieder ansieht, liegt eine tiefe Traurigkeit in seinem Blick. „Bleibt es bei dem Treffen morgen? Ich möchte dich keineswegs unter Druck setzen.“

„Selbstverständlich. Ich fahre mit dir auf Ellis Island. Schon vergessen? Die Dame mit der Krone wartet auf uns.“ Sie zwinkert ihm zu. „Ich freue mich auf den Ausflug mit dir.“

Aus dem Augenwinkel nimmt sie einen Blitz wahr. Sollte es etwa ein Gewitter geben? Nadine schiebt den Gedanken beiseite. Und wenn schon. Es kann ihr heute Abend egal sein. Max ist hier und sie wird die Zeit mit ihm genießen.

Kapitel 32

Dieser Brummschädel. Nadine verdreht die Augen und fasst sich mit beiden Händen an den Kopf. Sie bereut den letzten Cocktail. Nicht nur ihr Schädel brummt, sondern auch ihr Handy, das sie geweckt hat. Eine Nachricht von Ben. So früh. *Und gestern hat er mich vergessen, es kam kein Gutenachtgruß,* erinnert sie sich leicht empört. *Was hat er nach unserem Essen getrieben?*

Sie liest die knappe Nachricht, die sich absolut sachlich, wie ein Bestellvorgang bei Amazon liest. *12 Uhr mittags, hach, er nimmt mich als Pausenfüller.* Nein, darauf hat sie keine Lust, da geht sie lieber mit Max auf die Freiheitsstatue.

Max ist ein toller Typ und diese Sprenkel in den Augen, verführerisch. Sie sinkt seufzend in ihr Kissen und hat deutlich sein Gesicht vor Augen. Sein Lächeln trifft mitten in ihr Herz. *Aber das geht nicht,* ermahnt sie sich und seufzt laut.

Er ist leider nicht der Richtige. Er kann nicht der Richtige sein, denn die Wahrsagerin sagte, dass es Ben sei. *Aber kann ich ihr trauen?* Sie reibt sich die Augen. *Ist das mit der Prophezeiung erfundener Nonsens?*

„Ich weiß gar nicht mehr, was ich denken soll", murmelt sie und fährt sich mit einer Hand durch die Haare. Ihre Gedanken kreisen in einer unaufhaltsamen Spirale. Max reist hierher, weil sie es ihm wert ist.

Was er ihr so dringend persönlich sagen will, macht Nadine neugierig. Sie mag es, dass er ein aufrichtiger und liebevoller Familienmensch ist, der sich um seine Oma kümmert. Das öffnet ihr Herz und mit einem Lächeln setzt sie sich auf. Als sie aufsteht, führt ihr erster Gang sie zum Fenster, wo sie die Vorhänge etwas beiseiteschiebt und auf die Skyline blickt, während sich ihr Gedanken-Karussell weiterdreht.

Und Ben? Er hat zwei Kinder. Sie kann das nicht einfach vergessen. Und diese Deborah mit den aufgespritzten Lippen, die sie zum ersten Mal auf dem Foto gesehen hat, das Sarah ihr gezeigt hat. Sie ist ihr einfach unsympathisch. *Ist er der Richtige für mich? Mit ihm kann ich keine eigene Familie gründen.* Prophezeiung hin oder her. Sie nimmt ihr Handy zur Hand, legt sich wieder ins Bett und schickt Ben eine Nachricht.

„Sorry Ben, bin heute verplant. Das verstehst du sicher."

Keine Sekunde später plingt die nächste Message auf ihrem Display.

„Mit dem Mann, der keinen Friseur kennt und der mit dir nachts auf dein Zimmer geht?"

Nadine runzelt die Stirn. *Woher …?* Schlagartig kommt ihr die Erleuchtung. Sie dachte zuerst, der Blitz käme vom Gewitter, aber das muss Sarah gewesen sein! Ein Foto in der Lobby aufgenommen! Sie hatte ein Handy in der Hand und hatte die Gelegenheit. Sarah muss es an Ben geschickt haben. Warum? Hellwach setzt sie sich auf, drückt sich ein Kissen in den Rücken und schreibt zurück. Sie muss das richtigstellen. *Vielleicht ist ein Treffen doch nicht so schlecht?*

Sie greift zum Handy und tippt: *„Simst du regelmäßig mit Sarah?"*

Es plingt.

„Nein. 12 Uhr?"

Nadine rauft sich die Haare, steht auf und geht zum Spiegel. Ihre Miene nimmt einen harten Zug an. *Warum sagt er mir nicht die Wahrheit?* Nadine studiert ihr Gesicht, die Falten, die sich auf ihrer Stirn bilden, weil es sie nervt, was gerade passiert. Die kurze Zeit mit Max ist ihr erst einmal wichtiger.

„Nein. Schlag was anderes vor“, schreibt sie Ben und tritt vom Spiegel zurück.

„Abendessen am Pier Nummer 17?“

Trotz des Fotos scheint sie ihm wichtig zu sein. Nadine lächelt, sie mag es, wenn Männer sich einsetzen. Wie Max. Sie schiebt den Gedanken an ihn beiseite.

„Wo ist das?“

„Das ist im Seaport District, dem Hafenviertel in Manhattan. Dort gibt es gemütliche Restaurants und Pubs.“

Nadine zieht die Nase kraus. Soll sie zustimmen?

„Du in einem Pub?“

„Ja ich bin so bodenständig und verlässlich wie dein unfrisierter Tierpfleger.“

Autsch, wieder diese Breitseite auf Max. Ist Ben eifersüchtig?

„Aber nicht familiär.“ Nadine ballt die Fäuste.

„Doch, ich war gestern bei Debbie, wie du weißt, wegen der Kinder.“ Ihr Inneres rebelliert, eigentlich müsste sie sich für ihn freuen, aber es ist eben nicht ihre Familie, nicht ihre Kinder.

„Deiner Kinder!“

„Ja, meiner.“

Die ganze Nacht?, fragt sich Nadine und es sticht. „Und deshalb kein Gutenachtgruß?“

„Oh, tut mir leid. Die Süßen nahmen mich so in Beschlag, dass ich fix und fertig in mein Bett gefallen bin.“

Fragt sich hier nur, mit welcher Süßen er ins Bett gefallen ist. Woher kommen die Besitzansprüche? Warum reagiert sie so eifersüchtig? Er wäre ein schlechter Vater, wenn er sich nicht kümmern würde.

„So sollte es auch sein, dass man erschöpft ins Bett fällt.“

„Nadine, passt dir heute Abend um 20 Uhr besser?“

Bis dahin ist sie mit Max bereits zurück. Der Gedanke an den gemeinsamen Tag mit Max wärmt sie.

„Ja, das passt.“

„Prima, Nadine. Ich hole dich ab.“

Sie schürzt die Lippen. *„Nein, ich fahre mit dem Taxi hin.“*

„Wegen des Typen?“

Sie schließt kurz die Augen und schüttelt den Kopf. *„Nein. Wegen meiner Freiheit.“*

„Keine Sorge, ich wünsche dir einen angenehmen Tag und ich freue mich, dass wir zwei heute Abend miteinander ausgehen.“

Nadine legt das Handy zur Seite und atmet tief durch. Sie muss sich der Fairness wegen ihrer Gefühle Max und Ben gegenüber klar werden. *Was war das denn eben? Eifersucht? Waren es nicht diejenigen, die besonders eifersüchtig sind, die selbst fremdgehen?*

Das Wissen, dass Ben zu später Stunde bei seiner Ex war, auch wenn er behauptete, es wegen der Kinder gewesen zu sein, ließ ihren Magen grummeln. Sie reibt sich kurz über den Bauch, um diese Empfindung zu verscheuchen.

Kapitel 33

Zunächst klopft Nadine vorsichtig an die Tür des Hotelzimmers von Max, mit dem sie zum Frühstück verabredet ist. Als er nicht reagiert, pocht sie energischer.

Nach einer gefühlten Ewigkeit öffnet sich langsam die Tür und Max erscheint in grauen Jogginghosen und weißem Schlabber-T-Shirt. Sie schmunzelt über die Strubbelfrisur, seine Haare stehen wie nach einem Stromschlag wirr in alle Richtungen. *So verschlafen sieht er richtig süß aus.* Als er sie sieht, zieht er sie an sich heran und begrüßt sie mit einem Bussi. Ein schiefes Lächeln huscht über sein Gesicht. „Es tut mir leid, ich habe verschlafen. Die Freiheitsstatue. Warum bin ich so verpeilt?"

Sie mustert ihn eindringlich. „Habe ich dich aus dem Schlaf gerissen? Du hast sicher Nachholbedarf. Möchtest du dich frisch machen? Ich gehe in den Frühstücksraum und warte dort auf dich."

Max nickt. „Ich komme gleich. Bestellst du mir bitte einen starken Kaffee? Dieser Jetlag setzt mir zu."

Sein Lächeln bringt ihren Magen zum Kribbeln.

„Wie trinkst du deinen Kaffee?", fragt sie ablenkend.

„Mit Milch und viel Zucker."

Gierig fällt Max über den duftenden Kaffee her. „Danke, das habe ich gebraucht." Er holt einen prähistorisch anmutenden Plan hervor und klappt ihn auf dem Tisch aus.

Wie altmodisch, aber liebenswert und fürsorglich, denkt Nadine.

Die Uhr zeigt beinahe 10, als sie zu ihrer Tour starten. Dank Max lernt sie die Subway kennen. Nadine teilt mit ihm die Begeisterung über die riesige unterirdische Halle der Central Station mit den angrenzenden Ladenzeilen und den zahlreichen Imbissbuden.

Nach der Ankunft an der Anlegestelle der Schiffe für die Überfahrt zur Freiheitsstatue reihen Max und Nadine sich in die Schlange an der Kasse ein. Sie ist gespannt, was sie erwarten wird.

Nach dem Kauf des Tickets und dem kurzen Transfer mit vielen begeisterten Touristen und ein paar patriotischen Einheimischen steigert sich Nadines Aufregung ins Uferlose. Sie betrachtet mit Max ehrfürchtig den kolossalen Umfang und die gigantische Höhe der Freiheitsstatue. Nadine greift unwillkürlich nach seiner Hand, dabei bemerkt sie seinen freundlichen Seitenblick.

Demütig schlendern sie unter dem Rock der Lady Liberty ins Innere der Statue. Sie erklimmen die zahlreichen Stufen der Wendeltreppe. Die breiten Treppenstufen verjüngen sich nach oben hin zu immer schmaleren Stufen. Nadine japst. Sie versucht, ihren Atem zu regulieren und sich zu beruhigen. *Wenn nur diese bedrückende Enge nicht wäre.*

Sie stützt sich mehrfach an der kupferfarbenen Wand ab, wischt sich die kleinen Schweißperlen von der Stirn. Völlig außer Puste erreicht sie Max. Sie schenkt ihm ein Lächeln, das er erwidert. Anschließend hakt sie sich bei Max unter und wagt Seite an Seite einen kurzen Blick aus der Krone der Freiheitsstatue.

Sie schaut schnurgerade auf den Horizont, damit ihre Panikattacken nicht erwachen und Schwindelgefühle wecken. Mit großem Respekt vor ihrer eigenen Leistung schaut sie über den Hudson River auf die Skyline von New York. Ihr durchgeschwitztes Shirt unter ihrem Mantel klebt auf ihrer Haut, aber es ist Nadine egal. Stolz strahlt sie mit Max um die Wette.

Als sie ihn von der Seite heimlich betrachtet, wärmt es ihr Herz. Sie liebt sein herzliches offenes Lächeln.

Er legt seinen Arm liebevoll um sie und löst damit ein Kribbeln auf ihrer Haut aus. Nadine schließt die Augen. Lässt sich von der

Sonne wärmen, die mit aller Macht aus den dunklen Wolken herausstrahlt.

„Es ist so wundervoll hier oben mit dir“, durchbricht Max die Stille zwischen ihnen.

Sie öffnet die Augen und sieht ihn an. „Ja, es ist fantastisch. Was empfindest du, wenn du hier oben stehst?“

„Außer dem Gefühl von grenzenloser Freiheit?“

„Ja“, erwidert sie.

„Ich fühle mich unglaublich wohl neben dir, liebe Nadine.“

„Max, ich bin gerne mit dir hier.“

Tief blickt er ihr in die Augen, was sie in ihrem Inneren berührt. Sie atmet tief durch. Er lässt Saiten in ihr klingen, die sie lange nicht gespürt hat.

„Nadine, hast du über meinen Vorschlag nachgedacht? Du bedeutest mir sehr viel.“

Sie runzelt die Stirn. Fährt sich mit einem Finger über die Nasenwurzel. „Max, ich brauche noch Bedenkzeit.“

Er schaut auf seine Schuhspitzen, beide geraten aus dem Gleichgewicht, als ein Tourist ihn aus Versehen anrempelt.

„Schade, Nadine, ich weiß, was ich will“, fährt er fort, als er sich wieder gefangen hat. „Ich möchte dich keinesfalls unter Druck setzen.“

Ihr Herz krampft sich zusammen. Sie gibt ihm einen kurzen Kuss, spürt die Wärme seiner Lippen auf ihren. Sie fühlt sich mies, als würde sie Ben betrügen.

„Ich wusste, dass du gut schmeckst. Dann warte ich eben, bis du endlich frei für mich bist. Ich habe Zeit und bin hartnäckig.“

Sie wirft ihm einen scheuen Blick zu. Es ist nicht fair, was sie mit Max macht, aber wie könnte sie die Prophezeiung der Wahrsagerin einfach ignorieren? „Ich verspreche dir, dass ich meine Situation kläre. Bald weiß ich mehr.“

Nach dem Abstieg von der Freiheitsstatue, bei dem Max sie unterstützt und ihre Hand gehalten hat, streifen sie weiter durch

New York. Erreichen die Börse. Sie albern dort miteinander herum, als eine Seitentür aufgeht und Ben aus dem Hochhaus tritt. Nicht jetzt, überlegt Nadine und sucht fieberhaft ein Versteck. Sie errötet.

Gleich hinter ihm tritt eine Frau aus der Börse, die sie sehr gut kennt. Nadine reibt sich die Augen. Sarah! Sie zieht Max hinter die massige Skulptur des Stieres, der vor der Börse steht, und beobachtet die beiden aus ihrem Versteck heraus.

„Das glaube ich jetzt nicht“, flucht sie.

„Was ist?“

„Max, schau, Sarah dort drüben mit Ben.“ Sie deutet mit ihrer Hand zu den beiden. „Dieses fiese Miststück! Sie hat ihm Bilder von uns geschickt, von gestern aus der Lobby, und Ben war stinksauer.“

„Ist das dein Traummann?“ Max legt einen Finger auf ihre Wange und dreht ihren Kopf zu sich. „Schau her zu mir.“ Mit einem Seitenblick auf Ben und Sarah raunt er ihr zu: „Ich bin ehrlicher als die beiden zusammen.“

„Ach, Max, dafür gibt es bestimmt eine Erklärung.“ Sie kann es nicht glauben, dass ihre Freundin erneut Intrigen spinnt. Sarah hat viele gute Seiten, davon ist sie fest überzeugt.

Ihre Nackenmuskulatur verspannt sich. Aber irgendetwas stimmt nicht. Irgendetwas stinkt hier zum Himmel. Bei der nächsten Gelegenheit wird sie Sarah zur Rede stellen.

„Erklärungen gibt es viele, aber keine glaubhafte.“ Max ballt die Fäuste. „Du, der nutzt dich aus. Der spielt falsch!“

Sie schämt sich dafür, dass ihr seine Gefühle schmeicheln, und errötet leicht.

„Eins ist sicher. Sein Leben wollte ich nicht führen. Ich konzentriere mich auf mich.“ Seine Fingernägel krallen sich in seine Handinnenflächen.

„Dann ist gut. Ich gehe später mit ihm aus, danach weiß ich, was das mit Sarah auf sich hat."

Max ist blasser geworden. Er schaut auf den Boden. „Okay, finde es heraus. Möglichst bald."

Nadine und Max gehen einige Schritte schweigend nebeneinander her. Als sie an einer Straßenkreuzung stehen bleiben, fragt Nadine: „Wo gehen wir noch hin?"

Max scheint seinen Ärger verdrängt zu haben, denn er sieht sie mit versonnenem Blick an. „Helikopterflug?"

Nadine reißt die Augen weit auf. Ihr Puls rast. Ihre Handflächen schwitzen. Sie fiept beinahe: „Höhenangst! Flugangst!"

„Nur zwölf Minuten. Bitte, es ist ein lang gehegter Traum von mir."

Nadine schließt für einen Moment die Augen. So viel hat sie geschafft. Sie blickt Max direkt an. „Okay, wenn es dein absoluter Wunsch ist. Ich besiege meine Ängste. Zumindest versuche ich es, aber nur dir zuliebe." Sie knetet ihre Hände. „Ich kann dir aber nicht versprechen, dass ich nicht kurz davor einen Rückzieher mache."

Er nimmt sie fest an der Hand und kann ihre Unsicherheit vertreiben.

Gemeinsam schlendern sie am Ufer entlang zur nahegelegenen Hubschrauberplattform. Nadine liebäugelt immer wieder damit, den Flug in letzter Minute zu canceln. Geht aber nicht mehr.

Der Copilot hat sie bereits angeschnallt und die Kopfhörer gegen den Lärm verteilt, die sie gleich aufgesetzt haben. Ihre Hände schwitzen, ihr Herz rast und sie hat Angst, ohnmächtig zu werden. Als der Heli-Pilot den Motor anlässt, wird sie mucksmäuschenstill. *Worauf habe ich mich da eingelassen? Ich will noch nicht sterben. Jetzt, wo ich so kurz vor dem Ziel bin. Macht Max das absichtlich? Warum kann ich ihm keinen Gefallen abschlagen? Bin ich wahnsinnig geworden, mit ihm zu fliegen? Und was wird Madame Montagne ohne mich machen? Ich konnte mich nicht einmal mehr von*

Claire und Marie verabschieden. Quel malheur. Merde.

Der Hubschrauber startet senkrecht in die Höhe wie der Aufzug im Rockefeller Center. Ein mögliches Absturzszenario schießt ihr durch den Kopf und die Enge in der Kabine lassen Panik in ihr aufkommen.

Max hält ihre Hand, streichelt mit dem Daumen ihre Haut. Nadines Atem wird allmählich ruhiger und als sie hinunterblickt, findet sie es phänomenal. In seiner Nähe fühlt sie sich ausgesprochen wohl, obgleich ihre Finger unruhig auf den Sitz trommeln.

Er wirft ihr einen Blick zu, in dem sie Bewunderung erkennt. Ihr Herz stolpert und dieses Mal nicht wegen der Höhe.

Sie weiß gar nicht, wohin sie zuerst schauen soll. Ihre Augen wechseln die Blickrichtung im Sekundentakt und versuchen, jede Impression mitzunehmen. Der Heli neigt sich zur Seite und gibt den Blick frei auf die gesamte Skyline rund um das neue One World Trade Center. Sie staunt und strahlt. Der Pilot fliegt sie über den Hudson River. Max streichelt liebevoll über ihren Oberschenkel.

Ein warmes Gefühl durchströmt Nadine, was sie nicht erwartet hat. Ihr ganzer Körper kribbelt vor Aufregung jedweder Art und sie kann ein Lächeln nicht unterdrücken.

Die grandiose Aussicht überwältigt sie. Undenkbar, dass sie in so einem Flugobjekt sitzt und nicht vor Angst stirbt. In Paris fehlte ihr immer der Mut, in einen Helikopter zu steigen.

Das hat sie alles Max zu verdanken! So eine fantastische Aussicht über Manhattan. Welch eine positive Überraschung. Sie erkennt den Central Park, in dem sie mit Ben spazieren gegangen ist. Sie wagt einen kurzen Seitenblick auf Max, der sie schüchtern anhimmelt. Diesen Mann mit dieser frechen Frisur findet sie attraktiver als je zuvor. Es ist das Gesamtbild, das sie in ihrem Inneren berührt. Am Anfang hatte sie ihn nur auf seine strubbeligen Haare reduziert. Wie unfair von ihr.

Aber vergiss Ben und die Prophezeiung nicht, ermahnt sie sich stumm. Als der Heli wendet und den Rückflug antritt, bedauert sie es. Sie hätte gerne viel mehr gesehen. Und Hand in Hand mit Max vereint dazusitzen, welch unglaublich prickelndes Gefühl.

Mit ihm darf sie sein, wie sie will. Er mag sie so, wie sie ist. Selbst als sie schlammverspritzt nach ihrem Hundespaziergang ankam, half er ihr beim Trockenreiben.

Bei Ben ist sie sich nicht mehr so sicher. Sie knibbelt an ihren Fingernägeln herum. Keine Familie mit ihm. Sie liebt Kinder. Immer hat sie sich ein Haus voller Kinder gewünscht. Aber mit Ben scheint das kaum möglich zu sein.

Nadine schaut gedankenversunken hinaus. Sie fühlt sich wie Godzilla, der durch New York läuft und einen gigantischen Ausblick von oben hat. Wolkenkratzer, soweit das Auge reicht. Wie gigantisch, ihr Herz bebt. *Und ich habe es überlebt,* denkt sie, während der Helikopter zum Landeanflug ansetzt. *So wirklich rückt Max ja nicht damit heraus, was ihn bedrückt. Aber ich glaube, er ist doch eifersüchtig auf Ben.*

Verstohlen sieht sie zu ihm hin. Das Händchenhalten mit Max löst in ihr ein Gefühl von Geborgenheit aus. Es fühlt sich großartig an. Mit ihm wirkt sie unverletzbar, trotz ihrer Flugangst. Sie schmiegt sich an ihn.

Nadine zieht den Kopfhörer ab. „Schau, wir fliegen im Landeanflug knapp an der Insel mit der Freiheitstatue vorbei. Wie klein sie von hier oben aussieht."

Max grinst und lässt den Kopfhörer kurz in seinen Nacken gleiten. „Siehst du, wir zwei waren da ganz oben. Und du hast es geschafft. Ich bin mega stolz auf dich."

Nadine lächelt. „Gleich sind wir wieder unten in Manhattan an der Landeplattform." Sie streift den Gehörschutz schnell wieder über die Ohren und atmet danach erleichtert auf.

Im schnellen Sinkflug geht es hinab. Ihr Körper kribbelt und sie fragt sich, ob es sich um ihre Gefühle für Max oder die Angst vor der Landung handelt. Erleichtert stellt sie fest, dass der Hubschrauber seine Kufen auf festen Boden gesetzt hat. Max hält ihre Hand weiterhin sanft fest. Ob er das Näherkommen im Heli geplant hatte? Sie verwirft den Gedanken, denn er ist der liebenswürdigste Mensch, den sie kennt. Und auf seine Art speziell und hübsch.

Nach dem Rundflug finden sie ein kleines Café, das Nadine an ein französisches Bistro erinnert. Der Duft von frisch gebrühtem Kaffee und Croissants weht ihr um die Nase und sie spürt ein bisschen Heimweh nach Paris. Ihre besten Freundinnen Marie und Claire fehlen ihr. Die wüssten garantiert einen Rat.

„Nadine, du schaust so verträumt."

„Ach, es war schön. Da darf man träumen. Diese wundervollen Eindrücke. Ich habe mich dort oben frei wie ein Vogel gefühlt."

„Stimmt, ich musste dich festhalten, damit du nicht allein losfliegst", feixt Max und breitet seine Arme zu Flügeln aus.

Sie boxt ihn sanft in die Seite, bevor sie das Thema wechselt. „Darf ich dich was fragen?"

„Wow, das klingt aber förmlich."

„Was führt dich so unerwartet hierher?"

Er druckst herum, nestelt mit den Fingern an seinem Shirt und holt tief Luft. „Du kennst doch meinen Kumpel. Der, der auf Sarah steht, Samuel. Er meinte, wenn du mir wichtig bist, sollte ich zu dir fliegen." Er sieht sie intensiv an, bevor er nach ihrer Hand greift. „Nadine, du bist mir sehr wichtig! Mehr als das, lebensnotwendig! Ich bin nicht so reich und geschniegelt wie deine angebliche Prophezeiung, aber ich bin ehrlich interessiert an dir."

Max' Handy klingelt und reißt sie aus dem Moment. Nadine beobachtet, wie er beim Telefonieren kreideblass wird, und verfolgt, wie seine Schultern kraftlos hinuntersacken.

Als er das Gespräch beendet, schimmern Tränen in seinen Augen.

„Meine Großmutter ist gestürzt. Verdacht auf Oberschenkelhalsbruch.“

„Oje, das tut mir unheimlich leid.“ Voller Mitgefühl drückt Nadine ihn kurz und streicht ihm vorsichtig eine Haarsträhne hinter sein Ohr.

„Sie hat niemanden außer mir, ich fliege zeitnah zurück. Am liebsten würde ich dich mitnehmen.“

„Ich bedaure, dass es deiner Oma schlecht geht und weiß, dass du gehen musst.“ Sie presst die Lippen aufeinander. „Wir hatten heute so viel Spaß miteinander.“ Sie holt tief Luft und presst ihren Atem stoßartig zwischen den Lippen hinaus. „Zumindest, nachdem ich den ersten Schock über den Flug überwunden hatte.“

Max lächelt versonnen.

„Schade, dass du zurückmusst, auch wenn ich es verstehe“, sagt Nadine. „Ich habe angefangen, dich noch mehr zu mögen.“

Ein Funke der Hoffnung keimt in ihm auf. Er schluckt und legt seine Hand sanft auf ihre Schulter. „Bitte überlege dir, ob du dir eine Zukunft mit mir vorstellen könntest.“

Sie öffnet den Mund, aber Max legt den Finger auf ihre Lippen. „Finde es in Ruhe heraus und wenn du dir absolut sicher bist, komme nach Berlin. Besuche mich und gerne auch meine Großmutter, wenn dir danach ist. Du bist jederzeit willkommen, das weißt du. Mehr als willkommen!“ Er schaut ihr in die Augen und küsst sie so, dass ihr schwindelig wird.

Wow, welch leidenschaftlicher Kuss und so gefühlvoll. Ich könnte mich daran gewöhnen, mehr davon zu bekommen. Aber egal, wie ich mich entscheide, ich stecke in der Zwickmühle. Eine Welt ohne Max kann ich mir nicht mehr vorstellen.

„Nadine, vertraue mir“, sagt Max, als er den Kuss beendet, „ich möchte dich so gerne wiedersehen und ich hoffe, du triffst die richtige Entscheidung. Für mich bist du meine Traumfrau.“

Er nimmt ihre Hände erneut zwischen seine. „Mit dir hätte ich gerne eine Familie und das meine ich so, wie ich es sage. Ich träume jede Nacht von dir und auch am Tag, deshalb hat mich mein Freund Samuel zu dir geschickt. Er hat mir auf den Kopf zugesagt, dass ich in dich verliebt bin. Ich hätte mir niemals erlaubt, meine Gefühle dir gegenüber laut auszusprechen, denn du bist für mich so gut wie unerreichbar."

Er sieht auf den Tisch und schweigt einen Moment.

Sie wartet darauf, was er ihr mitzuteilen hat.

„Dein Zuhause ist Paris", sagt er und hebt den Blick, „theoretisch auch Berlin, wenn du möchtest? Aber es kann niemals New York sein! Du gehörst nicht hierher! Eine französische Prinzessin zwischen all den vermeintlichen Cowboys. Willst du hier tatsächlich leben? Eine gigantische Stadt, aber wenn es hier schiefgeht, kann es auch eine einsame Stadt werden. Denke an meine Omi, wie lieb sie dich gewonnen hat und ich auch. Und nach Paris ist es ein Katzensprung." Er küsst sie erneut zärtlich.

Nadine spürt, wie die Hitze durch ihren Körper strömt. *Was ist Max für ein toller Mann, möglicherweise habe ich ihn unterschätzt. Alles, was er anspricht, geht mir auch im Kopf herum.*

Sie fühlt sich, als säße sie zwischen zwei Stühlen. Sie muss sich entscheiden, bevor es zu spät ist. Sie lehnt den Kopf an seine Schulter und blickt ihm in die Augen. Sie hebt den Kopf: „Bitte gib mir etwas Zeit. Ich denke über deine Worte nach."

Nach dem Begleichen der Rechnung fahren sie schweigend zurück zu ihrem Hotel.

Max will einen Flug buchen und Nadine braucht Zeit, um nachzudenken. Sie halten sich an den Händen und am liebsten würde sie ihn nie mehr loslassen. In der Lobby steht der Abschied an, ihre Wege trennen sich.

Ihr wird heiß und schwer ums Herz. „Danke, dass du mir Zeit für die beste Entscheidung gibst. Möglicherweise hast du recht und ich gehöre nicht hierher. Richte deiner Omi liebe Grüße und gute Besserung von mir aus. Guten Flug und melde dich bitte, wenn du gelandet bist."

„Danke, richte ich aus und Flugangst habe ich glücklicherweise keine", sagt er und zwinkert ihr zu. „Ich warte auf dich." Er umarmt sie zärtlich zum Abschied, wendet sich ab und geht, ohne sie noch einmal anzusehen, an die Rezeption.

Nadine wischt sich auf dem Weg zu ihrem Zimmer eine Träne des Glücks und der Rührung aus dem Gesicht. Aber auch der Abschiedsschmerz wiegt schwerer, als sie sich selbst eingestehen möchte.

Sie hätte mit allem Möglichen gerechnet, aber dass Max ihr seine Welt zu Füßen legt und mit ihr eine Familie gründen möchte, das hat sie sich in ihren kühnsten Träumen nicht vorgestellt. Nachdenklich zieht sie sich in ihr Zimmer zurück. Im Nachbarraum hört sie, wie ein Koffer gepackt wird. Sie atmet tief ein und stößt die Luft in einem langen Atemzug aus. Welch eine Wende könnte ihr Leben nehmen! Eben noch auf der Brücke und jetzt gleich zwei verlockende Angebote von interessanten Männern.

Sexy Ben für den Augenblick, der sehr an seine alte Familie gebunden ist, und Max, mit dem sie in die Zukunft starten könnte. Sie seufzt. Zum Glück lässt Max sie in Ruhe nachdenken. Nadine fällt erschöpft aufs Bett und versinkt augenblicklich in einen kurzen traumreichen Schlaf.

Ein Mädchen mit blonden Locken und ein Junge mit grünen Augen und Strubbelfrisur tollen auf einer grünen Wiese herum. Sie erkennt den ovalen Teich inmitten des Parks in der Nähe des Berliner Tierheims, wo sie die Hunde ausgeführt hat. Tyson tollt um beide Kinder herum und bellt schrill, als würde er das Klingeln eines Telefons nachahmen.

Kapitel 34

Verschlafen tastet Nadine nach ihrem Handy, nimmt das Gespräch an, ohne aufs Display zu achten.

„Hallo?"

„Hallo. Spreche ich mit der allerschönsten Traumfrau der Welt?"

„Ben? Bist du das?" Nadine rappelt sich auf und gähnt leise. Sie schaut auf ihre Armbanduhr, 18 Uhr.

„Wer sonst! Deine göttliche Prophezeiung."

„Na ja, göttlich nicht, eher wahrsagerische Prophezeiung."

Ben geht nicht auf ihren Kommentar ein. „Wo bist du, meine liebe Nadine?"

„Im Hotel, wo soll ich sonst sein?"

„Mit dem Struwwelpeter?" Sein Tonfall klingt angespannt.

„Meinst du Max? Er fliegt heute zurück. Es geht seiner Großmutter nicht gut."

Einen Moment herrscht Schweigen am anderen Ende der Leitung. „Was wollte er von dir?"

Nadine schwingt die Beine aus dem Bett und fährt sich mit einer Hand durch die Haare. Sie hat keine Lust, mit Ben darüber zu diskutieren, was Max von ihr wollte. Ihr brennt etwas anderes unter den Nägeln. „Ben, ich frage dich jetzt direkt: Was hat Sarah in deinem Büro gesucht?"

Wieder nur ein Knistern in der Leitung.

„Ähm", druckst Ben herum, „du meinst deine Freundin, von der du mir erzählt hast? Ich kenne sie gar nicht persönlich und wenn, dann würde ich mich von ihr fernhalten, nachdem du mir einige unschöne Dinge von ihr erzählt hast."

Nadine lacht auf. „Ich habe dich mit ihr gesehen."

„Du spionierst mir nach?"

Bens Tonlage steigt und klingt in Nadines Ohren wie ein aufbrausender Sturm. „Nein, ich war beim Sightseeing und zufällig in der Nähe der Börse. Also sag mir bitte die Wahrheit."

Ben seufzt und es klingt, als würde er sich setzen.

„Die Wahrheit lautet: Ich liebe dich, Nadine. Diese Sarah geht mir kolossal auf die Nerven. Sie hat mich in der Mittagspause abgepasst und behauptet, ich würde noch mit Debbie schlafen. Sie prahlt mit Beweisen und sagt, sie will sie dir zeigen. Sie lügt, aber das weißt du bereits."

In Nadines Innerem brodelt es. Sie wird Sarah zur Rede stellen. Dabei fällt ihr ein, dass ihre Freundin ihr unbedingt etwas erzählen und sie ihr nicht zuhören wollte. Vielleicht war das ein Fehler? Noch möchte sie so gern Ben glauben, aber ihr Bauchgefühl rät ihr, Sarah endlich zuzuhören.

„Wieso erzählt Sarah denn so was?" Nadine stellt die Frage an Ben und doch fragt sie es sich auch selbst.

„Ich weiß es nicht, Nadine. Ich weiß es einfach nicht. Frag sie selbst. Ich mag diese Spielchen nicht."

„Außerdem, du hast Kinder mit Debbie, natürlich bist du auch abends mal bei ihr ..."

„Genau." Die Erleichterung in Bens Stimme wärmt ihr Herz. „Danke, dass du das auch so siehst."

Einen Augenblick schweigen sie.

Nadine hängt noch an der Frage, was Sarah mit der Aktion bezwecken könnte, als Ben sagt: „Denkst du an unsere Verabredung am Pier 17? Ich freue mich schon sehr auf unser Treffen. Du bedeutest mir viel. Traumfrau."

„Natürlich sehen wir uns nachher. Wow. Ben, ich liebe deine

schmeichelnden Worte." Röte schießt in ihre Wangen und sie vergisst darüber beinahe Max und die Geschichte mit Sarah. „Ich stelle Sarah zur Rede."

„Ach nein, das erledige ich für dich, keine Sorge", meint Ben. „Sag mal, Liebste, kannst du ihren Abflugtermin nicht vorverlegen?"

„Nein, das geht nicht. Sie ist auf eigene Kosten hierhergeflogen. Und sie hat ihren eigenen Kopf. Vielleicht fliegt sie mit mir zurück, aber das muss ich mir noch gut überlegen."

„Ach Bijou, mein Goldstück, eventuell magst du gar nicht mehr zurückfliegen und schon gar nicht mit dieser Person? New York gefällt dir bestimmt sehr gut. Ich kann mir nicht vorstellen, dass du gehen möchtest."

Nadine seufzt. „Ben, ich überlege es mir. Wir kennen uns erst seit kurzem."

„Stimmt, aber du hast sicher nicht ewig Urlaub?"

Nadine erschrickt kurz, schiebt den Gedanken mit schlechtem Gewissen beiseite. „Richtig, und wir haben kurz vor Weihnachten einen irren Stress im Buchladen und sie zählen auf mich."

„Du arbeitest in einer Buchhandlung?"

„Ja, das hatte ich dir erzählt." Nadine runzelt die Stirn.

„Ach, die Börse geht hier rauf und runter. Habe ich vergessen, sorry. Wir treffen uns in zwei Stunden?"

„Ja, wie vereinbart. Ich freu mich."

„Ich auch. Bis später."

Nadine legt auf, erhebt sich vom Bett und wandert nachdenklich ins Badezimmer. Sie stützt die Hände auf dem Waschbecken ab und schaut in den Spiegel. Ihre Haare sind zerzaust, so kann sie Ben nicht treffen. Hastig schwingt sie sich unter die Dusche und schminkt sich danach ausgehfein.

Als sie gerade die Lobby betritt, sieht sie Sarah durch die Drehtür ins Hotel kommen. Ein Blick auf die Uhr sagt ihr, dass sie noch genug Zeit hat, mit ihrer Freundin zu sprechen, bevor sie Ben trifft.

Auch wenn er es nicht wollte, muss sie sie einfach zur Rede stellen.

„Hallo Sarah, na, wie war dein Tag? Was Besonderes erlebt?“, fragt sie, als sie sich in der Mitte der Lobby treffen.

„Ich war ein bisschen in der Stadt unterwegs.“

„Geht’s ein bisschen konkreter?“, fragt Nadine kratzbürstig.

Sarah stemmt die Hände in die Hüften und geht sofort auf Distanz. „Hör mal, das geht dich gar nichts an. Ich bezahle meine Sachen selbst. Sei nicht so neugierig.“

„Weich mir bitte nicht aus. Ich weiß genau, wo du warst!“

„Stalkst du mich?“

„Ich habe dich an der Börse gesehen.“

„Stimmt, ich bin in der Gegend herumgeschlendert, aber ich wüsste nicht, was dich das angeht.“

„Oh doch, denn du warst mit meinem Ben dort und der fühlte sich genervt von dir.“

Sarah sieht auf den Boden, ehe sie den Kopf hebt und Nadine fest in die Augen blickt. „Ach, ein Mann reicht dir nicht? Wo ist dein süßer Tierpfleger? Hast du ihn vernascht?“

„Sarah! Das geht zu weit!“ Nadines Stimme überschlägt sich. „Was wolltest du von Ben? Rede mit mir.“

„Ach, weißt du“, druckst Sarah herum und sieht erneut zu Boden. „Lass uns da drüben kurz hinsetzen, dann erzähle ich es dir.“

Nadine schluckt. Wenn ihre Freundin so ernst wird, dann muss etwas geschehen sein, womit sie nicht rechnet und was sie vielleicht nicht einmal hören will. Als sie die Sessel erreichen, lässt sie sich mit zitternden Knien hineinfallen. Sarah schenkt ihr ein halbherziges Lächeln.

„Ich war bei ihm, weil ich mir Chancen bei ihm ausgerechnet habe.“

„Chancen?“ Nadine schlägt die Hand vor den Mund.

„Warum? Du wusstest doch, dass er mir prophezeit wurde.“

Sarah zuckt reumütig die Schultern. „Ich habe mich in ihn verliebt, gleich, als du mir sein Foto gezeigt hast. Aber das ist endgültig vorbei.

„Wieso?"

Sarah hob eine Augenbraue. „Kannst du dir das nicht denken?"

Sie schüttelt den Kopf und Sarah fährt fort: „Sei nicht so naiv. Nadine, der und sein Gequatsche über dich als Traumfrau. Familie hat er, dich braucht er für sein Ego als Eroberung. Kollegen von ihm an der Börse erzählen herum, er hätte was Geiles zum Anbeißen gefunden, falls ihm seine Noch-Ehefrau langweilig werden sollte."

„Was willst du damit sagen?" Nadine rutscht das Herz in die Hose.

„Er ist nicht treu."

„Du lügst!" Sie springt auf, doch Sarah legt ihr eine Hand auf den Unterarm, bittet sie so, sich wieder zu setzen.

Wie in Zeitlupe sinkt sie zurück in den Sessel.

„Nein. Nadine, ich habe nichts gesagt, weil ich dich nicht verletzen will." Sie rückt ein Stück näher. „Du bist meine Freundin, auch wenn du es momentan nicht glaubst. Willst du wirklich alles wissen?"

„Trag nicht so dick auf, Sarah. Erzähl mir bitte die volle Wahrheit. Ich bin nicht aus Zucker."

Sarah holt ihr Handy aus der Tasche, klickt auf das Display und hält es ihr entgegen. Nadine braucht einen Augenblick, um zu realisieren, was sie dort sieht.

„Schau genau hin! Debbie und Ben beim Handschellenspiel und die Beule in der Hose. Soll das dein hochgelobter Traummann sein? Ich denke, diese Hexe, deine angebliche Wahrsagerin, hat sich mit ihrer Prophezeiung geirrt oder einen exorbitanten Augenfehler. Sie hat den Namen des lieben Max mit dem Hallodri Ben vertauscht. Es ist besser, du siehst den Tatsachen ins Auge und ziehst deine eigenen Schlüsse. Schau dir dieses Foto an", sagt Sarah mit geschürzten Lippen und streckt ihr das Handy mit dem kompromittierenden Bild entgegen.

„Das glaub ich jetzt nicht. Das kann nicht wahr sein. Ich bin gleich mit ihm verabredet." Nadine schlägt beide Hände vor ihr Gesicht. „Unfassbar. So ein Schwein!" Sie hält die Hand vor den Mund und unterdrückt ihre aufsteigende Übelkeit. In ihrem Kopf dreht sich alles. Wie kann er nur? Wie konnte ich so naiv sein? Sie spürt einen fiesen Stich in ihrer Magengrube.

„So, jetzt hast du es endlich verstanden." Sarah lehnt sich im Sessel zurück, steckt das Handy zurück in ihre Tasche. „Er ist das Schwein, nicht ich. Von wegen Traummann! Du hast die geile Noch-Ehefrau sicher erkannt, bekleidet mit einem hauchzarten Body und mit Handschellen für deren Sex-Spiele stand sie allzeit bereit an der Tür. Sie hätte ihn gerne gleich an der Tür von oben bis unten abgeleckt, und schau dir ihren lüsternen Blick und die aufgespritzten Lippen an. Diese notgeile Tussi und er passen einfach zu gut zusammen."

Nadines Magen rebelliert und ihre Hände zittern. Ihr Mund ist so trocken, dass sie husten muss. Sarah kramt eine Flasche Wasser aus ihrer Tasche heraus und reicht sie Nadine, die dankbar einen Schluck trinkt.

„Wie kann jemand wie er so falschspielen? Sex mit der Ex. Das ist doch das allerbilligste Klischee!", schimpft Nadine mit knallrotem Kopf. „Sarah, du hast was gut bei mir. Ich entschuldige mich tausendmal bei dir." Sie fixiert die Freundin mit ihrem Blick und flüstert: „Es tut mir so leid."

„Entschuldigung angenommen, ausnahmsweise, weil du meine Freundin bist", antwortet Sarah und schürzt die Lippen. „Mir tut es leid, dass du es so erfahren musstest."

Nadine fährt sich durch die Haare. Ihre Gedanken wirbeln sinnlos in ihrem Kopf durcheinander, bis sie bei einem Bild von Max hängen bleiben. Max. Ein Lächeln huscht über ihr Gesicht, Wärme kriecht in ihren Bauch, die den Schmerz über Bens Verrat lindert.

„Sarah, du weißt ja, dass Max überraschend hergeflogen ist." Wenn die Freundin sich über den Themenwechsel wundert, so zeigt sie es nicht. Sarah nickt, hört aber weiterhin nur zu. „Leider ist er gerade wieder abgereist, weil es einen Krankheitsfall in der Familie gab. Er hatte mir erzählt, dass Samuel dich unglaublich vermisst. Der ist total in dich verschossen, du hingegen bist kompliziert und keine Heilige. Und er will dich trotzdem."

Sarah grinst selbstbewusst. „Der nimmt mich eben, wie ich bin."

„Genau wie Max mich." Nadine lächelt. Sarah zog eine Augenbraue hoch, als Nadine abrupt aufsteht. „Soeben habe ich mich entschieden! Sarah, wir fliegen heute Nacht nach Berlin. Bist du dabei?"

„Oh, warum so eilig?" Dann scheint es ihr einzufallen. „Wegen Max?"

Nadine nickt und ihr Lächeln wird noch breiter.

Sarah steht ebenfalls aus dem Sessel auf und umarmt ihre Freundin. „Ich könnte hier weitere wundervolle Wochen verbringen, aber ich verstehe. Meine Patienten warten auch auf mich. Und dann gibt es diesen hübschen Krankenpfleger mit den schwarzen Haaren." Sarah löst sich von Nadine und klimpert provozierend mit ihren Wimpern.

Nadine gibt ihr einen freundschaftlichen Klaps. „Du bist unmöglich." Sie sieht auf ihre Uhr. „Weißt du was? Ben wird gleich auf mich warten. Aber na warte, den lass ich schmoren. Von wegen Prophezeiung. Mit dem Misstrauen hat die Wahrsagerin meinen angeblichen Traummann Ben gemeint. Mehr Schein als Sein! So ein Betrüger! Da fliege ich extra hierher nach einer Odyssee durch die halbe Welt und lerne den nächsten Chaoten kennen."

„Sei nicht ungerecht. Du hast Max dadurch näher kennengelernt!" Sarah greift nach ihrer Hand und drückt sie freundschaftlich. „Nadine, ich sehe es positiv. Wir beide verstehen uns auch wieder besser, so wie früher."

Nadine umarmt Sarah. „Weißt du was, wir betrinken uns heute und albern herum. Morgen fliegen wir erstmal nach Deutschland. Gleich nach der Landung rufe ich Max an."

Nadine und Sarah haben gerade eine Bar erreicht, die ihnen gefällt, als Nadines Handy klingelt.

Sie verzieht das Gesicht.

„Ben", teilt sie Sarah mit, ehe sie das Gespräch annimmt. „Hallo Nadine, es ist aber laut bei dir. Partystimmung?"

„Hi Ben", flötet sie, „ja, hier im Hotel ist eine Veranstaltung. Bist du schon da?"

„Selbstverständlich, ich stehe vor dem Pub", antwortet er gelangweilt.

„Weißt du was? Ich brauche noch einen Moment. Geh rein und bestell mir einen Sex-on-the-beach, in Ordnung?"

„Aber gerne, Schatz, für dich tue ich alles", sagt er und sie erahnt sein dekadentes Grinsen.

„Bis später. Freue mich. Das wird ein unvergesslicher Abend."

„Mit dir immer, Traumfrau. Bis gleich. Ich freu mich."

Nadine beendet das Gespräch und verdreht die Augen. Sie schaut Sarah verschwörerisch an und die beiden prusten laut los.

„Mal sehen, wie es ihm gefällt, vergeblich auf mich zu warten." Sie legt das Handy auf den Tisch und klatscht in die Hände.

„Willst du seine Nummer nicht sperren?"

Nadine schüttelt den Kopf. „Noch nicht."

Sie genießen einen Augenblick schweigend die Atmosphäre in der Bar. Der Barkeeper lässt geräuschvoll crushed ice in einen Mixbecher gleiten und fügt Granatapfelsirup hinzu. Mit gezielten Handgriffen kippt er eine klare Flüssigkeit hinein und mixt den leuchtend roten Cocktail in einem Shaker.

Eine Gruppe bestangezogener Männer setzt sich neben sie an die Bar. Irgendwo lacht eine Frau und hört nicht mehr auf, sich zu amüsieren. Gefällige Popmusik ertönt in dezenter Lautstärke, bei der man sich noch unterhalten kann.

Mit ernster Miene betrachtet Nadine ihre Freundin. „Sarah, es ist so viel zwischen uns passiert. Ich bin so verunsichert. Sei bitte ehrlich: Was war oben auf der Bloukrans-Brücke beim Bungee-Jumping los? Sag mir bitte die Wahrheit, ich habe deine Nagelschere mit pinkfarbenen Seilfasern entdeckt."

Sarah kneift die Lippen zusammen. „Jetzt willst du die Wahrheit wissen?" Nadine nickt und Sarah seufzt. „Ich hoffe, meine Botschaft kommt bei dir an. Hör mir zu: Du bist meine Freundin, ich könnte dir unmöglich schaden. Ich bin angesäuert, dass du so schlimm von mir denkst!" Sie zieht die Augen zu schmalen Schlitzen zusammen. „Das habe ich nicht verdient! Denkst du tatsächlich, ich manipuliere Seile?"

„Was sollte ich denken, Sarah, nachdem ..."

„Nachdem was? Du die Schere gesehen hast? Wieso sagst du nichts? Ich habe zwei junge Männer beobachtet, die sich auf der Bloukrans-Brücke merkwürdig verhalten haben. Vorher hatte der eine mich angerempelt und ich hatte ein ungutes Gefühl dabei. Sie standen gebückt bei den Seilen und ich sah etwas Silbernes aufblitzen. Erst im Nachhinein erkannte ich, was sie getan haben. Es war die reine Bösartigkeit! Möglicherweise hassen sie die Touristen, die in ihr Land einfallen? Oder sie wollten dem Betreiber mit seinem lukrativen Geschäft schaden? Sie haben mit ziemlicher Sicherheit meine Nagelschere benutzt, um mich in Verdacht zu bringen, was offensichtlich bei dir gewirkt hat. Ich war nur der Sündenbock für sie. Die pinkfarbenen Fasern habe ich erst nach deinem Sprung gesehen. Ungeheuerlich, was in solchen Köpfen vor sich geht. Anderen ihre Taten unterschieben. Richtig fies!" Sarah ballt ihre Fäuste. „Und du hast das auch noch geglaubt."

Nadine schaut in Sarahs weit aufgerissene Augen, die deren Gedanken widerspiegeln.

„Ich wollte das nicht“, stottert Nadine. „So bist du nicht! Eigentlich weiß ich das. Aber ... die Wahrsagerin und dann ...“ Kurz ist sie davor, Marie zu erwähnen, lässt es dann aber lieber. „Und was war mit dem zerstörten Seil auf der Safari?“

„Ich habe den Wildhüter in Verdacht“, antwortet Sarah pfeilschnell. „Hast du nicht gespürt, wie scharf der auf dich gewesen ist? Der wollte dich retten, um vor dir zu glänzen und den Beschützer zu spielen, um seine Chancen bei dir zu steigern. Der Retter in Not. So eine abgedroschene Nummer! Diese Masche ist so alt wie Methusalem. Das Getue habe ich sofort durchschaut. Ich hatte mit der Manipulation absolut nichts zu tun. Ich denke, dass er mir beim Aussteigen die Fusselteile des Seils in die Tasche gelegt hat, um von sich abzulenken. Anders kann ich es mir nicht erklären. Glaub mir bitte.“ Sarah schaut sie durchdringend an.

Nadine seufzt. Von dieser Seite aus hatte sie das nie betrachtet. Eigentlich müsste sie sich für die Verdächtigung ihrer Freundin schämen. Es tut ihr so leid.

„Ach Sarah, ich entschuldige mich bei dir für meine Naivität. Ich dachte, er ist höflich, um Trinkgeld zu bekommen.“

„Ein bisschen sauer sollte ich auf dich sein“, sagt Sarah mit einem Schmollmund. „Zum Glück bin ich nicht sonderlich nachtragend. Die hatten das alles so geschickt und wie echt aussehend eingefädelt, da muss ich auf dich ungeheuerlich und abstoßend gewirkt haben. Du hast mir eine so abenteuerliche Reise geschenkt, was hast du nur gedacht? Ich bin so dankbar für alles, was du für mich getan hast. Wie könnte ich da dein Vertrauen so missbrauchen?“

Nadine spielt mit dem Stiel ihres Glases, dreht es auf dem Tisch und wischt die Feuchtigkeit mit einem Finger auf.

„Sarah, eine Frage habe ich aber noch an dich: Warum wolltest du mich mit den Fotos vom Wildhüter bei Ben anschwärzen? Und das heimlich aufgenommene Foto mit mir und Max hast du ihm auch gezeigt.“

Sie presst die Lippen fest aufeinander. „Nadine, mir tut das leid. Ich war verliebt." Sarah legt eine Hand auf Nadines. „Ich konnte dir das nicht beichten und habe versucht, ihn mit allen Mitteln zu erobern. Das stellte sich als Riesenfehler heraus. Dir gegenüber war ich unehrlich und unfair, das tut mir leid. Ich habe ihm nachspioniert und gesehen, dass er weiterhin seine bisherige Frau vögelt. Da fiel er bei mir in Ungnade. Danach hast du mir so lieb von Max' Kollegen Samuel erzählt. Der ging mir seit einiger Zeit nicht mehr aus dem Kopf. Der liebt mich auf eine natürliche Art und Weise. Ich brauche keinen Mistkerl wie Ben und du auch nicht." Sie schweigt einen Augenblick. „Ich wollte dir das Foto von Ben und seiner Ex eigentlich nicht zeigen, aber ich bin froh, dass ich es getan habe. Ich hoffe, du verzeihst mir und vertraust mir endlich wieder?"

Sarah presst die Lippen zusammen und sieht sie auffordernd an. Sie hebt das Glas.

Nadine braucht einen Augenblick, doch dann gibt sie sich einen Ruck. Ben ist nicht mehr ihr Traummann. Warum also auch noch Sarah verlieren? Sie hebt ebenfalls das Glas und Sarah lacht.

„Auf unsere Freundschaft, liebe Nadine! Nadine und Sarah für immer! Santé."

„Gegen die Liebe kann man nichts tun. Ich verzeihe und vertraue dir." Nadine erhebt ihren Zeigefinger. „Aber wehe, du spannst mir Max aus."

Sarah schüttelt vehement den Kopf und hebt zwei Finger zum Schwur. „Auf gar keinen Fall, Nadine. Versprochen!"

„Lass uns auf die Liebe und das Leben anstoßen. Santé!" Nadines und Sarahs Glas klirren aneinander.

„Santé!"

Nadines Handy läutet schrill. „Ben!" Sie hatte ihn fast vergessen. Er wartet noch immer auf sie.

Sie lachen und Nadine säuselt ins Telefon: „Sweetheart, trink noch einen Cocktail auf mich, es wird ein bisschen später. Tut mir leid. Aber ich freu mich so. Ich habe eine Überraschung für dich."

„Na dann bin ich gespannt darauf, welche Überraschung mich erwartet." Sie hört die Hintergrundgeräusche im Pub. Es klingt, als wäre es voll. „Eine heiße Überraschung für dich, Ben."

„Nadine, du klingst so anders."

„Das Leben ist zu kurz zum Warten. Wir tun es heute Abend. Gleich nach dem Cocktail. Ich bin so heiß auf dich. Du stehst garantiert auf Handschellen."

„Ich?", stammelt Ben, doch Nadine kann die Erregung in seiner Stimme hören. „Woher weißt du das? Ich hätte unter keinen Umständen gedacht, dass du auf meine Lieblingsspielchen stehst."

„Lass dich überraschen, ich fahre gleich los."

„Wow, du bist die heißeste Frau, die ich kenne. Ich habe es von Anfang an gewusst. Ich begehre dich. Ich warte. Bis gleich. Wir sehen uns."

Sarah hat alles mitangehört und als Nadine sie lachend ansieht, erkennt sie die roten Ohren, die ihre Freundin bekommen hat.

„Auf solche Scheißkerle kann man verzichten." Nadine hebt ihr Glas. „Auf die wahre Liebe! Prost."

„Prost auf die einzig wahre Liebe."

Ehe sie ihre Gläser austrinken, tippt Nadine erneut auf ihr Handy. Die Überraschung, die sie für Ben geplant hat, will noch organisiert werden.

„Ich muss noch kurz telefonieren", sagt sie zu Sarah, erhebt sich und verlässt die Bar, um vor der Tür die Ruhe dafür zu finden.

Ben wird sich umgucken und sie freut sich schon darauf, sich sein Gesicht vorzustellen, wenn er die Überraschung entdeckt.

Kapitel 35

„Hallo Max." Nadine hört ein lautes Krachen. Es klingt wie ein Futtereimer, der zu Boden gefallen ist. Sie lächelt.

„Hallo Nadine."

„Störe ich dich gerade?"

„Du störst nie! Im Gegenteil, wundervoll, deine Stimme zu hören."

Nadine hält sich ein Ohr zu, als eine Lautsprecherdurchsage ihr Gespräch stört.

„Bist du am Flughafen?"

„Richtig. Unser Flieger nach Berlin hebt in zwanzig Minuten ab. Kannst du uns abholen? Ich simse dir, wenn wir am Gepäckband stehen. Bis wir mit unseren Koffern durch den Zoll sind, bist du sicher schon vor Ort."

„Ich werde da sein."

Nadines Herz pocht wild. „Bring bitte Samuel mit. Es gibt eine Überraschung für ihn."

„Samuel? Alles klar, bring ich mit. Du kommst bestimmt zu mir?"

„Natürlich zu dir! Lass dich überraschen. Ich freue mich auf dich."

„Und ich freue mich auf dich."

Ihr Herz macht einen Sprung und ihr Bauch kribbelt vor Freude. Voller Herzenswärme denkt sie an ihren echten Traummann Max.

Diese angebliche Hellseherin mit ihren Prophezeiungen, wenn

ich die erwische!, denkt sie, als ihr Handy eine neue Nachricht ankündigt. Sie grinst, als sie sieht, von wem sie kommt. Sie hebt den Kopf und schaut sich nach Sarah um, doch die wollte noch schnell ein Souvenir kaufen. Zeige ich ihr das Video eben später. Sie klickt auf den Startbutton und ihr Magen kribbelt, als sie Ben erkennt.

Als sie ins Flugzeug einsteigt, kichert Sarah neben ihr. Für sie war das Video ebenso amüsant wie für Nadine. Die Idee mit der Stripperin, ihrer umgeschnallten Männlichkeit und der heimlichen Filmerei war jeden Cent wert. Bens Nummer hat Nadine in der Nacht blockiert, sie kann sich vorstellen, dass er vor Wut geschäumt hat. Aber immerhin weiß er jetzt, dass sie kein Dummchen ist, sondern seine Spielchen durchschaut hat.

„Die Wahrsagerin ist nicht gut“, meint Sarah, als das Flugzeug abgehoben hat. „Aber sie hat dich auf eine erlebnisreiche Reise mit mir geschickt und du hast deinen Traummann gefunden. Vielleicht war das die Lektion?“

„Ja“, erwidert Nadine und gähnt. „Trotz dieser Misere hat es viel Gutes gebracht. Ich habe wegen dieses Scheißkerls so viele Ängste überwunden und gelernt, dass nicht jeder Traummann auch ein treuer Mann ist. Ich freue mich auf meinen geliebten Max wie eine streunende Katze auf Premium-Futter.“

Sie lacht und Sarah fällt mit ein. „Das ist einer, der es ehrlich mit mir meint. Ich liebe ihn mitsamt dieser unmöglichen Frisur. Oder gerade deswegen! Er schwimmt gerne gegen den Strom und gerade deshalb liebe ich ihn. Manchmal wirkt er wie aus der Zeit gerissen und dabei ist Max bodenständig und vor allem verlässlich und treu. Das liebe ich an ihm.“

Kapitel 36

Berlin

Wo ist Max? Nadine sieht sich in der überfüllten Ankunftshalle um. Sie kann ihn nicht entdecken.

„Da drüben!" Sarah stößt sie gegen den Ellenbogen. Nadine folgt ihrem Blick und sieht Samuel, der strahlt und winkt.

Samuel steuert auf sie zu, umarmt und küsst seine Sarah.

„Dich lasse ich auf keinen Fall mehr los."

Nadine lächelt still in sich hinein. So viel Liebe wärmt auch ihr Herz. Tief beeindruckt reißt sie sich von dem jungen Glück los und sucht nach Max. Doch sie kann ihn nirgends entdecken. Ihre Vorfreude schwindet. „Wo ist Max?"

„Es tut mir leid, Nadine. Er konnte nicht kommen."

„Ist was passiert?"

„Ja, leider."

Nadine erblasst. „Was? Hoffentlich ist ihm nichts Schlimmes passiert?" Sie schlägt die Hand vor den Mund.

Samuel schüttelt den Kopf. „Seine Oma. Er hat sie ins Krankenhaus gefahren. Diesmal hatte sie einen Zuckerschock oder so etwas Ähnliches." Er kramt in seinen Hosentaschen. „Warte Nadine, ich soll dir seine Schlüssel geben."

„Zuckerschock? Ich dachte, sie hätte sich das Bein gebrochen? Und welche Schlüssel?"

Samuel zieht einen Schlüsselbund aus seiner Tasche. „Das hier sind die Wohnungsschlüssel von Max für dich. Du kannst in seiner

Wohnung warten, bis er kommt. Es ist ihm wichtig, dass du gut versorgt bist. Er hat eine Lasagne in den Kühlschrank gestellt. Die erwärmst du dir am besten in der Mikrowelle. Er kommt so bald wie möglich."

„Alles klar. Danke für die Info." Auch wenn sie Max' Oma mag, ist sie enttäuscht. Kein Max, denkt sie mit hängenden Schultern. *Schade.*

Unsicher schließt Nadine die Haustür auf. Ein alter Mann beobachtet sie argwöhnisch. Sie kommt sich vor wie eine Einbrecherin, als sie die Treppen nach oben geht. Als sie den Namen „Max Strebenick" auf dem Klingelschild entdeckt, atmet sie auf. Sie schiebt den Schlüssel ins Schloss und dreht ihn herum. Als sie durch den Türspalt eintreten möchte, presst sich eine weiche Hundeschnauze in ihre Hand. Bevor sie noch laut schreien kann, erkennt sie das ihr bekannte braune Kurzhaarfell eines Rottweilers. Während sie überlegt, ob sie ein Trugbild sieht, begrüßt Tyson sie mit einem freundlichen „Wuff".

Er lässt sie in die Wohnung hinein, wedelt vor Freude mit dem Schwanz und legt sich ihr zu Füßen. Ihr innigster Wunsch, ihren Lieblingshund Tyson wiederzusehen, hat sich erfüllt. Sie macht einen kleinen Luftsprung und lächelt breit über das ganze Gesicht.

„Oh, wie habe ich dich vermisst", murmelt sie, als sie ihn streichelt. In seinem treuen Blick versinkt. Zumindest ist sie nicht allein in dieser fremden Wohnung. *Max kommt bald wieder und dann erfahre ich, was mit seiner Oma ist.*

Sie streichelt Tyson über das drahtige Fell, bevor sie sich erhebt und die Wohnung erkundet. Die Diele überrascht mit einem frischen grünen Anstrich. Es gibt eine Garderobe mit silbernen Haken. Sie zieht ihre Schuhe aus und deponiert diese auf einem kleinen Holzgitter unterhalb der Garderobe.

Ihre Handtasche und ihren Koffer stellt sie im Flur ab. Den

Mantel lässt sie über die Schulter hinuntergleiten und hängt ihn an einen Haken. Ein Spiegel mit schlichtem Goldrahmen zeigt ihr unverblümt die blassblauen Schatten unter ihren Augen. Mit ihren Fingern fährt sie sich kurz durch ihre langen blonden Haare und bringt diese zupfend in Form. Sie würde gern duschen, doch das käme ihr unhöflich vor in einer fremden Wohnung.

Zum Glück hat er mich nicht so zerzaust gesehen. Ein metallener Schuhschrank mit einem Oldtimermotiv ziert die gegenüberliegende Wand. Obendrauf steht eine Schlüsselschale. Dorthin legt Nadine die Hausschlüssel von Max.

Tyson schleicht um ihre Beine und stupst sie ab und an vorsichtig mit der feuchten Hundeschnauze an.

„Du zwickst gar nicht mehr", richtet sie sich an den Hund. „Hat er dich etwa erzogen?" Sie lächelt. Warum ist Tyson hier? Sie wird Max danach fragen.

Zögerlich betritt sie das Wohnzimmer. Entdeckt die Bilder an der Wand. Sie geht näher hin. Ein Bild mit ihr und Max bei seiner Omi und ein Selfie von ihnen zusammen an der Wurstbude. Nadine lächelt in sich hinein. *Er mag mich, definitiv.*

An der Haustür ertönt die schrille Türglocke und reißt Nadine aus ihren Tagträumen. Stocksteif bleibt sie vor dem Spion stehen. Mit angehaltenem Atem erkennt sie den Alten von vorhin draußen vor der Tür.

„Machen Sie auf, ich weiß, dass Sie da sind."

Vorsichtig öffnet sie die Tür einen Spaltbreit. „Ja, bitte?"

„Ich kenne Sie nicht, junge Frau", sagt der ältere Herr unverblümt. „Hier wohnen Max und sein Hund. Was machen Sie in Max' Wohnung?"

Nadines Herz rast. Sie überlegt, ob sie dem wildfremden Mann alles erzählen soll und nimmt ihren ganzen Mut zusammen. „Ich warte auf ihn. Sein Freund Samuel hat mir die Schlüssel gegeben und seine Oma hatte einen Notfall. Er kommt bald hierher, keine Sorge."

Zu ihrer Überraschung wechselt der augenscheinliche Nachbar von Max auf Französisch, er muss ihren Akzent erkannt haben.

„Sie sind die Französin, von der er mir erzählt hat." Der Alte schmunzelt und sieht Nadine dann fragend an. „Kann ich kurz reinkommen? Ich bin über achtzig Jahre alt und tue Ihnen nichts. Max besuche ich regelmäßig. Wir verstehen uns gut und ich kenne auch seine Großmutter. Sehr nette Frau."

Nadine hadert kurz und betrachtet das weiße Haar und die gebrechliche Gestalt, die vor der Tür steht. Sie ordnet ihn als harmlos ein und winkt ihn herein.

„Kommen Sie herein. Wer sind Sie, wenn ich fragen darf?"

Immerhin weiß er schon, dass sie aus Frankreich kommt. Max musste von ihr erzählt haben. Wieder blubberte Wärme in ihrem Bauch, als sie dem Mann in die Küche folgt, wo er sich an den Tisch setzt. Nadine tut es ihm gleich.

„Ich wohne im Erdgeschoss. Mein Name ist Mayer. Und Sie sind sicher Nadine? Wissen Sie, Max füttert meine Kaninchen, wenn ich bei meiner Schwester in Bayern bin."

„Ja, ich bin Nadine, Nadine Escoiffier. Das ist nett von ihm."

„Er ist ein feiner Junge. Aber seit ihn Luisa verlassen hat, hat er Frauen gemieden."

„Luisa?", fragt Nadine überrascht.

„Eine rassige Spanierin, wenn Sie verstehen, was ich meine", sagt der alte Herr. Er spielt mit imaginären Kastagnetten, reckt den Hals und zwinkert ihr scherzhaft zu.

Sie hüstelt. „Verstehe. Wie lange ist das her?" Ihre Stimme klingt schnippischer als beabsichtigt. Ist sie etwa eifersüchtig auf eine ehemalige Freundin oder nur wütend auf sich selbst, weil sie ihn nie danach gefragt hat?

„Zu lange für einen jungen Mann, das sage ich Ihnen. Sein Herz hat lange keine Frau mehr erobert. Max weiß präzise, was er will und wenn er Ihnen seinen Haustürschlüssel anvertraut, dann ist er sich seiner Sache außerordentlich sicher. Auf ihn kann man sich jederzeit verlassen. Einen liebenswerteren Mann können Sie nicht kennenlernen."

Nadine errötet. „Da wissen Sie mehr als ich. Ich habe lediglich eine gute Woche im Tierheim gearbeitet und er hat mich mit einem Blitzbesuch in New York überrascht. Gezwungenermaßen reiste er vorzeitig ab, da seine Oma erkrankte."

„Sie sind also tatsächlich die hübsche französische New-York-Besucherin, von der Max so geschwärmt hat. Er wird sicher aufblühen, wenn er sie wiedersieht." Herr Mayer lehnt sich nach vorn in ihre Richtung. „Unter uns gesprochen, in letzter Zeit wirkte er auf mich wie eine vertrocknete Frühlingsblume. Sie tun ihm gut. Als er allein zurückgeflogen ist, habe ich vermutet, es hat mit der Liebe nicht geklappt. Ich dachte: Schade für ihn, wo er sich solch eine Mühe gegeben hat." Tyson legt seine Schnauze auf den Schoß des Mannes. Der lacht. „Ach Tyson, du alter Charmeur."

„Sie kennen den Hund?"

„Natürlich." Er sieht sie an. „Es ist Max' Hund. Er hat ihn schon eine Weile."

Sie fasst sich nachdenklich an den Kopf.

Max, dieser Schlingel! Natürlich kannte er alle Macken von Tyson. Warum hat er mir das verschwiegen?

Sie hört, wie der Herr sich räuspert. „Möchten Sie etwas trinken?"

„Gerne. Ein Glas Wasser wäre nett."

Sie macht sich auf die Suche und überreicht es ihm schließlich. „Erzählen Sie mir bitte mehr von Max."

Sie schenkt sich auch ein Glas ein. So viel wusste sie von Max bisher nicht.

„Er spielt Baseball und wollte vielleicht auch nach Amerika, um ein Spiel live zu erleben."

„Interessant, das hat er mir gar nicht erzählt." Ihr Magen meldet sich. Sie steht auf und schaut in den Kühlschrank.

Eine Riesenportion Lasagne steht dort wie versprochen bereit. Sie wendet sich dem Nachbarn zu und deutet auf die Lasagne. „Möchten Sie mitessen?"

„Nein, danke. Meine Haushälterin kocht täglich frisches Gemüse. Sie behauptet, das wäre gut für meinen Cholesterinspiegel. Sie wäre beleidigt, wenn ich woanders esse", sagt er und hebt entschuldigend beide Hände.

„In Ordnung", antwortet Nadine. Sie heizt den Backofen auf und stellt die Lasagne hinein.

„Kennen Sie die Schwester von Max?"

„Nein. Max hat eine Schwester?" Nadine spitzt die Ohren.

„Ein bildhübsches Ding, wenn ich das in meinem Alter so ausdrücken darf." Er lächelt verschmitzt und redet weiter.

„Sie umsorgt ihn wie eine Mutter, seit die Eltern bei einem Autounfall gestorben sind."

Nadine schlägt die Hand vor den Mund. „Oh, das tut mir leid. Das wusste ich nicht. Wie alt war Max da?"

Der Alte kneift die Augen zusammen und überlegt. „Er muss vierzehn gewesen sein. Das war hart. Er hat mir vor Jahren sein Herz ausgeschüttet. Es ging ihm unsäglich nahe. Er hat seine Eltern abgöttisch geliebt. Von diesem Verlust hat er sich nicht erholt. Das Leben verrinnt leider zu schnell, deshalb sollte man es umso mehr genießen, solange man jung ist." Er trinkt einen Schluck. „Woher kommen Sie in Frankreich?"

„Aus Paris."

„Und Sie arbeiten mit annähernder Sicherheit in einem Buchladen, hat mir eine Wahrsagerin heimlich ins Ohr geflüstert", sagt er mit einem Augenzwinkern.

Nadine schaut ihn misstrauisch an.

„Na ja, Max hat verwirrtes Zeug gestammelt, von einer hübschen Frau in einer Buchhandlung und einer Wahrsagerin. Fanden Sie Ihr prophezeites Glück? Max hat daran gezweifelt, ob Sie zurückkehren. Er hat es sich aber sehr gewünscht." Herr Mayer schüttelt den Kopf. „Ich schwatze viel zu viel. Meine Haushälterin nennt mich Plaudertasche, weil ich ohne Punkt und Komma rede. Ich hoffe, ich habe Sie nicht gestört? Sie sind eben erst angekommen. Vermutlich sind Sie sehr müde."

Sie lächelt höflich und gähnt hinter vorgehobener Hand. „Stimmt, die Müdigkeit kommt. Der Jetlag holt mich definitiv ein."

„Wer?"

„Die Auswirkungen der Zeitverschiebung meine ich."

Herr Mayer erhebt sich schwerfällig und geht in Richtung Flur.

„Also, dann auf Wiedersehen ohne Jetleck oder wie der olle Typ heißt. Danke für das Wasser." Der alte Mann grinst vor sich hin. „Max ist ein starker Typ", betont er, „vertrauen Sie ihm."

Sobald sie Herrn Mayer verabschiedet hat, sieht Nadine nach der Lasagne. Sie ist nahezu fertig. Zeit genug, noch einmal ins Wohnzimmer zu gehen. Dabei fühlt sie sich beinahe wie eine Voyeurin.

Die Wände sind in einem hellen Ockerton gestrichen. Heimische Gefühle beschleichen sie, während sie den zufriedenen Tyson auf dem braunen gemütlichen Stoffsofa beobachtet. Er hat es komplett in Beschlag genommen. Beide Hundeaugen öffnen sich träge, eins schließt sich sofort wieder. Schon vom Anschauen dieses Faultiers wird Nadine müde.

Neugierig scannt sie die Wohnung. Eine schwarz-weiße E-Gitarre hängt, an einem Haken befestigt, an der Wand. Daneben ein handsigniertes Tour-T-Shirt. Sie vermutet, dass es Max' Lieblingsband ist. Neben dem Sofa steht ein Bücherregal. Interessiert betrachtet sie eine Menge gestapelter Motorrad-Zeitschriften, Bücher über Musik und ein paar aktuelle Krimis. Auf dem Wohnzimmertisch steht ein halb leerer Kaffeebecher. Max befand sich bestimmt in

Eile. Sie entdeckt ein Teelicht und Streichhölzer auf dem Tisch. Ein Romantiker. Sie liebt das ebenso.

Ihr wird flau im Magen bei dem Gedanken, wie es wäre, mit ihm hier bei Kerzenlicht auf diesem Sofa aneinandergekuschelt zu sitzen. Sie spürt, wie die Hitze in ihrem Gesicht aufsteigt, bei diesem prickelnden Gedankengang.

Sie setzt sich neben Tyson, der ein behagliches Brummen von sich gibt und seine Schnauze sanft an ihr Knie lehnt. Sie streichelt ihn, erhebt sich und setzt die Musterung der Wohnung fort.

Voller Neugierde betritt sie das Badezimmer und betrachtet die altmodische rosa Badewanne, die aus der Zeit gefallen ist. Sie schmunzelt. Als faszinierenden Kontrast empfindet Nadine den Duschvorhang, den afrikanische Elefanten zieren. Eine Glücks-Bambuspflanze begrünt das Ambiente.

Tyson folgt ihr in den Schlafraum. Sie versucht, ihn abzuwimmeln und gibt den Befehl ‚Sitz', da sie nicht weiß, ob Max den Hund in diesem Raum duldet. So gut kennt sie ihn leider noch nicht. Nadine schluckt. Schwarze Wände. Nicht ihre Farbe. Das kam unerwartet. Es hängen ein paar Graffitibilder ohne Rahmen, schwarz auf weißem Karton, an der Wand und lockern die Strenge auf. Das Bett besteht aus einem Futon. Graue Bettwäsche. Auf dem Nachttisch befindet sich eine schlichte Leuchte mit einem schwarzen biegsamen Hals.

Nadine gähnt. Ihr ist schwindelig. Sicherheitshalber schaltet sie die schwarzen Strahler an der Decke aus und das kleine Nachttischlicht an. Sie legt sich aufs Bett, rückt sich ein Kissen zurecht und gleitet behutsam ins Land der Träume. Wie aus Nebelschwaden erscheint ihr die Wahrsagerin und raunt ihr zu: „Liebe Nadine, der Weg war das Ziel. Du hast dein Glück selbst gefunden. Manchmal muss man eben Umwege gehen. Du bist an deinen Aufgaben gewachsen, wie wundervoll."

Kapitel 37

Nadine blinzelt. Kurz hat sie keine Ahnung, wo sie ist. Sie schnuppert. Es riecht auch so merkwürdig. Verbrannt? Rauch kriecht in ihre Kehle. „Die Lasagne!“

Entsetzt springt sie auf und eilt aus dem Schlafzimmer, nur um in der Küche auf Max zu treffen, der die verkohlten Reste ihres eigentlichen Essens gerade im Mülleimer entsorgt und die Fenster aufgerissen hat.

„Nadine, ich freu mich riesig, dass du hier bist. Das ist ein gutes Zeichen! Ich habe dich vermisst.“

Er umarmt sie und Nadine kuschelt sich in seine Arme. Als er sie küsst, spürt sie die Schmetterlinge in ihrem Bauch wild umeinander flattern.

„Schön, dich wiederzusehen, Max.“ Sie löst sich von ihm. „Wie geht es deiner Großmutter?“

„Oma?“ Er senkt den Blick. „Ihr geht es leider nicht gut. Das mit dem Beinbruch war eine Falschmeldung, es war nur eine Zerrung. Aber sie hatte unbemerkt einen hohen Zuckerspiegel und liegt im Koma.“

„Oh, das tut mir ehrlich leid.“ Sie drückt Max sanft am Arm.

„Die Ärzte hoffen, dass es ihr bald besser geht. Mehr als hoffen können wir nicht.“ Er lächelt sie zaghaft an. „Ich bin so froh, dass du da bist.“

Sie spürt die Wärme in ihren Wangen und in ihrem Herzen.

„Jetzt, wo du bei mir bist, geht es mir besser.“ Max strahlt sie mit übermüdeten Augen an. „Alles andere findet sich.“ Er zieht sie näher zu sich heran und ihre Lippen finden sich zu einem weiteren leidenschaftlichen Kuss, der nach mehr verlangt. Sie ist glücklich und auch Max scheint von innen heraus zu strahlen. Sie verliert sich in seinen Augen.

„Lass uns nicht über Oma, sondern über uns reden“, sagt Max mit ernstem Blick und kleinen Sorgenfalten auf der Stirn.

Das Klingeln ihres Handys unterbricht die Wiedersehensfreude und Max geht in die Küche und schließt die Fenster.

Sie greift nach dem Handy und schaut auf das Display. Madame Montagne! Die hatte sie vergessen. Ihr Pflichtgefühl lässt sie den Anruf entgegennehmen.

„Nadine Escoiffier.“

„Hallo Madame Escoiffier, hier spricht Madame Montagne. Wo stecken Sie? Ihr Urlaub ist längst vorbei.“

Nadine schrickt zusammen, als sie hört, wie ihre Chefin ärgerlich mit der Zunge schnalzt. *Ich habe die Zeit vergessen! Wie konnte das nur passieren?*

„In Paris brennt die Hütte. Wir brauchen Sie eiligst im Laden. Warum haben Sie sich nicht gemeldet? Sind Sie ernsthaft krank?“

Nadines Mundwinkel zucken, sie starrt ins Leere und weicht Max‘ sorgenvollem Blick aus.

„Madame Escoiffier, sind Sie noch dran? Reden Sie mit mir.“

Ihr Kopf fühlt sich an wie ein Wattebausch. Nadine ringt um Worte und überlegt fieberhaft, was sie antworten könnte.

„Was ist mit Ihnen los? So pflichtvergessen kenne ich Sie nicht.“

„Wenn ich das wüsste“, schafft sie es schließlich zu antworten. „Madame Montagne, es tut mir so leid. Ich war so beschäftigt und habe so viel erlebt, dass ich es kaum in Worte fassen kann und nun ist die Oma von Max krank.“

„Welche Oma? Welcher Max? Wie fühlen Sie sich? Haben Sie Fieber?“

„Madame Montagne, ich fühle mich wie in einem langen Roman, so viel habe ich zu erzählen. Aber das verstehen Sie erst, wenn ich zurück bin. Ich kläre hier ein paar Dinge ab und warte auf die Nachricht, wie es Max‘ geliebter Oma geht. Ich bin in Berlin."

„Berlin?"

„Meine Reise führte mich nach Südafrika, Berlin, New York und wieder nach Berlin. Erst heute bin ich in Deutschland gelandet."

„Geht es Ihnen wirklich gut, Frau Escoiffier? Sie vergessen doch sonst die Arbeit nicht." Die Chefin seufzt. „Unsere Kunden vermissen Ihre Beratung und die Kinder warten auf Ihre Lesestunden. Ich benötige dringendst Ihre Hilfe in Paris! Weihnachten steht vor der Tür. Ihre Kollegin kollabiert bald. Sie redet sich den Mund fusselig und berät zudem die Eltern der Kinder, die Sie normalerweise betreuen. Aber Sie gehen lieber auf Weltreise."

„Es ist alles so kompliziert, aber mir geht es gut, ich bin leicht erschöpft von meinen Reisen und Erlebnissen. Aber ich gebe mein Möglichstes, um schnell zurückzukommen. Madame Montagne, ich bedaure, dass ich die Zeit vergessen habe und biete Ihnen an, vor Weihnachten kostenlose Überstunden zu leisten. Ich liebe meinen Job."

„Bei so einer Weltreise wundert mich gar nichts. Warum erzählen Sie mir nicht die Wahrheit? Unsere Zusammenarbeit basiert auf gegenseitigem Vertrauen."

„Wenn ich zurückkomme, kann ich die Kunden in der Reiseabteilung viel besser beraten. Meine Reise fördert sicher den Umsatz in der Reisebuchecke. Und dann erkläre ich Ihnen mein ganzes Dilemma."

„Da stimme ich Ihnen zu, aber für unsere Kinderbuch-Abteilung ist es ein Desaster, dass Sie noch nicht da sind. Wann kommen Sie? Ihre Anwesenheit ist notwendig. Falls nicht, bin ich leider gezwungen, mich nach einem adäquaten Ersatz umzuschauen."

Mit aufgerissen Augen starrt Nadine in ihr Handy. Sie hat damit gerechnet, dass ihre Chefin genervt reagiert, aber ihren geliebten Arbeitsplatz zu verlieren? Sie hätte sich in der Buchhandlung frühzeitig melden müssen. Sie atmet stoßweise. Ihr Puls rast.

„Madame Montagne, ich setze alle Hebel in Bewegung, in der nächsten Woche nach Paris zu kommen. Fest versprochen. Geht das in Ordnung für Sie?“

Die Buchladenbesitzerin stößt einen kurzen knurrenden Ton aus. „Ungern. Ihr Urlaub hatte eine Frist, die Sie nun eigenmächtig verlängert haben. Ich komme Ihnen nur entgegen, weil Sie bisher so kompetent und zuverlässig waren. Ich erwarte Sie am Donnerstag hier und keinen Tag später. Keine Spielchen! Verstehen Sie mich? Regeln Sie bitte Ihre Angelegenheiten bis dahin oder ich kann nichts mehr für Sie tun! Ich habe keine Wahl. Weihnachtsgeschäft ohne Ihre Hilfe ist unvorstellbar. Es wäre eine Katastrophe.“

„Vielen Dank“, antwortet Nadine kleinlaut. „Am Donnerstag bin ich zurück in Paris. Ich regle alles umgehend. Fest versprochen.“

„Gut, bis Donnerstag. Melden Sie sich bitte sofort bei mir, wenn Sie wieder in Paris sind. Au revoir.“

„Au revoir, Madame Montagne.“

Nadine drückt auf das rote Telefonsymbol und beendet das Gespräch. Sorgenvoll lässt sie die Schultern hängen. Max hat sie fast vergessen.

„War das deine Chefin?“ Seine mitfühlende Frage holt sie zurück in die Gegenwart.

„Ja, das war sie.“

„Gibt es Ärger?“

„Sie war entsetzt, dass ich mich in Berlin und nicht in Paris befinde. Mein Urlaub ist bereits vorbei und ich habe die Zeit vergessen. Und sie hat recht. So pflichtvergessen und fahrlässig war ich noch nie.“

„Und das alles meinetwegen. Ich lasse es nicht zu, dass du wegen mir deinen Job verlierst. Ich weiß, wie wichtig dir deine Arbeit ist.

Konntest du eine Verlängerung herausschlagen?" Max zieht sie in seine Arme.

„Ja, spätestens am Donnerstag muss ich in Paris sein", antwortet Nadine kraftlos. „Eigentlich möchte ich nicht zurück. Ich möchte bei dir bleiben."

Max drückt sie enger an sich. „Aber ich vermisse die Kinder, denen ich in der Vorweihnachtszeit in der festlich geschmückten Buchhandlung Weihnachtsgeschichten vorlese. Die Kleinen lieben dieses Ritual. Es berührt mich, wenn ich in die Gesichter schaue und den Glanz in den staunenden Kinderaugen sehe." Sie sieht ihn einen Augenblick nachdenklich an und fasst sich ein Herz. „Ich mag Kinder. Und du, Max?"

„Ich möchte eine ganze Kindergartenschar. Und ich hätte für sie eine wundervolle Mutter im Blick." Er schmunzelt und küsst sie auf die Wange. „Dich!"

Wärme pulsiert durch ihren Körper. Das Lächeln in ihrem Gesicht schmerzt sie fast. „Wir bekommen die bezauberndsten Kinder der Welt. Die Jungs hätten alle deine grünen Augen."

Er lacht. „Die Mädchen hätten lange blonde, seidenweiche Haare und strahlend blaue Augen wie der Himmel."

Nadine seufzt.

„Komm, lass uns ins Wohnzimmer gehen." Er umfasst ihren Unterarm. „Ich schaue, dass ich dir noch was zu essen machen kann."

Sie begleitet ihn ins Wohnzimmer, Tyson dicht an ihrer Seite.

„Setz dich."

Sie folgt seiner Bitte, sieht ihn fragend an, als er vor ihr stehen bleibt. Max räuspert sich und als er niederkniet, schaut er ihr direkt in die Augen.

„Nadine, heirate mich. Wir werden Kinder zusammen haben und glücklich werden, das weiß ich. Egal, ob hier oder in Paris. Uns fällt eine Lösung ein, weil wir zusammengehören. Möchtest du mich heiraten, liebe Nadine Escoiffier aus Paris?"

Ihr Körper vibriert, als würde ein Stromstoß durch sie hindurchschießen und sie mit positiver Energie elektrisch aufladen.

Vor kurzem stand sie verzweifelt mit Selbstmordgedanken auf einer Seine-Brücke in Paris und in diesem wundervollen Augenblick fragt Max, ob sie ihn heiraten und mit ihm eine Familie gründen möchte. Tausend Gedanken rasen wie in einem Kreisel durch ihren Kopf.

„Was denkst du darüber, Prinzessin Nadine?“

„Max, ich will dich sehr gerne heiraten.“ Ihr Hals ist so trocken vor Aufregung, aber ihr Herz schreit laut vor Freude.

„Wir heiraten!“ Er scheint es nicht fassen zu können. Er greift nach Nadines Händen, zieht sie nach oben und wirbelt sie im Kreis, bevor er sie zu einem kleinen Freudentanz auffordert.

„Ich liebe dich, Nadine.“ Er zieht sie zärtlich zu sich heran und gibt ihr einen langen und innigen Kuss.

„Ich liebe dich auch, Max.“

Er tritt einen Schritt zurück und setzt einen ernsten Blick auf. „Ich glaube, wenn wir verheiratet sind, übernehme ich das Kochen.“

Nadine runzelt die Stirn und er lacht.

„Oder versprich mir, dass du nie wieder eine Lasagne im Backofen vergisst. Vor lauter Nebel im Flur hätte ich dich beinahe nicht gefunden.“

Sie legt erschrocken die Hand auf den Mund. Ich war so müde, ich bin einfach eingeschlafen. Tut mir leid.“

„Ach, halb so schlimm, die Feuerwehren in Berlin sind auf Zack. Und mein Nachbar, Herr Mayer, ist zum Glück nicht so empfindlich.“

„Ein netter alter Herr, dieser Herr Mayer. Wir haben zusammen Mineralwasser getrunken.“

„Ich hatte mich schon gefragt, warum du zwei Gläser gebraucht hast.“ Er grinst sie verschmitzt an und sie lächelt zurück.

„Max?“

Er hebt den Blick, scheint aus seinen eigenen Gedanken aufzutauchen.

„Ja?“

„Ich liebe dich.“

Er legt seinen Kopf zurück und schließt die Augen für einen Moment. Leichtigkeit und Freude erfüllen sein Herz. Eine winzige Freudenträne kullert über seine Wange. „Und ich liebe dich, Nadine, von der Erde bis zum Mond.“

Sie wischt ihm die Träne aus dem Gesicht. „Und ich dich vom Mond bis zur Erde.“

Sie küssen sich engumschlungen vor dem Sofa und kuscheln ihre Körper eng aneinander. Als sie einen Schritt weitergehen wollen, klingelt das Telefon von Max.

Kapitel 38

„Hallo, spreche ich mit Herrn Max Strebenick?“

Max hat das Telefon auf laut gestellt, als er Nadine signalisiert hatte, dass es das Krankenhaus ist. „Ja, der bin ich.“

„Mein Name ist Dr. Schwarz von der Charité. Ich behandle Frau Amalia Strebenick und ich habe gute Nachrichten. Sie ist aus dem Koma erwacht und wurde von der Intensivstation auf die Krankenstation verlegt. Die Genesung schreitet voran und Sie dürfen sie gerne besuchen.“

Gespannt hört Nadine Bruchstücke des Gespräches mit und reimt sich den Rest zusammen. Sie fängt seinen Blick auf, lächelt und reckt ihren Daumen nach oben.

„Da bin ich erleichtert. Ich komme sofort“, antwortet Max und seufzt.

„Auf Wiedersehen, Herr Strebenick, bis später.

„Danke für die gute Nachricht. Bis später.“

„Max, ich freue mich so“, sagt Nadine und küsst ihn auf die Nasenspitze, als er aufgelegt hat.

„Ich mich auch. Begleitest du mich?“

Sie nickt ihm zu, mit einem Lächeln im Gesicht.

Hand in Hand betritt sie mit Max das Krankenzimmer. Bei seiner Oma kullern Tränen der Rührung in kleinen Rinnsalen die Wangen hinunter.

„Ach, ist das schön. Sie ist wieder da.“

Oma rappelt sich auf und Max hilft ihr, dabei umarmt er sie zur Begrüßung vorsichtig.

Nadine bemerkt, wie schwach sie noch ist, und betrachtet die wächserne Haut der alten Dame. „Hallo Oma, schön, dich wiederzusehen."

Mit einem Lächeln überreicht Nadine ihr einen Strauß Blumen, den sie kurz zuvor gekauft hat. Alles überstrahlend steht der opulente Strauß mit farbenprächtigen Gerbera wenige Sekunden später in einer Vase auf Omas Nachttisch.

„Bunte Sträuße liebe ich seit meiner Kindheit", haucht sie kraftlos.

Max knetet seine Hände. „Was machst du denn für Sachen? Wir brauchen dich noch!"

„Wenn ich das wüsste. Bedauerlicherweise ertappe ich meinen alten Körper öfter beim Schlappmachen. Ich hätte die Anzeichen bemerken sollen. Stattdessen habe ich sie ignoriert. Mein Atem hat komisch gerochen. Ich ging zum Arzt, weil ich in schlechter Verfassung war. Aber er ignorierte meine Symptome. Erst der vermutete Bruch, dann doch nur eine Zerrung. Ich denke, er hat mich nicht mehr ernst genommen."

„Unglaublich." Nadine ist schockiert. Max' Oma hätte sterben können.

„Dir hätte viel erspart bleiben können", sagt Max. „Aber zum Glück hast du jetzt die richtigen Ärzte, die dir helfen. Dr. Schwarz hat mich angerufen und mir mitgeteilt, dass es dir besser geht. Und Nadine ist extra von New York hergeflogen, um dich zu besuchen", sagt er mit einem Augenzwinkern.

„Das finde ich wundervoll, Nadine. Dorthin wollte ich in meiner Jugend und habe es aufgeschoben. Und danach war ich allein und hätte keinen langen Flug mehr durchgehalten." Sie zuckt bedauernd mit den Schultern. „Liebe Nadine, versprich mir, dass du mich noch einmal besuchen kommst und mir mehr über deine Erlebnisse in New York erzählst. Ich bin sehr müde, ich schlafe bestimmt bald ein, aber ich freue mich so, dass ihr beide zusammengekommen seid."

Sie klatscht kurz in die Hände und erhascht damit die volle Aufmerksamkeit. „Das Einzige, was mir zu meinem Glück fehlt, ist eine kleine Urenkelin oder ein Urenkel. Es wird Zeit, dass Leben in die Bude kommt. Max hat lange genug Zeit gehabt, sich auszutoben."

Nadine spürt die Hitze, die ihr ins Gesicht schießt und auch Max errötet. Die Ansage war deutlich und Nadines und Max' Blicke treffen sich.

Nadine fasst sich als Erste. „Liebe Omi, eins verspreche ich dir, wir besuchen dich auf alle Fälle wieder und dann erzähle ich dir von meinen Abenteuern. Und außerdem habe ich im Flughafen ein kleines Mitbringsel gekauft."

Sie überreicht ihr ein kleines Päckchen und Omi packt es mit zittrigen Fingern aus. Ein Lächeln huscht über ihr Gesicht. Mit ihren faltigen Händen streicht sie über die Dame mit der Fackel. „Danke. Es bedeutet mir viel, dass ihr an mich denkt."

„Eine kleine Freiheitsstatue als Erinnerung für dich, weil du nicht dabei sein konntest. Die fantastische Aussicht von dort oben über den Hudson-Fluss hinweg hätte dir gefallen. Es war ein gigantischer Tag mit Max, dem wunderbarsten Mann, den ich finden konnte."

Max räuspert sich und sie schaut ihm fest in die Augen, sie wendet den Blick wieder zu seiner Oma. „Und wir tragen dich immer in unserem Herzen. Wir haben auch dort an dich gedacht."

„Stimmt", sagt Max.

„Das ist lieb von euch." Sie wischt sich ein Tränchen aus dem Augenwinkel. „Und ich freue mich immer, wenn unsere kleine

Familie noch ein wenig größer wird", fügt sie mit einem verschmitzten Lächeln hinzu.

Max meldet sich zu Wort: „Und ich erst."

Nadine tritt von einem Fuß auf den anderen. „Auf Nachwuchs musst du noch ein bisschen warten, ich bin erst angekommen. Wir wollen die Zeit zusammen nutzen und werden Pläne für die gemeinsame Zukunft schmieden."

Omi grinst wohlwollend.

„Gute Besserung. Werde schnell gesund. Bis bald." Max greift nach Nadines Hand, drängt zum Aufbruch, denn seiner Oma fallen die Augen zu.

Kapitel 39

Max legt seine Schlüssel ab und hilft Nadine aus dem Mantel.

„Jetzt, wo Oma Urenkel erwartet, müssen wir uns wirklich Gedanken über die Familienplanung machen.“ Er zwinkert ihr zu. „Meinst du, man könnte die süßen Kleinen im Katalog bestellen? Oder doch lieber selbst machen? Also, ich hätte da eine glänzende Idee.“

Sie streicht ihm durch die verstrubbelten Haare und schaut ihm intensiv in die meergrünen Augen. „Wir hätten da ein Problem.“

Max schaut sie irritiert an. „Und darf ich fragen, welches?“

„Ein anderes männliches Wesen!“

„Aha“, erwidert er angespannt. „Ich dachte, du hast dich für mich entschieden? Jetzt doch der Traummann aus New York? Ben, der schnieke Börsenmensch?“ Max‘ Augen funkeln dunkel.

Sie nimmt ihn zärtlich bei der Hand. Dann flüstert sie: „Nein, ein anderes männliches Wesen.“

„Hm“, sagt er und mahlt mit den Zähnen, bis es knirscht. Seine nun dunkelgrünen Augen kneift er zusammen. „Wie viele männliche Wesen kennst du, außer Ben?“

Sie schaut ihn an und antwortet in festem Ton: „Er wohnt in Berlin.“

„Du meinst nicht etwa Samuel? Oder diesen Jogger aus dem Park, der immer dieselbe Runde nimmt?“ Er verzieht die Mundwinkel und sein Blick wird noch ernster. Seine Augen funkeln.

Nadine legt eine Hand auf seinen Arm. „Max, entspann dich, der wohnt nicht nur in Berlin, sondern bei dir! Er hat kurzgeschorene braune Haare.“

„Jetzt kapier ich gar nichts mehr? Braune kurze Haare? Spanne mich nicht so auf die Folter."

„Okay, ich sage dir, wer es ist."

Er ballt die Hände zu Fäusten. „Wer ist mein Konkurrent? Wer immer es ist, ich schlage ihn in die Flucht." Er hüpft wie ein Boxer von rechts nach links und schlägt einen rechten Haken mit der Faust in die Luft.

„Also, der junge Kerl ist nahezu vierzig Zentimeter groß."

Mit großen Augen starrt er sie an.

Ein dickes Grinsen zeichnet sich in ihrem Gesicht ab. „Dein Konkurrent oder nenne ihn, wie du magst, hat braunes Fell mit ein bisschen schwarz und hört auf den Namen Tyson. Und er schläft gerne in dem großen Bett."

Max klappt die Kinnlade herunter.

„Du Biest", sagt er und schüttelt den Kopf über das Missverständnis, das sie absichtlich provoziert hat. Er zwickt sie sanft in die Hüfte und fängt an zu lachen. „Das geht gut los. Wie du weißt, gibt das graue Haare und dann heiratest du einen alten Mann, wenn du mich so auf den Arm nimmst."

Er zieht sie zärtlich an sich und Nadine kann nicht aufhören zu lachen. Sie schmiegt sich an ihn und genießt seine Wärme, seine Muskeln, gut trainiert von der körperlichen Arbeit im Tierheim. Sie liebt diese wirren hellbraunen Haare, den legeren Kleidungsstil. Und sie mag seinen Humor und freut sich darauf, mehr von ihm kennenzulernen.

Er räuspert sich kurz. „Ich möchte deine Nähe immer spüren, dann bin ich auf alle Zeit glücklich. Du bist meine Traumfrau und ich erkenne das ohne Wahrsagerin. Ich bewundere dich, wie du deine Ängste besiegt hast." Er zwinkert ihr zu und sagt mit einem Schmunzeln: „Zwar für den falschen Mann, aber vielleicht hättest du es auch für mich getan? Am Ende haben sich die Strapazen gelohnt. Wir haben uns kennengelernt."

„Max“, sagt Nadine und sieht ihm fest in die Augen, „im Endeffekt habe ich es für dich getan und auch für mich. Es geht mir wesentlich besser, weil ich mir mehr zutraue. Ich fühle mich nicht mehr wie ein ängstliches Kaninchen, über das die Leute lachen und das sich dann im Bau versteckt. Ich habe gelernt, Probleme anzusprechen und ich achte mehr darauf, wem ich vertraue. Mitunter macht man eben Fehler. Ich habe dich viel zu spät wahrgenommen. Du hast dich nicht aufgedrängt. Du hast dich finden lassen und darüber bin ich sehr froh.“

Sie lächelt. „Max, du hast mich losgelassen und mir Zeit für eine Entscheidung zugestanden. Und was man loslässt, kommt zurück, dieses Sprichwort hat sich bei uns bewahrheitet. Voilà, hier bin ich.“

Max küsst sie sanft auf den Mund. Er löst sich kurz aus der Umarmung, tritt einen Schritt zurück und blickt ihr in die Augen. „Nadine, das Schicksal hat uns zusammengeführt und ich freue mich auf eine Zukunft mit dir. Du bist großartig! Das weiß ich, seit ich dich das erste Mal gesehen habe. Lass uns den gemeinsamen Weg weitergehen und uns näher kennenlernen. Ich hätte da eine wundervolle Idee“, sagt Max und nimmt sie wieder zärtlich in die Arme.

Tausend Schmetterlinge tanzen in Nadines Bauch, während Max ihren Rücken zärtlich streichelt und sie hingebungsvoll küsst. Sie revanchiert sich mit Küssen, die immer leidenschaftlicher und fordernder werden. Max keucht.

Sie spürt seine Erregtheit und ihr Kribbeln im Bauch. Seine Zunge berührt ihre Lippen und fordert Einlass in ihren Mund. Seine Hände streichen über die Rundungen ihres Körpers.

Nadine schmiegt sich an seinen Körper und bebt, wenn er ihre erogenen Zonen zärtlich berührt und sanft streichelt. Seine Küsse wandern von den Lippen über den Hals in den Ausschnitt ihrer Bluse.

Mit zitternden Händen knöpft er ihr Oberteil auf.

Aus dem Augenwinkel nimmt sie wahr, dass Tyson sich die Pfote über die Augen hält. Er jault, als Max Nadine hochhebt und auf den Armen ins Schlafzimmer trägt.

Ihr Traummann schließt die Tür direkt vor Tysons Nase und wendet sich Nadine zu, die seinen glühenden Blick erwidert. Max legt sich neben sie aufs Bett, streichelt zärtlich erkundend über ihren Körper. Sie küssen sich immer leidenschaftlicher und reißen sich in tiefster Erregung die Kleider vom Leib.

Wild fallen sie übereinander her, lieben sich immer wieder, bis ihre verschlungenen Körper vor Begierde bebend mit einem lustvollen Stöhnen zum Höhepunkt kommen.

Nadine lässt ihren erhitzten Körper erschöpft neben Max aufs Bett fallen. Sie schaut in seine strahlenden grünen Augen und streichelt liebevoll seine Hand.

Sie spürt seinen Blick auf ihren Rundungen und erschaudert, als er sie mit einem Laken umhüllt. Er streicht ihr eine Strähne aus dem Gesicht und Nadine lächelt. Als ihr Magen knurrt, lachen sie beide.

„Bist du mit einer Pizzabestellung samt einer Flasche trockenem Rotwein einverstanden?", fragt Max.

Sie grinst. „Das klingt sehr verlockend. Einverstanden."

„Nadine, welche Pizza magst du?"

„Die Traummann-Pizza, lecker belegt. Am besten scharf. Also Diavolo mit brennend heißer Peperoni."

„Sicher? Scharfes hattest du doch schon", erwidert er frech grinsend.

„Stimmt, und süße Stracciatella-Pizza führen die vermutlich nicht", sagt sie mit einem Augenzwinkern und hält sich den Bauch vor Lachen, als sie sein verwirrtes Gesicht sieht.

„Was bestellst du?", will sie wissen, als sie sich beruhigt hat.

„Erst mal einen leckeren Hundekuchen."

Ungläubig verdreht sie die Augen. „Hundekuchen? Für dich?"

„Nein, für Tyson, den Frauenversteher", sagt Max und lacht herzhaft.

Nadine stupst ihn sanft gegen die Hüfte und schmunzelt. „Ach, jetzt verstehe ich, damit er uns bei der Fortsetzung nicht stört.“ Sie stimmt in sein kehliges, fröhliches Lachen ein. „Das gibt es leider nicht beim Pizzadienst. Oder soll ich etwa den Polizeinotruf wählen, für Notfälle aller Art?“

„Nadine, du veralberst mich. Ich bestelle eine Pizza Quattro Stagioni, das heißt vier Jahreszeiten, und die mag ich künftig immer mit dir verbringen. Jahr für Jahr. Und für dich die Diavolo?“

„Ja, eine Diavolo, mit scharfer Peperoni. Ein bisschen Schärfe schadet nie.“ Sie grinst. „Max, mit dir mag ich mein ganzes Leben verbringen.“ Sie wirft ihm einen verführerischen Blick zu.

Er blickt ihr tief in die Augen. „Nadine, ich mag dich, wenn du scharf bist! Aber dazu braucht es keine scharfe Pizza, denn ich liebe dich genau, wie du bist.“

Sie seufzt vor Freude, ihr Herz schlägt heftig. Sie betrachtet ihn heimlich mit einem zärtlichen Lächeln, während er den Pizzadienst anruft.

Ein zarter Brombeerduft des dunkelroten, samtig schimmernden Rotweins weht durch die Küche und konkurriert mit dem leckeren Pizzaduft von überbackenem Käse, Tomaten und Oregano. Den Wein schenkt Max in zwei Weingläser ein. Hungrig fallen sie über ihre Pizzen her und nippen genüsslich an dem süffigen Rotwein. Nicht zu trocken und nicht zu süß, so wie Nadine es mag, und Max scheint es ebenfalls zu schmecken.

Als sie einen gewissen Sättigungsgrad erreicht haben, bemerkt Nadine seinen Blick, während er mit dem Kopf demonstrativ und fragend in Richtung Schlafzimmer nickt. Nadine lächelt als Zustimmung, ihre Schmetterlinge im Bauch tanzen nonstop vor Aufregung.

Max entführt sie sanft an der Hand ins Schlafzimmer, dimmt die grelle Beleuchtung und schließt die Tür dezent vor Tyson. Er öffnet eine Playlist mit romantischen Liedern auf seinem Handy und spielt diese ab.

„Extra für dich“, raunt er, als die sanfte Musik im Raum erklingt. Sie lässt sich verführerisch auf das Bett fallen, beobachtet, wie er ein paar Teelichter entzündet und sich dann auf dem Futon nah an sie schmiegt.

Sie küssen sich leidenschaftlich mit innigen Zungenküssen.

Max zieht Nadine langsam und vorsichtig aus.

Sie genießt die begehrenden Blicke, öffnet sein Hemd langsam Knopf für Knopf und bald mit ungestümer Wildheit, bis es auf den Boden fällt. Tyson schnauft draußen leise auf. Er tut ihr leid, aber sie genießt es, ganz nah bei Max zu sein.

Sie knöpft seine Hose auf und öffnet vorsichtig den Reißverschluss. Sie zerrt die Jeans umsichtig hinunter und streift ihm mit einem Lächeln die Socken ab. Sie küssen und streicheln sich zärtlich und ertasten gierig ihre Körper. Es knistert erotisch.

Teelichter werfen ein diffuses Licht in den Raum. Er öffnet vorsichtig ihren Büstenhalter und streichelt zärtlich ihre festen Brüste. Er betrachtet sie unverhohlen und erkundet jeden Zentimeter ihrer Haut. Max küsst ihre rosa Brustwarzen, die sich ihm wie Blüten entgegenrecken.

Nadine stöhnt leise und zieht ihm sanft den Slip aus. Ihr gefällt, was sie darunter erblickt und vorher gespürt hat. Er reibt gefühlvoll seinen erregten Penis an ihrem Unterleib. Nadine errötet, die Hitze schießt ihr ins Gesicht.

Splitternackt, Haut an Haut, streicheln und erforschen sie sich behutsam vorantastend. Mit zärtlichen Küssen bedecken sie bisher unbekannte Stellen ihrer Körper. Berauscht von ihren erneut aufwallenden Gefühlen fallen sie liebestrunken übereinander her. Ihre Körper schwingen im Einklang, bis sie nach ausgiebigem Liebesspiel zum ersehnten Höhepunkt kommen und anschließend erschöpft und glücklich in die Kissen sinken.

Kapitel 40

Am nächsten Morgen erwacht Nadine und sieht ihren Traummann Max neben sich liegen. Sie reibt sich die Augen und kann ihr Glück kaum fassen. Es fühlt sich himmlisch an, mit ihm zusammen zu sein, denkt sie, als er die tiefgründigen grünen Augen vorsichtig öffnet und sie liebevoll anlächelt. Sie küsst ihn zärtlich und schmiegt sich sanft an ihn.

Die beiden lieben sich erneut, bis sie wiederum erschöpft und glücklich in die Kissen fallen.

Nach ausgiebiger Kuschelzeit begibt sich Max in die Küche und setzt leckeren Kaffee auf für das Frühstück.

Nadine duscht. Als sie Max ins Badezimmer lugen sieht, winkt sie ihn zu sich unter die warme Brause.

Sie seifen sich gegenseitig ein und küssen sich leidenschaftlich.

Sie berührt seine straffe Haut und streichelt die Muskeln des durchtrainierten Körpers. Nadine liebt jeden Zentimeter seiner Haut. Sie würde am liebsten ewig mit ihm duschen und vor allem wünscht sie sich, mit ihm ein Leben lang zusammen zu sein. Er ist ihr wahrer Traummann.

Ungläubig schüttelt sie den Kopf, wie konnte sie so blind sein und Ben, diesem Vollpfosten, nachlaufen?

Diese zerlumpte Wahrsagerin hatte sie verwirrt oder gar verzaubert. Trotzdem hat sie ihre Ängste besiegt. Sie lächelt, als sie gemeinsam aus der Dusche steigen und sich gegenseitig zärtlich abfrottieren.

„Oh, da hast du dich aber selbst übertroffen." Staunend steht Nadine in der Küche und betrachtet das liebevoll zubereitete Frühstück von Max. Er hat frischen Kaffee aufgebrüht, der in der warmen Kanne auf sie wartet. Frisches Brot, verschiedene Käsesorten, Tomatenviertel und appetitlich grüne Weintrauben liegen bereit.

Er lässt es sich nicht nehmen, eine Mango zu tranchieren und richtet diese auf einem Teller in Fächerform an. Mit einem geschärften Messer schneidet er Karottenstifte.

„Ich wusste nicht, was du magst, deshalb habe ich mehrere Marmeladen bereitgestellt." Er legt das Messer beiseite, umarmt sie und küsst zärtlich ihren Hals, ehe er auf Tyson eingeht, der um ihre Füße herumschleicht.

Max gibt ihm seine Ration Trockenfutter aus einer großen Futterpackung. Krault ihn kurz hinter den Ohren.

Sie trinken beide ihren ersten Kaffee zusammen am Frühstückstisch.

Nadine lächelt, versunken in ihre eigenen Gedanken. Sie riecht an dem nach Koriander und Fenchel duftenden Brot. „Hast du es selbst gebacken?"

Max schüttelt den Kopf. „Leider nein, ich kann das, aber dafür fehlt mir im Moment die Zeit. Aber wir haben gleich um die Ecke eine Bäckerei, mein Nachbar ist Frühaufsteher. Er weiß, was ich mag und bringt mir manchmal Brot oder Brötchen mit und legt es mir vor die Tür. Und da ich heute Nacht einmal kurz aufgewacht war, habe ich uns den Frühstückstisch gerichtet."

Sie kann sich gar nicht satt sehen an dem Farbenfest auf dem Tisch: Erdbeerkonfitüre, dunkelrote Johannisbeermarmelade, bernsteinfarbenes Quittengelee, Kiwi-Konfitüre, gestiftelte Karotten und aromatisch duftende Cocktailtomaten.

Sie genießt ihr Frühstück, atmet den betörenden Kaffeeduft ein und lächelt Max zu. Sie liebt das Fremde, ein deutsches Frühstück statt Croissant und Milchkaffee. Herzhaft beißt sie in das knusprige

Brot und spießt mit der Gabel ein kleines Käsestückchen auf, im Anschluss daran lässt sie eine Weintraube in ihrem Mund zerplatzen und genießt diese Geschmacksexplosion mit halb geschlossenen Augen.

Sie könnte sich vorstellen, ein Leben lang hier in Berlin bei ihm zu wohnen. Die Berliner verhalten sich offen und tolerant, sie sagen, was sie denken. Sie tragen ihr Herz auf der Zunge, reden unverblümt und direkt. Nicht fortwährend höflich, aber ehrlich.

Ihre Mimik wandelt sich von Lächeln zu Sorgenfalten und danach wieder zu einem Lächeln. Nadine spürt Max‘ Blicke auf sich.

„Was beschäftigt dich? Was liegt dir auf dem Herzen?“

„Max“, druckst Nadine herum, „hast du dir überlegt, wie es weitergehen soll? Wir wissen, dass wir uns lieben, aber ...“

„Nadine, mir schwirren unaufhörlich Gedanken über uns im Kopf herum“, unterbricht er sie. „Mein Lebensmittelpunkt befindet sich hier in Berlin. Bisher habe ich leider noch keine passende Lösung gefunden. Meine Gedanken drehen sich im Kreis.“

„Ich weiß“, sagt sie und nickt. „Deine Omi, deine Tiere, dein Kumpel. Und deine Würstchenbude“, fügt sie hinzu, um die Ernsthaftigkeit des Gesprächs aufzulockern.

Er seufzt. „Ich suche nach einer Lösung, die uns beiden gefällt. Das Schicksal hat uns zusammengeführt. Aber es gilt, noch diese eine Prüfung zu bestehen. Wenn wir beide es wollen, finden wir einen Kompromiss.“ Er greift nach ihren Händen. „Nadine, ich liebe dich. Und wir werden heiraten. Wir finden einen Weg, das verspreche ich dir.“

Sie schaut in ihren Kaffeebecher, als ob sie aus dem Kaffeesatz lesen wollte. Dann blickt sie mit verschmitztem Blick auf und fragt: „Wo ist denn die Wahrsagerin, die aus dem Kaffeesatz lesen kann und angeblich alles weiß?“

Max lacht. „Du weißt doch, ihre Intuition hat sie getäuscht.“ Mit beiden Daumen deutet er zielsicher in seine Richtung. „Ich bin der Mann deines Lebens und nicht der geschniegelte und gestriegelte Lackaffe. Um dich für mich zu gewinnen, bin ich nach New York geflogen. Das hätte ich für niemand anderen getan. Es hat leider länger gedauert, bis ich was gemacht habe. Erst Samuel hat mir den letzten Tritt gegeben."

Max lächelt ihr verschmitzt zu und in Nadines Magen kribbelt es. Er seufzt. „Dann funkte Omis Krankheit dazwischen. Ich hätte dich so gerne sofort mitgenommen, aber ich habe mich nicht getraut. Ich wollte, dass du deine Gefühle für mich selbst herausfindest. Ich habe unglaublich gelitten. Ich werde alles geben, damit wir beide gemeinsam glücklich werden. Sag mir, was ich tun soll?"

Überwältigt von dieser Liebeserklärung betrachtet Nadine ihren Max voller Rührung. Sie umklammert den Kaffeebecher, um sich zu erden. „Du, ich habe eine Idee und die könnte funktionieren. Allerdings gäbe es ein paar Bedingungen."

„Bedingungen?" Seine Stimme ist leise. Beinahe ängstlich. Sie geht Nadine durch Mark und Bein.

„Du weißt, dass ich nächste Woche wieder in Paris erwartet werde?"

Er nickt.

Sie sieht Resignation in seinem Blick. „Ich weiß, dass dir das alles wichtig ist, und es tut mir so leid, dass ich keine Lösung aus dem Ärmel schütteln kann."

„Musst du auch gar nicht. Ich habe einen Plan. In einer ruhigen Minute suche ich das Gespräch mit meiner Chefin. Wenn es nach mir geht, fliege ich jeden Dezember nach Paris und arbeite in der Buchhandlung. Ich liebe es, den Kindern an Weihnachten vorzulesen und sie in die Geschichten hineinzuziehen. Und wenn ich den Glanz in ihren Augen und die roten Wangen sehe, gibt es mir viel zurück. Diese Tradition hat einen festen Platz in meinem Herzen gewonnen."

Sie beobachtet seinen irritierten Blick. „Wenn du es möchtest, ziehe ich zu dir nach Berlin. Hier werde ich mir eine Arbeit von

Januar bis November suchen. Aber den Dezember werde ich komplett in Paris verbringen, wenn Madame Montagne mich lässt."

Er springt auf, eilt auf sie zu, zieht sie von ihrem Stuhl, sodass dieser gefährlich kippelt und beinahe ihre am Tischrand stehende Kaffeetasse umwirft. Er hält sie gerade noch und gleichzeitig mit Nadine am Henkel fest. „Wow, das würdest du tun? Du liebst mich wirklich! Was bist du nur für eine großartige und außergewöhnliche Frau. Das klingt gut überlegt und ich hoffe, ich mute dir nicht zu viel zu."

Ihre Fingerspitzen berühren sich und die Liebe, die sich wie ein leichter elektrisierender Schlag anfühlt, durchströmt ihren Körper warm. Sie schaut ihm in die Augen. Sie erkennt in seinem Blick, was sie fühlt. Keine Macht der Welt und nicht mal eine Wahrsagerin kann sie auseinanderbringen. Sie küssen sich einige Minuten lang tief und leidenschaftlich.

„Komm, lass uns ins Wohnzimmer gehen, ich würde viel lieber andere Sachen mit dir machen, aber es gilt noch, so viel zu bereden." Sie greift nach seiner Hand, er nimmt sie in den Arm und führt sie ins Wohnzimmer. Er deutet aus dem Fenster. „Schau, wie schön es schneit."

Sie lächelt ihn an. „Wunderschön, wie die Schneeflocken gemeinsam tanzen."

„Alles wird gut. Nadine, gemeinsam schaffen wir das."

Sie schmiegt sich an ihn. „Wenn Madame Montagne zustimmt, frage ich meine Freundin Marie, ob sie mir ihr Gästezimmer im Dezember überlässt. Dann kann ich Zeit mit meinen Freundinnen verbringen und den Kontakt halten. Ich freue mich heute schon auf den Duft von frischen französischen Croissants und Baguettes."

„Das ist eine schöne Idee. Frag sie bald. Was mir ein wenig Sorge macht ... sehen wir uns an den Feiertagen wie Weihnachten und Silvester?", fragt er mit hängenden Schultern. Sie lacht bei der Vorstellung, dass er sich allein mit Tyson beim Silvesterfeuerwerk sieht.

„Du Träumer. Du hast den weiten Flug nach New York angetreten, um mich zu treffen. Und nach Paris gibt es auch Flüge. Wir können uns binnen kurzer Zeit sehen. Selbstverständlich bist du zum Weihnachtsfest eingeladen. Vielleicht nehmen wir uns eine Suite in einem kleinen romantischen Hotel über den Dächern von Paris? Mit viel Glück schneit es dort auch wie in einem Wintertraummärchen, weiße fluffige Schnee-Wattebällchen. Das Silvesterfeuerwerk dort ist genauso farbenprächtig und grandios wie in Berlin, aber vielleicht kann ich an Silvester auch zu dir fliegen, wenn die Buch-Umtauschaktionen vorbei sind." Sie küsst ihn auf die Nase. „Siehst du, es gibt viele Möglichkeiten, wenn man sich liebt, so wie wir."

Einen Augenblick sehen sie sich einfach nur an und Nadine genießt die Nähe. „Max, ein paar Sachen gibt es, bei denen du mir helfen musst." Sie knabbert an seinem Hals und er wehrt sie lachend ab.

„Wobei? Ich mache alles für dich."

„Hilfst du mir, in Berlin eine Arbeit zu finden?"

„Aber selbstverständlich." Er löst sich von ihr und mustert sie. „Wir werden gemeinsam alles schaffen."

Er nimmt sie in die Arme und küsst sie zärtlich.

Ihre Schmetterlinge tanzen Salsa, als sie sich von ihm löst. Sie schaut mit einem entrückten Lächeln aus dem Fenster, stupst ihn an und deutet auf die fluffigen Schneeflocken draußen. „Hey, Lust auf eine Schneeballschlacht?"

„Kannst du meine Gedanken erraten?"

Sie zieht sicherheitshalber zwei Pullover übereinander an und schlüpft in einen warmen roten Wollmantel. Von Max leiht sie sich Mütze und Schal sowie ein paar zu große Handschuhe.

Hand in Hand steigen sie die Treppe hinab, wo ihnen ihr Nachbar Herr Mayer begegnet und sie freundlich grüßt. Er tätschelt Tyson den Kopf und zwinkert ihr zu.

Sie grüßen zurück und öffnen die Haustür. Es weht ihnen kalte trockene Luft entgegen. Tyson setzt Pfote für Pfote vorsichtig in den eiskalten Schnee und jagt anschließend jeder Schneeflocke nach.

Max hat alle Mühe, mit einer Hand Tyson festzuhalten und mit der anderen einen Schneeball zu formen. Seine Wehrlosigkeit schamlos ausnutzend, wirft Nadine einen nassen Schneeball direkt auf seinen Mantel.

Er klopft sich den Schnee ab und ruft: „Warte, ich fange dich und dann behalte ich dich."

Sie läuft los und hinterlässt schmale Schuhabdrücke ihrer Stiefeletten im Schnee. Max eilt ihr mit Tyson an der Leine nach und fängt sie ein. Er umarmt sie fest.

„Liebe Schneekönigin, dich lasse ich nimmermehr los." Er küsst sie heißblütig auf den Mund, bis der eifersüchtige Tyson sein Herrchen weiterzieht.

Max und Nadine liefern sich eine fulminante Schneeballschlacht. Sie lachen wie spielende Kinder und als sie im Park ankommen, legt Nadine sich in den Schnee. Mit beiden Armen und Beinen formt sie einen Schneeengel.

„Mach mit, Max", ruft sie ihm zu und er lässt sich bereitwillig neben sie fallen. „Schau bitte her, wir sind Engel." Nadine hat sich erhoben und betrachtet ihre Kunstwerke.

„Und wenn wir Kinder bekommen, gibt das ganz viele kleine Engel. Wollen wir zu Hause gleich ein paar Engel produzieren?", fragt er frech.

„Max!"

Kapitel 41

„Hallo Nadine, hier ist Sarah. Schön, dass ich dich erreiche. Ich habe dir viel zu erzählen."

Nadine setzt sich im Wohnzimmer von Max gemütlich auf die Couch und lehnt sich zurück. „Hi, ich freu mich so, von dir zu hören. Leg los. Ich habe dir auch einiges zu erzählen."

„Also, zunächst bedanke ich mich bei dir noch einmal, dass du mich auf deine Reisen mitgenommen hast, auch wenn ich etwas geschummelt habe. Ich hoffe, du verzeihst mir das?"

Nadine fühlt die Kilos von ihrem Herzen purzeln. Sarah bittet endlich um Verzeihung. Sie knetet ihre Finger und fasst einen Entschluss. „Keine große Sache, gerne. Das mit dem Austricksen von Claire war nicht so schön, aber Schwamm drüber. Ich habe dir bereits verziehen."

Nadine schiebt sich eine Strähne hinters Ohr. Sie liebt die Harmonie, hasst Streit und lächelt. Endlich kehrt wieder Seelenfrieden ein.

„Danke, das ist mir sehr wichtig und sehr großherzig von dir. Ich bin so froh, dass du mich zu diesem Tierheim mitgenommen hast. Du glaubst gar nicht, was für ein toller Mann Samuel ist. Ohne dich hätte ich ihn nie kennengelernt." In Sarahs Stimme liegt etwas Verträumtes und Nadine lächelt. „Er verhält sich so natürlich und er will mich nicht verbiegen. Uns gehört eine wunderbare gemeinsame Zukunft, außerdem kommt er mit mir nach Paris. Er sucht sich dort eine Arbeit und wir wollen heiraten. Und dann können wir zwei uns öfter treffen. Wie findest du das? Du bist die Erste, die es erfährt.“ Nadine hört, wie ihre Freundin nach Luft japst.

Nadine schlägt die Beine übereinander, sie sortiert ihre Gedanken. „Sarah, das ist gigantisch. Ich freue mich, dass es für dich so gut gelaufen ist. Und ich fühle mich geehrt, dass du mir diese wundervolle Nachricht als Erste anvertraut hast.“ Sie seufzt auf. „In einer Sache enttäusche ich dich leider, eine Zeit lang werden wir uns nicht sehen können.“

Ihre Freundin verstummt einen Augenblick und fragt zögerlich: „Aber warum? Jetzt, wo wir uns so gut verstehen?“

„Du, ich habe vor hierzubleiben bei Max. Du hast mir die Augen geöffnet und ich habe endlich den richtigen Traummann gefunden. Bis in alle Ewigkeit bin ich dir dankbar dafür. Mit ihm zusammen lache ich viel. Er versteht mich. Und wir wollen eine Familie gründen. Ich ziehe nach Berlin“, sagt Nadine entschlossen.

„Wow. Ich bin beeindruckt. Bist du dir sicher?“

„Ja, aber zunächst werde ich am Mittwoch nach Paris zurückfliegen. Madame Montagne hat mir klar zu verstehen gegeben, dass sie nicht länger auf mich wartet. Am Donnerstag muss ich definitiv wieder arbeiten.“

„Kündigst du? Ich meine, du arbeitest so gerne dort. Ist er es wert, deine geliebte Arbeit sausen zu lassen? Du bist Französin, vergiss das nicht.“

„Französin bleibe ich immer in meinem Herzen. Er ist es absolut wert, davon bin ich felsenfest überzeugt. Und mit Madame Montagne werde ich versuchen, einen Kompromiss auszuhandeln. Ich möchte jeden Dezember in Paris arbeiten. Max ist damit einverstanden. Wenn das alles so klappt, wird er mich von Weihnachten bis Silvester in Frankreich besuchen und ich werde anschließend mit ihm nach Deutschland zurückfliegen.“

„Kannst du es dir leisten, lediglich einen Monat zu arbeiten? Und wo wohnst du?“

„Ich lerne richtig Deutsch und suche hier in Berlin eine Arbeitsstelle für die restlichen elf Monate. Und wegen eines Zimmers frage ich bei Marie nach. Im Übrigen können wir uns im Dezember in Paris spontan treffen. Wie findest du das?“

„Großartig. Du bist viel mutiger als ich. Ich bewundere dich.“

Nadine errötet. Sie saugt dieses Kompliment auf wie ein Staubsauger die Flusen auf dem Parkett. „Danke, Sarah. Du bist für mich eine beste Freundin.“

„Genauso wie Marie und Claire?“

„Exakt.“ Bei der Erwähnung von Claire überkommt sie ein schlechtes Gewissen. Marie hat Claire bestimmt wegen der Falschinformation aufgeklärt, dass sie angeblich ihre Mutter pflegt. Aber sie wird ihr noch eine Mail schreiben, sie in Paris treffen und alles geraderücken, was Sarah verbockt hat. Claire wird das verstehen.

„Das ist mir eine Ehre.“

„Wir sehen uns in Paris. Ich freue mich.“

Kapitel 42

Am nächsten Tag besuchen Nadine und Max seine Oma erneut im Krankenhaus. Als Max sich zu einem Gespräch mit ihrem Arzt trifft, bleibt Nadine mit Oma allein im Zimmer.

„Wirst du hier in Berlin bei Max bleiben?"

Die Frage klingt so beiläufig, dennoch weiß Nadine, was dahintersteckt. Sie freut sich, Max' Oma die guten Neuigkeiten zu überbringen. „Ja, das werde ich."

Oma hebt den Kopf und in ihren Augen liegt ein Glanz, der sie berührt. „Das ist schön, Nadine. Ich freue mich. Aber wie stellst du dir das in Berlin mit einer Arbeitsstelle vor?"

„Mein Herz hängt an einer Buchhandlung, ich würde aber auch Kinder betreuen oder in einer Modeboutique arbeiten. Im Dezember werde ich auf alle Fälle meine Chefin in Paris unterstützen, wenn sie es erlaubt."

„Das nenne ich flexibel und ich freue mich, dass du nunmehr zur Familie gehörst. Herzlich willkommen." Oma scheint einen Moment zu grübeln. Mit festem Blick sieht sie Nadine schließlich an. „Ich habe eine Idee, wie ich dir eventuell helfen könnte, dein Leben hier leichter zu machen. Ich habe eine Freundin, die ist zufällig Französin und hat eine Buchhandlung in Charlottenburg. Könntest du dir vorstellen, dort zu arbeiten?"

Nadine fasst sich an die Brust. Sie kann nicht glauben, was sie da hört. „Das würdest du für mich tun? Eine Arbeitsstelle in Berlin und noch dazu in einer Buchhandlung, das wäre genial."

„Na ja, ich frage sie, ob sie Bedarf hat. Wäre es denkbar, dass du erst mal Bücher in die Regale räumst? Und wenn du besser Deutsch gelernt hast, kannst du ihre Kunden beraten. Außerdem organisiert sie Lesungen mit französischen Autoren. Du könntest ihr gewiss helfen und sie entlasten. Sie ist nicht mehr die Jüngste, so wie ich“, sagt Omi und grinst wie ein Schelm, der gerade etwas ausgeheckt hat.

„Aber das kann ich nicht annehmen.“

„Verrate Max vorerst nichts, erst, wenn es fest ist. Das wäre prima. Du gehörst zur Familie und alles fügt sich. Einig?“

„Einig!“, antwortet Nadine und ein Lächeln umspielt ihre Lippen.

Sie wendet den Kopf, als sie die Tür zum Krankenzimmer hört. Max sieht zwischen ihr und seiner Oma hin und her.

„Warum habe ich das Gefühl, dass ihr Geheimnisse vor mir habt?“

„Wir?“, fragt seine Oma und grinst. Sie zwinkert Nadine zu, die es erwidert.

„Na gut, wenn ihr es nicht verraten wollt, dann frage ich nicht weiter.“

„Du musst dich gedulden“, erwidert Nadine und erhebt sich. Sie gibt Max einen Kuss, bevor sie sich von seiner Oma verabschieden. *So wundervoll kann das Leben sein,* denkt Nadine.

Zu Hause angekommen sieht sie, dass auf ihrem Handy unzählige verpasste Anrufe gelistet sind. Marie, Marie und nochmals Marie.

Einige Minuten später ruft Marie ein weiteres Mal an. Nadine geht sofort an ihr Handy.

„Hallo Nadine, ich habe schon gedacht, du bist verschollen.“

„Hallo Marie, nein, es tut mir leid, ich bin noch in Deutschland und hier überschlagen sich die Ereignisse.“

Sie zwinkert Max zu, entführt ihr Handy ins Schlafzimmer, wo sie ungestört weitertelefonieren kann und flüstert: „Ich bin so verliebt in Max.“

„Hey, das freut mich. Dann war es doch nichts mit diesem New Yorker?“

„Nein, aber das erzähle ich dir mal in Ruhe.“

„Du bist also in Berlin?“

„Ja, in der Wohnung von Max. Stell dir vor, wir wollen heiraten!“

„Das kommt aber schnell.“ Nadine kann die Überraschung in Maries Stimme hören, doch es schwingt auch Freude mit. „Sehe ich dich dann gar nicht mehr?“, fügt die Freundin mit einem zweifelnden Tonfall hinzu.

„Ach Quatsch, natürlich bleiben wir in Kontakt und ich hoffe, du kommst mich in Berlin besuchen? Es ist aufregend hier.“

„Natürlich mache ich das, aber Nadine ... Ich werde dich sehr vermissen.“

„Ich dich auch.“ Zum ersten Mal verspürt sie einen Hauch von Heimweh, doch sie wischt ihn weg. „Du, Marie, ich habe eine Bitte.“

„Du weißt, ich schlage dir nie einen Wunsch ab. Was kann ich für dich tun?“

„Kann ich nächstes Jahr im Dezember bei dir im Gästezimmer unterkommen?“

Marie stutzt und lässt Nadines Frage sacken. „Wann immer du willst. Du bist meine beste Freundin. Du bleibst tatsächlich in Berlin?“

Nadine bringt Marie kurz auf den neuesten Stand der Dinge und erklärt ihr die Ideen, die sie im Kopf hat.

„Das klingt super. Ich fiebere mit dir mit, dass alles gut klappt. Bald sehen wir uns wieder und ich freue mich, wenn du und Max mich im Dezember besucht.“

Nadines Herz klopft aufgeregt. *Kann es sein, dass sich wirklich alle meine Träume erfüllen?*

„Ich kann gar nicht glauben, was gerade alles passiert“, meint Nadine.

„Ich freue mich sehr für dich“, erwidert Marie. „Du bist so gewachsen in den letzten Wochen. Ein neuer Mann und außerdem ein guter. Du hast so viel erreicht und überwunden. Ich bin richtig stolz auf dich und beruhigt, dass ich dich erreicht habe und dass es dir gut geht.“

Marie verstummt einen Moment und Nadine beißt sich auf die Unterlippe. Sie ahnt, was kommt und behält recht, als Marie weiterspricht. „Wie hat sich die Sache mit Sarah entwickelt?“

Nadine atmet einmal tief durch. „Es gab einige Missverständnisse, die haben wir aus dem Weg geräumt. Ich denke, wir können wirklich gute Freundinnen sein.“

„Oh, okay, heute erstaunt mich ganz und gar nichts mehr.“

Nadine lacht und erzählt der staunenden Marie von Sarahs neuesten Plänen und bittet sie, bei Claire ein gutes Wort für sie wegen des Missverständnisses einzulegen.

„Wow, in Berlin geht es ab. Ich denke, ich komme auch vorbei.“ Marie wird ernster. „Bei Sarah bin ich mir unsicher. Sie muss mir erst beweisen, dass sie ihr Verhalten geändert hat und ein besserer Mensch geworden ist. Aber wenn sie wirklich eine feste Verbindung mit diesem Samuel eingeht, wendet sich ihr Leben vielleicht zum Guten. Warten wir mal ab. Vielleicht verzeihe ich ihr, dass sie mir damals den Freund ausgespannt hat? Es ist so lange her.“

„Marie, du bist hier jederzeit willkommen, das weißt du. Und bilde dir deine eigene Meinung zu Sarah. Manchmal muss man im Leben auch verzeihen können, sonst frisst einen der Groll von innen auf wie eine Raupe das Blattwerk.“

„Ich bin froh, dass es dir gut geht. Und die Zeit wird zeigen, ob ich Sarah wieder mit offenen Armen empfangen kann. Irgendwie fehlt sie mir schon.“

Nadine hört es im Hintergrund von Marie rumoren. „Du, ich muss leider weiterarbeiten. Erzähl mir mehr, wenn du in Paris bist.“

„Das mache ich."

„Liebe Grüße an deinen Max, unbekannterweise. Bis nächste Woche."

„Gerne, bis dahin."

Nadine legt auf und sitzt einen Moment einfach da. Sie kann nicht fassen, was alles in ihrem Leben passiert. Wer hätte das vor einem Monat ahnen können? Und doch fügen sich langsam alle Puzzleteile und sie könnte nicht glücklicher sein. Sie spürt die Schmetterlinge im Bauch herumflirren, wenn sie an Max denkt, und sie freut sich auf ein Treffen mit Marie und Claire. Nur für das bevorstehende Gespräch mit Madame Montagne wird sie viel Fingerspitzengefühl benötigen. Hoffentlich erwischt sie einen guten Tag bei ihrer Chefin.

Nach einem schönen gemeinsamen Tag mit Max, an dem sie beide davon geträumt haben, wie viele Kinder sie in der Zukunft gemeinsam haben würden, sitzen sie beim Abendessen in einem Restaurant.

Nadine liebt es, sich von Max so verwöhnen zu lassen. Ihr Handy vibriert in der Handtasche und sie zieht es hervor. Runzelt die Stirn, als sie eine unbekannte Nummer entdeckt.

Sie wirft Max einen entschuldigenden Blick zu, ehe sie das Gespräch annimmt.

„Hallo?"

„Hi, hier ist Ben, ich vermisse dich so." Sie verspannt sich, als sie seine Stimme hört. „Ich möchte mich bei dir entschuldigen. Es handelt sich bestimmt um ein Missverständnis. Ich lebe getrennt von Deborah. Ich besuche sie ausschließlich wegen der Kinder. Ich bin ein waschechter Vater. Und bei meinen Arbeitszeiten nutze ich jede verfügbare Minute dort. Gib mir noch eine Chance, bitte. Ich weiß nicht, wer dir solche Lügen über mich aufgetischt hat. Denk an die Wahrsagerin. Du gehörst zu mir! Du bist meine Prophezeiung.

Wo bist du gerade? Mit wem? Was scheppert da so?“ Die Worte sprudeln nur so aus Ben heraus.

Nadine hat keine Chance zu reagieren. Sie fängt den Blick von Max auf, der sie verwundert ansieht.

„Ben“, formuliert sie lautlos und er schüttelt den Kopf.

Nadine verdreht die Augen und wendet sich an Ben. „Unverschämt. Ich bin seit Tagen weg aus New York und du bemerkst das erst jetzt? Traurig! Außerdem lügen Fotos eher selten, Ben. Im Übrigen leidet die Wahrsagerin offensichtlich unter Fehlsichtigkeit oder einer Wahrnehmungsstörung. Falls sie dich noch einmal aufsucht, richte ihr bitte aus, sie sollte beim nächsten Mal aufmerksamer in die Kugel schauen und sich jemand anderes als Opfer für dich aussuchen! Du warst nie ein Hauptgewinn, sondern eher eine Niete.“

Sie hört, wie Ben am Telefon nach Luft japst. „Vielleicht versuchen wir es noch einmal und planen einen Neuanfang?“

Nadine kann kaum glauben, was sie da hört, nach allem, was sie Ben gerade gesagt hat. Sie lacht auf und Max sieht sie verblüfft an. Sie zeigt ihm einen Vogel und deutet auf das Telefon.

„Es gibt keine Zukunft für uns! Und eins sage ich dir: Hör auf, mich anzurufen, sonst melde ich dich der Polizei.“

„War das eine Drohung? Nadine, ich liebe dich, hast du das tatsächlich vergessen?“

„Du liebst überwiegend dich selbst. Es zählen nur dein Leben und deine Kinder. An mich und meinen Wunsch, eigene Kinder zu haben, hast du nie gedacht. Und die werde ich haben, aber sicherlich nicht mit dir. Ruf mich nie wieder an! Wenn ich eins gelernt habe, ist es das: Für Fremdgänger bin ich mir zu schade. Ich habe das Beste verdient und das habe ich gefunden. In Max. Ich sollte dir dankbar sein.“

„Okay, war einen Versuch wert, du Schlampe.“

Nadine zieht die Luft ein. *Wieso war mir nicht klar, dass Ben nun so eine Tonart anschlagen würde?*

„Das bestätigt meinen Verdacht, dass es sich bei dir um eine inhaltsleere Hülle handelt.“ Nadine drückt auf das rote Telefonatbeenden-Symbol und blockiert seine Nummer. Ihr Herz bebt vor Aufregung und Empörung.

Max hat inzwischen zwei Schnäpse beim Kellner geordert. Er reicht ihr ein Glas und prostet ihr mit dem anderen wohlwollend zu.

„Ich bin stolz auf dich, Nadine. Klare, starke Worte. Auf uns. Prost!“

Sie spürt, wie sie ruhiger wird. „Prost, auf uns.“

Kapitel 43

Auf der Fahrt zum Krankenhaus weiht Nadine Max in Omis Idee mit der Buchhandlung ein. Sie kann es kaum abwarten, Oma zu fragen, ob es Neuigkeiten aus der Buchhandlung gibt. Doch sie muss sich gedulden, bis die alte Dame alles eingepackt hat und wirklich abfahrbereit ist. Erst als Max die Papiere von den Ärzten holt, traut sie sich zu fragen.

„Hast du Neuigkeiten von deiner Freundin mit dem Buchladen?“

Omi lächelt. „Ja, das habe ich in der Tat. Auf Corinne ist Verlass. Sie freut sich riesig, dich kennenzulernen. Sie meint, du hast Glück, weil zum Jahresende eine Mitarbeiterin von ihr gekündigt hat. Diese Frau hat Nachwuchs bekommen und möchte danach ausnahmslos als Aushilfe bei ihr arbeiten.“

„Oh, das freut mich“, jubelt Nadine. „Ein Lichtblick, ich freue mich unbändig auf diese Arbeitsstelle.“

Sie umarmt die Großmutter von Max sanft. „Danke, du bist wirklich die beste Omi der Welt.“

Die größte Sorge, ihren Lebensunterhalt zu finanzieren, fällt von Nadine ab. Sie fühlt sich federleicht und nun ist es beinahe egal, was Madame Montagne sagen wird, auch wenn sie hofft, sich den Wunsch nach einem Monat Paris im Jahr erfüllen zu können.

Nachdem sie Oma nach Hause gebracht haben, fahren sie mit dem Taxi zurück in Max‘ Wohnung.

Nadine schwebt auf Wolke sieben. Sie hat einen Job, sie hat ihren

Traummann. Dass Max und sie heiraten, steht für sie fest und am liebsten würde sie ihm direkt einen Ring an den Finger stecken.

„Worüber denkst du nach?", reißt Max sie aus ihren Gedanken.

Nadine grinst. „Unsere Hochzeit." Er küsst sie auf die Stirn. „Und apropos, Max, wen laden wir zu unserer Hochzeit eigentlich alles ein?"

„Ist doch klar", sagt Max, „alle, ohne die es uns so nicht zusammen gäbe."

„Also auch Ben und die Wahrsagerin?" Nadine hebt eine Augenbraue. Max stupst sie in die Seite und ignoriert ihre Aussage.

„Und selbstverständlich alle Freunde und Bekannte und vor allem die Familie. Wir werden ein rauschendes Fest geben und du bekommst das bezauberndste Hochzeitskleid, das es gibt."

„Ich freu mich so sehr, Max." Sie schaut ihn prüfend an. „Das wird allerdings teuer. Seit meiner Kindheit kenne ich mein Märchen-Hochzeitskleid. Es besteht aus weißem glänzenden Satin und hauchzarter Spitze an Dekolleté und Ärmeln. Dazu ein exquisiter Spitzenschleier, weiße Handschuhe und weiße Pumps. Gefällt dir das?"

Max schaut sie mit verklärten Augen an und Nadine schmunzelt.

„Es passt zu meiner Prinzessin. Und du wirst wunderschön darin aussehen."

Sie lächelt und träumt bereits davon, ihn in einem feinen Anzug in der Kirche zu sehen.

Nadine kann es immer noch nicht fassen. Ihre Glückshormone spielen verrückt. Sie könnte tanzen vor Glück. „Es wird die glanzvollste Hochzeit in Berlin sein. Ich freue mich auf alle meine Freunde und die neuen Bekannten aus Berlin. Vielleicht kommt auch Omphile, meine afrikanische Reisebegleiterin? Das wird ein Fest!"

„Ich kann es kaum erwarten, dich zu heiraten. Ich fühle mich wie in einem Traum. Ich mag deinen guten Geschmack, das sieht man an mir“, foppt er sie. „Selbst die Gästeliste ist perfekt.“ Er küsst sie und sofort fühlt sich Nadine, als würde sie schweben. Sogar in diesem engen Taxi. Mit ihm ist alles leicht.

„Nadine, ich liebe dich. Du bist die tollste und außergewöhnlichste Frau der Welt.“

„Ich liebe dich, Max. Mein Traumprinz.“

Ihr wird warm ums Herz. Sie fühlt sich angenommen und geliebt.

Nie mehr Angstzustände verspüren. *Mut zahlt sich aus,* denkt sie.

In ihrem früheren Leben wäre sie wieder auf einen oberflächlichen Menschen hereingefallen. An dieser Reise ist sie gewachsen und erst dadurch hatte sie die Kraft und die Stärke, sich für Max, ihren wahrhaftigen Traummann, zu entscheiden. Mut, ihre Ängste abzulegen, hat sie bewiesen. Nadine platzt beinahe vor Stolz und Freude. Sie hat viel gewagt und den liebsten Menschen der Welt gewonnen.

Epilog

5 Monate später … Berlin, 16.05.

Die glitzernde Maisonne vertreibt vereinzelte graue Regenwolken und beleuchtet die Kirche in einem warmen Gelbton.

Nadine fährt in ihrem Hochzeitsauto vor. Sie wirft einen Blick auf Max, der neben ihr sitzt. Ihr Herz scheint aus ihrer Brust zu springen, als sie aussteigen und die Treppe zum Eingang hinaufsteigen, während die Hochzeitsglocken läuten. Durch den Haupteingang betreten sie die Kirche. In Nadines Magen flattern die Schmetterlinge auf, als ein Raunen durch die Menge geht, während sie zu festlichen Orgelklängen durch den Mittelgang schreiten. Zahlreiche Verwandte und Freunde sind erschienen und sitzen gespannt auf den harten hölzernen Bänken. Als sie den Altar erreichen, zittern Nadines Hände vor Aufregung, doch ein Blick in Max' Augen beruhigt sie augenblicklich.

„Du bist wunderschön", raunt er ihr zu und sie lächelt.

Ihre Stylistin hat wahre Wunder vollbracht. Ausdrucksvolle, perfekt geschminkte Augen mit schwarzem Kajal und goldenem Lidschatten harmonieren perfekt mit ihrem weißen Hochzeitskleid, einem Traum aus Satin und Spitze.

Demnächst hätte ihr kein Brautkleid der Welt mehr gepasst. Allein der Gedanke lässt Nadine strahlen. Sie ist schwanger und ihr Babybauch rundet sich von Woche zu Woche mehr. Zum Glück hat sie dieses märchenhafte Hochzeitskleid gefunden, das ihre Hüften sanft umspielt und ihre Babykugel zärtlich umschmeichelt. Nadine hält einen tropfenförmigen Brautstrauß aus zartrosa blühenden Freesien in den Händen, den sie im feudalen Hochzeitsauto beinahe vergessen hätte.

Ihr Herz rast, als sie weiter in die leuchtenden grünen Augen von Max sieht, der ihre Hand drückt. Er trägt eine festlich drapierte grüne Schärpe über seinem weißen Hemd und unterstreicht damit seine Augenfarbe.

Der Pfarrer begrüßt sie herzlichst, Nadine hört seine Worte kaum.

Die Orgeltöne verstummen und der Pastor hält eine ergreifende Ansprache. Sie freut sich, als die Gäste die von ihnen ausgesuchten Lieder mitsingen.

„Bitte kniet nieder."

Sie braucht einen Moment, bis es ihr in dem Kleid gelingt. Ihr Chignon-Zopf verhakt sich am Schleier und sie muss ein wenig nachhelfen.

„Nadine Escoiffier", fährt der Pfarrer fort, „wollen Sie Max Strebenick heiraten? So antworten Sie mit: Ja, ich will."

„Ja, ich will."

„Max Strebenick, wollen Sie Nadine Escoiffier heiraten? So antworten Sie mit: Ja, ich will."

„Ja, ich will." Nadine zittert bei seinen Worten und er drückt sanft ihre Hand.

„So erkläre ich Sie, Nadine Escoiffier und Max Strebenick, zu Mann und Frau." Der Pfarrer erteilt mit seinen Händen den Segen über Max und Nadine. „Sie dürfen nun die Ringe tauschen und sich küssen."

Sie schmunzelt, als Max mit zittrigen Fingern versucht, die Schachtel mit den Trauringen zu finden. Er erblasst.

„Was ist los?" Nadine sieht ihn an und er schüttelt den Kopf.

„Die Ringe ..."

In diesem Moment geht die Tür auf und sie sieht, wie Samuel

mit Tyson die Kirche betritt. Er lässt Tysons Leine los. Der Hund rennt auf das Brautpaar zu, stoppt am Altar und schaut sie mit treuen Augen an. Nadine und Max begreifen im selben Augenblick, was Tyson vorsichtig im Maul transportiert. Er legt sorgfältig das Kästchen mit den Ringen auf das hölzerne Altarbänkchen und lässt ein leises „Wuff" ertönen. Die Gäste lachen, ein „Ah" und „Oh" geht durch die Bankreihen.

„Ein Glück, dass wir dich haben, Tyson." Max streichelt erleichtert seinen Hund, öffnet das Kästchen und streift Nadine den Ehering mit einem kleinen Opal über. Sie nimmt einen schlichten Goldring heraus und lässt ihn vorsichtig über Max' Ringfinger gleiten.

„Küss mich, Ehefrau", meint Max und Nadine lächelt, ehe ihre Lippen seine zärtlich versiegeln. Sie hört das Klicken der Kamera. Ein Fotograf hält all diese wundervollen Momente fest.

Sarah und Marie bitten überraschend eine Sängerin, zum Brautpaar vorzutreten, und die Gäste, aufzustehen. Die Opernsängerin krönt die Hochzeitszeremonie mit einem wohlklingenden und inbrünstig gesungenen ‚Ave-Maria'.

In der Kirche wird es mucksmäuschenstill. Nadine wischt sich eine Träne aus dem Augenwinkel und verliert sich in den Augen von Max, die vor Rührung feucht schimmern.

Kurze Zeit später setzen Orgelklänge ein und der Pfarrer geleitet das Brautpaar nach draußen, umringt von ihren Blumenmädchen, die kleine Weidenkörbe mit duftenden Rosenblüten tragen und diese auf den Weg des Brautpaars streuen.

Die Gäste verlassen vor dem Brautpaar die Kirche, um sie mit Jubel zu empfangen. Nadine und Max werden mit Reiskörnern beworfen, die sich in ihrem Kleid verfangen.

Sie kichert leise und flüstert Max ins Ohr: „Das sind die Vorzeichen einer großen glücklichen Familie."

Nadines Herz weitet sich, als sie all ihre wundervollen Gäste entdeckt. Alle, die sie eingeladen haben, sind erschienen. Sogar Omphile!

Nadine läuft ihr entgegen und wischt sich eine kleine Freudenträne aus dem Auge.

„Du bist gekommen."

„Wie hätte ich es mir entgehen lassen können", sagt Omphile und lacht, als sie Nadine in die Arme schließt. „Herzlichen Glückwunsch zur Hochzeit. Und meinen Mann Henri lernst du nun auch kennen."

„Danke schön, wie wundervoll. Und das ist Max."

„Wie schön."

So viel Trubel, so viel Freude. Nadine weiß gar nicht, wie ihr geschieht. Claire und Marie haben einen Tisch mit gefüllten Champagner-Gläsern für die Gäste gezaubert.

Nadine stellt sich auf die Stufen, um ihren Brautstrauß zu werfen. Die Menge lacht, als Oma die glückliche Fängerin ist. Max tritt zu ihr und nimmt sie in den Arm. Tyson wuselt zwischen den Gästen herum. Es könnte nicht schöner sein.

Als sie den Blick über die Menge schweifen lässt, stockt ihr der Atem. *Steht dort die Wahrsagerin?* Doch als sie genauer hinsehen will, ist sie weg. Nadine schließt die Augen. Sie muss sich getäuscht haben.

Und als ihr Blick auf Max fällt, wird ihr klar, dass die Wahrsagerin in einem recht hatte: *Es lohnt sich, für die Liebe den steinigsten Weg zu gehen und Ängste zu überwinden.*

Danksagung

Zunächst möchte ich mich bei meinen Leserinnen und Lesern bedanken, die meinen Debütroman erworben haben.

Ein Buch zu schreiben ist zeit- und arbeitsintensiv und braucht viel Unterstützung. Ich danke meinem Lebensgefährten Jörg von Herzen. Eine große Hilfe waren meine Testleserinnen Lena und Lisa, die meinen Schreibprozess begleitet und bereichert haben. Wertvolle Tipps erhielt ich von meinen Töchtern Svenja und Miriam. Ein großer Dank geht an alle, die professionell zu diesem Werk beigetragen haben: Lektorin Daniela Seiler für die wertschätzenden Kommentare in meinem Manuskript, Katrina Flamann für das angenehme Korrektorat, Carmen Bernzen für einen gelungenen Buchsatz und Florin Sayer-Gabor für das wunderschöne Cover.